映山红花满山坡

郭立钢 著

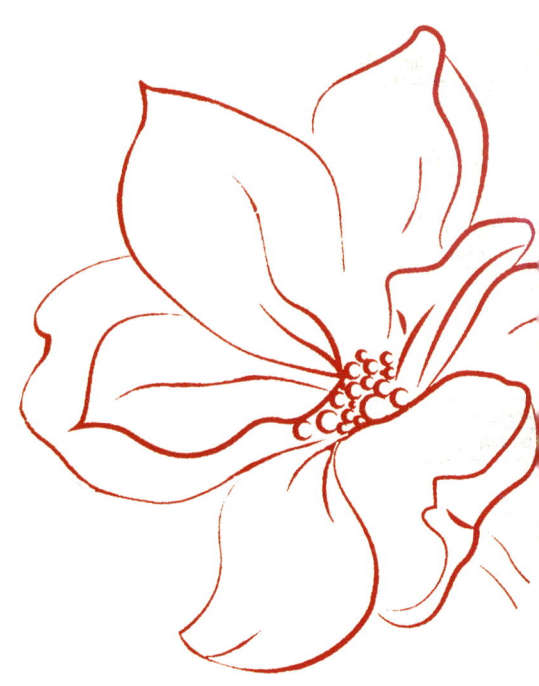

远方出版社

图书在版编目（CIP）数据

映山红花满山坡 / 郭立钢著. -- 呼和浩特：远方出版社, 2024. 12. -- ISBN 978-7-5555-2026-9

Ⅰ. I25

中国国家版本馆 CIP 数据核字第 2024ZL5340 号

映山红花满山坡
YINGSHANHONGHUA MANSHANPO

著　　者	郭立钢
责任编辑	王　叶
封面设计	曹可馨
出版发行	远方出版社
社　　址	呼和浩特市乌兰察布东路 666 号　邮编 010010
电　　话	（0471）2236473 总编室　2236460 发行部
经　　销	新华书店
印　　刷	内蒙古爱信达教育印务有限责任公司
开　　本	787 毫米×1092 毫米　1/16
字　　数	303 千
印　　张	20
插　　页	8
版　　次	2024 年 12 月第 1 版
印　　次	2025 年 1 月第 1 次印刷
标准书号	ISBN 978-7-5555-2026-9
定　　价	78.00 元

如发现印装质量问题，请与出版社联系调换

希望这部书能够得到大家的认可和喜爱，所得收益将用于霍日里河林场知青连、大青背知青牧场和伯尔科知青农场知青战友跨越半个世纪后的第一次聚首。

莫旗原副旗长、牧场创始人刘惠君

原牧场场长王庆友

霍日里河林场场长
敖福明

伯尔科知青农场场长
巴图布彦

1994年8月知青二十周年聚会，图左二至左五分别为
刘惠君、王庆友、代武新、刘晓洁

伉俪知青

映山红花满山坡

王建平、安万霞夫妇

于荣吉、万鹏夫妇

金士芳、范艳芬夫妇

邢德明、陈爱君夫妇

毕维新、刘桂英夫妇

徐晓青、刘淑芬夫妇

迟志杰、张淑范夫妇

知青伉俪

映山红花满山坡

安万霞

敖晓兰

毕维新

迟志杰

刘晓洁

陈颖芳

冯金艳

张淑范

杜艳军

郭玉清

郭立钢

郭亚芹

郭金凤

高雅洁

郑忠凤

代武新

李春英

刘连昌

宋全堂

金士芳

黄文林

李玉华

刘金荣

杨书学

李国会

李桂杰

刘淑芬

刘信宝

刘亚杰

李秀祥

张恩发

杨丽英

大青背知青牧场知青

映山红花满山坡

范艳芬

马泽斌

马　洁

于荣吉

王凤芹

苏　英

王爱娟

王玉珍

王福霞

王建平

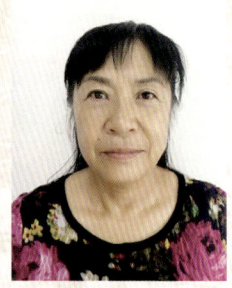
吴　彬

徐永杰

王仲泽

万　鹏

陈爱君

闫秀丽

周天喜　　　刘桂英　　　杨丽华　　　杨德重

朱蕴英　　　徐晓青　　　周惠琴　　　闫志敏

刘成才（回乡）　周天放　　　李成新　　　张继武

刘连财　　　赵志国　　　邢德明　　　惠兆森

大青背知青牧场知青

映山红花满山坡

上一排左起：迟志杰　于荣吉　张恩发　李国会　苏　英　毕维新　赵志国　邢德明
上二排左起：杨丽华　刘桂英　郭金凤　郭亚芹　李春英　杜艳军　郭立钢　杨丽英　王爱娟
下二排左起：张淑范　闫志敏　郭玉清　郑忠凤　范艳芬　李桂杰　陈颖芳　闫秀丽　刘晓洁
下一排左起：刘连财　马泽斌　杨书学　王庆友（原场长）　徐永杰　李秀祥　惠兆森

2017年10月牧场知青四十周年聚会留影

2018年8月牧场知青聚会合影

上一排左起：郭玉清 于荣吉 迟志杰 张继武 宋全堂 毕维新 代武新 刘淑芬 杨丽华 杨丽英 安万霞
上二排左起：王凤琴 王爱娟 陈颖芳 冯金燕 高雅洁 王玉珍 郭亚芹 黄文林 敖晓兰 吴 彬 朱蕴英 李桂杰 同志敏
下一排左起：苏秀华 王雅琴 王建平 刘成财 刘信宝 徐永杰 李秀祥 王庆友 李国会 王福霞 程志芳 徐晓青 王振华 杨书学 杨德重
下二排左起：杜艳军 刘金荣 刘桂英 同秀丽 郭金凤 刘晓洁 郭忠凤 李春英 李春英 朱淑范 陈爱君 李成新 马泽斌

映山红花满山坡

上一排左起：曹春林　孟忠生　敖喜亭　石英才　王忠杰　敖牧林
上二排左起：邹玉琴　林勇　程刚　刁明远　石俊楼
下二排左起：任福荣　王玉清　敖宝清　敖福明　张霄　陈振荣
下一排左起：方孝玉　金秀芳　敖月荣　鄂雪花　高雅清

上一排左起：黄金宝　台文彬　郭宝清　敖牧林　任守光　石俊楼　赵忠祥　邵佳和　敖喜亭
　　　　　鄂雪花　孟忠生　郭彤华　石英才　邹玉琴　塔娜　托娅　王忠杰
上二排左起：杜多胜　陈振山　郭景红　郭冠臣　孙立云　杨井富　王玉华　苑相军　李玉珍
　　　　　乌云哈斯　鄂怒杰　高雅清　林霞　索柳杰　陈欣　于景文　于志强
　　　　　曲艳　高娃　敖月荣　吕锐萍
下二排左起：陈敏　范艳杰　何静　张义武　骆秀凤　王春云　牟玉华　王立辉　王艳秋
　　　　　张春芝　吴亚芳　田月华　金秀芳　张云杰　孟淑红
下一排左起：汪玉梅　武立军　刁明远（镇干部）鄂日堤（镇干部）乌兰　丁维　何英姿
　　　　　阿荣托娅

上排左起：巴　热　乌兰卓仁　刘新忠　郭　伟　冷月明　沃　巍　鄂春林　鄂荣宝
中排左起：布　库　高正阳　郭伟红　海　娃　苏　丹　鄂丽凤　于亚江　吴新民
下排左起：阿日木杰　王希芬　郭她娜　刘志一　萨　拉　其木格　鄂慧娜　何凤兰

上排左起：沃　巍　陶　然　鄂金柱　巴　热　敖成群
中排左起：郭伟红　海　娃　苏丽华　鄂俊英　张塔娜
下排左起：阿日木杰　苏　丹　郭她那　鄂慧娜　萨　拉

映山红花满山坡

莫旗相关领导到五宝山霍日里河林场同知青连知青一起筑路劳动，前面讲话的是莫旗原旗委书记苏常德（1974年冬摄）

目录 / YingShanHongHua ManShanPo
映山红花满山坡

莫力达瓦，我的故乡 /1

扬帆启航当知青 /8

点燃激情的地方 /16

知青的王哥 /27

别有洞天的集体宿舍 /39

冬季当家菜 /46

我的地盘我做主 /50

拖拉机开进牧场来 /56

牧场和"盲流点" /64

麦子，麦子 /72

跨年回家路 /83

晓洁青葱片段 /93

久久聆听的歌声 /100

突然死了五只羊 /106

炊事班班长李成新 /109

达斡尔族姑娘郭金凤 /117

刘汉忠夫妇在牧场 /125

敖晓兰，闹晓兰 /133

绽放异彩的郭亚芹 /140

农业队队长刘新贤 /146

"抢"亲记 /153

挽救家庭 /158

女知青的甜蜜事业 /165

顺垄沟找土豆的日子 /172

救　羊 /178

狼咬羊群有招数 /184

黑熊舔人 /188

"跑腿子"的春天 /195

粉坊漏粉记 /201

牛马羊良种公畜 /209

打深水井 /215

荒火浓烟下的遐想 /226

奶牛换改良马 /234

养鹿沉浮录 /242

知青基建队 /248

知青的苦与乐 /260

1976—1977年发生了很多事 /278

追梦的情怀在路上 /291

知青牧场衰微去 /299

后　记 /313

莫力达瓦，我的故乡

故乡像母亲一样把我哺育成人，现在我已经离开故土三十余年，落根于自治区首府呼和浩特。退休后，每一次回故乡内心都百味杂陈，有温暖，有感动，有无奈，有唏嘘。作家张爱玲曾经说过："失去了祖辈父辈的掩护，我们终将走向生命的前线。"作为长辈，总也免不了与众多的孙男娣女相见，每回都看得我眼花缭乱，分辨不清面前孩子们的面貌，仿佛得了"脸盲症"，然后总要机械地重复问一句："这是哪家的孩子？"年龄相近的亲朋好友才是我情感的寄托所在和亲情的最终归宿。大家用顾盼神飞的双眼传递着热切的真情和久别重逢的喜悦，再转入"过去式"，碎碎念念着熟悉的人和事。之后大家的谈论便转移到"现在式"。当告别的这一刻来临，人们开始变得难舍难分，嘴里最常嘀咕的一句话就是"见一次少一次"。

回到呼和浩特后，老年人心中特有的怀旧情结依然挥之不去，远方的亲人和故土那独有的魅力便成了我最温暖的回味，一幕又一幕的场景在脑海里重重叠叠，让人禁不住一遍又一遍地抚今追昔，于是重拾弃了很久的笔墨再战一程，删除繁芜，留下值得纸墨留香的回望，以打发闲暇时光。

莫力达瓦是达斡尔语，意思是"只有骏马才能翻越的山岭"。莫力达瓦达斡尔族自治旗人民政府所在地尼尔基镇矗立着一座纪念碑，取名为

"翻身塔"，塔尖上有一颗红色的五角星，塔身的四面分别用汉文、蒙古文写着"全世界无产者联合起来！""没有共产党就没有内蒙古！"字体鎏金，闪闪发光。翻身塔是尼尔基镇最令人瞩目的地标建筑物，是莫力达瓦达斡尔族自治旗人民心目中的人民英雄纪念碑。它是一座永不熄灭、永远散发着神圣光芒的灯塔，每日静静地伫立在那里，注视着获得新生后的尼尔基镇。每一次路过这座纪念碑，人们都会觉得眼前一亮，心底涌出无限崇敬之情。

翻身塔

以翻身塔为中心点延伸出东南西北四道光线，形成最漂亮、最宽阔的十字大街，所以"翻身塔"也叫"中心塔"。纵横交叉的正街长约三千米，道路两旁的榆树、杨树排列得均匀而整齐，棵棵大树枝叶繁茂，树皮很厚，挺拔的树干上满是裂缝。这些树木每年都要被工人精心修剪一番，或冠大如伞，或聚拢上扬，骄傲地闪耀着一种积极向上的光芒。

东西大街两侧主要是机关单位、医院、商店和文化场所等，这些建筑使用了当时最先进的建筑材料——红砖、红瓦或灰瓦。红砖就像粗制块糖，垒砌出的墙面再用水泥勾缝，横竖线条明晰而又简约大气，南北大街两侧曾经辉煌的餐饮类土坯门脸房显得越发的低矮又灰不溜秋。

尼尔基镇占地面积不大，有人称其"大屯"，但它具有中国城池小镇典型的四四方方的特点，没有城墙，却有一条环绕小镇的护城河。护城河上的四座木桥是十字大街的尽头。虽然尼尔基镇的规划建设在桥头画上了完美的句点，但环绕护城河一周的大道连接着莫力达瓦旗的四面八方。木桥下河水静静地流淌，微风吹过，碧波荡漾，河岸的柳树垂下绿色的帷幕，在风中展现着婀娜的姿态。城池内规整排列的建筑和城池外秀丽盎然的田园风光辉映成趣，相得益彰。护城河在尼尔基镇的文明发展进程中只剩下西城河，河沿的护栏用的是石料或仿古的木料，精雕细琢之下是地域文化的独有特色和现代建筑审美情趣的有机结合。

莫力达瓦达斡尔族自治旗在中国的版图上并不引人注目，这里居住的主要是达斡尔族，她不仅拥有引以为傲的今天，还有光辉灿烂的往昔。莫旗红色文化底蕴深厚，是中国共产党最早进入内蒙古东北部的地区之一，在抗日战争时期和解放战争时期，生活在这里的各族人民团结一致，积极投身革命斗争，谱写了可歌可泣的壮丽诗篇，为全国的解放事业做出了不可磨灭的贡献。

据史料记载，清朝时期，达斡尔族骑兵被视为中国边疆的守护神。早在康熙二十三年（1684年），清廷就征收几百名达斡尔族人戍守边疆，驻扎于瑷珲城内，隶属于黑龙江八旗部队，借以加强黑龙江流域的防务，并作为正规军参加了两次收复雅克萨之战。18世纪60年代，东北地区达斡尔族将士参加的索伦营被清政府远征至新疆，他们之中十五岁以上的青少年五百多人，随军的家眷有一千四百多人，历时一年两个月零十天抵达新疆伊犁，谱写了一部中国达斡尔族戍边长征的史诗（新中国成立前，新疆来自索伦部的达斡尔族人被称为索伦族，1953年正式恢复原族名"达斡尔"）。在平定大小和卓之乱中，骁勇善战的索伦营骑兵英勇顽强作战，捍卫边疆，起到了"定海神针"般的作用，自此天山南路重新纳入大清版图，达斡尔族为祖国领土完整再立新功。

莫力达瓦旗——中国曲棍球之乡

映山红花满山坡

雅克萨战场上的达斡尔族勇士（莫旗达斡尔民族博物馆馆藏）

实在难以想象，新疆索伦营达斡尔族骑兵的后人在20世纪70年代，根据地图标注的"莫力达瓦达斡尔族自治旗"才找到了祖先居住地——莫力达瓦旗，终得认祖归宗。

悠悠岁月，漫漫征程，随着历史的发展和变迁，达斡尔族与汉族的文化习俗渐渐融合到一起，就像地球上万物在进化过程中，经受着社会、经济、政治、文化乃至战争的影响和考验。达斡尔族在中华优秀传统文化的滋养下创造了丰富多彩的历史文化，并积极致力于非物质文化遗产的挖掘保护工作，使之绵延、发展、创新，焕发出无限的生命力，如曲棍球、鲁日格勒、乌春、扎恩达勒、服饰、哈尼卡、木库莲、猎刀、达斡尔车制作等技艺，一切都是那么的可爱、独特。

莫力达瓦旗的人文景观和民俗风情蕴含着深刻的现实主义精神和浓厚的浪漫主义色彩，这是达斡尔族人民艰辛开拓、繁衍生息出来的悠久历史和灿烂文化。这片土地地处祖国东北松嫩平原，雄踞于激流汹涌的嫩江右岸、诺敏河左岸。旖旎的自然风光与独特的人文景观交相辉映，如诗如画，令人心驰神往。

嫩江右岸上的尼尔基镇老山头海拔二百二十三米，山虽然不高，临江兀立，脚下嫩江干流河水自北向南蜿蜒而过，汹涌澎湃，波澜壮阔。大兴安岭东麓与松嫩平原交汇地带辽阔无

20世纪90年代莫力达瓦旗尼尔基镇东江沿浮桥

垠，数万亩农田、草场、河套、灌木、密林舒缓地铺展开来。听老人们讲，过去这里也是北大荒的一部分，人们一直用"棒打狍子瓢舀鱼，野鸡飞到饭锅里，抓把黑土冒油花，插上筷子也发芽"来形容这里物种繁多、资源丰富和人烟稀少。

冬日的莫力达瓦旗成了一个被白色包裹的世界，人们张开双臂扑进雪地里开心地玩耍，堆雪人、打雪仗、滚雪球……毛泽东《沁园春·雪》中的"北国风光，千里冰封，万里雪飘，望长城内外，惟余莽莽；大河上下，顿失滔滔……"也是莫力达瓦旗无垠大地的真实写照。田野、河流被皑皑白雪所覆盖，连绵的雪山丘陵一眼望不到头，直贯云天，天地相连。寒风凛冽，呼啸着在大地上卷起千堆雪，雪尘、雪沙、雪花打着旋被抛撒到四面八方。各家各户的院子也消失在了银白色的世界里，大人小孩齐上阵，用扫帚和铁锹清出便于

1960年的尼尔基镇百货商店

行走的通道，之后拿着方头木板锹在木杖子边筑起一道雪墙、雪脊或几个小山般的大雪堆。但人们对正街和街道的积雪是无可奈何的，一次次狂风只能拂去积雪层的表面，根本撼动不了经过日光和星夜一晒一冻、千锤百炼后形成的雪壳，雪壳反射着刺眼的白光，下面是厚厚的积雪。掩埋的道路只能靠来往的车辆和行人的反复压碾和踩踏，才露出雪中有冰、冰中掺雪的白色路面以及泛着冰花的冰雪滑道。

立春前后，气温逐渐回升，雪融化了，大地、田野都喝饱了存储一冬的雪水，再也吸不进一点儿水了，马路被雪水开辟出无数的泥坑、水洼，变得泥泞不堪，行人的鞋子被雪水和泥浆慢慢地浸湿、浸透，机械和畜力车辆所卷起的泥浆也会喷溅在人们的衣服和裤子上。大量融化的雪水聚集形成汩汩水流，顺着地势向平原田野流淌。田野上沟壑万千纵横交错，汇聚成几十条溪流，直奔东环西抱尼尔基镇的嫩江和诺敏河。嫩江和诺敏河在松嫩平原宛若两条舞动的白龙，挥师东去，银光闪闪，波光粼粼，交相辉映，直至合二为一，一跃而入松花江。

"悲歌可以当泣，远望可以当归。"想起儿时的故乡，好似灵魂又见到乡土乡音乡情在闪闪发光。如果不听一听家乡的民歌，不看一看漫山

莫力达瓦旗新貌

遍野盛开的映山红，家中不摆放昂首振翅搏击长空的雄鹰饰品和摆件，就会感到魂不守舍，仿佛真的"脱离了我家乡，抛弃那无尽的宝藏"。

达斡尔族有句谚语："猎鹰不忘踞座，骏马不忘槽头。"人老思故乡，鸟老思巢穴。我的故乡，我的民族，在我的心中，回声永远是那么的嘹亮，其撞击心灵的叩问永远是那么的铿锵有力！

莫力达瓦，我的故乡，我永远爱你！

扬帆启航当知青

到农村去,到边疆去,到祖国最需要的地方去!到农村去,到边疆去,到革命最辛苦的地方去!

祖国啊祖国,养育了我们的祖国,要用我们的双手,把你建设得更富强!

革命的青年有远大的理想!革命的青年志在四方!到农村去,到边疆去!让生命发出更大的热和光,更大的热和光!

1939年,中国共产党领导的东北抗日联军第三路军总指挥部派遣的抗日武装力量来到莫力达瓦达斡尔族自治旗、鄂伦春自治旗和阿荣旗,抗日联军团结依靠当地群众,抛头颅、洒热血,英勇抗击日本侵略者,像春风拂煦、冰雪消融一样净化了大地。

1946年1月,莫旗实现解放。我的父母在革命和建设过程中深切体会到没有共产党就没有新中国,陆续加入中国共产党,为实现共产主义理想而不懈地奋斗。他们的身上有一种顽强坚韧、锲而不舍的特质,坚定地向党中央看齐,与其保持着思想高度的统一性、行动步调的一致性。当时,尼尔基镇的干部群众纷纷响应号召,把子女送去当知青。我家兄妹六人,其中有四个和着知青上山下乡的时代旋律成为本土知青。大哥、大姐1969年便去往莫旗东北部的纳文公社多金生产队,路途二三百里，先要坐船和汽车到讷河，然后坐火车到纳文公社所在地的哈达阳车站下车，再走十多里山路才能到多金生产队。二姐高中毕业后，1974年6月到了霍日里河林场知青连。1975年6月，我高中毕业，父母也鼓励支持我上山下乡。

1975年8月上旬的一天中午，此时距我离开中学校门不到两个月，艳阳高照，天气特别好，我带着早已提前准备好的行李和简单的生活用品，在食品公司大院由场长王庆友领着上了一辆农用28型马力胶轮车。当时父亲给我准备了《毛泽东选集》《毛主席语录》等书籍，母亲把大姐下乡时穿的毛衣给了我，还买了台半导体收音机以及秋冬用得到的衣裤、被褥。人们当时形容胶轮车的车头是，"一个机器，四个轮子，一个座椅，一个框架（车棚）；车头后面一个环形铁圈对接上车斗伸出的铁插头，车头车斗相距有一米多"。车斗前面已经是好几个人坐在鼓鼓囊囊的麻袋上面，尾部是半人多高的柴油桶，车帮两侧有可以随意卸下来的铁栏杆。就这样，胶轮车沿着乡村公路奔向了我人生旅程的第一站。

作者高中毕业前夕

出城没多远，我们便到了乌尔科公社丰华村的斜坡路，坡很陡，斜面长，俗称"冒顶子"。胶轮车爬坡时明显拉力不够大，烟囱猛烈地喷出一圈圈或一团团黑烟，"突突突"强有力的声音震撼着人们的心房，车子最后摇摇晃晃地爬了上去。接着又走了不到两个小时，胶轮车又开始喘起粗气，轰鸣、急促的噪声交织在一起，不只令人讨厌，更令人担心用力过度的发动机会随时断气。当铆足劲冲上西瓦尔图公社北面的高岗后，宽阔的乡村公路不见了，出现在眼前的是没有路基的黑路（或叫泥巴路），路面翻浆破损，坑洼不平随处可见；来往的机动车和畜力车在稀松的泥路上留下清晰的四道平行的轮胎印。前有车后有辙，上宽下窄，斜着往里凹，深深的车辙筑起土埂槽帮，像四条宽阔的犁沟，司机称其"车道沟"。汽车和胶轮车车轮之间的距离是一样的，尺寸也是一致的，不同种类车的车轮和路上的"车辙"正好吻合。胶轮车行驶在上面，仿佛进入无边无际的撒哈拉大沙漠，漫天的沙土席卷大地，将车斗上的人层层包裹。车斗还不停地摇晃甩尾，上下颠簸，人坐在麻袋上有了玩蹦蹦床的感觉；边上的人时不时要抓一下车斗箱壁的铁栏杆，唯恐胶轮车颠簸幅度太大被甩下去。

作者和二姐丁维

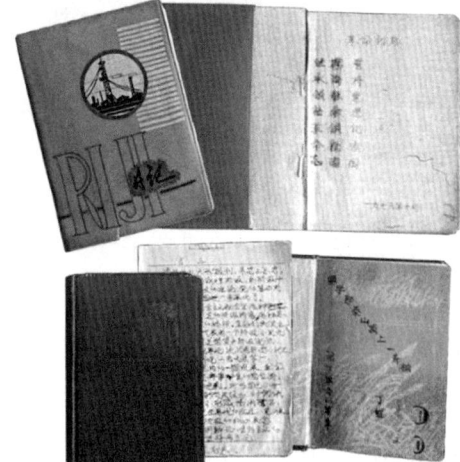

丁维的知青日记

王场长第一次见到我，态度温和，没有架子，他很耐心地告诉我："咱们乡村公路只修到西瓦尔图公社所在地。现在霍日里河林场知青连正在这里筑路，叫西霍公路，也叫防火公路，从西瓦尔图到霍日里河林场有一百多里地，险要地势太多，据说桥涵就要修三十多座，现在只推出个毛坯路，要达到真正的公路标准，不仅需要平整、硬化、加固路面，还要在路两边挖条水沟，叫边沟。咳，现在开始不好走了！往返街里和牧场之间，胶轮车单个是不敢走的，得两辆车以上一起走，相互有个照应。因为有时看着道儿不错，突然就会出现深达一尺的坑，若一辆车陷在泥坑里，另一辆车就得卸下车斗，用车头帮忙拽出。碰到大雨天或寒冷天，在冒顶子和西瓦尔图北大岗，上坡或下坡的时候很容易发生溜车。中途遇上倒霉天气，不管是上坡还是下坡，司机们既不敢踩油门，也不敢急刹车，只能靠两个车头拽一个车斗往坡上拉……"王场长随手指着身旁的一个袋子，继续说道，"这里装的是军大衣，以

作者在牧场

备急需，载来载去的，如果胶轮车出了状况，耽误多长时间都不好说，我在半道儿过夜都好几次啦！"

"蜀道之难，难于上青天。"李白这句诗日后成了人们描述交通不便、道路难以行走的绝佳名句。西瓦尔图公社距离尼尔基镇有七十余里，到牧场还有八十余里，是半丘陵山区，虽然没有秦岭巴山地势险峻，毕竟也是开肠破肚正在施工的"毛坯路"。毛坯路两边是未开垦的荒原，走很远一段路才会兀然出现零星散落着的几间残破农舍，如果不是袅袅的炊烟，肯定会被认为是被遗弃的茅草屋。它们赤条条地趴在那里，没有篱笆和土垒的围墙，地上的蒿草、树木和庄稼是茅草房天然的屏障，遮挡住道路上来往行人的视线；玉米、土豆、向日葵等几近成熟的庄稼在微风中摇曳，叶子在簌簌低语，发出自然和谐的声响。碧空寥廓，凝眸远望，目力所及，丘陵平原叠青泻翠；脚下的土路蜿蜒爬过重重起伏的山丘，直通天穹地平线。我东张西望，欣赏着沿途的风光。

可毕竟是毛坯路，胶轮车无法快速奔驰，只能从从容容地向前行驶，不断超过无数马拉车、牛拉车、蹦蹦手扶车以及背包扛行李和我们同方向徒步行进的人。那些人三五成群，负重前行。

胶轮车开到如今的坤密尔堤镇（孔木台），临道的三间房里驻扎着霍

日里河林场知青连的一个三八班,为西霍公路筑路指挥部。再往前十五里,是山泉盲流点,笔直的道路分出了一个小岔道,沿着道路继续前行是霍日里河林场(塔温敖宝镇),牧场不在公路主干道上,而是在岔道往东下方四五十里的深山里。太阳快要落山,被染红的半边天将丘岭平原渲染得无比美丽。向北拐下去不远就到了原生态山林,这段山路叫柞木岗,成材的树叫柞树,不成材的树叫波柮棵子。林里只有一条杂草丛生的狭窄小径,是牧场自己开辟的——他们没有时间和精力一锹一镐一斧头地开山劈岭来筑路,只是把过路人蹚出来的小路扩宽了而已。

第一批建场员工常说:"你们知足吧,我们来牧场时,这段山路只能走人,不能走车,坐车到这里就都跳下车,然后一边走一边拿着斧头、砍刀在小路边左突右冲,清理障碍物,胶轮车就在后面一点儿点儿往前挪蹭,五十里山路能走六个多小时。"胶轮车发生状况最多的路段就是这里。

建场已经快一年半了,车道上树干、树茎、树枝遍布,被碾压的树枝和草棵里倒歪斜,有的还在顽强地吐着绿色,向人们展示着生命的活力。在逼仄的车道要避让对面车辆的话,即使擦身而过也必须把车开进草丛和树林里。

穿越这片阴暗茂密的树林时,周围的一切很快便黯然失色,车灯已经打开照明。胶轮车好像行驶在古代临时搭建的既烂且窄的栈道上,颠簸让车上人的骨头几近散架。没有河流、高山和深谷,越往里走,越感郁郁葱葱、深深幽幽,山野清香扑面而来,浓浓的清爽之感将全身浸透。地平线上天地相连的风景画已被树木遮蔽,无论往哪个方向望去,都一模一样。

胶轮车如同年迈的老人喘着粗气,颤颤巍巍爬行在"烂尾路"上。不久,车斗时不时发出像魔鬼般的叽叽嘎嘎的声响,声音虽然不太大,也不刺耳,却触动了车上人的敏感神经。王场长警觉地说道:"这段路叫'车轴路',咱们的车在这儿没少断裂,是又坏了,还是缺油啦?"一句话吓得车上的人胆战心惊。王场长拿了一根木棍子捅着车头箱体的门，司机随即下了车，在车底下鼓捣了好一会儿噪声就没有了。

第一次在草原上夜游，眼前被车灯照亮的道路像一根斑驳掉漆的皮带卷入车轮底下。这根没完没了的皮带，仿佛把司机带入湍急的河流里转着圈。空气有些沉闷，却没有把我的肠子和胃搅合到一起，再一股脑地抛出来，蠕动亢进加速了食物的消化进程，早早便掏空了中午吃进去的饭菜。我不停地问还有多远的路，王场长告诉我："这是'盘山路'，直线距离其实并不远，只是借着地势，不仅高低不平，还要时而左转或右转，得两个小时吧。"走过弯弯曲曲的山路，绕过坎坎坷坷的坡道，不知道多少个山峦曲线被八个车轮碾过。

我坐在车斗里焦躁不安，总算听到王场长兴奋地说了句："快了，到五间房了，出了五间房就能看到牧场了。"

随后，王场长又说："五间房是个盲流点，这样的盲流点在深山老林可多了，牧场周边都是，有五间房、甘南点、青松点、霍日奇坎点、白桦泉、太平庄、孔木台等。"

我问王场长："盲流点的名字咋来的？"

"很简单，名字是根据那里的人从哪里来，或在哪个地方落脚起的。就像大青背知青牧场，咱们的前面有座山叫青背山，没有什么深厚渊源和寓意。"

被胶轮车惊扰的犬吠声由远而近，越来越清晰，声音是从五间房仅有的几户人家院子里传出来的。马架子四散分布，孤零零地伫立着，由柞木杖子圈了挺大的地盘；昏暗的灯光从窗户射出来，用的是煤油灯。胶轮车熟门熟道，车斗也有跳一跳的感觉，估计路面也没有平整过，只是人走多了踏出来的一条道。随着犬吠声逐渐消失，周围重归寂静。

能够顺利平安抵达牧场，王场长紧绷的头皮终于松懈下来，他感到由衷的幸运和高兴，对我说："现在雨水不多，路就好走多了。"日后，我在牧场三年里，也同样感受到了往返一百五十里路程的不易，每一次都带着焦灼不安的情绪，暗暗祈祷胶轮车可千万别"掉链子"，或发生翻车跌破胳膊腿的人命事。因为途中车打误、翻车就像六月天、小孩

王庆友与外地知青合影（2018年）

脸，指不定会碰到什么样的意外，能在六个小时内走完尼尔基到大青背两点一线的距离，简直像中彩票一样令人心情愉悦！

在当时的社会条件下，胶轮车在莫旗是最先进、最稀有的交通运输工具。一个生产队能有四匹马拉胶皮轱辘车做运输已经够厉害了。食品公司当时既没有解放大卡车，也没有吉普车，仅有几台不同马力的胶轮车，这两台28胶轮车就是食品公司送给牧场的。全旗实现机械化的程度和水平只有在阿尔拉、腾科、杜拉尔等公社才能瞥见，如胶轮拖拉机、链轨式拖拉机、联合收割机等大型机械。

中午从尼尔基镇出发，直到月亮撒开银色的网笼罩了一切，胶轮车才在孤独伫立的长房子前面熄了火。我瞪大眼睛，四处张望着屯垦戍边的牧场，只有长草房犹如突兀的山石一样赫然在目，再也没有其他醒目的标志物了。不知是旷野山风吹透全身，还是心情激动的缘故，我的腿不自觉地哆嗦了几下，笨拙而机械地下了车。几个女知青兴高采烈地围拢过来，仿佛看到久违的熟人或远道而来的亲人，晕晕乎乎的我踉跄地跟随她们走进长草房中的一间北屋，一种新奇、暖人的气息渐渐氤氲开来。屋内的空地宽度只允许两个人穿插而过，门框上的煤油灯光亮很微弱，我的眼睛还不适应昏昏暗暗的光线，稀里糊涂地便在她们挤出来的一块地方铺好了被褥，随后就被领到摆放着很多物品的南屋洗了脸和手，又到东面隔壁厨房吃了饭。厨房面积大约有二三十平方米，空间还被三个锅台占去了不少。一同下车的人就站在锅台边上草草吃了顿晚餐，只有苞米楂子粥和馒头，连咸菜都没有。

映山红花满山坡

点燃激情的地方

　　站在牧场望北京，心中一轮红日升，牧场北京万里远，万里远哪，知青和毛主席心连心，我们和毛主席心连心。

　　我爱牧场哪，我爱她，牧场就是我的家，我的家。知青最听毛主席的话，为了革命建牧场。我们最听毛主席的话，为了革命建牧场。

　　这是我们知青根据《牧工最听毛主席的话》这首歌改编的歌词，如今虽然离开早已不存在的牧场四十多年了，但那激动人心的歌声常常萦绕在耳畔。这首歌抒发了我们的远大理想，唱响了大家上山下乡的青春赞歌。

　　1973年下半年，上级发文件取消了向各级食品公司购买平价饲料粮的政策，食品公司的牲畜和家禽以后都得喂议价饲料粮，只得自己拿钱来弥补平价饲料粮与议价饲料粮之间的差价，而上级定的亏损补贴指标又很低。那时，整个社会被计划经济体制铸成铁板一块，抓生产、搞副业、促经济是需要创新精神的。食品公司领导冲破束缚，向莫旗政府递交了一份申请，要求建立一个自负盈亏、农牧并举的牧场。批文还没下来就迫不及待地奔向人烟稀少、林木丛生，"又是兔子又是狼，光长野草不长粮"的莫旗西北边陲——青背山北麓。牧场创业者和电视剧《闯关东》中的主角朱开山一样的盲流在腾克管理区抢占土地，最后占据了总部场址和二道河两块地盘，形成了一个牧场两处场址的空间格局。

企业向银行申请贷款与当今申请贷款目的、思路和方法完全不同。银行向企业贷款是在地方财政拨款和自有资金多少的基础上得到计划内的贷款数额，不需要抵押房屋、土地或其他财产；企业负责人都是抱着"好借好还，再借不难"的准则做事，能不拖欠绝不拖欠，因为逾期不还会被定为亏损企业，不仅在行业里很没面子，还会影响企业的年终考核和评优选先。一个企业良好的经济运行状态就是自力更生、艰苦奋斗、勤俭建厂，既无内债也无外债。牧场创建当年，食品公司借助扶持畜牧业发展利好政策向银行贷款十三万，第二年牧场就把贷款全部还清，并在之后的七年里没有向银行贷过款。

莫旗食品公司大青背牧场是由莫旗政府于1974年4月审批确定的。牧场还有另外三个名字——莫旗食品公司大青背知青牧场、莫旗商业局大青背知青牧场和莫旗大青背知青牧场。刚开始莫旗政府不同意在牧场设立知青点，因此只能叫莫旗食品公司大青背牧场。但莫旗食品公司大青背知青牧场在公司内部已经叫得很响亮了，大家都知道新建的牧场可以接收知青，也"无照经营"招收了许多知青。直到1975年，政府和知青办才承认了牧场知青点。1976年8月，商业局子女开始到牧场下乡，牧场改称莫旗商业局大青背知青牧场。1976年末经政府批准，改为莫旗大青背知青牧场。

刘惠君和王场长给牧场起名字都是精心酝酿过的。牧场的战略和定位不仅要体现求生存、求发展的目的和愿望，更要在社会上产生最大的吸引力和影响力。一个好名旺三代，名字起得好不好、响亮不响亮，对塑造牧场整体形象极其重要。

1974年，莫旗政府为了开发超过近百平方千米的西北大荒原，从西瓦尔图公社和阿尔拉公社西北到五宝山地区的广阔天地，重新改组整合了五宝山林场和阿尔拉公社伯尔科、甘浅村两个自然村，建立了霍日里河林场和伯尔科知青农场——林场和农场属于国营正科级单位，场长、书记、秘书和后勤人员是国家干部，他们不缺资金和物资，只缺干活的人，这两个部门就成了全旗社会青年和高中毕业生大有作为的知青点，汇聚了莫旗各个机关单位工作人员的子弟。霍日里河林场知青一百三十八名，下派两名莫旗政府机关干部为知青带队；伯尔科知青农场五十三名知青，旗团委的一名干部任知青带队；牧场面向的是本单位职工子女，1976年8月前由场长王庆友兼任知青带队干部。

  王场长临危受命，对青背山这片未开垦的荒山野岭充满了豪情壮志。他在全场员工大会上不止一次地回顾牧场勘察、选址和建场的情景。他说："从1973年被委任为牧场拓荒者、带头人那天起，在恶劣的生活和自然环境下，把四面漏风的破马架当庇护所，升腾起人间烟火，开始了筹建工作。吃住都在小马架，

莫旗知青办为王爱娟颁发的知青证

白天骑着马漫山遍野地溜达，荒草树木繁杂茂盛，山上的树木都能叫得出名，野草野花就认不全了，奇花异草奇高无比，人骑在马上还没有草高。站在高处，一望无际，低沉下去的是荆棘平原，高耸起来的是山峦丛林，牧场二十平方千米的土地是我跑马占地圈出来的。我曾和同钦旗长背着猎枪骑着马，上午从牧场出发，下后山坡到二道河牧业队，向西上亚葫芦山，过馒头山，穿越青背山；爬缓坡，下高岗，走荒原，在山峦、草甸、蓝天之间整整溜达了小一天……"言语中无不透露出创业者粗犷而淳朴的自豪感。

  牧场雇拖拉机大规模开荒翻地，拖拉机要在地头转身掉头，因为待开垦的荒地举目都是，两到三米宽的田头地尾的价值就忽略不计了。从场部举目眺望，播下的种子长出的幼苗，像铺了一层厚厚的绿地毯；完整

的阡陌交通将地块规划成大块的几何图形,没有翻耕的田头地尾杂草丛生,野花娇艳盛开其间,宛若一条用千针万线绣出牧场风采的腰带。

只要在1974年和1976年分别来过牧场的人,就会惊喜地发现,这里已经从荒原变成了一家农林牧副全面发展的新兴企业,交织着野性与现代、荒芜与繁荣,既可以欣赏自然生态美景,也可以看到人类文明大放异彩。牧场从上到下更是对美好的未来充满了信心。从人人都爱唱的《克拉玛依之歌》《南泥湾》等歌曲也可以看出拓荒者、创业者、奉献者是怎样用青春和生命谱写出一部部荡气回肠、感人至深的创业史、发展史和奋斗史。

牧场领导层在确定牧场发展方向和思路后,将资源优势转化为经济优势、发展优势和财政优势,蛋糕越做越大。在原有的牧业队、农业队的基础上相继成立了基建队、机务班、木工班、养蜂场、猪场、鹿场、半成品奶粉加工厂、酒厂、粉坊、油坊、木耳厂、米面加工厂等,实现了农牧林副业齐头并进,成为全旗粮食和牲畜供应基地之一。建立的卫生室、小卖店和小学等公共服务设施,有效保障了牧场人的健康、子女学习和生活等方面的基本需求。

牧场员工分为莫旗本土和外省人员,莫旗本土农民占多数。本土员工由三部分组成:一是刘惠君和王庆友两位领导招集的十几家亲属,后来这些亲属又滚雪球般地拉来了更多的生活困难的亲人;二是莫旗乌尔科公社兴隆泉村自称"远征开荒点"的十户人家;三是退伍兵。还有一部分是"乡泪客中尽,孤帆天际看"

杨丽华和杨丽英(2017年)

的异乡人。他们不像本地人那样可以坐下来，老生常谈地细数自己的前辈，找到他们之间的亲戚关系。这些外地人形形色色，大部分人谨小慎微，很少谈及关于自己或家庭方面的隐私。比如山东的刘氏三兄弟都没成家，已在莫旗农村当黑户多年，种地打工都干过，他们一点儿也不介意别人的眼光，还说已经适应了这种生活，能到牧场就有了保障和安全感。

牧场的承诺相当诱人：每月预支伙食费，记工分，年终决算，盖家属宿舍，家家户户通上电。人们也相信兑现承诺只是时间的问题，肯定有保障，因为有食品公司这个国营单位做后盾。即使希望一个个落空，总比抱磨杆推面、点油灯照明、年终工分折合不了几个钱的生产队有盼头。

这些人从四面八方来到这个山旮旯儿碰运气，每个人都脱离了原来的生活，每个人背后似乎都有一段谜一样的经历。大家聚集到一起熟悉着新的环境，不相识的人好奇地相互观望，开始交谈，相互询问来自哪里、老家在哪儿，没有三六九等，更不分民族、地域、文化、习俗，统统被牧场这个大熔炉熔铸到了一起，大家同吃、同住、同劳动，内心充满了向新生活迈进的信心和动力。

牧场有两类群体：一类是员工队伍，另一类是六十五名知青，其中百分之九十的知青来自尼尔基镇。牧场尽管地处偏僻，建场时间短，但拥有健全的集中经营管理系统，效益还不错，逐渐声名远扬。知青中有兄妹档、姐弟档、表亲档等多种组合，小部分是初中毕业生，其余都高中毕业。1976年，牧场来了二十七名尼尔基一中的应届高中毕业生，另外还来了一名哈尔滨的知青和一名从别的知青点转过来的知青。1977年春，一对北京的知青夫妻带着两个孩子也转到

周天喜（1978年6月）

了牧场。后来，也有一些拿来证明补办手续转为知青的本地和外省的年轻人。其中周天喜、周天放哥儿俩，原先也是员工，哥哥应该是老三届初中生，改革开放后凭借父母落实政策从原籍辽宁省拿着知青证明回到牧场，补办了知青手续，返城后都被安排到莫旗商业局建筑队。周天喜退休工资每月超过三千元，周天放2021年春天去世。李玉华，原来是牧场员工的妻子，后来也从原籍拿来证明办理了知青手续。张继武，1959年生，1977年到牧场基建队当小工、瓦工，后来也补办了知青手续，于2023年1月去世。1977年8月，安万霞、王凤芹、刘金荣、陈爱君四名应届高中毕业生是最后一批知青。男知青二十九人，女知青三十六人。自此，"知青"成为历史名词。

　　和高中同学相比，我下乡的地方最远，没有电灯、电话，路途坎坷，想上山或下山，就得时刻做好把生命交给司机的准备。有一次，子弟小学开学，正碰上场部胶轮车从街里往牧场拉生猪，车斗内装满了大大小小的生猪，护栏上还拉了一张比大拇指粗的麻绳网。我和几个知青就坐在拉起的麻绳网上面，生猪则在麻绳网的下面。刚刚被装上车的生猪进入新的环境，本身就躁动不安，28胶轮车一启动，生猪吓得惊恐万状，顿时就炸了锅，惨叫着满车斗乱窜，还发出浓烈刺鼻的恶臭味。我们不仅要忍受难闻的味道，还得时时忍受它们大规模的骚乱行为，每个人都被折磨得精疲力竭，最后蜷曲着身体摇摇晃晃地睡着了。

　　尽管当时经济低迷，生活拮据，机械化程度不高，但大多数人的生活和工作状态普遍高昂，充满热情。老百姓到旗里任何一个部门办事，工作人员都全心全意为其服务，从不拖拉推诿。拿着高中毕业证到知青办换上山下乡知青证，到公安局迁户口，到粮食局迁粮食关系的手续，都是分分钟的事。哪怕你不小心丢了某个部门的证明，各部门都会热心地帮你再补办一套，一点儿也不用担心因为手续不全而耽误上山下乡的进程。记得我一个同学办完所有手续后，兴致勃勃地到商店买下乡的生活用具，结果不小心弄丢了所有的证明材料，很快，尼尔基一中、知青办、公安局、粮食局就新出了一套完整的手续。工作人员还边开证明边

闫秀丽（1977年）

安慰我同学说："丢就丢了吧，谁捡到了不送还给你，也不能拿你的证明材料去落户口、办粮食本，还不是废纸一张？"此外，如果生产队和个人出门办事，只需有张介绍信就行，机关大门敞开，进出如履平地，最多跑两次，心里基本有个托底数，事情办成办不成，心情也不会感觉有多糟糕。

闫秀丽是我同学，1975年秋天来到牧场，中学同学都叫她"俄罗斯卷毛"。因为她与生俱来的浓密而蓬松的头发，总是带着动感迷人的波浪曲线，每次洗完头，披散的头发更是生机勃勃，像波浪一样不断地朝下翻滚。她有一双迷人的大眼睛，光洁的额头前是短短的自然卷刘海，脸蛋白皙圆润，像樱桃小丸子一样的甜美笑容纯真无暇，很讨人喜欢。她是知青舞蹈队和秧歌队的主力。

闫秀丽干了八个多月的农活，起土豆、掰苞米、割黄豆，冬天在场院虎口夺粮，脱小麦和脱黄豆，也参加了当年秋收冬藏的全过程。有一次她回旗里办事，在胶轮车上受伤造成胳膊骨裂，但她只在家休养了半个月就回到了牧场任现金员，因工作量不够，还得吊着受伤的胳膊当"小时工"：扫鸡舍，拌饲料，添换水，拣鸡蛋……1979年9月闫秀丽返城，在莫旗商业局基建队做会计。

李秀祥，名如其人，神清骨秀，温柔敦厚，个头不高，身单体薄。柳叶弯眉盛满了矜持温柔，他说话细声慢语，骨子里透出一种文文弱弱、善解人意的感觉，让人心生爱怜，连和他在一起劳动的女知青都会不自觉地对他产生一种莫名的保护欲。他的忧郁气质和聪慧劲不仅让人没有免疫力，反而很能打动女孩的芳心。在牧场他就做了道恋爱选择题，先谈了一个，又谈了一个，返城后李秀祥在食品公司开大车，最后和尼尔基镇的一个女孩结了婚。

李秀祥刚到牧场做农活时，一次在大田劳动结束后看到刚卸下套的毛驴，就像猴子一样嗖地蹿上了驴背，想骑着毛驴回场部吃中午饭。不承想毛驴尥起蹶子，把他从空中像抛皮球一样摞倒在地上，导致他左锁骨摔折，牧场将其定为工伤，让他回家休养。李秀祥在家养了两个月就回到牧场去了米面加工厂。每次开工前，他必须先用启动摇把猛摇发动机曲轴好几圈，使磨面机和磨米机运转起来。每次发动机器时，李秀祥都会皱起那对柳叶弯眉，整个小脸也紧紧地缩成一团，纤细的脖颈直挺挺，流露出满是吃力却又很坚定的神情，男知青和员工这时便主动来帮忙，协助他解决难题。

在那个年代，我们把上山下乡视为改变命运、掌控未来出路的不二之法。我们被送上通往牧场的这趟列车，命运便与牧场紧紧联系在了一起。国家政策明文规定，知青下乡两年后，经"自愿报名，基层推荐，领导批准，学校或单位复审"，可以推荐返城参加工作，上大学，男知青可以参军入伍。"推荐"以其独有的魅力吸引着我们在牧场积极踊跃地表现自己优秀的一面，暗地里的激烈竞争可想而知。

著名作家柳青有一句名言："人生的道路很漫长，但紧要处常常只有几步。"我们都用看偶像剧的眼光崇拜着自己喜爱的英

李秀祥（2021年）

雄人物,视他们为崇高的榜样,他们为之奋斗的目标就是我们的理想,吸引着我们不断学习、效仿。

为了发挥知青独特的优势,牧场后来就让我们固定了劳动岗位,在划定的框架内施展拳脚,农牧业领域基本没有知青的身影了。知青下乡截止时间是1977年8月。1977年全国恢复高考,这个时间节点,这个历史转折点,完全避免了牧场知青因为极其有限的入党、推荐上大学、招工、提干名额和评优选先,发生相互竞争甚至倾轧的现象。大家不谙世事,充满稚气和纯真。我们在劳动、生活中学会了笑纳一切艰难困苦,脚踏实地,吃苦耐劳。知青中没有随意旷工、泡病号、闹情绪、躲避生产劳动的现象,就像闫秀丽和李秀祥,完全有继续休养或申请病退回城的权利,可他俩受伤的骨头还未痊愈,就急急忙忙返回了牧场,投入紧张繁重的生产劳动中。大家在劳动中都坚持服从农业队队长的安排。知青中还流行一句俗语:"知识青年一块砖,哪里需要哪里搬,搬到茅坑垫脚底,搬到炕头当枕头。"大家接受劳动任务时没有任何私心杂念,也从不计较得失,不管遇到什么事情,只要是场长、农业队队长和领头干活的开口说的话,我们都欣然接受。现在回想起来,感觉那时候服从领导听指挥,就是听毛主席的话、跟毛主席走。

我在农业队干了一年活,起土豆,扒苞米,打麦子,铲地,粉坊漏粉;在牧业队随奶牛一起回旗里,骑着自行车满街兜兜转转,给订牛奶的人家送牛奶;在基建队挑过泥、搬过砖和石头;最后又回到山上子弟小学当老师。像我一样,六十五名知青来牧场初期都被分配在农业队摸爬滚打,都不同程度地尝试、承担过农林牧副各种各样的任务,也放羊、放牛、挤牛奶、喂牛犊,干过各种粗活细活。知青基建队是知青最集中的地方,基建队的副队长由知青邢德明担任,干得有模有样,男女知青每天灰头土脸,扮演着瓦工和小工的角色,牧场的房子都是知青基建队建的,这支队伍还在承揽莫旗政府和食品公司工程中担当了主力军,作出了自己的贡献。

知青刚到牧场时，脸蛋光滑红润，眼神明亮清澈，双手娇嫩纤细，每个人的身上时刻洋溢着热烈淳朴、情感真挚的青春气息。经过生产劳动的洗礼，少男少女白皙的皮肤、俊俏的脸庞像染料上色一样，很快就变成了紫红色，皮肤也粗糙起来，裤脚上沾满了泥巴，手上长满了茧子，身体壮实了许多。

牧场明确规定，不准给女知青分配超出体能的脏活、重活、累活和危险的活，但在实际生产中，女知青一样勇敢面对，一样抢着干，从不落后。干农活如同盖房子，必须要有几根横梁和几根柱子，知青干农活都是从头学起，既不能当房梁，也不能当房柱子，记的工分却和员工一样，女知青也一视同仁，年终时混在一起评一、二、三等劳动力，同工同酬，女知青不比男员工挣得少。场领导管理知青充满仁爱之心，维持着一种张弛有度、恬淡宜人的秩序。我们那时候不知道天外有天、山外有山，一致认定再没有比这儿更好的下乡地方了，都为选择来知青牧场而庆幸，这份幸福感、自豪感的前提就是这里肥沃美丽的土地和成群的牛马羊；每天不用考虑吃不上饭，有福利住房，烧柴充足，和谐的人际关系和昂扬忘我的劳动热情。这一切也是牧场的未来，未来是多么令人兴奋，令人神往。

1989年，人们在牧场原址之上建了塔温敖宝镇富民村。我不知道如果亲身经历牧场走向衰落直至灰飞烟灭的过程会是何种感觉，但我知道所有知青和员工不止一次地在脑海里、在心灵深处复原过牧场曾经创下的辉煌，就像一部悲喜沧桑的电影大片不断地闪回。牧场真了不起，真是一位创造力丰富的巨匠！

一

荒原创业多风雨，青春激昂动地歌。
本土知青捧热土，埋头奋斗对山河。

映山红花满山坡

二

鸡鸭猪兔春光美,大豆高粱五谷香。
蔬菜小苗葱郁郁,三餐无忧不思娘。

三

独秀一枝鹿出头,幼崽花丛闻歌舞。
人工受精搞改良,振兴畜牧展宏图。

四

烧砖建房拔地起,毗邻借光筑城墙。
发电加工农机具,丰登憧憬步康庄。

五

诊所为民医小病,儿童上校在家门。
良田千亩金黄穗,年产粮食过百万。

六

蓝天草场飘玉带,扬鞭驰骋花盛开。
映山晚霞待落幕,芳华壮丽镌山脉。

知青的王哥

1974年4月,王庆友被正式任命为牧场场长,当时他二十九岁,比知青也就大个十岁左右,大家同属一辈人。所有人在一栋房子里吃喝拉撒睡,建立了深厚的情谊,知青和年纪小的员工私底下都爱叫王庆友"王哥"。随着岁月的流逝,八十岁的王场长丝毫不显老迈,头发浓密,精神矍铄,面色红润,说话中气十足,骑着摩托车能沿公路跑上三四十里。

王场长有一女两儿,大女儿和大儿子已退休,家庭富足。王场长的老伴患心脏病,十几年前去世,之后他与王亚琴再婚,过着吃穿不愁的生活。王场长在莳花弄草、颐养天年的同时,还富有挑战性地充当了一次"老男孩",建造起一座养蜂乐园,养着十几箱蜜蜂。春暖花开,王场长便带着蜂箱到莫旗某个山区落脚,等待追花逐蜜的好时机,有滋有味地过一段追蜂人的生活,仿佛回到了四十多年前在牧场养蜂场的日子。白天,

原知青牧场场长王庆友(1994年摄)

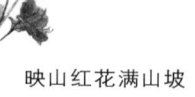

天空蔚蓝,阳光灿烂,王场长的头顶布满了纷飞的蜜蜂。夜晚,他一个人坐在草窝棚旁边,辛勤的蜜蜂全部进入蜂箱,发出像催眠曲一般柔和的声音,各种飞鸟昆虫的鸣叫像低音琴弦的合奏,此起彼伏,微风拂过树叶发出沙沙声,它们一曲接一曲地唱着,有时沉寂几秒钟,接着又一鼓作气高歌起来。王场长坐在那里,眼望星空,陷入回忆。每年的八月,看着搅出来的槐树蜜、柳条蜜异香扑鼻,透明的白色里面有星星点点的浅蓝色、黄色或浅红色,他的心里就跟吃了蜜一样甜。但是养蜂也有闹心事,蜜蜂每年都会得病,寻医撒药依然损失大半,最惨的是摊过三次病毒,蜜蜂群次次全军覆没,只能花钱再买一批。过去的蜜蜂只得螨虫病,如今的蜜蜂也得了"现代病",病种有十几种还治不了。这句话是王场长给全国著名蜜蜂专家写信后得到的答复。

王场长与我们知青共同经历的那个时代已经成为历史,结下的情缘延续到了下一代人的身上。住在尼尔基镇的知青都说,只要在大街上见到王场长,他肯定笑容可掬地和你唠个没完,不仅要把自己和一些知青的近况介绍一遍,还要了解一番其他人的情况。知青聚会,必定通知老场长,和知青在一起,如同亲友欢聚一堂那样无拘无束,快快乐乐。王场长加入后知青时代的队伍里,和我们一样容光焕发,喜不自胜,浓烈而真挚地倾吐衷肠。知青仍然亲切地称呼他"王场长""王哥"。

王场长当年对马十分珍惜和喜爱,他的坐骑是上等的蒙古大红马,是从食品公司饲养的战备马中百里挑一选出来的,毛色火红,被称为"野鸡红大骟马";体型中等,大眼睛,胸部宽阔,肌肉隆起,腹背壮实,臀部圆润,四条腿不粗不细,轻捷矫健,既可以力承千斤又善于奔跑跳跃。它在海拉尔大草原上奔跑长大,习性近似于野马,从来没有人骑过它,能把这样一匹桀骜不驯的野马训练成自己的坐骑真是不容易。王场长曾说:"老百姓都管驯马师叫'马阎王'。制服、调教、训练一匹野性十足的烈马,使它成为驯顺且出色的坐骑,不是一朝一夕的事情。"

在农业生产还完全处在牛耕马拉的阶段,马、牛、驴、骡子等大型牲口扮演重要的角色,没有这些长蹄的牲口,人们就不能跑长途、运货物和搞生产。王场长没到牧场前，就带着大红马参加了旗委、旗政府组建的骁勇骑手俱乐部，这些人经常陪护旗领导策马奔腾下乡检查工作，后来就随着王场长来到牧场。大红马的速度赶上了《三国演义》中的"赤兔马"，如果搭乘不了方便车，王场长就穿着带刺针的大皮靴，骑着大红马用五六个小时跑完一百五十多里地，从牧场回到尼尔基镇。王场长经常会在公路上与运输公司的大客车结伴前行，大红马很通人性，理解牧马人需要一个结伴而行的人，只要司机提速快行，大红马就像听到了号角声一样也加快奔驰的速度；司机故意慢开车，大红马会自觉放慢速度，马蹄声声始终和着大客车机械的节奏，不超过也绝不落后一步，好似两匹并驾齐驱的骏马，展示相依相守的亲密之情。王场长对大红马的表现尤为满意，常常给予赞许和鼓励，他俯下身子拍拍马背，说："好样的，多通人性，我想的你都明白，就是不会说话。"到了目的地，王场长还会从兜里掏出馒头，掰开来奖赏给大红马吃。

大红马这时就会点点头，弄得马笼头铿锵作响，抬腿敲击着强劲的马蹄，不知是表示感谢还是表示同意。

王场长在牧场也是马不离身，端坐在马鞍上，肩上背一支半自动步枪，这样经过望不到一缕炊烟的草场和有野兽出没的蛮荒之地时就不害怕了。平日里，王场长就骑着大红马在田间不慌不忙地一步一步地走着，在马背上居高临下地"办公"，威风凛凛，令人羡慕。王场长几天不见大红马，就像丢了魂儿似的，见了面就像见到了多日不见的亲人，格外开心。大红马也会亲热地伸过脑袋迎接王场长，敲击着强劲的蹄子，发出响鼻，闻不够、亲不够、舔不够地摩蹭着王场长的手和脸。王场长则用双手搂住马脖子，把脸贴在它宽阔的前额上，动情地抚摸着马的头部，朝它轻声耳语："你好哇！几天不见了，好想你呀！老伙计。"之后慢慢地滑向马的脖子和鬃毛，跨上马鞍，拉紧缰绳，用鞋的后跟磕磕马肋，再用腿紧紧一夹，抽上一鞭子，大红马立马欢腾起来。王场长躬身伏背，策马扬鞭，大红马立即抖擞精神，如离弦之箭，飞身驰骋而去，荒郊野甸从蹄下飕飕而过，如果它有翅膀，准会飞起来。王

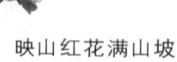

场长享受着新鲜空气和田园芳香，尤其享受骑马的乐趣，那感觉真是过瘾极了。大红马已经成为王场长在牧场工作生活中的好伙伴、好战友，所以我们知青又称王场长为"骠骑兵场长"。

1976年8月10日，二十几名商业系统子弟坐着大解放卡车从尼尔基镇出发到牧场当知青，王场长便骑着他的大红马从牧场跑出八十里地到西瓦尔图公社迎接。

王场长在古稀之年感受到了马背生活留下的后遗症，他说："年轻时骑马当开汽车，真没少嘚瑟，留下的病根现在都跑出来找我麻烦了，遇到阴天下雨特别难受，还有腿部静脉曲张和风湿痛。"

王场长在莫旗兽医站当兽医八年，1970年10月调入食品公司担任兽医、良种场场长和生产股股长，又被选为筹建牧场的最佳人选。食品公司下属部门属于国营企业，牧场属于自负盈亏性质的企业，王场长来牧场，用当下时髦的话说叫"下派挂职锻炼"，期限三年。

在牧场工作生活的六年半时间里，提起王场长，员工、知青都交口称赞，他用辛勤、智慧、汗水和创新的实际行动，带领大家在脱贫致富的道路上谱写了一曲"多种经营，兴场富民"的新赞歌。王场长却谦虚地说："刚开始工作时担心自己搞管理，搞农业、副业是外行；怕急躁、主观、粗暴劲头上来影响工作效果，因此做牧场领导的几年里自己一直在反思，努力改正不足，即使取得不俗的成绩，实属牧场知青和员工宽容、支持、理解我的结果。"

王场长基本上都见过知青的父母，至今仍深有感触地说："万爱千恩百苦，疼我孰知父母。"知青的父母送孩子到牧场时该说的话和孩子都说了，背后还都找过他，希望他在牧场像对待自家弟弟、妹妹一样严加管理，使孩子将来能有个好出路。

家长越信赖，王场长觉得身上的担子就越重。他认为只有把牧场各项工作搞上去，才对得起全体知青、员工和知青家长。当时正是"文化大革命"后期，腾克管理区、食品公司两个上级部门经常派人来宣讲文件，半宿半宿地开会，劳动一天后的知青和员工都要集中到男宿舍里学习、讨论。从农村生产队上来的员工，学文件时间一长就有些不高兴，看组织学习的人就像看到歉收的麦子，麦穗上尽是瘪粒。听人念文件，即使言之有物也听不出什么名堂，就是个长篇大论的词句堆砌，左耳听右耳冒。找个口齿伶俐的人来念文件，大伙也都提不起兴趣，但如果此时外面突然下雨，露天放着装粮食的麻袋或是有人在外面喊"来人，卸车啦"，那么不需要领导点名，争先恐后跑出去的人能清空半个会场。牧场采取只要来的人一走，场管委会成员田间地头见缝插针开短会，有事说事；党团组织活动不占用生产时间，愿意打篮球或唱歌自己找时间，尽量不组织统一的文体活动。牧场是自负盈亏的生产单位，一穷二白，每个家庭都一贫如洗，不生产没饭吃、没钱花，牧场想建也建不好。

一次，我为子弟小学的事到场长办公室请教，当时王场长正伏在办公桌上画二道河牧业队牲畜棚圈的草图。他画得很详细，连棚圈上面的檩条都一笔一画地画出来，各种符号把牧业队的房子、小河、草甸、山包、盲流点标注得明明白白。一张手工绘图把牧场畜牧业发展前景变成了一个多姿多彩的新世界，王场长的脸上露出满意的笑意。

王场长平日想事心思比较细腻，也很有责任感，他怕员工身上的一些不良习气会影响到知青，首先就积极推进员工新思想和新角色的转换转变，制定场规场纪，以避免一些坏习惯、坏作风在新建的牧场生根发芽。牧场每月发给员工十元的伙食费，只要口挪肚攒，手里还是会有几个活钱的。1975年底，冬夜漫漫，有的员工开始偷偷摸摸去盲流点用扑克赌博。赌资不大，在他们的老家，算不上违禁行为，更谈不上犯罪。1976年正月十六，场部召开全场员工大会，对李广泉、岳民田、王振环三名员工在春节期间到白桦泉盲流点参与玩纸牌赌博进行了处置，对领头的共产党员李广泉罚款一百元（等于一个半月工资）；另外两个人各罚款五十元。这三个人家庭生活都不富裕，尤其是李广泉，家庭人口多，生活非常拮据，一听要罚款，三个人百般认错检讨，但组织上仍毫不留情地做出了处理。对犯错的人绝不姑息的做法起到了良好的震慑作

用，此后员工中再也没有发生过赌博等行为。

知青是响应毛主席号召从尼尔基镇一路高歌来到牧场接受再教育的，知青办又给了每人几百元的安置费，让知青多少有些宠儿骄子的优越感。王场长为防止知青滋长高于员工一等的不良情绪，也制定了一些规章制度，例如不许谈恋爱，不许喝酒，不许打架，要讲礼貌，说话和气，讲团结，

李广泉（1978年6月）

不搞小团体，有事会上讲，不许背地议论人，等等。

建场当年生活十分艰苦，大家经常捧着饭碗没菜吃，为了能让大家吃上一口菜，王场长几次外出采野菜。荒甸上刚长出二三寸的大芍药秧、捞豆秧、柳蒿芽、金针菇、野韭菜，他一麻袋一麻袋地往回采。夏秋雨季，他就骑马顶着深林中的露水去采蘑菇、木耳和猴头儿。一次刚下过秋雨，天空放晴，草原上的空气分外新鲜，散发着草香和花香，王场长和牧业队的徐队长骑上马前往北面大山沟柞树岗选木头。一进山沟，他们就看到南山坡有一棵全身上下发白的大树，走近一看发现是一棵两个人合抱不住的死柞树，树的上半部长满了乳白色的野生猴头儿，刚沐浴过秋雨，猴头儿膨胀起来，大的有饭碗大，小的有鸡蛋大，白色毛绒状肉刺根根挺立，鲜活欲滴。徐队长年龄大，王场长便自己爬到树上去摘，用手轻轻一掰，就将猴头儿从树上连根摘了下来，扔在地下堆成小山，最后王场长和徐队长脱下外裤，扎上裤脚当面袋，满满装了四条裤腿，用马驮回了二道河牧业队。牧业队的人用猴头儿做了顿加食盐、葱花和猪油的面片，剩下的猴头儿都被带回了牧场，让知青和员工都尝了鲜。

王场长还领着员工到白桦泉小河捞鱼，有柳根鱼、老头鱼、串丁子、

小鲇鱼、鲫瓜子，这些鱼个头都不大，可多放咸盐做成鱼酱，喝大楂子粥时，就着鱼酱下饭，既换了口味又能解馋。捕鱼神器是自制的"盆网"，就是在破铁盆底部钉出无数个小洞，像个筛底，上面覆盖桦树皮，在盆网上面的小洞放入米糠、玉米或豆饼做诱饵，盆边再固定一根长绳子，抓着长绳子，将盆网抛入河里，站在河沿儿就会看到鱼往盆网的小洞里钻。知青刘连昌个子高，少言寡语，他从小在江边长大，知道下雨后涨水，各种鱼会从上游涌到下游，从不错过大捞

刘连昌

一把的好时机。白桦泉水量少的时候，刘连昌使用挖土堵断水的方法，用柳条树枝和泥土在小河"憋坝"，拿柳条筐放到"憋坝"的中央，水流从柳条筐的缝隙中涌出，水声哗哗鸣响，刘连昌不仅感受了溪水流过脚面的清凉，还将进入柳条筐内翻身打滚的小鱼，一捧一捧地捧到铁盆里。刘连昌很享受到白桦泉"憋坝"的乐趣，因为每次捞到鱼的品种不确定，有时是柳根鱼，有时是小鲫瓜子，下一次能捞到什么鱼种，他自己也猜不到。

为了解决好知青、员工和家属吃饭的问题，牧场在原来养牛马羊的基础上又办了猪场、鸡场、鸭场、兔场，每个月有计划地杀羊宰猪，鸡蛋、鸭蛋也不断供应，还专门抽调两个人种菜、种瓜，这样大家就能吃上些时令蔬菜了。

知青是不允许饮酒的，可有了鱼酱、小葱和白菜，就有点儿无酒不欢的缺憾了，有些小伙子的内心开始蠢蠢欲动。正好杨书学被安排跟随

28胶轮车到尼尔基镇南大坝拉沙子，每次都偷偷摸摸买回来莫旗老山头白酒。刚开始只是买瓶装酒小酌一杯，后来是塑料桶，用报纸包裹好，以免被旁人看到。杨书学带回来的是五十度的老白干，原料取自于莫旗自产的粮谷，有股黑土地、蓝天和草木的味道，浓郁独特，口感极好，即使人喝多了，也不会感觉难受。男知青不仅破戒犯规，还希望下酒菜能更丰富点儿，就到鸡场和鸭场捡鸡蛋、鸭蛋；还不过瘾，觉得酒桌上应该有荤有素，就开始偷鸡杀鸭，边吃边喝，直到一个个喝得心满意足，然后称心快意地回到宿舍。当单调乏味的生活又回到无法忍受的时候，几个人就又合伙开始琢磨下一次怎么喝酒。不久后，杀鸡的事就被员工告发到了王场长那里。王场长说："人赃俱获，岂不是偷盗犯罪行为？"他找到生产队队长程志芳、知青赤脚医生代武新商量怎样处理这件事。代武新也是男知青喝酒聚餐的参与者，他身背药箱走家串户，缺鸡少鸭的事比谁都清楚，于是劝解王场长："牧场谁没偷吃过鸡和鸭，法不责众，这事肯定整不明白，以前偷偷地捉鸡抱鸭就算被狗叼去了，就当牧场招待客人了，下不为例，再逮着偷鸡摸鸭的就狠狠地收拾他，把损失补回来。"

建场第三年，知青、员工、家属和小孩加到一起有四百多口人，吃油成了大问题。牧场种了九百亩的黄豆，因地势较平原高，无霜期才一百天，黄豆产量偏低且不成熟，出油率低，大多只能喂牲畜。之后种了五百亩油菜，又购买了榨油机，才基本解决食用油的问题。油菜压榨出来的菜籽饼也是喂猪和牛的好饲料。

1975年，为了改善知青和员工的住房条件，牧场在亚葫芦山底下建了砖厂，有一栋十七间的砖房和一栋九间的砖房。知青兴奋地说："我们家还住平房呢，在深山沟我们就先住上旗政府的办公室了。"那时候，尼尔基镇只有旗党委、政府等为数不多的部门是砖瓦房。

知青都是十八九岁刚出校门的中学生，因此王场长从心底里放宽了对知青在生产劳动上的要求。王场长在1994年8月牧场知青二十周年聚会上打开心扉说了实话："虽说知青劳动技能不如员工，但劳动起来从不掺假，没有私心，说话不拐弯抹角，实事求是，会上提意见也直言不讳，管点儿什么事都尽心尽力，没有一个不想把生产和管理搞好的。虽然在生产和管理过程中也出现过一些问题，造成了一些经济损失，但那是因为没有经验造成的，并不是人为有意制造的。"

事实上也确实如此，知青在负责生产和管理过程中曾出现过严重失误，造成很大的经济损失后，王场长都会先安抚，稳定住闯祸者的情绪，再循循善诱地帮助当事人开展后续工作。知青郑忠凤负责牧业队蜂场，一次到场部取除螨虫的药，蜂场总场刘场长详细交代了往蜂箱洒药的方法和注意事项，可当天郑忠凤在场部玩了半天，回去时天已经黑了，第二天又开始下小雨，郑忠凤就领着知青三姐妹顶着雨洒药除螨。由于是下雨天，蜜蜂的翅膀因空气潮湿飞不起来，只能在蜂箱里趴着，除螨虫药的药味在蜂箱里挥发不出去，转天早上天晴，蜜蜂一只也没飞出来，一百二十四箱蜜蜂全死了，损失三万多元。王场长没有责怪郑忠凤一句，她平时工作积极，蜜蜂被群体毒死这件事也不是她责任心不强造成的。王场长只说了句："养蜂是很深的一门学问，要好好学习，多向刘师傅请教，争取在工作中少出漏洞。"之后从蜂场总场又调来八十箱蜜蜂，继续让郑忠凤负责。

牧业队有两只新疆细毛种公羊，是为八百只母羊搞人工配种的。春天，羊群剪完羊毛后都要搞一次药浴，知青刘亚杰为了保险起见，又多为种公羊进行了一次药浴，然后直接圈进羊圈里，傍晚去羊圈一看，花六百元买回来的两只种公羊就这样被毒死了。王场长虽然疼在心上，但也没责怪刘亚杰，他知道刘亚杰是好心但办了坏事，没有经验，反而检讨自己，安慰刘亚杰："这是我的疏忽，失误给人以教训，吸取教训才能获得经验，咱们以后工作中要多动脑子，考虑周到点儿。"

随着多种经营全面发展，知青大都从农业和牧业第一线转向管理和技术岗位。机务班百分之九十都是男知青，会计、现金、学校、商店、猪场、酒厂、粉坊、榨油厂、土法生产奶粉厂、养蜂场、基建队、食堂，只要力所能及，都有知青参与或全权负责。

　　1974年到1978年，每年年终分配，男女知青和男员工享受同样的工分标准，每个工分两毛钱，分一、二、三等劳动力，一等劳动力挣十个工分，每天两元钱；二等劳动力挣九个工分；三等劳动力挣八个工分。那时，王场长属于挂职下派，人事关系在食品公司，每月工资才四十八元，还没有一个女知青挣得多。

　　牧场离尼尔基镇一百五十多里，交通不便，医疗条件差，最让人提心吊胆的就是四百多口人中有人不幸遭遇瘟疫或疾病，虽然牧场建有卫生室，可是缺医少药，大夫也只能治个头疼身热、擦损外伤等小病，大病、重病治不了，复杂的病种更不用说了。

　　生老病死是谁都躲不过的宿命，让人没想到的是开端竟发生在孩子身上。王场长怎么也料想不到自己在一年的时间里经历了两次生离死别的场景，而且都是因为两个做父亲的人在正确的日子和正确的地点做了一件一生无法原谅自己的错事，使自己的孩子像火星般在牧场闪烁一下就熄灭了。一个在米面加工厂的员工，三十多岁，也算老来得子，就成了儿子奴，经常抱着两岁的宝贝疙瘩在米面加工厂干活。男孩像小猴子一样，经常将双臂抱住父亲的脖子，挂在父亲身上。看机器的活儿说简单也简单，启动发动机后，只需正常运转；加工小麦和玉米分为一遍、二遍、三遍，这几道程序由加工者自己往机器倒粮食，收拾加工的米面。领孩子干活儿这事场领导也曾提醒过他。1977年6月的一天，在他把孩子放到地上去关闭柴油机电闸时，小孩突然跑到24马力柴油机带动的磨米机和磨面机旁，用手摸到了轴杆头的铁卡子。接着发生的惨剧太短、太快，电光石火的一瞬间，孩子的身体就被挂在轴头轮子上，机器骤然停转，小脑袋被裹进惯性旋转的皮带里，溅出的血和像豆腐脑一样的脑浆瞬时喷射到几米外的墙壁上。

　　不到一年，同样的悲剧再次上演。1978年4月的一个星期天，有几个男员工要下水干活，因是早春，气温低，水凉，干活的人总会先喝上几口白酒暖身子暖胃，之后将还剩下几斤白酒的塑料桶随手放到了地头。哪承想，有六个小男孩星期天不上学，也来看大人干活，拿起装白酒的塑料桶，像大人一样喝了起来，人们忙着干活也没顾上看这些孩子，结果其中一个十岁的男孩喝得太多，酒精中毒，还没等胶轮车送往医院，已经不行了。

王场长两次陪着丧子的家庭到馒头山送葬，帮着把孩子埋在山上。两个小小的坟堆，下有厚重的黑土，上有灰蒙蒙的天空，风吹起树上的叶子，发出凄切的哀鸣，两家大人悲痛欲绝，发出一阵阵哭天抢地的哀号，在场的人无不潸然泪下。王场长至今还心有余悸地说："千幸万幸，牧场再没有出现过一起因生病或意外而离开人世的悲剧。"这也是王场长离开牧场后稍感慰藉的事。

当场长是要靠实干的，"牧场虐我千百遍，我对牧场如初恋。"王场长刚到牧场时是一个体重一百四十多斤的壮汉子，1979年离开牧场时仅剩下百十多斤的骨架子；而且他没从牧场拿过一分钱的报酬，只求干好，得到食品公司领导在群众大会上的点名表扬，这对他来说就等同获得一枚贡献突出的功勋章，内心足矣。

王庆友2018年到原牧场（富民村）探亲
上排左起：王铁汉、李成新、冯金燕、郭亚芹
下排左起：王大明、刘忠举、王庆友、王振全、迟志杰

王场长反复强调和叮嘱知青司机开胶轮车前一定要反复检查拢车的绳子是否牢靠结实，车上的物品是否绑好。既拉人又拉货的胶轮车万一途中有个闪失，坐在超高车斗上的人就凶多吉少，十分危险。一次，王场长在帮助小司机例行检查时发现车斗边上有一大袋小米，就随口问了一声："这是谁的？"保管员站在一旁说："队长让我给你装的，你家里人口多，场子里来来往往在你家吃饭的人也多，刚打的小米挺好吃的，顺便就拉下去吧。"

王场长不想占牧场便宜，坚决让人卸下了小米袋子。他在牧场的六年半里，没有占过牧场一元钱的便宜，办事认真，以身作则，知青和员工劳动的积极性都特别高；又恰逢牧场处在欣欣向荣、蒸蒸日上的关键时刻，王场长更加坚守底线，不允许任何人以任何形式破坏来之不易的威信和形象。

时至今日，王场长仍然十分怀念在牧场战天斗地的日日夜夜，仍然抑制不住对曾经在那片土地上奋斗的知青和员工的思念和回忆。在向我提供牧场回忆材料时，王场长动情地说道："四十年前的牧场让我感受到了拼搏和奉献的可贵，今天，在为你提供牧场知青资料的过程中又一次使我的生命得到了丰富和延伸，我很享受，也很自豪——曾经天真活泼、充满活力的知青和员工，依旧喊我王场长！"

别有洞天的集体宿舍

我们都是来自五湖四海,为了一个共同的革命目标,走到一起来了。

先遣队拓土开疆,在茫茫荒原想住帐篷只能是在夏季,最现实的做法就是学习外来人口搭窝棚和马架,励精图治,再鸟枪换炮。第一批知青和员工相较于牧场正式成立前的拓荒者还算是幸运的。他们在1974年4月用青春的热浪驱赶着料峭的春风,在建好的独栋简陋的十七间房子中站定了脚跟!没有院落,修整出来的门前空地,晴天都是土,雨天都是泥,冬天都是雪。露天的大宗物品是七七八八的柴油桶和汽油桶,停放胶轮拖拉机的地面上散布着一摊摊黑色的黏稠油污,粘在鞋底上很难去掉。

集办公、宿舍、食堂、米面加工厂和仓库为一体的房子是棍加泥墙体。垒墙时先用木板按照墙体的要求做成木槽子,然后在木槽子中填入有黏性的土,掺入石灰,边填边夯实,形成夹板土墙,如此反复操作就可以得到想要的各种墙体;里外再用碎草和土搅拌成大泥抹上两遍,起脊房顶覆盖着苫房草,外观是土坯草房,但保温性很差。

男知青和牧场员工住的宿舍,有七间屋大小,屋内的土地面夯得结实而平整,阴天下雨就会反潮,变得泥泞打滑。男员工除了单身的,成家的也没带家属,因此都住在一个宿舍里。

屋顶的中间横梁上吊着一个带玻璃罩的高级煤油灯,灯捻既不会飘忽不定，也不会被风吹灭；有一个旋钮可以调节灯捻的高矮长短，如果把灯捻调到最高档，金黄色的火焰照射到"蔓子炕"炕沿儿时就昏暗了，一缕黑烟在灯火上飘荡，整个屋里充斥着一股煤油味。初来乍到的人进屋后，看到灯光后面的幽暗阴森，影影绰绰，总会有一种迷离的眩晕感。地面中间一根用来支撑人字架的圆柱上吊着一盏白炽灯，电源是从西边的米面加工厂拉过来的，只有晚上开全场大会才能使用，开大会时，这盏白炽灯为男宿舍带来光明和温馨的同时，也带来了米面加工厂隆隆的噪声。

人们在给墙壁抹灰刮白之前没有对墙体上的孔洞、裂缝等进行修补处理，加之抹灰刮白时潦草马虎，墙还没有地面平整，不过凹凸不平的墙面反倒给人一种返璞归真的气息。不久，在烟熏火燎、反潮霉变的作用下，墙面上黄色水痕横七竖八、深浅不一，苍蝇屎的黑点点密密麻麻，无处不是污垢。屋内没有吊顶，人字形木架赫然在目；檩间搭着椽子，粗细不一的檩条肋板使原本黯然的屋子更显破烂不堪。宿舍南面有三扇窗户，是用木材做的方格木棂窗，一溜窄窄的窗台，窗户玻璃从没擦过，脏兮兮的；西面墙是通往外屋厨房的门，挺新的单扇薄木板门也在湿气的侵袭下变得七扭八歪，门闩成了摆设，谁也别想严丝合缝地关上这扇门，只能用两条麻袋缝合当门帘。冬天刮大风，麻袋门帘换成大棉被，风从门帘四周灌入，门帘都能撩起老高，拍着门扇和门框，拖着长音呼号，格外嘹亮。一年中有半年多的时间，地中央有个由柴油铁桶改装的火炉，装着铁箅子，烧火时，炉膛燃得红通通，炉门像血盆大口吐着红舌头，屋里特别暖和，火一停温度就直线下降，木桦子就堆在屋内，夜里谁起来方便，就顺手给炉

陈爱君和李桂杰

子里扔几块，否则真得被冻出个好歹来。

东南北三面连体火炕，俗称"蔓子炕"，每面火炕中间都有一个烧柴禾的灶坑。火炕炕面是石板，上面再抹上厚厚的泥，受热和散热性能都很好。石板下面是由土坯砌成的弯弯曲曲的烟道（炕洞子），烧火时烟随着烟道转过三道弯，最后从后墙外的烟囱冒出去。火炕一年四季都是热乎乎的。

环绕房间三面墙壁上钉着一排木架子，用于放置个人的纸箱或木箱等物品。"蔓子炕"覆盖着对接起来的炕席，行李卷一个挨着一个，晚上把枕头放在炕沿的位置，一拉被子就可以睡觉了。那时员工们都没有可藏着掖着的贵重物品，行囊简单，破旧而单薄，上工时每个铺盖卷就像一个个供香的贡台，放着各式各样的吃饭器具。有纸币的人就会仔细地缝在棉衣或被褥的棉花里，方便又安全。

一到夏天，从三扇玻璃窗射进来的光线中，可以清晰地看到粉尘在空气里飘浮。苍蝇黑压压的，肆无忌惮地上下翻飞、盘旋，整个屋子嗡嗡嗡地响，用马尾掸子或褥单狠狠地抡起来，被打死的苍蝇应声落地，侥幸逃脱的从这面墙冲到那面墙，飞得又急又快，嗡嗡声更大了，不到片刻，眼前又是黑乎乎一片。到做饭时间，苍蝇又不约而同地循着饭菜味飞到厨房，开始围攻锅台，苍蝇出现在饭菜里是很稀松平常的事。当然还有老鼠和各种虫子，大家也已经见怪不怪了。

百十来号人聚在一起开会，炕上、行李卷上，哪儿哪儿都是人，没有板凳和桌子，炕沿处耷拉下来的一双双瘦骨嶙峋的腿，就像一排被烟熏火燎过的灰黑色木桩子。会议主角则挺直腰板，盘腿坐在炕沿边。一到九月初，男员工就开始把火炕烧得滚烫。开会时，男女知青靠在一起，浑身感到暖洋洋、热烘烘，偶尔有人忍不住，屁放得"嘣嘣"响，能把人吓一大跳，不过瞬间全屋子人就会发出响亮的笑声，之后还会有人一唱一和地调侃道："有屁就放，身体舒畅；没屁硬挤，锻炼身体；有屁不放，憋坏心脏。"牧场员工们抽着跟小喇叭筒似的手卷烟，淡蓝色的烟雾一团团、一簇簇。满屋子飘荡的气味集酸臭之大成：呛人的烟

王场长和作者

味,长久不洗澡的汗泥味,脚臭味,谄媚地折磨着人们的鼻腔。女知青刚开始不习惯,被熏得直犯恶心,一边捂着鼻子一边抱怨道:"什么味道呀,怎么这么刺鼻子呀!"

牧场在田头地尾种有大面积的线麻,线麻的皮子是拧绳、搓绳的好材料,马套、牛套、缰绳、拉庄稼捆车用的绳子都要用到。有一盘油丝绳(钢丝绳)替代粗缰绳做胶轮车的牵引就很高档了,粗缰绳也是用线麻皮子手工拧出来的,需要两个人在地面上配合完成。线麻割下来先要扔进臭河沟里泡着,这一过程叫作沤麻。如果掌握了要领线麻外皮就特别好扒,麻秆很脆,轻轻一撅,麻皮子顺势就扒下来了。知青刚开始扒麻皮子,将一根麻秆撅成一段又一段,麻线(麻皮子)只有两三寸长,像蚯蚓一样弯曲,而员工最多也就是把一根麻秆撅成一两节,顺着头就能扒到尾,所以线麻既纤长又顺溜。

深秋后遇到风雪天,队长便让人抱来麻秆捆,人们分散在蔓子炕上或地上开始扒麻,麻秆碎沫、麻纤维挂满了行李卷,沾到身上不仅浑身发痒,还会引发皮肤、呼吸道过敏。我们干完活只是简单打扫一下,至于住在这里的人能否在被褥上躺着、能否睡着觉、睡觉时痒不痒,都和我们扒麻的人没关系,也没有人出来反映这件事。倘若赶上连续的坏天气,大家只能继续扒麻,几十号人拥挤在不算小的空间里,麻纤维满屋飘飞,空气污浊,不过大家又似乎都很享

牧场员工刘成财、邵景泉、邵景林、刘成发

受这样的环境，一边扒麻，一边唠着闲嗑，人声鼎沸。

刮风下雨，数九寒天，男宿舍成了分工派活的集结地。它在创业发展前三年中具有不可或缺的意义和作用，给大家留下了不可磨灭的回忆。

出了男宿舍的门就是厨房。厨房的西边是储物间，用木板隔离出半间北面的是王场长没有窗户的小宿舍。火炕与厨房的大灶台相连，烧火做饭的滚滚浓烟顺着王场长住的火炕下的烟道从北墙外的大烟囱排出。长房子后面有两个大烟囱，一个是男宿舍专用，一个是王场长北炕和女宿舍北炕共同使用的大烟囱。坐地大烟囱比房子还高，如果不把烟囱砌在地上，而是垒在房顶某一处，那么雨水就会顺着没有封闭好的缝隙流到屋里，保温持续的时间也短。

王场长住的火炕是厨房大师傅做饭时烧热的，上半夜的火炕像热锅，到了下半夜又凉得像睡在石板上一样，从后背直凉到心里。早晨起来，铁瓷脸盆里的半盆清水就是一个温度计，这一夜屋里暖和，半盆清水就是冰纹纵横，如一幅精美的图画；不幸的是大多时候屋里冰冷拔凉，盆里的水总会冻得隆起一个空心大馒头。至今王场长提起这事还深有感触地说："一觉睡到天亮，大师傅早起做饭，被窝就变得暖和了，如果下半夜醒来，肯定冻得全身发麻乱颤，再想睡觉就难了。"

女宿舍在王场长宿舍西侧的北屋，像个木笼子，只有门与外界相通，不算逼仄的空间能挤下十个人，火炕与东面王场长的北炕相连。间壁墙是用手腕粗的椽子在火炕上排列起来，椽子上方固定在天棚里面，还算结实。排

左起：张淑范、刘桂英、冯金艳、周惠琴、闫秀丽、郭亚芹、安万霞、黄文林、王福霞、刘金荣、范艳芬、高雅洁、陈颖芳、杨丽英、王爱娟（尼尔基镇，2017年）

成队的椽子和大纸壳片一起用麻绳固定,麻绳在椽子缝隙和大纸壳片上穿来穿去,大纸壳片就固定到了椽子上,连用报纸糊上一层的工序都免了。这样的墙壁到了晚上,一个屋点上煤油灯,就会有亮光从麻绳眼儿穿透到另一个屋里去;而且还不隔音,彼此大喘气都能听得清清楚楚。女知青每天晚上早早就熄灯了,有时躺在火炕上睡不着,就在被窝里低声私语,说到高兴之处,哧哧地傻笑,大家手攥着手,脚缠着脚,头顶着头,格外亲密。

王场长很少在宿舍谈论公事,牧业队的刘亚杰回到总部就和王场长住一个宿舍。王场长睡觉倒没毛病,可有几次半夜领回来的人,时断时续的鼾声宛如28胶轮车不间断地启动发动机,发出强烈的轰鸣声,有的客人打的鼾就像野兽在低吼,喉咙咕咕响。被吵醒的我们觉得后半夜漫长得没有尽头,即使用被子盖住头,也无法进入睡眠状态。第二天,女知青们一见到王场长就要请假:"一宿没睡着觉,干活没劲了,要求补觉。"王场长苦笑着说:"我昨晚回来得晚,也一宿没睡,要知道这样,让他到露天地儿去睡就好了,咱们中午再补觉吧。"

女宿舍前屋被间隔出一部分空间做了奶粉加工厂,两者共用一个南屋进出。南屋地上有一个铁炉子,是专门用来烤豆饼做精饲料的。

奶粉加工厂的大锅台每天下午到晚上就不停地烧火熬牛奶。大锅台的烟道通向女宿舍的火炕,烟火如蛇一般在火炕底下穿行,再从北墙外面的大烟囱散出去。火炕临近大锅台灶口的炕沿边滚烫滚烫的,人

2021年春节,知青到王场长家拜年
上排:郭亚芹、王亚琴(王庆友爱人)、闫秀丽、冯金燕
下排:王振环(郭亚芹爱人)、李成新、王庆友、李俊久、刘信宝

睡在炕上干热难耐到直打滚,比铁锅烙饼三翻六转还勤,褥子头也不知被烤糊过多少次,有一次褥子头还烤着了火,没办法,只好挨着炕沿放了块木板子;可到了后半夜,火炕又被风抽得拔凉。女宿舍的火炕还有个毛病,北墙的"炕脚底"烟道不走火,始终冰凉冰凉的,因此躺在火炕上也是一种折磨,上半身被火炕烙得脱了水,小腿却蜷曲着不敢伸直。冷风从走风漏气的棚顶垂直往下吹,煤油灯的灯苗摇曳着,头和双肩缩在被窝里不敢露出来,有的干脆把头裹上围巾露出脸来睡觉。我们常常打趣道:"看一个个水灵灵的大姑娘被烙成了干巴巴的老太婆,鲜荔枝都快烘成干龙眼了,新鲜的葡萄每天一化一冻,一热一凉,变成葡萄干都卖不出好价钱,没有水分,没有弹性!"

女宿舍西头是米面加工厂,机器一开,女宿舍整个屋子就跟着震颤起来,发动机轰隆隆的噪声不绝于耳,叫人无法忍受,在屋里说话都要提高十几个分贝才能听清楚。

1977年,男宿舍退出"历史舞台",失去了以往人声嘈杂、人来人往的场面,圆满地完成了它的历史使命,成为仓库,成了人迹罕至的草甸,空旷、凄凉而落寞。即便这样,我们每一次进来领取劳动工具或其他用品时,总要驻足停留,已经闻不到熟悉而又刺鼻的气味,取而代之的是潮湿发霉的气息。环顾四周,这屋子太大了,它的每个角落、每个暗处、每条裂缝,都深深地印在了我们的脑海里。

十七间长草房算是牧场的第一笔固定资产,而居住条件困难万分仅仅是开垦大青背荒山丘岭的序曲。

映山红花满山坡

冬季当家菜

　　建场当年,粮食是由个人往山上带,食堂里的老祁师傅带着一位姓刘的帮厨,每天忙得团团转。从街里买的土豆和粉条成了主打菜,还经常断顿,咸菜和大酱都看不见。到了初夏,遍地野菜,有的员工从地里回来,顺便就采一把,洗一洗,放上盐就是一盘菜。野菜拌黄豆饼渣子,兑上水和盐就是一盘好菜,还省下了买菜的钱。秋天,地里的白菜和大萝卜就像脆而多汁的大白梨,人们在白菜地里直接用镰刀切开,掏出白菜心就往嘴里塞,蹲在萝卜地里,拔出个萝卜擦一擦就啃。刘队长像看管自家菜园似的,黑着脸吩咐大家:想吃就吃,如果吃不了扔了就是个"败家子"。因此大家不敢在地里明目张胆地"大快朵颐",于是把扒下来的白菜帮、吃剩的萝卜埋到土里,笑着说:"到了明年春天就是好肥料。"人们早上啃着馒头、喝一碗粥就去上工,知青家里不定时地就会让人捎来一罐肉酱,可谁都不敢拿到男宿舍去吃,因为一顿饭的时间,你一筷头我一筷头就能吃个精光。

　　1974年的秋天,全牧场人都笑了。大家在第一年迎来了开门红,新土地里的蔬菜、粮食都获得了大丰收。接下来要做的就是土豆、白菜和萝卜的存储问题——要使其安全越冬,防冻,保证不干枯、不霉烂,不缺少水分又不糠心。然而现实总是让人很头痛,冬天零下三十多摄氏度,当家菜怎么存放能平安过冬,可不是闹着玩的。

牧场在食堂后面挖了一个土豆窖，开着天窗一样的窖门，上面盖着一块由破木头拼的活动盖板。窖的深度超过了冻土层，面积还很大，不仅足够存放吃的土豆，还可以存放下一年的土豆种子，里面放了一把破旧的木头梯子。王场长和刘队长将土豆窖的冷暖挂在心上，并给食堂大师傅布置了一项重要任务：不仅要下窖取土豆，更要注意土豆有无上冻的迹象，是否需要在窖里面烧炉子。最后还严肃地说道："如果土豆窖上冻了，土豆报废了，就开除你们俩。"

两位大师傅由此也把土豆窖保暖当作大事来办，他们在窖口先蒙上一条褥子，然后再盖上厚厚的草帘子和

李春英（上）、周惠琴（左）、冯金燕（右）、王福霞

玉米秆，捂得严严实实，还经常向王场长汇报土豆窖是否上霜、上冻。

每一次到窖里取土豆时，扒拉开草帘子和玉米秆用的时间就很长。之后一个人在窖底下，顺着梯子往上送装满土豆的筐，另一个人则在上面拿绳子往上拽。等装好两大麻袋土豆背回厨房时，两个人的脸蛋儿已经冻成了青紫色，随后开始擤大鼻涕，满地跺脚来回跑。

那一年，土豆窖没有生炉子就安然过冬了。1976年初春，知青杨德重、于荣吉、李桂杰和我都在窖里倒腾过土豆，一筐筐地从东面折腾到西面，把烂的土豆捡出来，干了一个多星期，挺好，烂的土豆不是很多。到了种土豆时，场里又安排人拿镰刀在窖里切土豆种，将土豆切成三到五瓣，每一瓣的表皮上至少有一个坑，叫芽眼，就是一个土豆种，种到地里，芽眼上就会长出一棵土豆苗。

东北人的家里有两样东西不可缺少：一是酸菜缸，一是大石头（压

张淑范、陈颖芳

菜石）。"家有冬菜缸，三春不用慌。"一到秋季，每家每户都要开始储备秋菜，除了储存暖白菜，更要腌渍一大缸酸菜和五花八门的咸菜。酸菜缸和石头在牧场一样也用不上，首先无法做到买几十口缸，再为腌渍酸菜盖个暖房更是不切实际。有员工支招说："那就挖地窖腌渍酸菜吧。"王场长和刘队长一商量，觉得这一招挺好，房后的荒地都是自然黑土，腐殖质层深，于是决定挨着土豆窖挖个酸菜窖。

三名知青用两天时间挖了一个三米宽、六米长的酸菜窖。当时市面上还没有塑料薄膜，就拉来玉米秸秆分别垫在窖底，竖在窖帮的四周，然后开始往里面放置已经在太阳底下暴晒后的大白菜，一共下了两万六千斤白菜。刘队长看酸菜窖的空间还很大，又放了两万斤大萝卜进去。

腌渍白菜和萝卜，最怕的是腐烂和变质，要用咸盐当防腐剂。牧场的

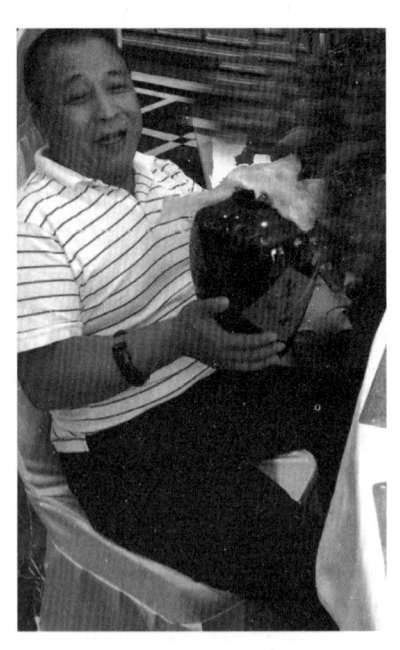

杨书学

白菜和萝卜地是当年新开荒的菜地，不施化肥和农药，腌渍酸菜和咸菜就是自然发酵，根本不用撒盐。男知青杨书学赶着牛，去白桦泉小河拉了两天水才灌满了菜窖，缺水了就再去拉水往里灌。经过一个多月的等待，地窖里的白菜自然地、慢慢地酝酿，发酵成了酸菜，还腌制好了萝卜。

地窖的优点是接地气，恒温，不太会受到寒天的影响，反倒是气温高了酸菜容易烂。吃酸菜放肉最香，如排骨炖酸菜、白肉血肠酸菜，牧场没有肉，酸菜、粉条和土豆就是当家菜，脆甜酸爽

的萝卜放上盐拌一拌，就成了舌尖上的美味佳肴。那时候大师傅用筷子夹着卖，二分钱一份。

如果是个人家，腌渍酸菜的工序就多了，白菜要等到晒蔫了去掉黄帮烂叶，然后把择好的大白菜用热水焯一下，放好晾凉，再把用来腌渍酸菜的大缸刷洗干净，把焯好的大白菜均匀地放进大缸内，每放一层大白菜就适量放一把大粒盐，就这样一层一层，直至将大缸装满，再在白菜的顶端压上压菜石；过段时间再向缸内注水，让水漫过白菜，使白菜逐渐下沉……

在物资匮乏的年代，酸菜是帮助百姓顺利度过寒冷漫长冬季的家常菜，这种千百年来形成的饮食，不但没有随着时代的变迁和饮食条件的改善而被废弃，还走向了全国乃至国外，丰富了各地的餐饮文化。

映山红花满山坡

我的地盘我做主

　　1973年冬，食品公司最终确定把大青背牧场建立在全旗土地面积广大、自然资源富饶的腾克管理区（腾克达斡尔公社），随即将占地建牧场的申请上报至莫旗政府。王庆友率先领着"先遣部队"在野兽出没的荒山丘陵上筚路蓝缕，拓荒开基。他们砍树、割草、铲草皮、搭窝棚，建成后的窝棚四面透风，寒天挂霜，雨天漏雨。为了防止被野兽等袭击，王庆友以单位的名义从武装部借来一杆枪和子弹，白天枪不离身，到了晚上就早早钻进被窝。但是外面任何细微的声音都会引起大家的警觉，尤其是半夜听到大点儿的动静，人们更是感到恐惧心慌，于是为了给睡在窝棚里的人壮胆打气，王庆友总会在睡觉前对着天空放上三枪。

　　同钦旗长早就梦想在莫旗拥有一处畜牧业基地，他当

上排左起：王玉珍、张淑范、朱蕴英、姜玉琴、作者、郑忠凤
下排左起：冯金燕、杜艳军、周惠琴、吴彬、王爱娟

时来到青背山考察时,与王庆友一起,腰间束带,纵马勒缰,徜徉于山野林地之间。

在旗政府批文下来前,即使牧场能以食品公司借势赋能,开疆拓土,但这样的行为与盲流点的性质是一样的,大青背牧场也是徒有虚名。牧场周边建立的盲流点,如同长了翅膀的群鸟携着种子,在漫山遍野的洪荒之地,乱走乱撞,偶然发现了适合自己生存的"缝隙",便秘密蛰伏其中,演奏着生生不息的乐章。他们用极少的材料匆匆搭建起遮风挡雨的庇护所,开垦出黑土地,播下有着顽强生命力的种子——种土豆、玉米、饭豆,五花八门,想种什么就种什么。当年能收获口粮就有生存的希望,总比一年到头讨饭、捡吃的东西强。

我们知青来到牧场后惊奇地发现,在这个人烟稀少的山坳间,除了东北普通话,还有各种南腔北调。

刚开始,牧场总部建在白桦泉的南岸,还盖了几间简易草房,开垦了几十亩地,结果经过几番勘察、斟酌,又把场址确定在河岸北面草甸处一个辽阔坦荡的丘岭的半山腰上,占地二十多平方千米,其中南面以白桦泉小河为界;西面穿过一条毛坯的乡村公路还往西;东面至十里远的下山头止;北面有十几平方千米,那里有二道河牧业队。二道河与场部之间有一条霍日奇坎河(二道河),与霍松霍日奇坎河(白桦泉)相映成辉,闪着清凌凌的光,挟着广袤荒芜的草场和农田,似两条轻盈的玉带飘在草甸绿毡上。西南面的馒头山在丘岭中鹤立鸡群,浑厚而圆润,似盘龙卧虎,山高有六百米左右,下面

1996年女知青和知青指导员郑桂芳(中)合影

是丘岭，犬牙交错。

山峦深林时时刻刻倾听着亘古荒原上风的嘶鸣、走兽的狂吼，俯视、感受着原始自然景观的新变化和新气象——兀然冒出的窝棚、马架飘起袅袅青烟；热血垦荒、建设新家园的将士与飞禽走兽成了相生相伴的新邻居。

1974年早春，莫旗政府批文下达到牧场，食品公司任命王庆友为牧场场长，时年二十九岁。他原来在莫旗兽医站工作，调入食品公司不到四年，被选为创业建场的奠基人、开拓者，可见他在食品公司的工作已经很出色了。

当时牧场划定的范围内已经建了三个"盲流点"，正南的叫绥化点，东南的叫天山点，西南的叫太平庄。刘队长看到批文后仿佛看到了尚方宝剑，理直气壮地带人到三个"盲流点"，告诉他们："你们在这里建点侵占了牧场的地盘，我们有政府的批文，赶紧搬家吧。"可怎么也撵不走，那些人一听来人满口山东话，还嘲笑他不过也是个外地人而已。王场长从海拉尔买完马回到牧场听完刘队长汇报后也直犯愁。

王场长骑马到了腾克管理区，找到管理区主任，希望他们能让牧场地界里的那些人离开。主任一听这事，就把王场长领到了管理区的办公室。负责人一脸恭敬地让座倒水，一听说是撵人的事，就连连摆手说个不停："王场长，您的事就是食品公司的事，就是公家的事，给我们几个胆也不敢怠慢，应该派人和您一起去。可您也体谅体谅我们吧，咱们这片儿的点也太多了，数也数不清，不管人多人少只要安营扎寨就是一个'盲流点'。我们每年遣返的人数不止千八百，撵人的活儿三百六十天每天干都干不完。不是撵完了就没事了，还得派人送到街里，再跟着旗里的人把他们送回原籍。可这些人跑回来的速度比我们还快。我们实在是没办法……"

负责人似乎在诉苦，似乎又在说着自己的丰功伟绩，还咧着嘴、摊着双手哈哈地笑起来。负责人的拒绝让王场长无言以对，无奈地也跟着嘿嘿笑起来。笑完说完，负责人热情周到地拉着王场长到小饭馆吃了晚饭。王场长在管理区住了一宿，第二天就返回了牧场。

车到山前必有路，船到桥头自然直。王场长决定自己先蹚路子，他考虑去"盲流点"是否应该带上几个厉害的壮劳力，后来又一想，牧场与"盲流点"之间力量悬殊，牧场在这一带动静闹得挺大，这三个"盲流点"的人肯定也知道，况且自己手里还握着旗政府的批文，肯定能达到目的。

王场长骑着马从牧场先往东南走，一上岗，便在一片泛着灰色的草原上看见远处有几十个人和二十多头毛驴，他们已经建了十几个窝棚或窝棚骨架，地面上散满树干、树皮和各种零碎木块。王场长走到跟前，下了马，把马拴好，往人多的地方走去。迎面走过来一个五短身材、黑瘦圆脸、四十岁左右的中年人，正在干活的人也都停住了手。他们虽然都用疑惑的目光打量着王场长，但是眼神里却透露着诚实和善良。

走过来的中年人问道："有事吗？"

王场长说："我是牧场负责人王庆友，想找你们队长。"

中年人讲："我就是队长，叫李文焕。"

王场长说明了来意，并不住地检讨说："最近公出，没在场里，前几天我场的员工来到这里和你们发生了不愉快的事，有不对的地方我向你们赔礼道歉。"

李队长见王场长挺和气，手里又拿着政府的批文，就说："我们是内蒙古昭乌达盟赤峰天山下面生产队的，连续三年大旱，地里的浮土都能没过脚脖子，根本种不了地，我们都是赶着毛驴过来的，就是为了一口饭。你这么一说，那我们这儿离你们场子太近了，我们尽快搬走。"

王场长喜出望外，说："以后你们队不管到什么地方，无论有什么困难，尽管来找我。"说完和李队长握手告别。

没承想几天后，二道河牧业队的人上来说他们那里这几天又建了一个"盲流点"，不让建还劝不住，双方差点儿没动手。王场长骑马过去一看还是李队长那帮人，可这次他们说啥也不走了。没办法，王场长答应给他们三匹马、五头牛，顶了他们过去建窝棚的费用，李队长这才带

刘金荣、王福霞、杨丽华、闫秀丽（2021年）

着这伙人到别处去了。

处理完后，王场长又骑着马往正南方的绥化点走。这个"盲流点"就在牧场的眼皮底下。

王场长找到这个"盲流点"的点长，先做了自我介绍。

绥化点点长姓肖，他说："我们上个月才都搬了过来，有三十多口人，既是亲属，在老家又都是一个生产队的，这一个月就盖好了四间房子。"

之前刘队长带着两个人来过这里，他们一看来人其貌不扬，满口山东话，肖点长态度蛮横，理也不理刘队长。

王场长证实刘队长确实是牧场的人后说："这块地是旗里专门批给我们的，如果打官司你们也得输，你别看我们跟你们的情况差不多，可是国家马上会给贷款，到那时，就更不允许你们在这里私搭乱建了。"王场长继续说，"盖的四间房子也不让你们白建，你们现在住的地方是霍松霍日奇坎河（白桦泉）的北沿，这条河南沿不远的五里地处有几十亩地，是我们当时想在那里建场开的荒，我们把那块地和房子都给你们，你们去那儿吧，那里有望不到头的荒地，发展空间也足够用。"

肖队长听后，沉思了一会儿，想着这里是国家批给牧场的地盘，长远占着也不合适，更不太可能，王场长提出的这个交换条件不错，也是件好事，就爽快地同意了。

肖队长他们不几天就搬走了。四个员工知道了这事，就和王场长商量，想让自己的家属上来，王场长就把苫草房给了他们。

西南面的太平庄盲流点和牧场隔着一条毛坯路，有五里地远。刘队长

牧场女知青和王庆友场长合影（2018年8月）

去了几次，无功而返。王场长骑马去看了才知道，那里一个月就搬来了二三十户人家，有十几栋盖完和正在盖的房子。王场长前前后后和他们谈了十几次，也开了条件，可他们就是不同意搬走。

王场长没办法，只能往好处想，这个点离牧场还算远，中间隔着一条路，还得过沼泽地，对牧场日后的发展影响也不大，就顺其自然吧。第二年，霍日里河林场知青把"毛坯路"修好，在沼泽地还建了一座"青背桥"。目前，太平庄盲流点和牧场被塔温敖宝镇划归成一个行政村——富民村，太平庄成了一个自然村。

牧场趁热打铁，从外地雇回来一台拖拉机，很快翻耕出边界线。一条孤立的"分水岭"像粗壮的黑色长龙在山间蜿蜒盘踞、头尾相接，将牧场地盘围上了一个圈，这条"边界线"带着势不可挡的气势，向周围宣示着自己的主权。

映山红花满山坡

拖拉机开进牧场来

牧场不仅有肥沃的土地和天然的草场,更像是一个色彩斑斓的大花园。从春暖花开一直到秋收结束,千奇百怪的野花野草争奇斗艳,芳香四溢。山风吹来,漫山遍野波浪起伏,绿意盎然。这里山峦叠嶂,灌木茂密,青草如碧,林海翻腾,成为众多飞禽走兽的家园。

牧场领导最头疼的就是怎样开垦这片绿洲,仅靠五副犁杖和四十头大犍牛,即使全员参与,一天也就开垦二三十亩地,想实现机械化开荒就得雇拖拉机。莫旗计委每年下拨"东方红"拖拉机要按次序来,排到自

尼尔基镇东江沿20世纪80年代前的渡口

负盈亏的牧场得猴年马月。当时,只有几个生产队以及霍日里河林场和伯尔科知青农场有拖拉机。拖拉机属于国家一级管控的商品,一般人甭想通过计划外渠道买到拖拉机,能买到的都是"能人"。王场长就做了两次这样的"能人"。

第一次是1975年。那时候牧场连续两年员工日收入两元,这在全旗已经是很了不起的效益了,大多数生产队平均每天才挣五六毛钱。趁着冬闲,王场长便到主管农业的副旗长陈旗长办公室去碰运气。陈

场长王庆友和队长程志芳(2018年)

旗长十分看好牧场的前景,也表示很理解牧场想要发展壮大的心情——如果没有拖拉机,想开垦万亩荒地简直是天方夜谭,可手头又确实没有可分配给牧场的指标。

王场长不客气地问道:"陈旗长,除了莫旗这一块,在别的地方是否能给想一想办法?"

陈旗长想了一会儿,说:"我和大兴安岭地区的计委张主任认识,张主任是山东人,军人出身,在部队是旅长。我给你写封信,你去碰一碰运气吧。"当时莫旗还属于黑龙江省管辖。

王场长第二天就到了加格达奇的大兴安岭地区计委,向张主任汇报了牧场的发展状况和未来发展前景。

张主任听得很认真,也赞成王场长所说的没有拖拉机就办不成大农业的说法。他安慰王场长说:"今年的指标实在没有了,尽量安排给你解决一台,你先回去吧。"

结果,王场长回到牧场才十天,讷河火车站就通知拖拉机已经到货,

让牧场去取。王场长感觉不可思议,急忙从牧场回到食品公司给张主任打了一个电话。

张主任说:"这是从明年的计划中拨给你们的,从河南洛阳拖拉机厂直接调配的一台东方红75马力拖拉机。"

东方红75马力拖拉机是农业通用履带式拖拉机,像坦克一样能爬陡坡、越宽壕、过荒野,很适合丘陵地区开荒、耕地等作业。

王场长手握电话,激动得浑身颤抖、热泪盈眶,他连连向张主任表示感谢。王场长很快派人到加格达奇地区物资局交了一万两千元钱,又雇了辆汽车将拖拉机从讷河火车站拉回了牧场。

能拥有属于自己的拖拉机无疑是一件激动人心的大事,一年四季的春耕、夏锄、秋收和冬藏工作,只需要更换拖拉机牵引的工作机械即可完成。拖拉机被拉到牧场附近才卸下来,周身没有沾上尘土,新崭崭的。拖拉机滚动着闪闪发亮的履带链轨板,轰轰隆隆辗得大地仿佛都在抖动,震颤着每个人的心房,然后停在了长房子前。世世代代手拿犁锄与斧斤的员工终于盼来了这个不会开口说话的大家伙,咧着嘴笑了起来,别提那个稀罕劲和高兴劲了!有两个人像猴子般灵活地跳上驾驶室,把司机推了下去,坐在驾驶座上,用手摩挲着操纵杆、内饰的仪表台,俨然一副拖拉机主人的架势。更多的人则是围住拖拉机,摸着钢铁链轨板、红彤彤的车身笑得合不拢嘴。唢呐和敲锣打鼓的演奏再次响起,人们围成一个圈,扭起了秧歌,每个人手上的道具五花八门:头巾、帽子、饭盆、木棍……在热烈的"咚锵、咚咚锵"中人们转了一圈又一圈,坚硬的土地也发出热烈的回声,起起落落。鼓点声越来越快,人们扭秧歌的节奏也越来越快,欢快十足,像在迎娶远方的新媳妇一样热闹。

拖拉机开进了大青背牧场!

那时候有一首歌叫《拖拉机进苗寨》,经常在收音机里播放,我认为将歌词稍加改动,也可以淋漓尽致地表现出牧场人迎接拖拉机的场景:

拖拉机开进牧场来,烂漫山花向阳开,
彩霞飞天安代舞,嫩水欢歌映山红。
拖拉机开进牧场来,知青坐上驾驶台,
丘陵草甸跑铁牛,荒山沃土抖起来。
拖拉机开进牧场来,员工个个乐开怀,
欢歌笑语冲天外,唢呐锣鼓秧歌嗨。
拖拉机开进牧场来,知青驾驭多豪迈,
开垦万垧黑土地,一望无际绣未来。
拖拉机开进牧场来,知青走下驾驶台,
隆冬岁末春潮涌,牧场兴旺在今朝。

王场长第二次做"能人"是1976年春天。当时牧场有个来自辽宁的员工叫王兴太,一天他找到王场长说:"我舅舅是抚顺发电机厂的领导,厂里的工人生活很困难,每月定量供应的粮食里只有三分之一的细粮,根本不够吃,咱们牧场有小麦,让他们给咱们机械,咱们给他们小麦,不知道行不行……"

王场长一听还有这样一条途径可以给牧场添置农业机械,忙回应道:"那你回抚顺老家一趟吧,事办成了更好,办不成也给你报销路费。"

王兴太在走后的第三天就发来电报,让王场长速来抚顺。王场长立马赶到抚顺与王兴太的舅舅见了面。王兴太的舅舅是抚顺发电机厂主管经营的副厂长,姓李,年近六十。两个人一见面寒

范艳芬和万鹏(下)

喧了几句,马上转入了正题。

李副厂长说:"我和厂长、书记都商量过了,我们出一台旧的推土机和一台新的联合收割机,你们给我们八万斤小麦,秋后负责送到附近的火车站就行,火车站车皮地方不好申请,由我们和火车站联系解决。"

王场长很诚恳地说:"推土机不适合农田作业,真心希望你们能给我们一台拖拉机,那样更管用。"

李副厂长说:"我们厂只有推土机,也用不着拖拉机。那我再和厂长商量一下,尽快给你回信。"

下午,李副厂长就送来了回复:"我们厂长同意了,给你们现买一台拖拉机,再配备两名技术人员在你们牧场待上一年,负责联合收割机和拖拉机的驾驶与维修,但你们得给我们十二万斤小麦。"

王场长说:"太好了!我们正缺正儿八经的专业技术员呢。"

一方全心全意为职工谋福利,一方急需农业机械,以物易物的交换方式顺利帮双方解决了大问题。如果那时双方按照国家确定的价格,在市场上买到对方的产品,核算起来两头都得花一笔大价钱。王场长和抚顺发电机厂对此都表示这是互惠互利的好事,双方当天下午就签订了协议。

没出二十天,抚顺发电机厂就将拖拉机和联合收割机运到了牧场,两名机械师傅也跟着来到牧场,吃住了一年。而牧场把粮食运到抚顺发电机厂,远远不像抚顺发电机厂在铁路发运大型机械那么容易。因为当时实行粮食统购统销政策,牧场的余粮只能卖给莫旗粮库,不允许擅作主张,私自运出莫旗。

王场长很快摸清了把小麦运出尼尔基镇到附近火车站的三条线路:东江沿渡口有公安局、粮食局和工商局把守,有二百多里;南江口船小,暂时还没有人把守,但路不好走,途经博荣、汉古尔河公社到拉哈镇火车站有二百五十里;西江口是水电站,可以直接从坝上走,经过宝山、查哈阳到二道湾火车站,不定时有人检查,能不能过去要凭运气,离牧场三百多里远。

摸清运粮通道，还要有莫旗粮食局出具的粮食运输证明，才能在火车站把小麦装上车皮。由于粮食局局长和王场长有一定的交情，他很佩服王场长的敬业精神，也理解牧场的苦衷，就让工作人员开了证明。

第一次运送小麦，三台胶轮车走的是南江口线路，博荣江船小，只能一辆车一辆车摆渡过江，再开到拉哈镇火车站。抚顺发电机厂已经在拉哈镇火车站申请了车皮。

第二次运送小麦，从西江口水电站通过，不用渡江，三百里路程用时和从南江口运送差不多，对方已经在二道湾火车站申请了车皮。从早上五点，三辆胶轮车从牧场出发，九点钟到了查哈阳水电站。可那天恰好撞上莫旗工商局的小王和粮食局的小葛在检查通过大坝的车辆。

王场长见状，下车后走到小王和小葛面前，只得实话实说。小王和小葛表示不敢放行，晚上得回单位先向领导请示。

王场长说："我们还要赶路到二道湾火车站，再等一两天也等不起呀，放了我们吧。"

虽然都是街里人，可两个人谁都不敢做这个主，坚持要向领导汇报完再说。

王场长回到三辆胶轮车前，和押车的几个知青说了几句话。这几个小青年径直走到小王和小葛跟前，扑上去抱住了两个人。王场长见状，跳上驾驶室，指挥车辆开过大坝，将几个知青扔在大坝不管了。

随后，小王和小葛都向各自的领导做了汇报，两个部门的领导再向上一级主管部门做了汇报，食品公司也有人向上一级部门写了检举材料，黑龙江省粮食厅派专人到牧场调查，最后的处理结果是：发文至县团级以上部门，给予牧场点名通报批评。

两次运送小麦虽然冒了风险，付出了代价，好歹也把小麦装上了火车，还剩四万斤小麦没有运出去。而且牧场胶轮车已经成了莫旗公安局、粮食局和工商局重点监察的对象，再用胶轮车就等于自投罗网。王场长思来想去，决定另雇汽车经东江沿渡船到讷河火车站，同时发电报让抚顺发电机厂向讷河火车站请示车皮。装有小麦的汽车也没敢停在食

品公司院里，分别停放到了个人家，又托东江沿渡口的领导向三个部门的执法人员求情，才将小麦安全运抵讷河火车站。王场长压在心头的石头终于落了地。

和抚顺发电机厂的合作体现了人人为我、我为人人的共利共生精神，合情合理，但在计划经济条件下，"计划"的刚性要求压倒一切，这种合作关系又显得不合时宜。因此第二年，牧场和抚顺发电机厂就没再联系。那几年牧场年产小麦上百万斤，虽然还有很多地方和企业想跟牧场用机械、物资等换取粮食，但黑龙江省粮食厅的"牧场没有执行'刚性规定'——没有把余粮交给国家粮库"的调查处置，让人不寒而栗。王场长找刘惠君一商量：再不能把自己放到风口浪尖上，必须严格遵守上级规定，将余粮乖乖地卖给了莫旗粮库。

我们这代人生活在两个时代的交替时期，上个时代的生产生活方式以及政治、经济制度都有其存在的合理性，也都能承受其存在的弊端。当时国家计划经济抓得十分严格。1975年莫旗外贸局得到一个大订单：每年秋后要把大量肉牛（犍牛）用火车车皮运往广州出口。这在我们当地来说是件开天辟地的大好事，正好还由知青刘淑芬的父亲负责，就把这个信息早早透漏给了牧场。牧场下出了"先手棋"，在当年春天就收购了一百多头肉牛，养到秋天卖给外贸局，买时一头肉牛不到二百元，卖时则二百六十元到三百元，养上几个月转手就挣一两万，这是一笔非常可观的意外之财，不仅挣钱快，关键还避免了冬季养牛如何安全过冬等棘手问题。知青刘淑芬的父亲为此事还来了一趟牧场，决定扶持牧场把肉牛产业做大做

尼尔基镇战友（2022年春节）

强。牧场也十分注重维护和外贸局的关系。

牧场类似这样"短平快"搞创收的事，得到了很多人的支持，当然也有人对牧场的某些行为持批判态度。他们说肉牛是买来的，不是牧场养的，目的是为了倒手牟利；麦子换拖拉机被指为"不正之风"，是思想认识上出现偏差，才大肆进行转手倒卖等投机倒把行为。

我还记得在20世纪70年代的电影《青松岭》中，车把式钱广经常把村里的辣椒、榛子、蘑菇等山货卖到城里，拒绝卖到供销社，专营牟利，而成为"投机倒把分子"的典型代表被批判。穷则思变，牧场包括家属在内几百号人，要解决温饱问题就不能抱残守缺，就得拖着疲倦的身躯和沉重的脚步真抓实干，向多种经营、搞活经济抡起搂钱的耙子。

随着市场经济体制的确立，1997年《刑法》取消"投机倒把罪"，2009年正式删去法律中有关"投机倒把""投机倒把罪"的规定。

牧场和"盲流点"

  负重千里寻重生，证件全无像草蓬。
  拖儿带女扒火车，草原落脚闯关东。
  荒山野岭建蜗居，掘地种植傍牧区。
  人到艰难求口气，漂泊异地寄桑榆。

  俗话说，"狗和乞丐没故乡，哪里能填饱肚子哪里就是他们的故乡"。看到这句话，我就想起了当年牧场附近盲流点的人们。

  20世纪六七十年代，来自全国多个省份的不速之客，络绎不绝地携家带口，成群结队地翻山越岭，像蒲公英种子随着风儿升腾、飘扬、散落在莫力达瓦达斡尔族自治旗西北地区，在千古荒原上落地生根。那里由连绵不断的高低山丘组成，拥有广袤无垠的肥沃平原、丰富的森林资源和优质的天然草场，不仅宜于种植小麦、玉米、土豆等农作物，还适于养殖牲畜和家禽。

  莫旗不是这些外来人的户口所在地，这些人似散兵游勇，流浪、漂泊。"盲流"这个词在莫旗本地人的口里是一个使用率较高的词，这个群体也和牧场有着千丝万缕的联系。

  这些外来人口在貌似"真空地带"划定"势力范围"，夯实生存空间，建立起以家族、"朋友圈""老乡群"为核心的"部落"，叫盲流点。大的盲流点百十号人，小的也就七八个人。他们顺山势、依泉水而建的居住地，毫无方向感。住泥草房的意味着在这儿待的时间比较长了，大多是就地取材搭成的简陋小马架、窝棚或地窨子。地窨子低矮的门框和门是未曾锛刨过的杨树杆、柞树杆合成品，人要猫腰进出；里面的空间就更小了，只能住两三个人。小马架和窝棚也不大，地上支几根粗立柱，固定好椽子和檩子，屋顶和墙高高低低、歪歪斜斜，墙体大多是棍加泥，外面抹上泥，上面覆上苦房草，地上盘个火炕或用绳子和树棍绑个床；窗户上的窗户纸被大风一吹一吸，挺不了一两天，被风撕出口子的窗户纸就整天呼啦作响。喝的是山间的泉水，倘若干旱断流，夏天就接雨水，或到更远处背水，条件好的能用毛驴驮水；冬天就得出门爬冰卧雪，带回屋里凿冰化雪饮水用。交通靠走，耕地没牛，点灯靠油。荒山上狼、野鸡、狍子等野兽到处跑，经常发生狼害人、害牲口的事情。一到晚上，盲流点的住户就拿出自制的工具，在门前堆上一些干柴禾，随时准备生火吓唬来袭的野兽。

盲流点通往外界的道路是他们自己踩踏出来的一条羊肠小道，破烂的小道会在某处突然拐进荒地、深林或沼泽，然后消失不见。但也不必担心，还有断断续续的羊肠小道和许多小径、岔道、密道，从而形成了盲流点与盲流点、盲流点与牧场之间纵横交错的"小路网"。

牧场被盲流点团团包围：南面有白桦泉；东南面有霍日奇坎、甘南点、绥化点；西面是太平庄；东面是五间房。牧场正南方有一条横亘东西的河叫霍松霍日奇坎河，这条河有众多泉眼喷涌，岸边有很多白桦树，所以又叫白桦泉，河水清澈晶莹，以致在岸上也看得见布满沙土的河底。

那时候牧场和盲流点的关系不太友好。建在白桦泉小河南面的白桦泉盲流点，距牧场七八里远，民房顺着山势坐西北朝东南而建。白桦泉盲流点的人将白桦泉北面那一片白桦林看成自家财产，谁家搭个棚子、盖个猪圈，就到林子里砍几根。日复一日、月复一月眼见着白桦树变稀变少，盲流点的人还偷偷过小河砍牧场这边的白桦树。看到新茬的白桦树树根，想到他们敢对牧场环境资源无休止的破坏，我们就恨得牙根直痒痒。

在这个山坳里，牧场以新生儿的姿态诞生，恍惚之间就长成了一个高大无比的巨人。盲流点的人看着牧场不断发展壮大起来，像是饿急眼的兔子，恨不得扑上来"啃咬"一口。为了保护自己辛辛苦苦获得的劳动果实，牧场人着实花了不少心思与他们展开了一场场周旋。

每当知青或员工惊慌失措地从外面跑回场部报告又有人在偷庄稼的情景，我们的脑海里就会浮现出老电影《地雷战》中敌伪队长一边跑一边惊惶地喊"队长，麦子！麦子！"这句经典台词的画面。牧场在白桦泉小河北岸种着蔬菜和玉米，快到收获季节，就得搭上两个窝棚，派人拿着梭镖日夜看护，可这依然抵挡不住白桦泉盲流点的人们越过小河来偷蔬菜和玉米。有一次，女知青敖晓兰偶然在蔬菜地发现两个男人挎着筐跳过白桦泉，在萝卜地里蹲下来就开始拔萝卜，好像到了自家菜园那样。敖晓兰跑到玉米地叫来几个员工堵住他们的去路，将偷萝卜的人送到二道河牧业队干了一天活儿。

1975年刚入秋，广阔的玉米地里盖满了茎叶，每株玉米秆上的果实似乎不甘心于隐匿自己，向上伸出胳膊粗的金灿灿的玉米棒子，抖动着一束亮晶晶的浓白色流苏。地头的玉米已经被盲流点的人偷得只剩玉米秆。刘队长气得用胶轮车拉上人到白桦泉盲流点去理论，结果在盲流点横冲直撞好一阵，弄得动静特别大。可那儿的人一见是牧场的车，没人出屋，道路

原牧场员工六十六岁的刘成财在白桦泉钓鱼

上空无一人。落寞的刘队长回来后,有人问他情况如何,别人解释道:"拳头打在棉花上了。"

当地人将盲流视为洪水猛兽一点儿也不夸张。山脚下是一片又一片的

1996年知青指导员郑桂芳(右二)、知青惠兆森(左三)闫志敏(右三)回故乡合影

榛子树,到了深秋,等榛子外皮变成深绿,或者树下铺满皮薄籽满的榛子时,当地人才去收获果实。可盲流点的人则不然,榛子还没成熟,近处的榛子就被他们采摘得差不多了,当地人只好到很远很远的地方去采摘;可是,再远的山里还是看不到榛子的影子,气得人们直骂脏话。

到了初夏,员工要到草甸去打羊草。打羊草的人腋下夹着大钐刀,腰间挂着一块磨刀石,大钐刀刀杆两米来长,刀片一米左右长,刀宽、刃薄。几个人在草甸上一字斜排下来,犹如雁阵,打头刀的就像领头雁一样。草甸上的枯枝、草墩和碎石头不多,钐刀在阳光下铮铮发亮,刀尖顺势起伏,寒光一闪,羊草齐刷刷一边倒下,一道道呈弧形排列的羊草铺满甸子,下面是齐齐整整的半寸高草茬。如果遇上连续晴天,羊草便会晒得很透很干。打羊草的人一起用杈子把羊草拢成三四米高的羊草垛,底部直径四五米,上面收顶。垛羊草垛也是技术活,要求既能防水,又得防止被风吹倒吹散。牧场每年要囤积大约三百万斤羊草供牛马羊过冬,成百个羊草垛像一座座小山,星罗棋布地点缀在草甸上。

牧场东南方向的草场靠近霍日奇坎盲流点,那里有七八十户人家,几百口人,比牧场建立的时间还要早,有的人家已经能够养得起马和牛了,是附近最大的盲流点。霍日奇坎盲流点以农村生产队的形式加以管理,他们将自己的头头叫生产队队长。牧场在这一带打完羊草后,盲流

点养牲畜的人家自己就不打羊草了,他们盯着牧场的羊草垛,想着不劳而获。牧场只得派人去看护羊草垛,为此双方还发生过争斗。

1976年夏天的一个下午,看羊草垛的知青毕维新、杨德重、刘连昌、张恩发老远就看见盲流点的两个人又在用牛车装羊草,四个人循着山边林地摸到跟前,出其不意地捉住其中一个正在用木杈挑羊草的人,另一个则逃脱了。四个知青拽着发抖的偷窃者去牧场,对方挣扎着死活不去。刘连昌和毕维新抽身跑回牧场报信,杨德重当时手里拿着一把刀,在拉扯中不小心把对方的胳膊划了下。这时,跑掉的那个人又找来了几个人,见此情况全都扑了上来。杨德重、张恩发好不容易跑到不远处的一个废弃的小马架里,拿杈子和木棍将门顶上。对方越来越多的人拿着钩杆铁齿将小马架团团围住。双方隔着栅栏开始叫嚣,威胁谩骂之声不绝于耳。就这样僵持一个多小时后,刘连昌和毕维新带着牧场的男男女女坐着胶轮车赶来。刘队长和程队长领着大伙跳下车,双方你一言我一语地交涉起来。

牧场的人到半夜还不见大部队回来,心里非常着急,于是知青刘晓洁又领着一些人开着胶轮车赶了过去。盲流点的人经常到牧场看病买药或购买商品,刘晓洁认识的人比较多,其中就有姜队长。刘晓洁的到来让事态急转直下。人到中年的姜队长是个机智的人,此时他知道再僵持下去也不是个办法,就对着刘晓洁微笑着点头示意,好似卖了个面子给刘晓洁,带着人离开了小马架。牧场的人看到杨德重、张恩发毫发未伤,也就打道回府了。

转天,牧场的人骑着马又到草场查看,发现霍日奇坎盲流点的人还在明目张胆地往车上装羊草。场里所有的青壮劳动力立刻都放下了手里的活儿,操起各种家什,坐上两辆胶轮车奔赴草场。

保护牧场财产牵动着每个人的心。车上的人周身热血沸腾,斗志旺盛。

胶轮车驶过草场不远就是霍日奇坎盲流点,村头旷野上男的女的、大人小孩,黑压压一片,七八十户的人能出来的都出来了。一些人手里甚至拿着镰刀、镐头等,大老远就冲着胶轮车嚷嚷着,声音尖厉。站在车斗里的人都瞪圆了眼睛,恨不得立刻跳下车与对方火拼起来。而坐在前面胶轮车的刘队长和程队长,好似突然当头被浇下一盆凉水,在车斗上转着圈喊道:"停车后谁也不许下车,出了人命,这可不是闹着玩的!"车上的人义愤填膺,纷纷向两位队长提出抗议:牧场的果实像他们自家的东西,还这样嚣张,不教训教训,太便宜他们了!"程队长拱着手直作揖:"爷爷们,饶了我这小命吧。"悲苦哀愁之情镇住了大家的嘈杂喊叫。

牧场团支部成员郭亚芹、周惠琴、员工苗俊发、金士芳

胶轮车一停,程队长就跳下车让驾驶员调转车头,直接把两车满肚子憋胀的人拉了回去。

王场长当晚从街里回来知道了这件事,把刘队长、程队长批评了一顿,骂他俩愚蠢至极,并连夜召开了场干部大会。王场长说:"和霍日奇坎的事到此为止,那些人偷了东西,还这么嚣张,看来已经下决心要和咱们硬碰硬干到底了。咱惹不起也躲不起,即使他们没打赢,用一根火柴,牧场的房子、草垛、麦垛,说不上哪个就没了……"

王场长第二天专门骑马去了霍日奇坎盲流点,跟姜队长提出和平解决问题的方案,姜队长也不想跟牧场闹得太僵。双方观点一致,直接快速解决了矛盾。

秋天是成熟的季节,可又是最让人操心的季节。漫山遍野的大豆、玉米都已成熟,牧场随之也陷入了四面楚歌的境地。又有人开始出现在牧场庄稼地里,四处搞游击,田头地尾的玉米秆都没了玉米棒;头天还看到整片整片的黄豆秧,饱满的豆荚让人满心欢喜,第二天黄豆地四周变得豁牙露齿,只剩下离地几厘米的豆秧根。

尽管秋收人手紧，牧场也不得不抽调几个青壮年劳动力护秋——搭个小棚子，旁边立一个守望台，手里拿着铁棍、镰刀等工具。然而一切也是防不胜防。一次，几个衣衫褴褛偷庄稼的妇女被逮了个正着，她们扛着扁担，手里拎着镰刀、麻绳之类的家什。护秋的员工把她们带到场院里，象征性地惩罚她们干了点活儿就放走了，没承想第二天这几个人又被带回来了。

抓到女的偷庄稼教育、训斥一番就完事了，抓住男的就不那么简单处理了。牧场曾抓住过两个太平庄盲流点的人偷玉米，直接被带回男宿舍。中午，几个收工回来的人，一边吃饭一边狠狠地教训了这俩人，第二天又把他俩撵到场院干活。

同一天，又抓住一个偷庄稼的人，也被留在场院干活。王场长从街里回来到了场院，看到三个陌生的面孔在干活，就问："这三个人是谁？"领着干活的员工就把这两天发生的事说了一遍，王场长当场就把那三个人给放了。

王场长又找到刘队长问："为什么不制止住小年轻们的胡闹？"

刘队长笑呵呵地说："就得这样治治他们，这事做得挺漂亮的，杀鸡给猴看，让那些人知道，偷牧场庄稼就是这个下场。"

王场长说了一声："糊涂！通知晚上开大会吧。"说完，转身就走了。

当晚，王场长召开全场大会，这次他当着所有人的面又批评了刘队长："知青年龄小，啥都敢干，错手打死、打坏人咋办？如果因为偷庄稼的事把附近的人都得罪了怎么办？我不怕丢庄稼，就怕有人暗地里给咱们放一把火，场院上百个麦垛说没就没了。"

盲流点是不被政府承认的，盲流点

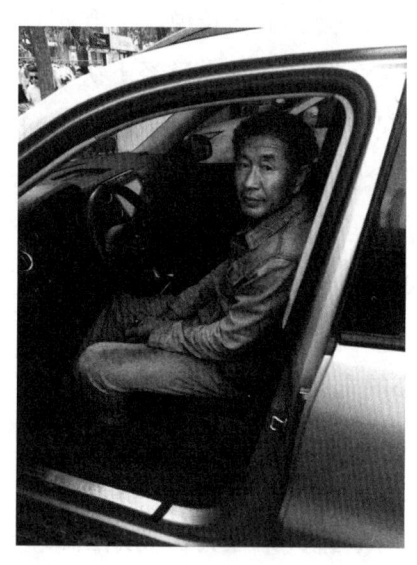

杨德重

居住的人理所当然是非法居民。因此对任意溜进莫旗地界赖着不走的人,莫旗政府经常搞各种"清流"行动。派出遣送外地人回原籍的工作成效并不显著,每次随行遣返的工作人员还未返程回到莫旗,被遣

上排左起:徐永杰、刘成财、马泽斌、徐晓青、李国会
下排左起:李秀祥、李成新

送回原籍的那些外地人已经神不知鬼不觉,又坐上火车和汽车,徒步穿过森林、溪水,经过一片片无人居住的荒野,悄悄地回来了。

外地人口开荒建点遍地开花既成事实,矛盾问题层出不穷,对此,莫旗旗委、政府高度重视,加强管理,重新布局。1977年下半年,牧场以北由腾克管理区划出一块土地成立了塔温敖宝管理区;牧场以南则由西瓦尔图公社和腾克管理区各自割让部分土地,合二为一成立了坤密尔堤管理区。那些外地人被接纳为当地居民,并落了户口。无根的沙蓬终于有了落脚点,他们的脸上才真正洋溢起笑容,仿佛自己是天底下最幸福的人。

光阴荏苒,斗换星移。如今想起来,我从心底理解和钦佩这些坚韧不拔、历尽艰辛苦难、举家从各地来到莫旗的外地人。他们不屈服于现状,不向命运低头,为了生存,无数次搬迁,又不气馁,重振旗鼓,适应着一次又一次的变革与挑战,在这个过程中经历着的时代的变迁,以可歌可泣的拓荒精神描绘着人生绚丽的彩虹。现在莫旗塔温敖宝镇、坤密尔堤镇、卧罗河镇等地方的种粮大户和搞退耕还林的人,基本都是当年固执倔强地把根扎在这片土地上的外地人。他们深深眷恋着这片土地,就像孩子眷恋着母亲。

映山红花满山坡

麦子，麦子

  1974年7月，第一年播种的两千五百亩小麦到了收获的季节。麦田分为两块，西南山脚下是一块一千五百亩的长条形状的麦田，牧场人根据这块地的长度称之为"七里六"；东面的麦田有一千亩，叫"四方地"。

  在盛夏强烈的阳光照耀下，站在场部放眼望去，阡陌相连，仿若一条条巨型玉带将田野勾勒出不同大小的几何图形；馒头山和青背山连接着淡远的天空；郁郁葱葱的树林、灌木丛以及绿油油的庄稼满怀激情地簇拥着"七里六"金黄色的麦田。麦田仿佛闪烁着熊熊的火焰，灿烂而缤纷。置身其间，让人不得不对这锦绣大地上的旖旎风光赞叹一番！

闫秀丽在麦田前留影

  员工们怀着吃饱穿暖的焦渴心情，用热情、真诚、勤劳迎接着每一天的黎明，然后又在忙忙碌碌中送走最后一道余晖。能在牧场成立当年就看到小麦丰收的壮观景象，内心的喜悦洋溢在每个人的脸上，大家满怀信心迎接着即将到来的美好幸福生活。

  烈日炙烤着大地，酷暑

难耐，人稍微动一动，便浑身冒汗。热风飘麦香，陶醉梦徜徉，成熟的麦粒像小水珠一样一颗颗镶嵌在麦穗上，再往上还长着无数银针似的长长的麦芒，从空气中就能闻到那股甜丝丝的清香味道。牧场没有联合收割机，真正能拿镰刀割麦子的也就四五十人，最多一天能割二十多亩，算下来割完所有的麦子得到中秋节之后。这在"成事在天"的大自然面前，"谋事在人"的力量似乎显得异常渺小——麦子可不会耐心地等着你，沉甸甸的麦穗会压弯麦秆的腰，然后落穗，倒伏，生芽子。

牧场开始向上级食品公司争取援兵，并在长房子前搭建了临时窝棚和凉棚。凉棚里砌了三个大锅台，既可以做饭又可以吃饭，人们叫这里"凉棚食堂"。七月下旬的一天下午，食品公司来了四辆胶轮车，拉了七十多名援军和一些简单的行李。开门七件事：柴米油盐酱醋菜，牧场最不缺的就是漫山遍野、密密匝匝的烧柴，剩下的诸如镰刀、猪肉、大饭桌、锅碗瓢盆等都是从食品公司拉过来的。就这样，牧场人从长房子搬到了临时窝棚里，连王场长都主动腾出自己的宿舍给来支援的人员住。女知青们负责安排住宿，接待援军。凉棚里一时人声鼎沸，格外热闹。第一顿饭是大碴子粥和四个菜，等所有人吃完饭，馒头山已经隐去了绝美的落日余晖。

到了晚上，"龙口夺粮"誓师大会在凉棚里拉开了帷幕。白炽灯是从米面加工厂拉过来的，刚够屁股坐下来的圆木头当凳子，人们里三层外三层围成了一个圆圈，中心空出的场地上摆了一张大圆桌子当主席台，坐着援军带队领导、食品公司副经理刘惠君、王场长和牧场农业队队长。吊在半空中的灯泡引来密密麻麻的小飞虫，围着摇摇晃晃的灯泡飞舞、盘旋，哪里有光亮，哪里就有飞虫在密布翻飞；然而飞虫似乎对生物血液更感兴趣，它们对人和牛马羊的鲜血永远吸之不尽。一圈圈坐着的人成了飞虫"轰炸"的对象，嗡嗡哼哼射出的飞针乱箭直往人的脸上、头上、身上撞着、刺着，甚至胆大妄为地钻进哈哈大笑的人们的嘴里、鼻子里甚至气管里。人们不住地拿衣服来回呼扇着，或挥着双手驱赶着，有的人被蚊子咬上一口，一惊一乍地站起身子抖动起来，又是蹦

映山红花满山坡

刘惠君带着小女儿到牧场视察工作（1976年）

又是笑；有的人干脆用衣服把自己的头包裹起来，捂得严严实实，只露出两只眼睛。

誓师大会上，食品公司副经理刘惠君首先讲话，王场长也讲了话，对从百忙中不辞辛苦来帮助进行麦收的上级领导和亲爱的同志表达了衷心感谢。接下来，食品公司职工代表、知青代表和刘队长也都表了决心："众人拾柴火焰高，要用小镰刀向大地要粮，一定能打好麦收这一仗！全体人员齐声朗诵："下定决心，不怕牺牲，排除万难，争取胜利！"战斗的号角已经吹响，气氛是那么欢腾，场面是那么热烈！这简直就是一支"召之即来、来之能战、战之能胜"的麦收大会战的序曲，每一名参加者都感到无上荣光，豪情万丈的兴奋劲如蛮荒之力充盈了身体的每一个细胞，胀鼓鼓的，仿佛随时都要爆裂开来！

第二天早上五点吃完早饭，知青和援军或拿盆，或拿碗，盛上水，用磨刀石为锈迹斑斑的镰刀去锈磨刃口，到处可以听到磨镰刀的霍霍声。会磨镰刀的人指点着不会的人，示范着怎样磨刀才能让镰刀变得锋利无比，三三两两互帮互助，亮点纷呈，遍地开花。每个人时不时伸出拇指剐蹭一下刀刃，比一比、试一试，看谁的镰刀磨得锃亮、磨得锋利。

磨完镰刀后，援军浩浩荡荡地向"七里六"麦田进发，一名大个子男职工扛着鲜艳的红旗，身后的队伍一路唱着革命歌曲，雄赳赳、气昂昂。牧场的员工和知青则去抢收"四方地"麦田。

一眼望不到头的麦地，被热风吹得滚滚翻金浪，翻滚的麦浪连天涯。援军走到"七里六"，手握灌浆充分、粒饱穗大的麦子，就像看到自家的麦子丰收一样发自内心地高兴。七十多人一字排开，男的一把割五六个苗眼儿，女的三个苗眼儿，会割麦子的能包六到八个苗眼儿。刘队长见大部分人都没割过麦子，笨拙的样子实在辛苦，就开始讲解示范：两脚分开，弯腰屈膝，左手拢麦，右手持镰。同时还千叮咛万嘱咐大家要注意安全，别割到手脚和腿。随后他又拿起两小把麦子，穗头对穗头拧好当麦腰儿，接着演示怎样捆麦子：一个膝盖压在相当于一捆麦子的麦秆上，双手用麦腰儿把麦子拢起来，往一起紧一紧，再将麦腰儿两头相互拧几圈，一头往另一头的结里一塞，一捆麦子就捆好了。

割麦子的老手"咔嚓咔嚓"全速前进，很快就把新手甩在了后面，越甩越远。新手刚开始还都能正儿八经地试着割麦子，一步步地往前挪，中间偶尔伸伸腰腿喘一口气，解解腰痛，自然落在了后面。火辣辣的太阳横挂空中，一丝云彩也没有，在高温之下，根根竖起的麦芒直扎双臂，汗水蛰得皮肤又疼又痒，更让掉队的新手心发慌、腿发颤，一点儿力气也没有了。

其中有位老工人叫刘洪显，五十多岁，快退休了，在食品公司卖肉，号称"刘一刀"。他有庖丁解牛般干净利落的刀工，想割多少肉，手起刀落，上秤一称，斤两丝毫不差，如此神奇的功夫让他的同行和顾客都佩服不已。他爱凑热闹、喜欢开玩笑，单位里谁有困难他都热心地去帮忙。刘队长照顾老刘头，让他负责码麦堆，一码子十二捆，老刘头大汗淋漓，干得正欢，可有一捆麦子怎么也从地上抱不起来。刘队长走上前查看：原来这捆麦子中有一把麦子还长在地里，掩藏在被捆好的麦捆里，老刘头使出吃奶的力气还是抱不走。后来才知道是几个小年轻为了捉弄他，故意在麦捆里留下一把占秆麦子。

有个小年轻割着割着，开始扶着腰直喊腰疼。老刘头趁机打趣道："蛤蟆无颈、小孩无腰，等你活到七十多岁才有腰子哪！"又补充道，"等你小子有腰子了，也就弯腰驼背了，正好割麦子。"

映山红花满山坡

郭玉清、郭立钢、刘桂英、闫秀丽、李桂杰（从上至下）

大伙儿都累得够呛，刘队长便示意大家休息一会儿，并告诉大家要把镰刀别在后腰带上，免得刮伤自己或他人。喊腰疼的小年轻把镰刀别在腰带上坐在老刘头身边，然后装模作样地站起来朝自己割麦子的地方张望，嘴里说道："我的镰刀呢？我的镰刀哪儿去了？"老刘头笑着说："那不是在你的腰带上吗？骑马找马。"小年轻抓住老刘头的话茬，反问道："你不是说小孩子没有腰吗？那怎么会有腰带呢？"然后二人相视，哈哈大笑。此时，没有职务、工种、尊卑、男女之分，幽默、逗乐、耍活宝，眼前的一切在所有人的眼里都是自然、新鲜、亲切的。

这时，王场长过来了。男援军兴高采烈地骚动起来，一哄而上，挥舞着镰刀喊道："不胖也不瘦，一边一块疙瘩肉。"王场长一笑起来就像《红灯记》里的李玉和，腮帮上的疙瘩肉顿时突显出来，大伙儿都爱叫他"李玉和"。王场长站在大伙儿中间，在一片真诚的鼓动声中喊道："你们离我远点儿，别拿镰刀把我的膀子、大腿给卸了！"

上午十点左右，刘队长让大家相互照应一下，接一接落在后面的人，等麦垄接齐后回去吃饭休息。当大伙儿帮老刘头码完麦垛准备一起回场里时，回头一看，这一上午才割了二百多米，只割了"七里六"的一个豁牙。有人泄气地说："我们费了九牛二虎之力才割了九牛一毛，太让人失望了。"王场长站在生机勃勃的麦田前，安慰道："只要功夫深，铁杵也能磨成针，半个月怎么也能割完吧。"王场长的一句话给大家注射了一针强心剂，革命英雄主义的豪情壮志排天巨浪般奔涌而出——"说得对！罗马不是一天建成的！"

一成不变地哈腰低头割麦子，是一项拼体力、耗耐力的劳动。夏季天长，亮得也早，四点钟起床的哨声响起来，很多人揉着惺忪睡眼爬也爬不起来，两臂僵滞，大腿像拉了胯似的生疼，胳膊疼，腰疼，屁股也疼。可援军们个个保持着参加麦收应有的精神状态，顽强地爬了起来。大家将镰刀夹在腰间或者用绳子绑在脊背上，脖子上挂着水壶，头上绕着一圈柳树枝，那样子就如同古代行走于江湖的刀客，伴着麦浪的欢呼声向自己的竞赛场走去。一割上麦子，人们就都

王爱娟、高雅洁和郑忠凤

忘了疼，忘了累，忘了热，割麦子的速度也一天比一天快，到第十天时"七里六"麦田已经收割了一少半。援军们都说："眼睛是坏蛋，手是好汉，我们割麦子唰唰唰，镰刀越用越顺手，速度越来越快，用劲越来越小，看谁还敢说我们是麦地里的'二百五'！"后来，"四方地"的麦子割完了，知青和员工便加入"七里六"大军中。

一辆28胶轮不停地穿梭往返于街里和牧场采购食品。由于劳动强度特别大，犒劳大家的大锅饭也自然十分实惠，固定不变的是猪肉土豆炖粉条，从街里饭店拉来的大饭桌上摆着用大盆装着的大糙子饭和馒头，馒头是长条的，一个足有一斤重，员工那几天也不用交饭票，随便吃。开阔的食堂凉棚里，有很多木桩子，上面是木架平顶，搭着油毡纸，以避阳光和雨水，抬头可见天上云卷云舒。男人们光着膀子，亮着身上的肌肉，端着小饭盆狼吞虎咽，风卷残云一般，从机体最深处吞噬着眼前称不上美味但丰盛的饭菜。

凉棚食堂成了最热闹欢乐的地方，援军、知青和员工随时载歌载舞，不停地编排出生动活泼的节目，空气中飘荡起欢笑声、喊叫声、唱歌声或亲切的呼唤声。没有人感到拘束，每个人都按照自己的意愿说话、逗乐、欢笑、戏谑，想怎么样就怎么样，既粗犷豪放又心满意足。爱好篮

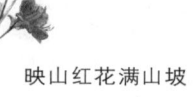

球运动的人，随时冲进球场释放一下运动细胞，打完篮球，他们又飞快地融入另一项更美好、更快乐的活动中。

麦收期间实行组织军事化、行动战斗化、生活集体化管理，值班领导严格掌握中午作息时间，负责午觉后带队展开新一轮的劳动。到中午饭的时候，割麦子的人还没等一碗饭下肚，就开始一边吃一边一刻不停地说笑。所有人满脸通红，鼓起吃饱喝足的力量，掀起一片喧哗。值班领导——到时间就得大声喊一句："该午休啦！"

刚刚还喧哗一片的人群立马安静下来，人们摇摇晃晃地站起身来，慢悠悠地舒展下自己疲倦的肢体，仿佛带着十二分的不情愿被强行分开。不过一回到宿舍，脑袋只要挨到枕头，用不了两分钟就都沉沉地进入了梦乡。来支援的人们整天挥动着那把大镰刀，双手还没长出老茧，但都出现了水泡，有的还渗出了血。可没一个人叫苦叫累，反倒有人说："快别扯了，一会儿还能不能让人睡觉了？兴奋过了头就该失眠了。"

到了晚上，灯火通明，重复不变的饭菜常常要吃上两个小时。大家仿佛在参加一场欢乐无尽、音乐无休的盛宴，每个人都沉醉在"灯红酒绿"之中，纵情痛饮，尽情欢笑。麦收大会战变成了牧场人和援军们的"快乐嘉年华"。

时间飞逝，一晃半个月过去了，麦收大会战胜利结束。当太阳再次升到无云的碧空，援军们走到等待他们的28胶轮前，一个个都不自觉地停步伫立回望，向送别的人群挥手致意，知青和员工们也深情挥别麦收大会战的援军，许多人流下了热泪。28胶轮卷起滚滚尘土渐渐远去，送行的人们直到看不见车辆，才回到自己的劳动岗位上。

有幸参加麦收大会战的人们，无论是援军还是牧场人员，都不会忘记那炽热似火的日日夜夜。许许多多的细枝末节，在大家心灵深处留下了深刻的烙印，最后变成了弥足珍贵的记忆。

在那一段肝胆相照、火热澎湃的美好时光里，没有物质激励机制，来支援麦收的人们就是一支有爱心、有毅力、有责任心和奉献精神的志愿服务队伍，他们展现了纯洁而高尚的精神风貌，用充满爱心的行动践行着他们的使命和责任。

　　1975年，又到小麦覆垄黄，牧场抛弃了传统人工"割捆装、翻堆扬"等诸多麦收环节，从黑龙江省甘南县军垦农场六十七团雇了台能从田间直接收获麦粒的现代化机械"康拜因"。这是个体积庞大、食量惊人的钢铁家伙，机械地穿行于麦田间。驾驶室前面横着的一个巨大卷轮"咔嚓嚓、咔嚓嚓"一路向前，同时将倒下的一片片麦子贪婪地卷进嘴里，吞噬到肚子里，一会儿就从顶部的大管子里吐出金色的麦柱。三辆28胶轮接替轮换等候在康拜因顶部大管子的下方，黄澄澄的麦粒如瀑布般倾泻到车斗里。脱去麦粒的秸秆不断地从尾部排出，身后依次留下麦秸。装满麦粒的28胶轮旋风似的驶向晾晒场，路上卷起滚滚灰沙，一天不知要往返多少趟。牧场还从西瓦尔图公社新垦屯雇了台拖拉机，跟在康拜因后面，负责翻耕收割后的田地。

　　六十七团的小麦名誉全国，过去王场长在兽医站时与六十七团有过业务往来，尤其和一连关系不错——一连是小麦良种繁育实验连。1974年牧场成立后，曾为一连提供过大量的椽子、檩条和扒条。王场长有一次到团里办事，顺脚去了一连，一连的丁连长笑着问道："老猪、老羊也来了吧？"这里是指王场长每次来一连必带来的猪和羊，然后就领着王场长参观一连的试验田。试验田有十几块，种着不同的麦籽。丁连长介绍说："每块试验田下的种子有三到五斤不等，都是自己研发的小麦品种。负责搞研发的农艺师姓李，级别比我们团长还大，有自己的专车和勤务员，致力于杂交小麦技术的研究、应用与推广，试验田里的所有良种都是李专家提供的。"

　　王场长停在一块试验田旁，看见麦穗大，麦秆又高又粗。丁连长说："这块试验田最大，用了十五斤麦种，叫'科汉三'，阔繁种植法也是一种新型实验种植技术，就是播种间隙加宽了，但产量是普通麦种没法比的，试验田种了三年，收成稳定，团里已经推广使用了。"

　　王场长说："我想要这个种子，能匀给我一些吗？"

　　丁连长摇摇头："我们才有两万斤'科汉三'，我说了可不算，估计

汇报上去,团部和李专家也不会答应。研究成功一个新品种太难了,多少年也研究不出一个好品种,从实验室开始育秧到被移栽到大田里,好与不好,成功不成功,周期太长了,一年才一季呀!"

王场长哀求道:"想想办法,下次你要多少木材我就拉来多少。"

丁连长说:"你先回去,我再想想办法。"

没过多久,王场长给丁连长打长途电话问行不行。丁连长说:"请示团长肯定不行,给你们点儿麦种意思意思吧。"

王场长高兴地说:"那我拉木头去,再带个篮球队搞个友谊赛。"

王场长有一份心思,用木材换良种,总得出大力尽人意。之后他让刘队长领人到五间房后山去砍树,那里手腕粗的柞树和松树长得最茂密旺盛。过去五间房的队长看到牧场砍树,曾到牧场和王场长理论过,甚至写信给旗政府和霍日里河林场领导,上级为这事也专门找过王场长。

很快,王场长带着王振环、刘文举、刘连财和王贵武,坐着徐晓青的28胶轮车到了一连。打篮球不是目的,为的是有人能扛麻袋装车,因为没有力气的人是胜任不了这项活计的。打完篮球,吃完饭,丁连长说:"你就装走十麻袋吧。"然后叫人拿来了十个新麻袋。新麻袋装东西不

上排左起:李国会、李成新、代武新、程志芳、王庆友、徐晓青、马泽斌、李桂杰、刘金荣、宋全堂、王建平
下排左起:张淑范、高雅洁、苏秀华、闫秀丽、刘晓洁、王福霞、冯金燕、刘信宝(2021年)

如旧麻袋装得多,一针一线地缝口,一个麻袋也就装一百八十斤麦种。王场长也真没把自己当外人,对他带来的五个"铁塔"说:"咱们使使劲儿,每袋一定要灌进去两百斤以上。"于是这五个壮汉就在地上使劲揉搓麻袋。新麻袋没有弹性,但用蛮力足以将其撑大不少,最后麻袋个个装得满满

在十七间大草房前合影

当当、瓷瓷实实,成了一个铁石疙瘩。装完后一过秤,十个麻袋足有两千二百斤。

丁连长和仓库保管员的眼睛都瞪圆了,惊诧不已。丁连长拍着王场长的肩膀说:"老兄弟,真有你的。"想着以诚为先,以心待客,怎么也没想到来人竟这么不客气。

1975年,牧场采用阔繁种植法将两千二百斤"科汉三"麦种播了十二垧地——过去种一垧地要用麦籽六百斤,十二垧地得用七千二百斤麦籽。两种麦籽生长出来的麦子植株立见高下,"科汉三"长得高大,人蹲下藏起来,远一点儿完全看不到。人们走进成熟的"科汉三"麦田,把压弯了腰、垂着头的麦穗托在手心掂了又掂,仿佛双手捧着"天麦下凡"。金灿灿的金子,让人看得不住地咂嘴:"这小麦真好,这么摸摸都叫人喜欢,咋长成这样子的呀!"秋后,每垧"科汉三"产小麦三万斤,每垧地比其他麦种增产百分之三十,全部入仓,留作第二年的麦种;第二年秋后收获的"科汉三"已经足够来年全面铺开;第三年,"科汉三"一统麦田,产粮达一百多万斤。

建场当年小麦就突破百万斤大关,那是开垦的荒地肥力足、风调雨顺、广种薄收的杰作。比如种一垧地有两千元的成本,包括种子、农

药、土地使用费和机械、人工费，秋后如果一垧地挣到两千零一元，除去成本，一垧地一年才收入一元钱。而种上"科汉三"，一垧地增产百分之三十，这增产的部分就是偏得的利润。

牧场实行机械化生产，员工从繁重的农业生产劳动中解放出来，种子都是从外地买来的优良品种，农业这一块产粮上百万，数据很大，但年终总决算还是多种经营的收入占大头。

牧场在引进"科汉三"的同时也引进了高产黄豆良种，长势同样喜人。收割黄豆和收割其他庄稼有所不同，不能等到十分成熟，只要长到八九分熟，豆荚颗颗饱满即可收割，而且要趁着早起露水的潮劲儿收割，否则等露水一干，豆荚变硬，用手搂一把黄豆秆，黄豆荚的小尖尖刺进手指肉里，很疼。渐近深秋开始收割，清晨也是一天最冷的时刻，但开镰收割的人们个个精神抖擞，田地里满是欢声笑语。当人们把黄豆秆装上车后，才发现地里的一层层黄豆，原来是黄豆荚都炸开了，这是让人始料不及的，原来引进的高产黄豆籽连黄豆荚爆裂都提前了，不过即使黄豆出了小意外，也丝毫没有影响到当年员工的收入水平。

跨年回家路

崎岖土路洼坑多,越岭爬山鬼唱歌。
两辆胶轮好弟兄,互相牵引上高坡。
知青驾驭路穿梭,惊险频出事故多。
任务突奔无昼夜,春夏四季似陀螺。

牧场没有大型机械,唯一的交通工具还是食品公司送的两辆28胶轮车。马力小,噪声大,整日"突突突"叫个不停;飞滚的大轮子拽着车斗在凛冽的狂风中颠簸,卷起沙尘灌进鼻孔、耳朵和嘴巴,人人犹如土猴出洞一般。发动机没燃烧充分的杂质顺着排气管喷出,排出的烟雾越清淡,表示柴油燃烧得越充分,而这种情况只能发生在胶轮车行驶在一马平川的马路上。很少有人敢在车斗前逆风而立,因为大风吹得人冷冰冰,浓烟呛得人无法呼吸,不一会儿就头晕目眩,脑子像没了感觉。

寒冬腊月三九天,天寒地裂司机难。为了把冻僵的28胶轮车

毕维新和徐晓青

"救活",两个小司机每天要提早起来烧热水,用来浇发动机外壳,还要在车头下面放一堆木炭,用火烘烤机油底槽,等到机油管里的机油熔化后,再手握"Z"字形铁棍摇把子站在车头,仿佛仇人相见,来一番"怒目而视",继而把铁棍插进车前的窟窿眼里,一番猛摇,直摇得车烟囱冒出几股青烟,胶轮车发出"突突突"的喘息声;再用力摇、猛转圈,胶轮车开始吐黑烟,然后不情愿地连声吼叫起来,预告着车可以开走了。此时,司机已经忙活一个小时了,这番预热车辆的操作每年起码要持续三个月。即使预热成功,大多时候胶轮车还是开不走,这个时候司机就会到男宿舍叫人帮忙推车。司机在驾驶室踩离合器,几个人在后面推上一段距离,胶轮车才能开起来。

牧场子弟小学位于山坡的中腰,与牧场的"主干道"直线距离不到两百米。在盖房子时,好多人就说:"这个地方太适合做车库了,能减少多少启动车的麻烦,只要从上往下顺着坡一推,车就能跑起来,又省人又省力。"外来的司机一听上面是子弟小学,不由自主地惋惜道:"这地方真是建车库的好地方,学校在哪儿都能建,车库可找不到这么好的位置呀!"

两个司机一个叫徐晓青,十九岁;一个叫毕维新,十八岁。他俩到牧场不长时间,场领导就委以重任,把当作宝贝疙瘩的两辆28胶轮车交到他们的手上。两个人成为牧场第一批驾驶员,也由此走上了人生职业生涯的起点,再也没有离开过驾驶员这个岗位。

玉树临风的帅哥和胶轮车打上交道,便再也穿不上一件像样的衣服,沉积已久的泥土和机油、柴油印迹掩

迟志杰、徐晓青、毕维新(2021年)

盖了工作服原本的颜色，满身油腻腻。如果胶轮车出了毛病，两个人在沾满尘土的车头爬上爬下鼓捣一番后，整个人油渍麻花，只有眼球是白的，乌黑油亮的头发也变得暗淡无光。

胶轮车驾驶室面积不足六平方米，驾驶员座位近一米长，连副驾驶座位都有了海绵坐垫和靠背。后面两个大车轱辘上方有一个铁架子，再放上一块半尺多宽的木板，就和驾驶室的铁皮壳形成了靠背椅，一侧最多挤坐三个人，驾驶室连司机和副驾驶能挤进八个人。胶轮车行进中碾压着凹凸不平的路面，背靠椅上的人不时地前仰后合，后脑勺和脊背一个劲儿地与铁皮摩擦、碰撞，颠簸时能把铁皮撞击得咣咣直响，人也不时晃动得直向前，甚至冲到对面坐着的人身上。

胶轮车的车头原本是开放式的，牧场花钱打了一个粗糙的白色铁皮罩扣在车头上就成了驾驶室，还讲究地在铁皮上刷了层漆。可惜油漆经不起风吹日晒雨淋，不长时间，铁皮便锈蚀不堪。不过不管驾驶室的外观如何难看，当时在我们眼里已经是解放牌北京吉普级别的交通工具了。到了冷天，人们对司机分外热情友善，个个笑脸相迎，司机能点头答应让搭车的人坐到驾驶室，对大伙儿来说简直就是莫大的荣幸。

徐晓青是机务班副班长，长得不算出挑，可个子很高，身体健壮有活力，他父亲是单位一把手，家庭条件、社会地位都不错。当他穿上脏兮兮的工作服站在女知青堆里，画面极度不协调，让人忍俊不禁。徐晓青的妻子刘淑芬身高近一米八，笑意盈盈，稳重大方，接人待物很有亲和力。她刚开始负责喂牛犊，后来到了米面加工厂——没有身高和体力真干不了这个活儿。徐晓青只要看到刘淑芬，整个人就会焕发出青春光彩，不停地展示着自己的柔情蜜

女知青赶马车上工

意,似乎在向大家宣誓主权:刘淑芬是我爱的人,她已经名花有主了。

牧场平日生活里的孤寂,一般人是很难体会到的,这种氛围笼罩下的宿舍中的一切,仿佛沉睡一般,只有猫头鹰或乌鸦偶尔的叫声会打破这份寂静。徐晓青受不住这种沉寂,晚上进了男宿舍觉得自己仿佛走进了一个没有尽头的山洞,跌进了越来越浓的黑暗。事实上他所感到的寂寞并不是外界加给他的,主要还是刘淑芬没在牧场的缘故。刘淑芬和从小玩到大的闺蜜说:"我妈不同意,晓青到我们家,她看都不看一眼,连一句话也懒得和他说,可他照去不误,该干活就干活,该吃饭自己就上桌,我都替他不好意思;但只要我爸在家我就不尴尬了,能有人和他说话,还可以让我妈给做好吃的。"

两个人返城后都被分配在食品公司,有一儿一女,都已成家。2000年前,徐晓青被调到交警大队,刘淑芬去了尼尔基第二中学,后被调到土地局。徐晓青是一个有担当和责任感的男子汉。2018年,知青们聚在一起吃饭时,刘淑芬表扬了自己的丈夫:"早晨我从没做过饭,哪怕晓青在食品公司开车,早晨也要悄悄地做好饭放到锅里才走。这半辈子他一直在用心呵护我,我这几年身体实在不好,晓青就成了我身体的保护神。没有晓青,恐怕今天我就不会坐在这里了。"

有一年快过春节,徐晓青的驾驶室里坐满了人,副驾驶上坐着已经和他公开恋情的女知青刘淑芬。车开出去不远,徐晓青突然半道停下了车,指着刘淑芬和另一个女知青说道:"你俩换一下,你坐到这儿来。"于是那个女知青坐到了柔软宽阔的副驾驶座位上,而刘淑芬则挤进后面又窄又硬的三人座位里。窗外飘着漫天大雪,积雪把路遮盖得严严实实,看不清楚前面的车辙。驾驶室里的人都被徐晓青的举动搞糊涂了,不知道他意欲何为。那个女知青后来才郁闷地道出其中的原因:驾驶室里没有暖气,全靠人挤人和呼吸产生的热量保暖。当时外面温度零下三十多摄氏度,热气遇冷刚开始在车窗玻璃上是雾气,后来就凝结成霜,会严重影响司机的视线,因此坐在副驾驶上的人一路上要不停地站起来,拿抹布擦车窗上结的霜。一路颠簸了六个多小时,她拿着抹布不停地擦霜冻,手都被冻得变了颜色,胳膊也抬不起来了。

两个小司机每个月至少跑十来趟,看似十来趟,算起来却是没有节假日,不管白天黑夜,只有到达目的地才能休息。他俩就像一对孪生兄弟,谁也不敢在冰天雪地跑单帮,生怕

刘淑芬、徐晓青夫妇(2017年)

出事故被困在路上。在行驶过程中,不管上岗还是下坡,必须谨慎踩油门或刹车——油门和刹车装置只控制车头,对后面拖拽的车斗丝毫不起作用。

徐晓青知道牧场人总是看到司机的幸运和神气,看不到他们冲艰难险阻所付出的代价。一到这时候他就咧着嘴说:"我真不是吓唬你们,开这车出行经常会闻到死神的气味,听到阴阳对话的声音。这可不是谁都能干的活儿。"

两个司机回街里时会拉一些牧场盛产的农林牧副业产品,比如粮食、粉面、粉条、蜂蜜、白酒,有时也拉牛马羊以及山上的木头和烧柴;之后再从街里拉回牧场需要的给养、日用品和食品等。尤其临近春节,给小卖店拉货成了重中之重的任务,胶轮车趟趟都被装得满满的。不仅卖给牧场里的家属,还有附近的住户,因为人们下山实在不方便,平日里又太缺乏生活必需品。

1976年的腊月二十九,下了一夜的雪,第二天积雪银光闪闪,笼罩了整个大地。宿舍屋顶上的白雪更厚了,像盖上了厚厚的棉被;连绵的山峦变成了白色巨龙,树木遒劲的枝干上挂满了柔软的雪花,所有矮小的灌木丛枝桠间也塞满了雪,目光所及的世界格外安宁,壮美多娇,分外

妖娆。

两个小司机一年的奔波总算告一段落,准备回家过完大年,再休息几天。徐晓青问王场长:"这回拉啥东西?"

王场长说:"拉两车椽子,一车给食品公司,另一车奖励给你俩。刘队长已经安排员工早早就上山了,下午我们回家过年。"

中午,员工在场部把从山上新砍下来的椽子装上了车斗,手腕粗的椽子在车斗上垛得像座小山,高出车箱挡板一大截,四周用粗绳子固定着。刘队长说:"大伙儿听说有一车椽子是给你俩的,就多砍了点儿,车装得很实诚,一车就顶平时的一车半。"

牧场的人都搭乘过这两辆胶轮车。两个小司机心肠好,乐于助人,看谁拿的东西多,条件允许时还会将其送到目的地,大家对两个小司机的感激之情无以言表,唯有铭记于心,所以上山砍椽子的员工都非常卖力气。两个小司机来来往往每一次都是满载满装,没想到这次看着高高隆起的椽子,却忽视了可能严重超载和雪多路滑引发的安全问题,结果这一趟回家过年的路竟走了"两年"。

要回家过年的人吃完中午饭便出发了。会计、出纳和小卖店店员共五名女知青,还有两名男知青和两个司机,再加上两名员工的媳妇和王场长,共五男七女,分坐在两个驾驶室。大家当时想得都挺好:这个时间出发,能赶上回家除夕守岁、放鞭炮和吃年夜饭。

出发时,天空蓝得像一块透亮明洁的宝石,积雪反射出白晃晃的光芒,刺得人睁不开眼睛。两个小司机行驶在白色的山峦上,毕维新在前,徐晓青殿后。牧场前面有泉眼的小河,泉水还在隐隐地往外冒,被白雪做的棉被覆盖着;一个个被白雪包裹得像个白馒头的塔头墩也霸占了车道,胶轮车得时刻谨慎地绕着大冰坨子,驶过冰面路。

前车顺利地驶过小河,停下来等着后面的车。后面的胶轮车车头绕过障碍物,可车斗的轮胎碰到了塔头墩,车斗一颠就打横倾斜半立起来,高出箱体的椽子顺势滑落下来。

大伙儿忙从驾驶室跑出来,回头向牧场方向望去。场部和家属区的草房承受着冬日积雪的负荷,仿佛软绵绵的蛋奶面包。乳白色的炊烟呈烟柱状向空中升腾,渐渐散开洇向碧空,与原野山峦和天空融为一体。牧场已成了一幅由冰雪绘就的空灵淡远的水墨画,遥不可及。

此时叫牧场的人来装车显然不现实,只能这十二个人蹚着雪,清除车体周边的椽子,把绑椽子的绳子解开,再用车头牵引车头,扶正车体,重新装车。车斗周围的雪很厚,每迈出一步都要使出力气。一根椽子也有十斤重,女的搬椽子时撩起积雪,蹚出凌乱的脚印,拖到车斗前又举不上去;男的费了很大的劲才装完车,然而由于缺乏经验,装完椽子的车斗比原来还高。

快到孔木台时有一个山岗,下了岗向东一拐就上了毛坯路。上岗的车辙已经被压得铮亮溜滑,人走上去一不留神就会摔个大跟头。为了稳妥起见,两辆胶轮车都停了下来,司机决定用两个车头拉着一个车斗上高岗。徐晓青卸下胶轮车车斗,开着车头,用油丝绳拽着毕维新的车上高岗时,停在路上没有车头的车斗开始顺坡往下滑,越滑越快,滑出去足有四五十米,最后车斗倾斜到路边的雪窝窝里。好在路沟不深,可积雪最深处还是能埋没人的大腿。

两个车头喘着粗气,发出沉重的扑哧声,把毕维新的车斗拉上岗顶平地后,又开着车头折返回来。所有人把陷入雪窝窝里的车斗上歪三扭四的绳子解开,又一次卸下部分椽子,用车头把倾斜的车斗拉正。被卸下来的椽子离车斗有好几米远,七个女的负责把椽子从雪窝窝里往车斗跟前抱,男人们则负责往车上装,一个个忙活得浑身冒汗,寒风从旷野吹过,灌进他们的袖口、领口,呼出的气体透过围巾变成了白色,眉毛上挂了白霜,额头上的热

同在牧场机务班的徐永杰(左)和徐晓青参加工作后合影

汗在帽檐处结满了冰霜。

连续折腾两次，占用了大量时间，这时候天已经黑了下来。毕维新开着车头拉着徐晓青的胶轮车，两个车头牵引着一个车斗到岗上停稳后，毕维新卸下油丝绳，开着车头重新挂到自己的车斗上。胶轮车在山道上小心翼翼地行驶到了土路上，光滑的土路像一条望不到头的带子在前方闪闪发光，司机更不敢加足马力开快车。又开出去几里地，天已经黑透了，之后便到了修有桥涵的沼泽路段。路旁地下泉眼冒出来的水很旺，在路面上形成的冰路有近百米。毕维新的车快到冰路尽头时，车斗的轮子又压在了冰坨子上，车体又打横了；徐晓青的车缓慢地往前开，不曾想也撂倒了。

一路上装了卸，卸了装，两个小司机对王场长不耐烦地耍着小脾气，说啥也不肯再重新装车了："车上有多少橡子就拉回去多少，剩下的橡子都不要了。"

王场长说："这样可不行，难走的路已经走得差不多了，到了西瓦尔图就是公路，还是得想想办法呀。"一下午装了两次车，人们的力气和耐心都到了极限。寒夜里，大家站在胶轮车旁一筹莫展，风刮在脸上像刀割般疼，脚丫子像被猫咬了一样，个个抖得跟筛糠似的，不住地跺着脚在地上蹦跳着。女知青和家属都快哭了。

王场长看两个小司机态度坚决，就商量着说："反正你们也过不了年了，咱们把橡子都撂在这里，明天大年初一，你俩是求汽车呀还是用胶轮车自己拉回去我就不管了，食品公司的橡子也不给他们了，由你们处理。明天可不能不管不要，一定要拉回去呀！"

王场长这样说，他俩都点头答应说行。大家又开始解绳子，将挂在车斗边缘七零八落的橡子卸掉，然后拉车斗。等干完这些活再看手表，已经过了半夜十二点，就这样，这些人在天寒地冻的荒郊野外过了个大年三十。

虽然车斗装的橡子丢掉不少，但还有一百多里路，王场长心有余悸，害怕路上再出意外。毕竟大家肚里子空空的，没有一点儿食物，加上天气寒冷,很容易冻病,于是想着得先找点儿饭吃,暖和暖和再出发。

王场长说:"咱们找点儿饭,吃了再走吧。"

大伙儿都说:"这荒郊野外的,上哪儿找饭吃,再说还是大半夜,谁能开门让咱们进屋再给做顿饭?"

王场长说:"前面不远就是孔木台,到那儿咱们就能找到饭吃。"

不多久,明晃晃的车灯在黑漆漆的旷野中照射到一个小草房。王场长对毕维新说:"你

毕维新之妻刘桂英

就用车灯照着,我下去给你们找饭去。"两辆车头横在道路中间,大灯射向院门,照亮了整个院子,发动机"突突突"地吼叫着,夹杂着呼啸的风声,如同鬼哭狼嚎,听着让人毛骨悚然。此时这户人家的狗也狂吠起来,院子很大,大门向里歪斜敞开着。王场长壮着胆子,手里拿着根大木棒,在耀眼的灯光下走进院里拍房门。屋里的人被大挂车的声音惊醒,看到四束淡黄色的车灯直接照着自家,点起了煤油灯,房东的声音随后传了出来:"有什么事?睡觉了。"

王场长说:"我们是牧场的,回家过年,路上不顺,翻了三次车,所以半夜才到这儿,想进屋暖和一下。天太冷了!"

屋里的人一听,忙说:"你们别忙,等一等,我马上穿衣服开门。"

寒风猛烈地怒号着,房东穿着大棉袄走出来,手把着门扇对王场长说:"快进屋吧。"他缩着脖子,脑袋躲进了大衣领里,鼻子和下巴完全被遮盖。十二个人以最快的速度进了外屋厨房,狂风卷起的沙尘跟着

他们也进了屋。

房东关上外屋门时已经开始打寒战了,他催着大家往里屋走。里屋有两铺大炕,北炕有两个十岁左右的男孩窝在被窝里,南炕是一个已经穿上衣服坐起来的妇女,地面中间的炉子燃着火苗。

房东说:"你们几个女的快到南炕上暖和暖和。"又转身对两个孩子说,"往里边挪挪,让这几个叔叔在炕上坐着……你们还没吃晚饭吧?"还没等大家回答,房东便催促媳妇说:"快下地把冻饺子煮上,把猪肉酸菜炖粉条和黏豆包都热上,够这几个人吃的了。"说着还拿出一瓶酒和一个装着酒盅的大瓷碗,"喝吧,喝吧,能在我家过年一定要喝酒。"

王场长说:"我们都不喝酒。"

那房东又说:"大年三十了,不对,到了大年初一了,哪能不喝两盅呢?"

"一年将尽夜,万里未归人"的悲凉感、凄苦感刻肌砭骨。沦落到向素不相识的人家讨吃年夜饭,大家的心里泛起阵阵"断肠人在天涯"的悲哀,恨不得大喊大叫两声释放一下。

谁也没喝一口酒,在无言中风卷残云地吃完饭,一行人的身体逐渐暖和过来,被折磨得发青发紫的脸色也有了红润和光泽,人显得精神了很多。王场长让会计给房东二十元钱。可房东摆摆手说:"你们大过年的能到我们家来吃饭是缘分,也是瞧得起我们,这钱我怎么也不会要。"

后来,王场长从牧场顺路拉来了粉条和豆油,送给了这热心的一家人。

本想能回家过个好年,万万没想到跋涉旷野,战冰雪抵严寒十多个小时,历经刺骨的寒冷和疲惫不堪的装车卸车,又饱受懊恼、颓丧、无助的心理折磨,人们回到家已经是大年初一的凌晨了。

晓洁青葱片段

刘晓洁的父亲是刘惠君,她没等高中毕业,就倾情参与牧场创建的工作中,也成为牧场成立的剪彩人和奠基者。

1974年4月6日,刘晓洁和另外十名知青晚上到达牧场。第二天清早,虽然节气上早已过了春分,可牧场仍是春寒料峭,萧瑟的寒风带着源源不断的冰寒之气侵入骨髓。人们都穿着隆冬时节才用得上的御寒大衣,在男宿舍等待刘队长分配劳动任务。

农业队队长刘新贤是个山东人,瘦高个子,一双枯树枝般的双手青筋毕露,黑紫色的皮肤紧紧地包着脸上的骨头,浑身透着一种沧桑感,根本不像三十多岁的人该有的模样。他在山东老家一直担任生产队队长,之后跑到乌尔科公社兴隆泉村,干活任劳任怨,生活克勤克俭。所以,牧场一成立,刘惠君就很痛快地接收了他,并让他担任农业队队长。

刘队长为员工分配完任务,就对着眼前陌生的十一名知青说:"王场长去海拉尔草地买马快回来了,牧场成立和欢迎知青到牧场的大会等他回来再开,你们先干活儿吧。"

于是,徐晓青到面粉加工厂;杨德重、张恩发到二道河牧业队;李秀祥、刘连昌、刘连财在农业队;刘晓洁、陈颖芳、李春英放羊;刘淑芬负责喂牛犊和羊羔;敖晓兰协助徐景田管奶牛和挤牛奶。

刘队长领着三个女孩来到羊圈,只见半露天的大羊圈里面正好隔出三

刘晓洁

个小羊圈,每人管理一个羊圈,里面总共有两百多只羊。刘队长告诉她们怎样让羊进出圈,到哪儿去放羊,并叮嘱要注意羊的体质好赖,对刚刚下羔的母羊和小羊要给予特殊的照顾等。刘队长满口山东话,他把自己想交代的说了个遍,三个女孩似懂非懂地点着头。随后,刘队长又领着她们回到女宿舍前屋,顺手拿起一把两头带把儿的片刀,指着炉子、豆饼和水缸说:"这是给羊准备精饲料用的。要先把豆饼用火烤软,再用刀把豆饼削成薄片,放到水缸里用水泡得发酵,拌上羊草,抓把盐就能给羊吃了。"

刘晓洁和陈颖芳十七岁,李春英十六岁,上来就单挑独干当"羊倌",三个姑娘知道牧场人手紧,一个萝卜顶一个坑,没奢望能有个懂行的人领着她们上山"见习"一天,连一句"我不会放羊"或"没看过咋放羊"之类的话都没敢说。

放牧点在场部北面二三里地处,是一片六七平方千米的平原。雨水、阳光充沛,黑土地自然肥力较高,草本植物茂盛,生产能力和营养成分都比较高,而且没有秃山和沙坡。每天上午,三个姑娘便揣着干粮,赶着羊群出发了,走不出多远便"分道扬镳",向各自选定的地盘走去。刚接手羊群,她们还花心思数一数有多少只羊,数来数去,直到下一个人接手羊群,也说不出具体放了多少只羊。

放羊并不像书上写的那样轻松悠闲,富有诗意。第一天,刘晓洁这个羊倌就碰到了难题:羊群不服指挥。刘晓洁往前赶,羊群却向两边走;往东赶,羊群偏偏向西或向东行,整个羊群乱成一团,急得她左拦右挡,东跑西奔,怎么也归拢不到一起,只得跟在羊屁股后头不停地走着、跑着,累得上气不接下气。

放牧点起伏的山峦,背阴处残雪依稀可见,阳面的小草开始返青,此时正值草色遥看近却无的时节。灌木丛低斜的枝条、枝杈早已被凌厉的寒风抽干了水分，发出干燥的声响，横生的荆棘伸出长短不一的利爪，抓住羊儿的绒毛，洁白

刘晓洁和知青（2018年）

的花朵挂在枝头，在风中摇曳，还挺浪漫。

刘晓洁追着羊群，不知不觉到了离二道河牧业队不远的霍日奇坎河。太阳快要落山时，刘晓洁赶着羊群回牧场，有的小羊半路就已经累得趴在地上动了，推也推不起，赶也赶不走，抱也抱不动。于是，刘晓洁哭着先跑回了牧场。

"方向不对，努力白费。"后来在员工的指点下，刘晓洁逐渐掌握了放羊的路径和方法。她上午赶着羊群让羊边走边吃，只要吆喝好头羊、盯好公羊，羊群就不会像星星一般散落在草滩上；看好母羊，小羊羔就随着母羊转，这样就不用全方位管理群羊了，等慢慢悠悠到了二道河牧业队附近时已是中午。羊儿在霍日奇坎河喝饱水，趴在草甸子上休息，人就能得空坐在石头上，不时啃几口馒头、饼——这是中午饭，也算是零食，有时候就着河水吃完东西，还能在草甸子睡上一觉。

三个女羊倌听过狼吃羊的故事，也见过北山草甸子上带血的羊毛、一块一块的羊毛皮和新鲜的羊白骨，她们心里虽然害怕，可谁也没有向刘队长表达不想放羊的要求。刘晓洁她们仨赶着羊群向北一出溜就是十里八里的，在自己单调的领地，谁也看不到谁，寂寞时时笼罩上来，她们听到最多的声音是羊踩干草地的声响和自己粗声大气的吆喝声，偶尔能看到去二道河牧业队路过的员工。

放牧点常能看到背着大包小包疲惫行走的外地人口，他们像漫无目的

的草原寻路人，忧郁地望着延伸的小路，从一片荒野走到另一片荒野。对他们而言，最现实的需求大致有三个：在保证生命安全的前提下，人生再大的苦难也能熬过去；寻找宿营的地方，方便晚上睡觉；寻求和备好充饥的食物。我父母这一辈的人说起他们口吻中总是充满怜悯："他们老家人多地少，人满为患，跑出一个人，家里就能腾出几分地的口粮。"

在草甸上放羊大多时候是安静的，枝叶无声，飞鸟不鸣，只有太阳无声地散着光和热，而阒然无声之时出现的由远而近的脚步声，却成了三个姑娘最害怕的前奏曲。尤其是看到灌木丛里有枝条大幅晃动，听到树枝被踩发出的噼啪声，她们手里的羊鞭握得更紧了。有时候那些人会突然坐在地上不再前行，在灌木丛中休息、生火和吃饭，一团团缭绕的烟火和一堆堆残存的灰烬，犹如在荒凉野地里闪烁的鬼火。三个姑娘无法躲开，只能用眼睛余光偷瞄对方的一举一动。

五月初，大青背山上的榛柴棵子、针叶林只显出些嫩绿，阔叶林也才冒出嫩芽，到了六月，便有了夏天的味道了，阳光和清风都是暖融融的，一片葱茏之中还有百合花、毛骨朵花、婆婆丁花、大芍药花，黄的、蓝的、红的、白的、紫的，一丛丛、一片片点缀着辽阔的绿海。

但是草甸子上不只有灿烂芬芳的野花野草。员工告诉刘晓洁：野甸子不能随便卧倒休息，更不能随便找个地方就睡觉，会招虫子。尤其是草爬子，春天是它们的繁殖旺季，长得小巧，爬行速度很快，人站在野地草丛中很难发现。草爬子附在人身体上会疯狂吸吮人血快速长大，同时唾液中的麻醉剂会释放出来，被叮咬的人没有任何感觉，可过几天叮咬处就会长出个大血瘤子。

刘晓洁2017年受邀参加同学会

刘晓洁还真在草甸上招惹了草爬子。那次她回到牧场后感觉后脖子有些不得劲儿，用手一抹，发现是一个小肉包。员工凑近一看，原来钻进了一个草爬子，只有半个身子露在脖子外面。刘队长赶忙用烟头灼烧草爬子露在外面的部分，旁边的人用手捏住草爬子往外拽，但没成功，继续用烟头烤了好几次，草爬子总算被拽了出来。

刘晓洁和她的女儿

刘晓洁还有惊奇的发现，在大田和松软的山坡上眼见着一个接一个的土包迅速隆起来，像小脸盆那么大，上面还都有一个拳头大小的洞口，土质新鲜潮湿。员工看到刘晓洁困惑不解的样子，就领着她蹑手蹑脚地走到土包前，等到土包拱起的一刻，员工猛地用脚一踹，一只惊慌失措的大老鼠就从洞口跑了出来，足有二三斤重，肥硕无比，乱跑乱转，毫无方向感。员工说："这叫瞎目触子（地老鼠），生活在地底下，到了地面啥也看不到；但是耳朵很灵敏，听到一点儿声音，在地底下就不动了，要么通过自己挖的四通八达的隧道奔来跑去，专门吃庄稼的根须，对庄稼损害严重。"

刘晓洁不仅是牧场管委会成员、团支部书记、小卖店负责人，还在卫生室卖药。因为父亲刘惠君是牧场的领导，刘晓洁不仅参与生产和管理，牧场发生的大大小小的事都能看到她的身影，连员工出现家务纠纷都会去调解。刘晓洁回忆那段历史时说："我虽然在卫生室

刘成财在知青聚会上唱歌（2018年）

刘惠君与女儿刘晓洁、女婿于长青合影（1987年）

卖药，也兼职当护士，在卫生室还学会了打针；有时候还像居委会主任，家庭纠纷无外乎"鸭头鹅脚"的事，不管是"驴不走"还是"磨不转"，也要跑去看一看，甚至连子弟小学老师有事我都会去帮忙上课。"

1975年春节，刘晓洁、敖晓兰以及两名员工留守牧场。下午五点钟牧场就进入了漫长的黑夜，寂静而阴森，即便是拍打门窗的沙沙风声都让人心生恐怖。

1977年春，刘晓洁领着年仅十岁的妹妹国洁从尼尔基镇回牧场，胶轮车在离牧场几里地的青山桥处出了故障，一时半会儿见修不好，人们只得步行到三四里外的砖厂避寒。国洁有脑膜炎后遗症，母亲身体又不好，刘晓洁俨然一个小大人，照顾妹妹在牧场上小学。路程不算长，但对于国洁而言却是长途跋涉，走走停停好不容易才到了砖厂。做饭师傅刘成财将人迎进能住十个人的窝棚，看见每个人饥寒交迫，瑟瑟发抖，就赶紧让她们上炕取暖，紧接着把已经发好的面蒸了花卷，还做了菜汤。火炕上的滚滚热浪、灶膛里跳动的火苗，使屋内显得格外温暖。刘成财和知青一般大，二十岁，他和哥哥刘成发来牧场后就被分配到砖厂做饭。被热情招待后，刘晓洁说道："你做的饭这么好吃，别在这儿了，场部新食堂正要启用，你就回去做饭吧。"这让刘成财感到万分惊喜，有种天上掉馅饼的感觉。

在场部新建的十七间房子的东头，齐胸高的水泥面台子隔开了厨房和饭厅。饭厅具有多功能，可以当会议室和活动室，木工房做的白茬四条腿木头板凳有几十个。自此，牧场结束了人们端着饭菜四处打游击的历史，每天拿着饭票在柜台前排队买饭，然后围着圆桌一本正经地边吃边聊，顺手还能把餐具洗了。也因为这个机缘，刘成财和更多知青结下了深厚的友谊，一直绵延至今。2018年知青聚会时，作为特邀嘉宾的刘成财端着酒杯对刘晓洁说："那年，多亏了你，我才能到场部做饭，你肯定没啥印象，我可一直记着你的好呢。"

1978年10月刘晓洁返城，被教育局送到外地学英语，然后参加由莫旗教育局统一组织的英语考试，考试合格后被分配到尼尔基一中。她在哈尔滨师范大学外语系函授本科毕业，获得高级英语教师职称，后担任尼尔基一中英语教研组组长、呼伦贝尔外语教学理事会理事。最令她引以为傲的是自己的女儿聪明上进，学习成绩很好，最后考取了北京大学的研究生，留在北京工作、结婚生子。

映山红花满山坡

久久聆听的歌声

十六岁,是一个人生命中美好而灿烂的年纪,这一年,李春英下乡来到牧场。乍暖还寒、忽冷忽热的时节,山坡阳面已经解冻,植被逐渐泛青。

李春英和刘晓洁、陈颖芳到牧场就当上了"羊倌"。指派任务的刘队长把放羊看得似乎太容易了:有个人领着一群羊,到有草有水的山坡转着圈溜达,能吃饱喝足,赶回来就行。就这样他把羊群交给了三个初出茅庐的小女孩。

王场长从海拉尔草地买完马回到牧场,见到刘队长就问给知青任务的安排,刘队长一五一十地细说了一遍。一听说安排三个小姑娘去放羊,王场长心里立马"咯噔"了一下。他知道后山的情况,知道有狼窝。

王场长没心情再往下听刘队长汇报工作,从马厩牵出大红马,骑上就朝后山奔去。后山是一个缓坡连

李春英

绵的草甸，马跑了三四里地停在一个山岗上。此时，春风吹动着枯枝败叶，羊群散落在光秃秃的灌木丛中，正在咀嚼着干巴巴的植物。走到近前，王场长才发现一个小姑娘正趴在土堆上看书，她这时也发现了王场长，忙站了起来。

王场长问她："你叫什么名字？多大了？"

小姑娘说："我叫李春英，今年十六岁，知青中数我最小。您是王场长，我在食品公司见过。"

王场长听得笑逐颜开，又问："你就是咱们牧场的'郭兰英'吧，我在街里就听说了，嗓音嘹亮动听，让人百听不厌，这几天在山上也唱歌吧？"

李春英说："我老唱，没事就想唱歌，还学会了放羊人大喊大叫的吆喝声。"

王场长又说："一个人在山上放羊还老唱歌，不怕把狼招来？你怕不怕狼？"

李春英说："我放了十多天了，没见过狼，怕啥？"接着又说道，"前几天我见到过一只大青狗，想咬羊，后来它又跑了。"

王场长说："那可不是狗，那是狼。"

李春英喊了句"妈呀"，脸立马变得煞白。王场长安慰了她几句，说道："我和刘队长说一下，明天就把你们都换下来！"

李春英脸上瞬间绽放出灿烂的笑容。

王场长笑着说："那样你就当不了羊司令了！"接着又问道，"在这儿吃得习惯吗？"

李春英马上诉苦："每天吃的是馒头、饼和大米楂子粥，老喝清汤，我也吃不饱呀！中午不回去，早上带来的馒头和饼还没走到这个地方就吃了一半，剩下的一半就放到肚皮上，要不然到了中午，馒头和饼就会变得生冷冰凉，根本咽不下去。这里连水也没有，只能中午和羊群一起到二道河的沟里喝水。晚上收牧时，肠子老饿了，咕咕直叫唤，可我还得关照小羊羔，一点劲儿也没有，只想爬回牧场。"李春英把肚子

里的苦水一股脑都倒了出来。

王场长彻底被李春英给逗乐了:"再坚持半天,一切都会好的,我还得找找另外两个羊司令看看。"说着就上了马。

李春英用手指了指刘晓洁和陈颖芳放羊的方向,凝视着王场长策马扬鞭的背影远去。

回到场部,王场长对着刘队长就是一顿埋怨:"山里那么多狼,还有各种人来来往往的,你敢让三个小姑娘在山上放羊,被狼叼走了,被坏人给害了,出了事是你负责,还是我负责?你忘了霍日里河林场(五宝山林场)羊倌每天拿着自制的火枪上山放羊的事了?赶紧把人换下来!这些知青都是孩子,父母放心地把他们交给我们,一定要小心才不会出错!"接着又自言自语道,"这三个女孩子倒不会让她们拿着枪去放羊。"

王场长说的事,在牧场这一带震动很大。霍日里河林场一个办公室负责人的儿子,有十六七岁,也算是林场工人,因为年龄小,就被安排在林场放羊。这个男孩说在山上怕遇到狼,每天上山就背着一杆自制的火药枪。结果有一天晚上人没有回家,羊群却自己回到了林场,孩子的父亲和林场的人找了一夜也没看到人影。第二天一早,林场的人马又上山搜寻,等发现这个男孩时,上身的鲜血已经成了暗红色,身下和周围的泥土变成了黑色的血块,脑袋血肉横飞。法医勘查现场后说是男孩将枪口支在自己的下颌底下,不小心扳动了扳机,火药从下颌直穿头顶炸开。

第二天,刘队长从农业队找来了两个十五岁的男孩,一个姓乔,一个姓于,顶替三个女知青去放羊。这两个男孩刚跟着自己的父亲来到牧场,住在大宿舍,平日里干点儿零活,挣着家属工的工分,属于"二等劳动力"。不久,羊倌随着羊就转去了二道河牧业队。

李春英有一个肉感满满的圆脸蛋,浓眉下一双灵动的大眼睛,五官明艳大气,非常耐看。她个子不算高,但身材非常匀称。她在知青堆里虽然不是太出众,但是一旦开口说话,立马就有了辨识度。李春英家庭条件不大好,她会唱的歌曲都是从收音机和街头大喇叭学来的。喜欢的歌曲就在家里练,学着独唱演员的样子,沉醉在歌声的世界里,仿佛自己正在舞台上倾情演出。四周邻居都知道老李家有个会唱歌的孩子。

上排左起:刘信宝、李成新、李国会、代武新、王大明、高正阳、刘成财
下排左起:刘金荣、苏秀华、李春英、朱蕴英、冯金艳、作者、王爱娟(2018年9月)

知青看李春英如此痴迷唱歌,自身条件也不错,就给下了一个定论:李春英这么拿唱歌当回事,也许还真能吃这碗饭。每天不管有多累,李春英大清早都要起来去吊一阵嗓子。站在长房子后面的撂荒地上,举目望去,一碧千里,天和地没有尽头,她就在空气清新的大自然里"咿咿咿"地练习着,悠扬嘹亮的歌声打破了四周的寂静,响彻旷野。

牧场开大会,大家总是喊李春英的名字要听歌。站在男宿舍中的李春英,脸蛋稚嫩,眼神中透出青涩的光芒。牧场人对她的歌声十分认可,尤其那些记忆满满的老歌,听了一遍又一遍。李春英存储在大脑里的经典之作有一箩筐,听众点歌的劲头更是高涨无比,如《绣金匾》《南泥湾》《远飞的大雁》以及京剧《红灯记》中的《光辉照儿永向前》等。李春英唱得太有感染力了,让员工和知青有一种百听不厌的感觉,大家都希望她能不停地唱下去。有的人甚至在员工大会上提议:"开会前李春英唱歌要当政治任务来完成。"《老房东查铺》这首歌就是李春英教会大家的。当时为了防止男女知青晚上出去谈恋爱,过了九点半就要到各屋查人数,一听到喊"各屋开始查人啦",就有人开始唱《老房东查铺》。这歌是歌唱家马玉涛唱的,听起来特别振奋,让人心潮澎湃。我们每个人像喜爱

李春英和莫旗老年大学的学生

马玉涛一样喜爱《老房东查铺》,歌声飘过近五十年,至今仍然是知青团聚时大唱特唱的首选歌曲。

1974年8月,牧场麦子实现大丰收,那时候没有收割机,只能用镰刀,食品公司派了七十多名职工来帮助牧场收割两千五百亩小麦。在收割小麦的十五天大会战中,人们在休息时间也经常要求李春英唱歌,他们说:"《我的祖国》这首歌由李春英站在大青背纵情高歌,太合适了。""这是美丽的祖国,是我生长的地方,在这片辽阔的土地上,到处都有明媚的阳光……"李春英演唱的一首首歌曲真是听醉了所有人,她俨然成了麦收大会战的唱歌明星。

尽管热爱唱歌,可站在广阔的麦田里接二连三地唱歌,气温高达三十多摄氏度,一动一身汗,嗓子无论如何也是吃不消的。后几天里,只要割麦子打头的一喊"休息啦!"李春英就赶紧往没人的地方跑。有一次,她在麦地里把鞋都跑掉了,也顾不上捡鞋,光着脚丫继续跑。现在说起这件事,李春英就略带歉意地呵呵笑道:"那时还是小,没见过啥世面,如果是现在,食品公司的人

李春英和刘金荣在原牧场员工刘成财家(2018年)

能来牧场帮助收麦子，我就站在麦田里往死了唱，累死了，就当睡着了呗！"

1977年，全国恢复高考的第一年，李春英考上了黑龙江省大兴安岭地区师范学校声乐专业，踏上了孜孜以求的艺术苦旅。毕业后李春英一直在莫旗工作，现受聘于莫旗老年大学声乐班，任声乐教师。

映山红花满山坡

突然死了五只羊

1974年4月末,两个十五岁的男孩顶替三个女知青放羊,每人负责三百多只羊。之后羊群又转到了二道河牧业队,两个羊倌也跟了过去。

春天姗姗来迟,春回大地,万物复苏,知名和不知名的野花野草使出全身的气力返青发芽,冒出地面,草地上作为牲畜饲料的植物十分丰富,足有一百多种。

结果有一天,小羊倌放的羊居然发生了让他俩魂不附体的大事。不知什么原因,好好的大母羊不明不白地突然就死了。

牧业队队长不敢怠慢,赶紧把这事报告给了王场长。

王场长也觉得蹊跷,问道:"羊瘦不瘦?"

牧业队队长回答:"都是很健壮的大母羊,死后肚子涨得可大了,怎么死的我也找不出原因来。"

王场长又问:"小羊倌在哪一片甸子放的?"

牧业队队长说:"在大块地东。"

部分知青合影(1994年)

2006年刘连财儿子结婚时合影

王场长说:"咱俩去看看。"

牧业队队长陪着王场长来到牧业队东南方向霍日奇坎河附近一片低洼的甸子上。王场长一到这里就想到了"走马芹",他想羊应该就是吃了这种植物给毒死的。

王场长在1973年春夏时节骑马巡游勘察地貌时,在这里看到过很多走马芹。走马芹是一种多年生草本植物,到了第二年,草茎就会像小孩胳膊那么粗,高一米多,开着大朵伞状的白花,十分漂亮。王场长低下头在草地上仔细寻找起来,还真找到了刚冒尖的走马芹。

牧业队队长说:"现在甸子上,草刚冒芽,不至于吧?"

王场长看牧业队队长不太懂,就解释道:"走马芹是一种剧毒植物,头一年形成胚芽,靠近土皮春天出土最早,长得既嫩又肥壮,含有生物碱,也叫毒芹素。雪一化,羊只要啃了一个胚芽就能被毒死,反而等到胚芽见了绿色,药味大,羊就不吃了。"王场长接着说,"你领着羊倌认识一下'走马芹',告诉他俩先别到这片甸子放羊,就这低洼的沟边草丛才长走马芹,以后见一株拔一株,能拔过来。人可千万不能吃。"

王场长还在全场员工大会上讲了走马芹的神奇之处。他说走马芹别看

映山红花满山坡

程队长（中）和女知青在莫旗政府大楼前

是剧毒植物，还是采药人必采的药类植物，能起到防身作用。采药人上山需要安营扎寨，如果帐篷里有走马芹，一宿就能睡个安稳觉，因为走马芹是压制毒蛇最好的防身武器。

王场长着重强调："大家无论走路还是坐车骑马，见到走马芹都要连根拔掉。这种植物好辨认，看一眼就能记住，根部有毒，不能吃到嘴里，茎和叶对人体没有伤害，尽管放心拔。"

牧场人后来都认识了走马芹这种植物，牧业队在春天还专门组织人手清除走马芹。此后，牧场再没发生过走马芹毒死羊的事。

炊事班班长李成新

1977年过完春节，人们都按时返回牧场，吃饭时发现又换班子了。新任命的领班叫李成新，二十一岁，七四届高中毕业生，毕业后没下乡，在街里的小饭馆和粮食局打工。有人还传出了李成新的女朋友，说出了对方姓名。虽然李成新是新来的知青，但是大多数知青还得管他叫一声"哥哥"。

李成新的父亲李振海是莫旗五金公司的一把手，还掌握着一手驾车驭马的好本领，养马赶车的样子十分放松。他协同车夫把四匹马养得膘肥体壮、服服帖帖，解决了进山为职工拉烧柴、到讷河火车站拉货和出远门的代步工具问题。只要商业系统各大公司的马车统一行动，坐在第一挂车车辕上的马夫肯定是李成新的父亲，拉车的四匹马是他亲自从呼伦贝尔大草原挑选的，披星戴月走了将近七天七夜的路程才赶回到莫旗。五金公司的职工眷属有婚丧嫁娶的，李成新的父亲既是主持又当"车倌儿"。

李成新1976年10月就把户口迁到了牧场，只是开始跟着知青基建队在尼尔

李成新

基镇干活，1977年春节后被场领导任命为伙食长后才来到牧场。牧场管委会历来重视"大锅饭"的人选，这次除了挑选认真负责、能力强的李成新，还为他搭配了苏英和于荣吉两名男知青做助手，这俩人的共同特点是心眼好、脾气好，干活没毛病。三个人组成的炊事班可谓"兵强马壮"。

李成新一点儿心理准备都没有就被推上了伙头军师的位置，常言道：民以食为天，众口难调。最初李成新内心是很打怵的，尽管心里一万个不愿意，也得服从组织分配，硬着头皮来到伙房。

王场长对李成新说："牧场的伙食好做，知青和员工也没有调皮捣蛋的，都是在家吃的家常便饭：稀饭、咸菜、蒸馒头、大楂子粥、白菜、萝卜、土豆、粉条大锅煮。你只要核算成本不赔钱就行，不能从吃饭的人身上挣钱，你就领着他俩撒欢儿干吧。"

李成新是个争强好胜又极好面子的人，他给自己定的首要目标就是按时按点保证所有人员吃上饭菜。如果过了钟点还不开饭，李成新觉得不仅对不起王场长的信任，作为一个大男人也对不起自己。

李成新领着两个兄弟在土灶台上开始了真枪实弹的演练。李成新至今还记得，天边刚泛起鱼肚白他们就得起床，先烧开一大锅剩的大楂子粥；再给另一口大锅放上笼屉，热上头天晚上蒸好的馒头。伙房没有餐桌，一大盆卜留克和青萝卜咸菜放在土灶台上，没有香油、味精、花椒油等调味品。"好看不过素打扮，好吃不过腌菜饭。"咸菜脆爽微酸，味道鲜美，二分钱能夹上几筷头，那还是起得早的人，起来晚的就只能啃馒头，再"咕噜咕噜"喝几碗大楂子粥。

牧场不能买大量的菜缸，就在大菜窖里腌渍大白菜，顺带倒进上吨的卜留克和青萝卜，再灌上水。因为是生荒地长出来的菜，扔到菜窖里连咸盐都不用放，自然发酵，不会腐烂变味。到第二年开春青黄不接的时候，咸菜在牧场就变成了早餐不可或缺的佐餐副食。

吃早饭的人用几分钟就喂饱肚子上工去了。早饭看似短平快，可头天晚上的准备工作很重要。不仅苞米楂子粥、馒头和咸菜要准备好，连烧柴都要头天晚上劈好抱进屋里——从山上新砍回来的波栎棵子（未成材的柞树）本身就湿，在外面放一宿湿气会更重，浇上柴油都很难点着火。即便点着火，灶坑里摞叠在一起的细枝粗棍都得嗞嗞嗞吐完湿气，才能蹿出红红的火苗。

苏英身体偏瘦，不爱说话，平日里腼腆得像个大姑娘，但是挑水、劈柴、切菜、跑腿，样样都

苏英

很卖力气。在伙房里，最上手的活儿是蒸馒头，不会蒸馒头，每天三顿主食都得成问题。李成新之前曾在小饭馆打过下手，摸索过蒸馒头的技巧，知道蒸馒头的口诀是"一拍、二看、三闻"。于荣吉家里兄弟姐妹多，学生时在家就帮助父母蒸馒头，因此李成新和于荣吉成了面案上的好搭档。他俩每天用水缸发面，一顿要蒸四五锅馒头，蒸出来的馒头又大又白，从没出过差错。那时牧场的粮食完全自给自足，无论煮大碴子粥还是蒸馒头，只要掀起热气腾腾的锅盖，浓浓的饭香立刻扑鼻而来，人们都来不及咽口水就抢着把嘴堵上了。

一天早晨，李成新和于荣吉正准备和面蒸馒头，附近的人找上门来推销牛肉，李成新就买了一些，准备做牛肉土豆萝卜汤。知青刘连财正好也在厨房，就说了句："炖牛肉倒是好吃，但给每个人盛得多了少了容易分摊不均，不如蒸包子让大家雨露均沾，都能吃好。"

蒸包子是最令人头痛的事了，大家土里刨食，体力消耗极大，肚子里又没有油水，饭量十分惊人，每顿都要拿着筷子穿上一串馒头，哪怕是女知青，一顿吃上半斤八两的馒头也是平常事。能吃上一顿肉包子，不知道是多少人的梦想！

刘连财接着说："我今天事不多，可以帮你们的忙，一会儿回来早的人肯定也会搭把手。"刘连财是元老级别的知青，对大家吃饭方面的需

求很是清楚。听说厨房里做好吃的,回来早的人都是直接来厨房前蹲后跳各种献殷勤,当然,厨房师傅也会在盛菜时多捞点儿干货作为酬劳。帮助厨房师傅能多得半勺菜,远比打牙闲聊或干自己的内务来得划算。

李成新一听有人能帮忙,就把原来计划好的牛肉汤改为了蒸包子。四个人先剁了小半天的肉馅儿,早回来的人还真的来主动搭手。两个特大号的铁锅还没蒸出几锅包子,下工的人就纷纷回来了。难得改善一次伙食,谁也没回宿舍,直接就在厨房排上了队,想着第一时间吃上香喷喷的牛肉馅大包子。

一个个冒着热气、散发着肉香的鲜肉包子出锅了,每个足有二两多,咬上一口,满嘴流油,喷香鲜美。先出锅的包子早就被人如饿狼扑食般塞进了嘴里;斯文点儿的,还能拿个碗冲点儿盐水当调味品。

那天,王场长来得比较晚,脚步匆忙,还没站稳,眼前就出现了不明飞行物,王场长机智地一侧身,不明飞行物撞到西墙上,瞬时留下两个油印子,掉到了地下。等看清楚掉在地上的是两个大肉包子后,王场长好像冲进斗牛场的斗牛,脸上青筋暴起,两手叉腰,没好气地大声问道:"是谁扔的包子?是谁?"没人回声。他又连问了两三遍,这时知青张恩发低着头,站在男宿舍门口小声地说了句:"是我。"

王场长露出要狠狠教训小张的目光,说:"吃一个两毛,扔一个十元,如果你有钱肯买想扔,今天食堂的包子都卖给你!"

厨房只有一间屋那么大,三个大灶台占去了近一半的地方,再放两个大水缸和一块大面板,更显得狭窄。东墙正中就是男宿舍的门。每天厨房师傅守着锅台直接卖饭;晴天,买饭的队伍排到屋外;下雨天,人们就靠在男宿舍的炕沿儿边,一个个挪到锅台前,买完饭菜就端到男宿舍。男宿舍本来空间不算小,但是到了饭点碰到百十口人吃饭,也格外拥挤憋闷,嘈杂声不绝于耳。吃完饭,人们从男宿舍挤出来刷碗筷,就像蜜蜂从蜂巢里出来一样。

包子是小张从男宿舍门口撇到厨房西墙的,正巧被王场长给撞上。屋里屋外的笑声、说话声、叫喊声顿时归于沉寂。大伙儿都知道王场长接下来肯定会劈头盖脸地臭骂小张一顿,有人悄悄地拽着小张的衣服说:"你快点儿做检讨,场长就不骂你和惩罚你了。"

小张像泄了气的皮球,低声说道:"我买的包子皮有点儿生,没蒸熟,要求李哥给换一下。他让我把包子皮扔了光吃馅儿,我回到屋里越想越生气,就撇了出去。"

王场长实在心疼被扔掉的肉包子,就让小张捡起来,把外皮扒了再吃。小张怯生生地问道:"那包子皮咋办?"

于荣吉

王场长脸部的肌肉松弛下来,眼神也变得平静柔和,说:"这是'天津狗不理',随你便。"看来王场长想网开一面了。

小张在大家的哄笑声中,挠了挠头皮,捡起两个包子,揪了揪,把外皮扔在泔水桶里,小拳头一样大小的肉馅,三口两口就被吞下去了。

王场长在伙房拿了几个包子,叫上小张和他一起走。小张平时就不太活跃,此时他垂头丧气,表情凝重,就像一个犯了错的孩子,跟在王场长的后面,直到消失在众人的视野中。在场长办公室,小张虔诚地听王场长训话。不用多想,谈话的中心点肯定就是要珍惜粮食,尊重他人劳动,作为知青更要对炊事班的辛苦予以理解和支持,说话做事不能意气用事等等。

李成新没想到忙活半天蒸出的包子能出事,本来看到小张挨训的样子就有点儿内疚,再看见小张又被领到办公室,越发于心不忍。卖完中午饭,他也没顾上吃,端着三个大包子守在王场长办公室门前等小张。两个人一起回到男生宿舍后,李成新搂着小张的肩膀诚恳地说道:"哥们儿,对不起。"

"包子事件"就此翻篇,成为我们知青生活中一朵小小的浪花。在那

知青聚会小合唱（2018 年）

个年代，牧场原则上的"只管吃饱，不管吃好"已经是不错的待遇了，一串馒头、一碗苞米楂子粥和一饭盒菜汤都成了我们心中美好的回忆。那时候知青没有一个出现营养不良、瘦削羸弱的亚健康状态，每天风吹日晒，皮肤全是健康的黑里透红，个子长高了，身体也更结实了。

大家看到炊事班的三个人干劲很足，饭菜可口，价格不高，事先估计他们"砸锅"的想法消失了，场领导悬着的心也放下了。王场长很欣赏李成新的工作能力，说李成新随和，有大局观念，他所带领的炊事班一起步就是开局，开局就是决战，迎来了旗开得胜。就在大家对他予以厚爱和希望时，李成新的大哥调任坤密尔堤管理区书记，想着亲哥哥对自己能有个照应，李成新就把知青关系转了过去，成了电影放映员。

李国会、李成新回原牧场探亲（2018 年）

李成新在炊事班待的时间虽然短，但给人们留下的印象却很深刻，不仅因为他在炊事班能接触到每个人，还因为他长了一张略微着急的脸，就像老百姓所说的"小孩儿老脸儿"，辨识度很高。如今六十七岁了，他反倒神情清朗，越发年轻了，无论是西装革履还是休闲装，都给人一种中气十足的感觉。李成新返城后在莫旗电影公司上班，妻子董红霞早年在莫旗二商店，2000年下岗，两个人育有一双儿女，生活的艰辛可想而知。那时政策宽松，经商比较容易，夫妻俩靠着聪明的头脑和敢想敢干的气魄，夯实了经济基础，早早地过上了富裕日子。

2017年的七夕节，他把知青微信群"闹"翻了天。那天晚上，李成新刚被拉进微信群，就受到知青战友一顿问候和赞美，接着微信群里就玩起了红包接龙，规则是谁抢的红包大、手气最佳，谁就接着发红包，红包金额也就五元左右。李成新抢了个大红包，等他再发红包时，抢到红包的人惊讶地发现总金额变成了五十元；水涨船高，红包的金额都跟着变大了，群里顿时热闹起来，大家抢"红了眼"。那天红包接龙也不知道玩到几点，我不但参与了抢红包游戏，而且与分别四十多年的李成新重新取得了联系。

李成新和妻子董红霞（1980年秋）

李成新（2024年3月31日在呼和浩特市因病不幸去世，终年69岁）

李成新是个重情重义的人，虽然在牧场只待了三个月，他还是很怀念在炊事班那段美好时光，知青岁月也成了他脑海中永远抹不去的记忆。从2018年开始，知青在尼尔基镇的大小聚会，只要李成新在，全是他承包酒席用酒。

2017年11月，我在呼和浩特为《青春战歌》一书的彩图排版，知青从微信发过来的单人照片大多是标准照，我实在不满意。李成新和张淑范便找到一家饭店，请来摄影师，召集尼尔基镇的所有知青拍了一张

"牧场知青四十周年聚会"集体照,还出钱给每个人拍了单人照。有三个男知青没有参加单人照拍摄,李成新左一遍打电话,右一遍打电话,还骑着摩托车把人带到照相馆拍摄。这样一番操作,《青春战歌》彩图中的知青才焕发出满满的表现力。为给莫旗知青纪念馆收集资料和老照片,郭亚芹、李成新在微信群里组织了三次会议,开会前总要发两三个红包热下场。知青都说:"大家现在像亲人一样走动得越加频繁,李哥事无巨细,热心地出人、出钱、出力、出物、出车,不求回报,功不可没。"

李成新在2018年8月13日牧场知青四十年聚会上说:"要啥回报,有啥功劳?那都不是事,过去我们是知青战友,现在是四五十年的亲人,这就是缘分。不容易呀!感恩知青牧场,感恩牧场知青!为我们知青战友的友谊如青山绿水绵延不断干杯!"

达斡尔族姑娘郭金凤

"莫力达瓦有不会唱歌的百灵,却没有不会唱歌的达斡尔族姑娘;纳文江边有不会跳舞的天鹅,却没有不会跳舞的达斡尔族姑娘……"这首歌旋律优美,歌词清爽,寥寥数笔便勾勒出达斡尔族姑娘靓丽、清纯、能歌善舞的形象。

郭金凤就是一位清秀美丽、能歌善舞的达斡尔族姑娘:会说话的大眼睛,高颧骨,尖下颌,脸型精致;前额梳着刘海,乌黑亮丽的长辫子温顺地沿着脖子垂下来;肌肤白皙如羊脂玉,长长的腿直溜溜的,穿着条合体的裤子,身材显得更加婀娜多姿。

1976年8月10日,二十几名应届高中毕业生集体来到牧场。在男宿舍举行的欢迎晚会上,新知青郭金凤一边唱着达斡尔民谣《映山红花满山坡》,一边跳着达斡尔民间传统舞蹈"寒白舞",嗓音动听,舞姿优美,周身洋溢着阳光、青春、快乐的气息。表演期间,有几个知青在场下也相互怂恿,你推我让,最终谁也没能鼓起勇气上前和郭金凤翩翩起舞,纵情欢歌。

郭金凤的父母都是达斡尔族。郭金凤在文

郭金凤

映山红花满山坡

郭金凤（上）、郭亚芹

艺方面的突出表现是得到家庭的真传，受到环境的熏陶：她父母是达斡尔族民族乐器"木库莲"这一非物质文化遗产的发掘、传承的先驱者；哥哥原是莫旗乌兰牧骑的独唱和舞蹈演员，后来在内蒙古歌剧舞剧团担任领导。在牧场，郭金凤不仅是文艺骨干，还集编、导、演于一身。她带领知青表演的舞蹈《毛主席是我们心中的红太阳》，与当年全国各地风行的"忠字舞"一样，使主题得到了升华。达斡尔族的安代舞，舞姿优美，舞蹈元素具有鲜明的地域特色，如果条件允许，穿上五彩缤纷的达斡尔民族服装，效果就更出众了！有一次，四名男生表演《新盖的房，雪白的墙》，因为人手不够，郭金凤就往自己头上绾了一条白羊肚毛巾，把从草地上捡的羊毛粘在上嘴唇当胡子，反串老汉上台演出，结果演着演着假胡子掉了下来，引得场下一片哄笑。她和知青杨书学的男女二重唱《毛主席派人来》，令员工耳目一新，直呼过瘾。郭金凤、刘连财、敖晓兰、杨书学四名知青在表演他们自编自演的三句半《知青牧场就是好》时，声情并茂、铿锵有力，舞台效果特别出彩。

知青中没有人接受过音乐艺术方面的教育，当时水平最高的就是李春英，她天生一副金嗓子，平日里刻苦学习训练，立志走上音乐之路。《老房东查铺》《我爱我的坦克车》等好几首歌曲都是她跟着收音机学会后又一字一句教给知青的。李春英演唱时，优美的歌声与广播中音乐家的声音几乎没差，总能激发起听者喜悦、炽热的情感，大家听得入了神，对她赞不绝口。郭金凤受父母音乐方面的影响，从小学到中学一直是学校文艺宣传队的骨干。徐永杰也是在她哥哥的影响下学会了手风琴，成为尼尔基一中文艺宣传队的一员。郭金凤和徐永杰没有受过严格的基本功训练，虽然没有走上音乐之路，但爱唱爱跳无疑为她们的生活增添了色彩。当时有个男知青属于唱歌跑调还听不出来的那种人，虽然嗓门大，声音洪亮，却给人一种不在调上的感觉，节奏还忽快忽慢，常常把人逗得哈哈大笑，偶尔被人善意纠正或无情打击。但你说你

牧场小卖店的四位女知青

的，根本打击不了他热爱唱歌的积极性。他让会拉二胡的刘连昌为他伴奏，帮帮自己，试了好几次也不行，刘连昌无奈地笑着说："你跑调都跑到姥姥家去了，高一句低一句，我实在没法给你伴奏呀！"

1976年11月，牧场成立小卖店，郭金凤当上了小卖店的采购员和售货员。店铺不大，但生意兴隆。那时候知青都想方设法往小卖店里钻，原因很简单：不仅仅是不用下地干活，常年风吹不着，雨淋不到；到街里购货和在牧场卖货，想想就是个好差事。场领导是有意安排郭金凤任采购员，知青都打心眼里羡慕她。郭金凤到了小卖店才深刻体会到牧场的活计没有一件是轻松自在的，都有着不为人知的一番辛苦在里头。

郭金凤每个月都要坐车回街里进一次货。年根底是她最难过的日子，年货销售特别火爆，盲流点的人到了小卖店就像买东西不花钱一样，啥货都买。郭金凤将年货拉回牧场后，白天忙着卖货，晚上还要数着钢镚和钞票，从一分到十元——十元钱在当时可是最大的面值；而且得到腊月二十九或三十她才能放假回家。每星期坐着胶轮车跑长途、办年货，用一个字来形容就够了——冷！坐在车斗里，她要穿上狍皮毛袜子和用

狍腿皮做的靴子，在棉衣棉裤外再穿上狍皮大衣，还得戴上猞猁皮帽子，只有穿成这样才能抵御严寒。如果回街里采购没车可坐，郭金凤就坐毛驴车到几里外的青背桥，再坐客车去尼尔基镇。

郭金凤既是采购员，又是搬运工。她身体单薄，力气不大，每次上货时都得由她父亲陪同，将一箱一箱的罐头往车上搬，一百斤的白糖一袋子一袋子往车上扛，一百五十斤的豆油桶、柴油桶和酒桶也跟着抬，之后用小推车推到食品公司，寄存在一个屋里，等采购的货物大约能装满两辆胶轮车，才被全部装上车拉回牧场。往返路途中胶轮车打误抛锚经常发生，一年四季黑灯瞎火，深更半夜到达牧场或家里也是稀松平常的事。

郭金凤每一次爬上胶轮车斗，内心总是有一种"雄关漫道真如铁，而今迈步从头越"的慷慨悲壮之感，她把生命托付给了初生牛犊的知青司机，只有在平安到达目的地下车的一瞬间，心中的石头才能落了地。她遇上过两次严重的翻车事件，一次是拉货走到西瓦尔图的桥上，车头不知怎么拐到了车斗侧面，侧翻倾斜。如果没有桥上的护栏，郭金凤和一同回牧场的知青冯金艳肯定会滚到桥下的水里，那就非死即残了。还有一次是坐食品公司门庆发师傅的55型胶轮车回尼尔基镇——门庆发师傅是1969年插队的本地知青，后来在食品公司当车队队长——近十个人坐在层层叠叠摞起的农产品和圆木上，晚上到达尼尔基镇西门桥时，车上的人感觉大脑出现了十几秒的中断和空白，农产品、圆木和人就像垃圾一样被抛下了桥。西门桥桥梁挑高三米多，桥下壕沟里有水，重的货物都沉到了水底，不算粗的圆木漂在水面上，掉到水里的人这儿一个那儿一个地陆续钻出水面，有的抱着木头，有的冒出头来，双手上下扑腾着，以为要淹死了……结果一阵挣扎后谁也没有被水淹没，站起来才知道壕沟里的水不过到腰部，只是好几个人断了胳膊折了腿。当时郭金凤被抛得很远，被硬东西硌到了胸口，胸骨部位的软骨组织挫伤，在家里平躺静卧了好几个月。

在计划经济体制下，物价由国家管控，商品的价格多少年没变过，

下排左起：程志芳、门庆发、王庆友、徐晓青、李成新、李国会
上排左起：郭亚芹、王玉珍、闫秀丽、刘信宝、李春英、苏秀华、张继武、迟志杰（2018年）

进货渠道单一，民生必需品短缺，无票证供应的货物品种少，人们都要凭票限量购买，有粮票、布票、肉票、油票、糖票、豆腐票等。自行车有票没货，想买一辆费死牛劲了。郭金凤凭着父亲在商业局上班和自己得体的为人处世，不长时间就在商业局业务股成了"红人"，白糖、罐头、纸包糖块、尼龙袜子等很多街里商店没有的商品，牧场的小卖店里都有，从街里拉回来的两车货，几天就卖得不剩啥了。当时有些货是需要商业局业务股长批条子，股长是个老汉，特别喜欢听郭金凤唱歌，就像逗小孩说话似的对郭金凤说："给唱歌就给批货。"郭金凤就大大方方地给业务股长唱了很多支歌。

经济窘迫的员工都是在生活上能省则省，能凑合用就凑合用。牧场发给宿舍的铁尿桶或铁尿盆说丢就丢，不是被员工顺手拿到家里当猪食盆或尿盆，就是被拿到山上给拉车的牛马当饲料盆。冬天上山砍柴、伐木，还拿铁尿盆当烧雪水的锅，害得每个知青宿舍都不敢把尿桶或尿盆放在外面，导致宿舍里始终弥散着一股难闻的味道。

当时布料凭布票供应，免布票的布只能用做棉被的衬里。每个人只发几尺布票，家庭内部需要量入为出，调剂安排全家人的布票额度，父母首先想到的是让孩子过年穿上件新衣服。牧场十几个单身汉，有点儿私房钱，可布票不够用，也舍不得花钱从别人手里买布票；上山打柴、下地干活非常费衣服，他们一年四季外衣只有一件，坏了就补，补了还坏，最后分不清是衣服破烂到补丁摞补丁，还是故意用补丁摞补丁的布做的衣服。员工一边补衣服一边吱吱呀呀地唱道："没媳妇的日子真叫苦，没媳妇的生活真可怜，睡觉没人暖被窝，衣服破了自己补……"

王场长想给全场人做一套实用耐磨的劳动布套服，就跟郭金凤说："你能不能想办法给每个人做一套工作服？办成了就给你记一大功。"

郭金凤说："我试试看。"

郭金凤找到商业局业务股长说："场里要给知青和员工做工作服，没有布票，请您给批点儿布呗！"

业务股长问："要多少？"

郭金凤说："一人十五尺，一百五十人，总共需要两千二百五十尺。"

业务股长当时听完就瘫在凳子上，说："我的天哪！十尺、二十尺我能批，那么多，我可没有那么大的权力。你去找局长吧，局长也未见敢给你批，数目太大了！"

郭金凤又去找局长，局长说："太多了，不行！"

郭金凤央求道："局长，我们都是您的孩子，可怜可怜我们吧！您到牧场去看看，每个人穿得都像个要饭花子，就给我们批了吧。一百五十人都等着我给他们做衣服呢，您要不批，我就没法回去了，那我就天天来您这儿上班。"

局长叫郭金凤纠缠得没办法，只好让步："我开个办公会议，研究一下怎么办。"

第二天，郭金凤又去了商业局，业务股长见到她就说："你们做工作服的布局长给批

郭金凤和爱人英毅

了,我这就给你把手续办了。"

郭金凤听了,心里别提有多高兴了。业务股长又开始逗郭金凤:"你得先给我唱支歌,我才给你批文。"

郭金凤十分爽快:"感谢,实在感谢!我应该唱首歌!"接着便在办公室亮起了嗓子。

郭金凤从莫旗被服厂请了个师傅到牧场,为每个人量了衣服和裤子的尺寸,用蓝灰色劳动布做了一套耐磨耐脏的工作服,还怕棉布衣服在前两遍过水时布料缩水,专门做大了一两号,下摆是宽松舒适风,上半部分是军服立领式设计。簇新的劳动服展示出这片土地上垦荒者应有的形象,人们没有讨论服装的样式如何,选的颜色是否中意,欢喜的小脸蛋仿佛都在说:"能穿!能穿!"

郭金凤、闫秀丽

小卖店自成立以来一直由女知青当售货员,先后有刘晓洁、郭金凤、闫秀丽、郭亚芹、张淑范、陈爱君、陈颖芳,每一年盈利都在三万元以上。她们免于沐露沾霜,青春甜美的容颜尤显白皙,从袖口里伸出的双手纤细娇嫩,合身的着装大方舒适,站在水泥柜台后面,俨然站到了牧场对外形象的窗口,给人一种小小的优越感。你可别小瞧这深山里的小卖店,三里之城七里之郭的人都得到这里买货,店里的商品从不会滞销,肥皂、香皂、麻花、罐头、酱油等还经常断供。人们都知道有紧俏货是"藏着卖"的,有人与售货员私交深,想要的货物,售货员可以预留或是帮忙预订。

郭金凤算是我们知青队伍中比较顺风顺水的人,天生丽质,一颦一笑让人如沐春风。她出生于干部家庭,1979年返城后被安排到百货公司,到了结婚年龄就如愿嫁给了意中人,双方父母在莫旗的社会地位和社会

资源都很优秀。她的爱人也是达斡尔族,毕业于黑龙江省齐齐哈尔师范学院中文系,也是职场中的佼佼者。郭金凤在莫旗国税局正科级退休,有一双儿女,儿子在澳大利亚成家立业,女儿和女婿在身边尽孝,在各自的事业上都有不错的发展。

刘汉忠夫妇在牧场

1976年隆冬时节，徐晓青刚从胶轮车驾驶室跳下来，许多人便前去围住他，迫不及待地打听刘汉忠媳妇的消息。当人们得知她生了一个男孩且母子平安时，悬了几天的心终于放下来，接下来就是人们对徐晓青的一顿感谢和敬佩之声。人群中央的徐晓青虽然颔首低眉，仍然显得出类拔萃，一米九的身高，身姿挺拔，气质格外出众。徐晓青露出有点儿影响颜值的牙齿，憨笑着告诉人们："刘汉忠一家人下趟车就会跟回来。"为什么这次大伙异口同声地赞赏和感谢他？这要从牧场员工刘汉忠说起。

刘汉忠在牧场男人中个头最矮，脑袋却不小，他的发际线比较高，空旷的大额头显得五官十分紧凑，方脑盖大头颅在溜肩的衬托下也显得更大了。总之，他是一个其貌不扬的人。

刘汉忠是1974年下半年来的牧场，当时他的肩头挂着一个绑得紧紧的铺盖卷，

蜂场在夏天会抽调很多员工来干活
（中排右一为刘汉忠）

映山红花满山坡

刘桂英、黄文林、朱蕴英、陈爱君

满脸焦灼不安的神情,随后住进了男员工大宿舍。刘汉忠年近三十岁,还没有个媳妇。他是父母去世才投奔舅舅来到牧场的,干活挺卖力气,一心只想多挣点儿钱,奈何身单力薄,干活不是很利落。他一到夏天就和家属工、女知青一起铲地,秋天起土豆,一些老爷们有些瞧不起他,年末评劳动力等级时刘汉忠总被评为三等工。

一些男员工常常把他当作耍笑的对象,偶尔搞一些恶作剧。一天中午,一个男员工硬拉着刘汉忠和他打赌:如果连续一个星期刘汉忠在中午时能空口吃两斤馒头,不吃菜、不喝汤,那么半个月中午的馒头对方就承包了,一斤馒头两角钱,共计三十斤馒头;如果输了,刘汉忠就得付给对方三十斤的馒头钱,刘汉忠只得接招,一到中午就坐在他的铺位上,生吞活咽两斤馒头。第一天和第二天吃得比较顺利,第三天、第四天吃了几个馒头后,他便开始硬生生地往喉咙里塞馒头了,脖子伸着,喉结上下蠕动着,还不时地把手按在喉咙上,用外力推送卡在喉咙的馒头。那四天的午餐时间,刘汉忠成了焦点人物。人们忍不住好奇,一边嚼着饭菜,一边看着被逼到"擂台"上的刘汉忠。第五天中午,刘汉忠的嘴巴里仿佛分泌不出唾液来,嚼碎的馒头在嘴里难以下咽,噎得他不停地伸着脖子干呕、打嗝。一些人悄无声息看热闹也就算了,竟有人觉得很好玩,还昧着良心跟着一起笑,高喊道:"加油呀,刘汉忠!赢了能白吃半个月的馒头,撑死也比做饿死鬼强!"

我们几个女知青对于这样的荒唐行为感到愤怒,更多的还有对刘汉忠的担忧。到了第六天中午,连一口馒头都没碰,刘汉忠带着哭腔把准备好的饭票付给了对方。此刻他仿佛成了世界上最落魄、最悲哀的人,没有人同情他,即使同情他也没人帮助他。他眼皮耷拉,肩膀松垮,脆弱的脖子被脑袋压得不胜重荷,也无力地垂着,手指摆弄着衣角下摆。六天前吞下第一个馒头的时候,奋起一搏的信心有多么充足,如今的他就有多么的落寞。

我很难直视刘汉忠被戏弄的场景,他就像遭受到了街头小混混的欺负,他们这儿推他一下,那儿打他一下,抢走他的东西,翻走他兜里仅有的几个钢镚。这种霸凌似的行为我只在书本和电影上看到过,没想到在牧场居然出现了这样的人和事,我甚至替他们产生了些许负罪感。

员工中有一个叫尹文经的人,是个退伍兵,好好的退伍服装穿在身十分不和谐,裤腿耷拉到脚面,袖子卷到肘臂以上,头发炸得像个鸡窝,眼睛大而无神,走路仰面朝天,又急又快,和人说话时脸部的器官往一起挤,焦躁、通红,显得有些不耐烦。

刘汉忠打赌吃馒头这件事发生不久后,在尹文经身上也发生了一件类似的事。一次上山干活回来吃中午饭时,尹文经被迫吃下了十五个馒头,喝下了五大碗汤之后,他就缓慢地放下手臂,双手交叉着按在肚子上,身体向左右转了转,两脚叉开,膝盖向里弯,还想继续弯下身子,但没有弯下去,最后两手撑地慢慢仰头坐在地上,表情痛苦。这副姿势也没保持几秒钟,脸上的表情更加严峻起来,很快便一屁股坐在地上,脸色通红,汗也流了下来。他用手指抠着嗓子眼,却吐不出来,紧接着就开始大喊大叫:"我要死了!"尹文经内心惶恐不安,舞动着双手,向四面八方乱滚乱翻,乱摔乱踢,院子里的灰土地面被蹭出一道道痕迹。旁观者静悄悄地看着,带着几分同情、怜悯和惊恐。和尹文经打赌的人面无血色,看到尹文经痛苦的样子,赶忙凑上前去一直问:"咋样,好点儿没有?"还扶着他起来遛弯,陪了一下午。

王场长当晚怒气冲冲来到男宿舍,对着屋里的人大发雷霆,最后用爆裂般的嗓音发出警告:"谁敢再拿吃饭打赌,就给我滚出牧场!"而尹文经此刻就躺在宿舍的炕上,发出痛苦的呻吟。

尹文经的家后来也搬上山,听说一周岁的儿子生下来就缺少半个脚

掌,我们听了既难过又好奇。有一次我们几个人正巧与尹文经的妻子相遇,有人认识她,我们就停下脚步围着她说话,她冲我们嫣然一笑,模样羞答答的,笑得娇羞可人。宝宝的脸蛋胖嘟嘟的,一逗他,就张开嫩乎乎的小手不停地摆动着,甜甜地对着我们笑,一点儿也不怕生人,实在是太可爱了。接下来,尹文经妻子主动打开包裹孩子的单子让我们看,原来孩子的一只脚是个肉团,没有脚指头。自从看到孩子,再见到尹文经,一种阴影就笼罩在我的心头,觉得他真是太难了,他和妻子天天饱尝着生活困难和孩子残疾的双重重压,这种内心煎熬的痛苦有谁能真切体会呢?我对尹文经最初的不好印象彻底消除了,再看到他时觉得顺眼多了。

　　刘汉忠闲来无事就盘着腿坐在火炕上,员工拿他开玩笑时,他虽然内心很是抵触,但也只是露出一副无可奈何的表情。牧场召开员工大会和集体学习时,他会盘起大腿端坐在炕沿儿边,腰板拔得挺直,胸膛也挺了起来,举止端庄,神态自若,仿佛是个特殊人物。读文件,念报纸的活儿大多都由他来承包,咬文嚼字很清晰,抑扬顿挫,声情并茂。人们还会攒动他发言,他有模有样地表达着自己的思想和观点,口语表达比较连贯,措辞也得当。曾经耍笑刘汉忠的人现在可羡慕他了,也会对他竖起大拇指来,刘汉忠不由得笑了起来。

　　来牧场不到两年,媒婆便为刘汉忠找到了合适的人选,双方一拍即合。有知青把自己的外衣外裤拿出来让刘汉忠穿着去讷河县二克浅村与一个侏儒女人订了婚,彩礼耗尽了他所有积蓄。结婚时,还是知青将的确良衬衣、涤卡外衣外裤、帽子、手表都借了去,让他光鲜地接回了新媳妇。新婚后,夫妻俩和另一个员工合住在一间半的家属宿舍的北炕。新媳妇家住农村,自称二十四岁,五官端正,肤色较黑,眼睛有神却透着严厉的目光,话语不多,一副很难亲近的样子。

　　刘汉忠新婚之喜是他郁郁寡欢的一生中经历的唯一真正快乐的时光,然而没两天,新媳妇发现新郎穿的、戴的和用的都是借来的,要啥没啥,便一直哭着、闹着,连半夜里也吵着要回娘家,刘汉忠的生活中又蒙上了一层阴郁的色彩。只有新媳妇睡过去，刘汉忠才能跟着睡一小会儿。刘汉忠在心里早就盘算好了：既然领进了深山老林，无论新媳妇如何嫌弃这个家、嫌弃他，甚至口不择言地骂他，都随她。刘汉忠已经下定决心花费时间用自己卑微的爱感化媳妇，并用极大的耐力宠着这个来之不易的媳妇。新媳妇眼里的冷酷犀利渐渐消失了。

日子可想而知十分清苦。小媳妇在做饭时要踩着小板凳上锅台，食用油常常断顿，锈迹斑斑的铁锅里面十天半个月就要用草木灰和砖头狠狠地蹭一蹭、磨一磨，把铁锅锈渍打磨掉，直到呈现光亮的本色来。

相亲相爱饮水饱，粗茶淡饭也香甜，贫穷夫妻也幸福。刘汉忠的媳妇特别倔强，竟然不顾危险，希望生出一个宝宝，把对丈夫的爱延续下去。刘汉忠得知媳妇怀孕的喜讯，情绪激动，哭得稀里哗啦，每天沉浸在兴奋中不能自拔。怀孕后的小媳妇吃了不少苦，后期挺着大肚子，无论是坐着还是站着，除了头和脚，身体已经紧绷绷地缩成了一个圆滚滚的球，但她从来不说难受，刘汉忠对她也更加体贴入微。患有侏儒症的人怀孕本身就是一件人命关天的大事，别人想想都为他俩捏一把汗，可一看刘汉忠夫妇的表情就都明白了：生儿育女对他俩来说是最快乐的事情。

小媳妇临产时的状况也惊动了全牧场人，在炕上折腾了小两天也没生下来。建场那三年，孩子没少生，女人们都是在炕上由接生婆接生的，自家人做帮手。那个年代，农村妇女怀孕生孩子仿佛是件简单的事情，没有做孕期检查之说，除非孕妇发生严重的不适症状。小两天里，刘汉忠媳妇从面露难色的低声哼哼变成连续不断的呻吟，继而变成难以忍受的痛苦呼叫，最后则是让人心惊肉跳的悲切哀号。没有手

刘淑芬、闫秀丽、李春英、冯金燕、郭亚芹（2018年）

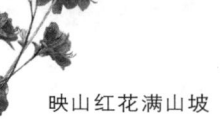

术条件和助产工具,接生婆手足无措,谁也不清楚是什么原因造成的难产。

产妇疼痛有所缓解时静卧在炕上,双眼紧闭,意识模糊,一阵阵疼痛仿佛又催生出狂野的力量,号叫声中饱含着极尽全力想生出孩子的力量和坚韧。为了孩子她一次次艰难地爬起来,不断地挣扎再挣扎。眼前的一切死死压在刘汉忠的心头,他颇觉自己罪孽深重,感到五脏六腑在被万千蚂蟥啃噬着、吮吸着。

下午五点,黑夜已经降临到冬日里的牧场,刘汉忠紧张又害怕地举着煤油灯,当邻居来接过煤油灯替换他时,他仍然不敢挪开一步,流着眼泪,心力交瘁地看着媳妇那瘫软的身躯和扭曲的脸庞。

这时,有个员工慌慌张张地跑来告诉刘汉忠,知青徐晓青正准备开胶轮车回尼尔基镇。刘汉忠迅速恢复了体力和精力,被人搀扶着,跟跟跄跄找到徐晓青,一下就趴在了他的脚下,请求徐晓青拉上他和媳妇到莫旗人民医院生产。

徐晓青当年二十岁,一听,连忙摆手说:"车上装的都是圆木,天黑路滑,出了人命我可担待不起。"

刘汉忠双眼含泪,哀求道:"徐老弟,看在咱们在一个场里的面子,救救我们一家吧!都两天了,你嫂子和孩子再不上医院,就没得话了。"说完,就开始呜呜咽咽地哭起来,还不住地磕头。

徐晓青急忙扶起匍匐在地的刘汉忠。刘汉忠抬起头,已经肿起的"核桃眼"看着徐晓青。徐晓青有点儿蒙了,连连说:"刘大哥,这咋了?站起来,啥事呀?有话好说。"

旁人也仰着脸看着徐晓青,不停地帮腔解释。刘汉忠不住地弯腰作揖,仿佛在说:"我求你啦!帮帮你刘哥吧!"徐晓青看着可怜无助、近乎崩溃的刘汉忠,满脸笼罩起一层愁云,他眉头紧蹙,一边叹气一边点着头。

旁边的人们见状,长舒了一口气,眼眶也溢出了欣慰的泪水,在车灯的照耀下闪闪发亮。

员工和徐晓青商量着把产妇安置到驾驶室,但空间实在太狭小,只得冒险把救命的希望放在高高的车斗上。大家很快忙活起来,有的跑回家属区抬产妇,有的在车斗四周用绳子和橡子进行加固,将褥子铺在圆木上,车上车下几个人七手八脚,终于把产妇推举到圆木上面,刘汉忠和他的舅舅、舅妈也跟着爬了上去。大家用绳子在产妇的上空纵横交错缠绕出一张网,想着再怎么折腾她也有个把手和护身的东西。

徐晓青在人们的担忧和祈祷中上了路。一路上,刘汉忠和他的舅舅、舅妈在高高的圆木上守护着产妇。胶轮车在雪地里一路狂奔,寒风呼啸着,仿佛是百炼成钢的利剑,即便身上裹着貂皮大衣,穿着狍皮裤子,仍感觉不到一丝温暖,人从里到外凉透了,一直发抖。这一路上有多痛苦煎熬,只有刘汉忠和舅舅、舅妈能够体会到。胶轮车在后半夜终于到达医院,刘汉忠他们和徐晓青好不容易把已经奄奄一息的产妇弄下车,拖拖拽拽搀扶着刚走进医院走廊,刘汉忠媳妇就把孩子生到了裤裆里。医院走廊传来一片惊呼声,多名医护人员紧急救助。一阵忙乱后,医生告诉刘汉忠:"放心吧,孩子和大人都保住了。"

牧场到尼尔基镇有一百五十多里,孔木台到西瓦尔图公社的山路是霍日里河林场知青连正在施工,几近完成的防火道路,到了西瓦尔图公社才有乡村公路。路面上的雪白天微微融化,夜晚冷风一吹,又一次凝结,形成了冰雪路面,有"S"形弯道、坑洼雪窝和冰坡,特殊路段无处不在,行驶过程中要随时警惕前方出现突发状况,最忌讳急刹车。那时,车轱辘是没有防滑链的,即使身经百战的老司机在这种路况下也会提心吊胆。车再好,驾驶技术再厉害,当应对诸多变数和险情时,握着方向盘的手也都会冒冷汗,脚会发软,腿也会发抖。牧场的小司机才是世

闫秀丽、徐晓青、李春英(2019年)

映山红花满山坡

徐晓青、刘淑芬夫妇和女儿合影

界一流的选手,他们像冒失鬼凭直觉上演了一出出惊心动魄、舍生忘死的场面,胆大心细,知道在什么地方狂打方向盘,在什么情况下需要加大油门、变换速度,幸运地完成了一次又一次的冲关闯险。

刘汉忠一家三口回到牧场后,不久前才经历的事情虽然已经成了过往,但那份刻骨铭心的感动刘汉忠怕是一辈子也忘不掉的。每每想起徐晓青,一股暖流就从刘汉忠的心中涌出,对于他而言,如果没有徐晓青出手相助,不仅他们一家人的全部经历都失去意义和价值,眼前这美好的家庭幸福与安宁也将无法触及。因此,刘汉忠逢人就说:"是徐晓青救了我们一家人,是我祖上积了八辈子德让我遇到了贵人。徐晓青的救命之恩我一辈子都不能忘,一辈子也报答不完!"牧场人也都说:"徐晓青真是冒着天大的风险救回了刘汉忠一家人!"

敖晓兰，闹晓兰

QQ和微信将牧场知青联络到一起，唤醒、复活了集体的记忆，断了线的风筝重新被拽回到手心。在热闹非凡的群聊中，敖晓兰总会不由自主地讲起时光倒流的电影，缅怀逝去的青春岁月，有生产和生活的点滴，有来自四面八方的战友，有无可追回的幸福和痛楚。

历尽沧桑，漫长而跌宕，七言八语，辗转成歌，流逝如花。正如马尔克斯在《活着为了讲述》中说的那样："生活不是我们活过的日子，而是我们记住的日子，我们为了讲述而在记忆中重现的日子。"

敖晓兰至今还清晰地记着自己是在1974年4月6日傍晚来到牧场的。那时她还不到十七岁，是第一批知青，正值豆蔻年华，模样可人，场里从上到下都亲切地叫她"晓兰"。一米六多的个头，身材匀称标致，走起路来身资摇曳，尽显少女的妩媚。牙齿如贝壳般整齐洁白，能歌善舞；一双丹凤眼，乌黑的眸子时时眯缝着，费劲地看着想看的一切。

刘惠君是敖晓兰的远房大伯。敖晓兰和十名知青分别坐着两辆胶轮车，在料峭的早春时

敖晓兰

映山红花满山坡

敖晓兰和郭亚芹

节,早晨六点从食品公司出发。胶轮车过了西瓦尔图北大岗后,来到尚未开拓的山地通道,沼泽地下面是松散且深浅难测的黑色淤泥,沿途是稀稀落落的没有成样的土坯房子。路上耽搁的时间都花在了西瓦尔图公社到牧场这段距离。从孔木台到牧场是傍山险路,车上知道这条路来历的人说:"如果食品公司不在这里建牧场,这儿就是条羊肠小道,现在被拓宽能走车了还是牧场人的杰作。刚开始,人不能坐在车上,得用镰刀斧头在前面披荆斩棘,胶轮车一点儿点儿地往前挪蹭,状况不断,五十里的路程谁也不敢说几点钟能到牧场。"经过近十个小时的颠簸,胶轮车到达坐落在半山腰的土坯房前,征程结束,身心俱疲的敖晓兰终于看到了自己的归属地。她从小就和弟弟妹妹随着父母在云南生活,后来一家人辗转回到故乡,尝遍了颠沛流离的滋味。

那时,牧场从黑龙江省拉哈镇黎明奶牛场买了五十头黑白花奶牛,刚生产完牛犊的母牛每天产奶四五十斤。敖晓兰被分配到牧业队奶牛组做挤奶工,刘淑芬喂牛犊,两个人每天形影相随。

王场长是兽医出身,在莫旗兽医站工作过,对牛马羊始终有一种特殊的偏爱。奶牛圈里铺着地板,上面是硕大的天棚,这样牛的脚底就不会被潮气侵袭,真正做到了冬暖夏凉。牛圈正中向南开的出入口很宽大,两扇门向外对开。过道有好几米宽,两侧是一排一米多高贯通南北的架子,上面是木料槽,木料槽上方有根粗木橡子,用来系牛的缰绳。距离木料槽不到两米,人们用木板在地面镶嵌出的一条凹下去的粪沟,两排木料槽的东西两侧是奶牛活动的场地,牛一边吃草料,一边把粪便排到粪沟里。奶牛无论在圈里还是在草地上,都享受着广阔天地的待遇,生活环境十分舒适。

敖晓兰切身体会到了王场长视这五十头奶牛为生命的感受，她说："王场长的工作千头万绪，但只要有时间就泡在奶牛场，身上经常沾满牛的粪便。奶牛要产犊时，王场长就连吃饭都在牛圈里；奶牛有病趴窝，王场长就跟着牙疼，腮帮子也肿了起来。"

敖晓兰和刘淑芬

为牛羊做精饲料的地方在女知青宿舍南屋，南屋隔离出奶粉加工厂和一块进出空地。空地也像个生产车间，墙角堆着直径长五十厘米、厚五厘米的黄豆饼，还放着几口做精饲料的缸、烤黄豆饼的炉子和削黄豆饼的马凳。敖晓兰、刘晓洁、刘淑芬、李春英、陈颖芳抽时间就躬着腰坐在马凳上，烤热的黄豆饼被夹在马凳前面楔着的两个小木块里，她们双手握着半尺多长、两端带柄的大片刀，将黄豆饼削成金条似的薄片，扔进缸里，再倒上水，发酵后就可以喂牛羊了。黄豆饼在火炉上用火一烤，满屋子都弥漫着焦香味，令人垂涎欲滴，员工进来后拿起两块就放进嘴里嚼着吃。

春暖花开时节，正是母牛下犊产崽的时节。敖晓兰还要到奶粉加工厂帮忙。熬奶粉的大锅台是用石块和混凝土砌成的，安了两层方铁锅，像两个没有盖子的铁箱子摞到一块，有三米长、一点五米宽。下面的铁锅三毫米厚，能装四百斤的水；上面是白皮做的铁锅，用来放鲜牛奶。熬呀熬，四百斤的鲜牛奶熬成不到二十斤的奶粉半成品，要么卖给齐齐哈尔乳品厂，要么送到莫旗副食品商店。

熬牛奶时，人要站在火舌灶坑前，挥舞两米多长的平板木锹不停地铲着、搅着锅底，防止牛奶糊锅底，让牛奶中的水分慢慢蒸发、浓缩，变得越来越浓稠；继续用小火慢慢熬煮，直到牛奶的色泽从乳白色变成淡乳黄色，最后凝缩出奶糊糊。女知青在逼仄闷热的空间里，就像在蒸桑

拿,全身汗水淋淋,细脖子上搭的毛巾总是湿漉漉的。熬牛奶一要勤动手,二要注意掌握好火候,否则锅底浓稠的奶糊糊焦了、糊了,就会破坏半成品奶粉的品相和味道,四百斤的牛奶也就糟蹋了。空气中弥漫着牛奶香甜诱人的气息,将奶糊糊含在嘴里,醇厚绵软,入口即化,奶香萦绕,唇齿留香。

敖晓兰心里装不住一点儿事,那股冲动劲一上来,很快就把话放了出去,旁边人想左拦右挡补救一下都来不及。她每天不到中午就想往伙房跑,连排队打饭都没有耐心。有几次,王场长疾步从外面走进来,站在她的前面就打饭菜。敖晓兰当场就拉下脸子,还在全场员工大会上对王场长说道:"场长打饭不排队,搞特殊化。"王场长虽然在会场虚心接受了敖晓兰的意见,但只要发现敖晓兰不在,照样加塞买饭,他说自己太忙,小姑娘在全场员工大会上提的意见又不得不执行。

敖晓兰看王场长对黑白花奶牛比对人还上心,老是牵肠挂肚的,就笑嘻嘻地说:"下辈子我也托生个黑白花奶牛吧,有人疼,有人爱,待遇太好了。你看我原来是一个水灵灵的大姑娘,现在让奶粉厂的火炕烙成啥样子了?成了干巴巴的老太婆了,鲜荔枝也快被烘成干龙眼了。王场长,您把奶牛牵到我们炕上睡几天,炕热得直冒汗,肯定挤不出牛奶来。"

王场长嘿嘿笑着说:"那你先搬到牛棚住几天?我马上给你们盖房子。面包会有的,忍几天,忍几天吧。"

奶牛场到处是又脏又苦又累且危险的活儿。敖晓兰和刘淑芬每天天刚蒙蒙亮就要起来,哈欠连天地给奶牛喂精饲料。精饲料的主要成分是发酵成稀泥状的黄豆饼。她俩将精饲料盛在大桶里,挑到牛圈,再拌上粗饲料,倒进木料槽里,吃饱的牛群再由牛倌赶到机井旁的长木槽饮水。她俩还要将奶牛组组长徐景田挤出来的牛奶喂牛犊,干完这些活,俩人累得就想再睡个回笼觉。

可她俩不能睡觉,还要学习挤牛奶。首先要学会用绳子给奶牛绑腿扣,要把奶桶、过滤纱布、专门洗奶牛乳房的水盆和毛巾都准备好,清洗干净牛的乳房。敖晓兰第一次学挤牛奶,撸胳膊挽袖子,积极踊跃地端着水盆和其他家什准备操作,结果被牛尾巴横扫一下,甩掉了手里的水盆。奶牛来回走动,根本不理她俩,两个人只得一个挤牛奶,一个吆喝牛,好半天才挤了一个桶底。而徐景田坐在小板凳上,奶牛根本不用绑腿扣,服服帖帖、安安静静地站着,多半桶牛奶一会儿就挤了出来。徐景田告诉她俩挤牛奶前安抚牛的手法和注意事项、坐在小板凳上如何避免奶牛踢倒奶桶以及奶牛的尾巴要固定在奶牛的后腿上,以免尾巴甩动时把尘土或细菌弄到奶桶里或者甩到人头上。

敖晓兰和郭亚芹(2017年)

敖晓兰和刘淑芬感叹着,挤牛奶看似一上一下,实际上真不容易呀!在她俩手上,辛辛苦苦挤到奶牛桶里的牛奶,不知被奶牛踢翻了多少回,直到十个手指肿得分不开缝,才基本掌握了挤牛奶的要领。

敖晓兰精力特别旺盛,每天总有干不完的活,突然有一天她别出心裁想学骑牛。她说学骑牛是因为想起了小学语文课本中有一幅插图:柳树下,一个牧童侧坐在牛背上吹笛子,笛声悠扬;柳枝像浅绿色的瀑布一泻而下,和着笛声,纤细而柔软的柳枝婀娜多姿地飞舞起来。她和农业队一个叫王二哥的员工说自己从小学就想骑牛,特别想骑在牛背上吹笛子。一番话,把王二哥说得一愣一愣的:女孩子骑牛为啥要吹笛子?

王二哥每天牵着一头大黄牛耕地,牛角是向下弯的,敖晓兰试着抓牛角,还问王二哥:"这头牛咬人吗?"

王二哥实在忍不住了,说:"傻姑娘,骑上牛怎么吹笛子,恐怕就你一个人不知道牛不会咬人,你多接近黄牛,熟悉了就能骑到牛背上了。"

只要王二哥牵牛回来，敖晓兰就拿着饲料喂牛，给它饮水，再牵到阴凉地让牛休息。牛的情感是简单的，陪伴几天就不抗拒了，敖晓兰也学会了骑牛。她经常先骑上牛到地里，看王二哥给牛戴上轭头，系好脖带、肚带，看牛进入劳动状态后，自己再走回来。敖晓兰骑牛成了牧场的一道风景线，我们都很羡慕她，敖晓兰骄傲地说道："这可需要有疯狂的勇气！"

敖晓兰刚学骑牛时，王二哥还在一旁护着她。她第一次独自爬到牛的身上还未坐稳，那头牛便开始疯狂地扭动身躯。敖晓兰想赶紧用腿夹住牛肚子，无奈牛背太宽，根本夹不紧。她又拼命地想用手抓住牛脖子，可牛脖子太粗，而且牛脖子上没有鬃毛，抓也抓不住，抱也抱不了。那头牛狂蹦乱跳，将身躯扭动得更剧烈了，敖晓兰被牛仰面掀下来，重重地摔在地上。

敖晓兰冒险和逞能的功夫不是一般的强。她在几根柱子撑着的茅草木棚里赶毛驴拉石碾子磨黄豆，没几天又起了玩心，学会了骑毛驴，在田间小路上骑着毛驴"驾驾驾、吁吁吁"地喊着，悠然自得的神情像是在给所有人炫耀她的浪漫之旅。

敖晓兰喂过猪，有时还赶着种猪到后山遛一遛，她回到女宿舍老说上山放种猪如何有意思。同宿舍的女知青听她这么一说，笑着问她："你不会也要学着骑猪吧？"敖晓兰再放种猪时手里拿着一根木棍鞭子，还挂上了个小铃铛，在鞭梢绑了块红布条，追着、撵着，真准备要骑上种猪到柞树林吃橡树籽。

好多员工看见，高声喊着："闹晓兰，你这样会找不到婆家的！"人们见她太能折腾，玩法有点儿不靠谱，无理取闹，后来就干脆喊她"闹晓兰"。

敖晓兰在文艺活动中担任报幕员，刚开始时独唱《公社挤奶员》，后来边唱边跳："我是公社的挤奶员，手提奶桶步伐矫健，一桶桶的奶香献给祖国，心呀心里甜……"敖晓兰表演时无拘无束，提胯扭腰，天真无邪，浑身散发着阳光般的青春气息。

敖晓兰看书、写字时鼻尖总要碰到书本，超高近视却一直不戴眼镜，现在戴着一千二百度的隐形眼镜，但是她的丹凤眼基本没有变形，依旧好看。

敖晓兰返城后工作、结婚，有一儿两女，丈夫家庭背景好。后来她丈夫在一次做买卖时亏损很多，从此一蹶不振，好好的工作也闹没了。敖晓兰独自操持一大家子人的生活，火爆脾气发作起来，嘴巴像机枪，原本就不太和谐的夫妻关系彻底变僵了。2002年双方离婚，敖晓兰倔强地带着三个儿女用两头毛驴车拉走了全部家当，在外面租房子住，靠搞小吃餐饮把孩子拉扯大。

敖晓兰

映山红花满山坡

绽放异彩的郭亚芹

郭亚芹是1976年应届高中毕业生中最晚到牧场的，也是离开牧场最晚的一名知青。当时她一毕业就插队到乌尔科公社向阳生产队。郭亚芹如果没有转点到牧场，也许她的青春就会少一笔浓墨重彩。在牧场近四年的时光里，她曾担任管委会成员、团支部书记、小卖店经理、会计并兼职塔温敖宝管理区团委副书记，1977年被评为全旗商贸系统知青先进工作者。

1976年8月下旬，莫旗知青办曲主任向王场长举荐已经在插队当知青的郭亚芹。因为不是商业系统子女，王场长不想接收，有点儿犹豫。曲主任看出王场长的心思，告诉他："郭亚芹在尼尔基中学读书时是班里的团支部书记，工作非常积极，很有能力，在高中毕业典礼上还代表报名当知青的毕业生上台发言，我还去参加大会了。你们牧场知青多，需要一个既能干又有组织能力的人，她完全能胜任。"

王场长想想也是，接口问道："她什么时候能上去？"

曲主任问："你们什么时候有车上去？"

王场长说："那就明天早上六点在食品公司院里会合吧。"

曲主任说："行，我通知她。"

第二天一大早，王场长来到食品公司，司机徐晓青领来一个细高个、眉清目秀的姑娘，穿着朴素，即使穿了件没有收腰的草绿色上衣，也难掩其利落的好身材。

姑娘来到王场长面前，主动说："王场长，我是郭亚芹，曲主任让我到牧场下乡。"

王场长说："好啊，欢迎你！上车吧。"

胶轮车车斗里还有两个给场里办事的员工。郭亚芹为人热情，性情活泼，见到陌生人也不拘谨，很快她便和两名员工熟络起来。两名员工很快就知道郭亚芹的父亲曾当过公社书记、旗人民银行教导员，后被调到黑龙江省大兴安岭地区工作，是土改干部。家里六个孩子，她是唯一的女孩。很短的时间内，王场长就领略了郭亚芹不甘人后的劲头。

那几天连续雨水，从早晨启程，等傍晚晚霞烧红了天空，胶轮车才回到牧场。王场长一下车，就向迎上来的知青介绍新同志。知青都是从尼尔基一中过来的，郭亚芹在中学时就颇有名气，有人和她还是同班同学。大家把郭亚芹领到宿舍。

郭亚芹在农业队只干了几天活，就和知青刘桂英一起被安排到猪场，任猪场场长，原来的饲养员小李被调回农业队。猪场位于场部东南小河北沿，烟囱又粗又高，还进行了美化。二十间棍加泥草房坐西面东，东面是猪舍，有一头种猪、五头本地老母猪、十多头半大不小的克朗猪和三十多头小猪崽。

小猪崽的皮毛像黑缎子一样油光闪亮。郭亚芹和刘桂英一见到这些小猪崽就特别喜欢，要把它们当作宠物精心喂养。猪舍南侧是鸡鸭兔舍，养着三百多只本地鸡、五十多只黑鸭子和五十多只白兔，由知青陈颖芳、杨丽英负责饲养。闫秀丽像钟点工，处理完现金业务也会来这里干活，这是她工作的一部分——领导觉得只当现金员太便宜

张淑范在猪场前留影（1978年）

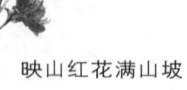

她了。其余的房舍就是装饲料和准备饲料的地方。畜禽的活动场地都很大,四周围是一圈密密匝匝的柞木杖子,圈猪的柞木杖子要高点儿、稀疏一些。

牧场人管这里叫知青三八饲养班,女知青刚开始干什么活都是跌跌撞撞的,心里也是七上八下,不过很快就都学会了套牛车拉饲料、套毛驴在石磨上破豆皮。

郭亚芹和刘桂英每天都要起圈、剁猪菜、烀猪食、热猪食、挑猪食、喂猪,周而复始地工作,从原点出发又回到原点。她俩每天至少有一顿饭在猪场吃,用残羹剩饭和泔水煮出来的猪食,她俩先从里面捡出土豆窝瓜和玉米粒,人猪共用一口锅,有油水,有咸淡,买个馒头就是一顿,有时捡到鸡蛋和鸭蛋就顺手扔到猪食锅里。喂猪时得穿着雨靴,踏进烂泥遍地、臭气熏天的猪圈,"喽——喽——喽"叫猪吃食的吆喝声挺远就能听到。猪圈栅栏门一打开,一群猪嗷嗷乱叫着蜂拥而至,上衣裤子顿时被猪弄得又脏又湿,猪嘴一拱、耳朵一扇,猪食四处飞溅,又弄得满身满脸,狼狈不堪,一身酸臭味。她俩穿的工作服从来不敢往宿舍拿,怕人嫌弃给扔出去。

猪场一天得需要几百斤的饲料,算下来一年得喂七八万斤粮食。郭亚芹向管委会提出用粮食烧酒、酒糟喂猪的建议,与场管委会成员的想法不谋而合——酿造酒的玉米原本就是喂猪的饲料,用喂猪的粮食先酿造出酒,用下脚料酒糟喂猪,这样既不浪费粮食又可以做到物尽其用。于是,牧场紧锣密鼓地在猪舍的西北处盖了两间作坊,从旗酒厂聘请了烧酒师傅李玉林,日产白酒约五百斤。酒香不怕巷子深,牧场产的白酒是纯天然、无污染、无任何添加剂的清香型白酒。香醇可口的白酒在塔温敖宝管理区、坤密尔堤管理区以及周围地区成了抢手货,一年可为牧场创收七八万,成为牧场副业创收的排头兵。

猪场劁猪的活儿都是王场长忙里偷闲急匆匆完成的,他操起弯月手术刀,手起刀落,"噌"地拽出一个球状带血的零件,甩出挺远,"啪!"落地有声,紧接着又"噌"地甩出一个带血的零件,几声猪叫随之传来,猪崽子就劁完了。

小黑猪一天天长大了,靠王场长一个人劁猪也不是长久之事。王场长要教郭亚芹、刘桂英劁猪的基本要领。郭亚芹充满恐惧地喊道:"我家邻居有一只大白鹅,直眉瞪眼的家伙,高昂着脖子,我放学回家看着这只大白鹅就吓得全身发抖,还得叫我妈出来把我领回家。我害怕劁猪,快让男生来喂猪吧!"

那时候,尼尔基镇基本家家都养猪,一方面家里淘米洗碗的泔水倒掉实在可惜;另一方面,腊月里家里杀头猪,过年的肉就不用买了,提炼的猪油也够一家人吃半年。老百姓把小猪当成自己的儿女养,把养大的猪就当老婆或丈夫养。东北地区还有个吃杀猪菜的习俗,"众人吃了众人香,一人吃了个肚装"。那时候每家孩子都多,日子过得紧巴巴,只有年头岁尾杀了猪才能邀请街坊邻居来家里搓上一顿,邻里之间相处得其乐融融。一进腊月,我父亲晚上经常不在家吃饭,十有八九是到街坊邻居家吃杀猪菜去了。

每家都抓小猪崽,谁对劁猪都不陌生。王场长刚到兽医站当学徒时,首先学会的就是这门技术,经常被派下去劁猪。也有走街串巷喊"劁猪"的手艺人,叫劁猪匠,每只猪崽五毛或一元钱。他们背着装有劁猪刀的兜子,吃"万家饭"。来活儿时,劁猪匠先要问清主人劁哪只猪崽,然后嘴里含着劁猪刀,打开猪圈门,猫身进去,一个大步便揪扯住猪崽后腿逮了出来。把猪崽侧平放倒在地,劁猪匠用一只脚踩住猪后腿,另一只脚踩住猪耳朵;一只手抚摸两下猪崽的下腹部,顺手薅几撮毛,另一只手拿刀麻利地在下腹部划开一个小口。此刻猪崽已经感到疼痛,不断地拼命挣扎,"嗷嗷"直叫。劁猪匠用沾着血迹的手指头往刀口处用力顶两下,两刀就将暴露出来的部位切除,最后腾出一只手把小猪倒提起来让它伸伸腰,防止伤口和肠子粘连。过一会儿,劁猪匠松开手脚,猪崽立即翻过身子,落荒似的逃回圈里。猪的叫声,总会引来大人小孩旁观,劁猪匠这时也会转身逗逗看热闹的小男孩:"来,把你的小鸡鸡也给劁了吧!"吓得小男孩撒腿就跑,引来后面笑声一片。

映山红花满山坡

郭亚芹、李成新、刘信宝、郭金凤、李春英、李秀祥、杨德重、刘成财（2018年，右起）

王场长耐心地告诉郭亚芹和刘桂英："公猪如果长得挺大还不劁，也不圈起来喂养，那就长得越来越像野猪了。模样可吓人啦！红眼睛、长嘴巴、细腰长腿，两根獠牙支出老长。没劁过的猪不仅肉不能吃，见到女人还会追，劁完之后公猪就会变得温顺起来，只要不留作种猪，公母猪崽都要劁。"

郭亚芹和刘桂英后来一边专心看王场长劁猪，一边面颊又红又热，心里咚咚直跳，叠加着难以言状的羞涩。王场长连鼓励带许诺，让她俩放心大胆地干，即使把猪劁坏也不需要赔，绝不埋怨批评。郭亚芹干啥都很要强，既聪明又能吃苦，她想通后就立马动手干了起来。郭亚芹真正上手劁猪是王场长不在的时候偷着干的。劁母猪有点儿复杂，她就先劁公猪。俩人抓住一头公猪崽，按倒并捆住猪蹄。郭亚芹蹲在地上笨拙地给猪肚子消毒，然后在猪肚皮上划口子，接着就是一顿生拉硬拽。

男知青起初听说郭亚芹劁猪，笑得脸都红了。有一个男知青故意问："哎呀，劁猪治什么病呀？"

郭亚芹嗓门高亢，颇霸气地揶揄道："看样子就你一个人知道是咋回事，想不想变成我们的姊妹？当太监也不错呀！"

在场的知青一起拍手哈哈大笑，笑得岔了气，弯着腰直按肚子。大家不禁啧啧赞叹郭亚芹无所畏惧的劲头。郭亚芹热心善良、活泼开朗，又具有干事创业需要的冲劲韧劲实干劲，为人知世故而不世故，也不人云亦云，她就是那个年代知青中的"铁姑娘"。

在郭亚芹和刘桂英的努力下，猪的数量发展到一百多只，牧场每月都要杀几口猪来改善一下伙食，还将部分猪肉卖给家属。1978年12月，莫旗打井队来打深水井，牧场用鸡、鸭、兔、猪和羊好吃好喝地招待了这些人，一个多月时间里打井队队员都长了好几斤肉。

1977年，郭亚芹被推选为牧场团支部书记。1978年，她带领知青高雅洁、郑忠凤、王爱娟、郭金凤、朱蕴英、闫秀丽六人参加塔温敖宝管理区首届团代会，她被选为管理区团委副书记。郭亚芹各方面表现都很出色，荣誉的光环一直眷顾着她。

郭亚芹和陈爱君在小卖店

郭亚芹在团支部的工作中展示了朝气蓬勃的激情和斗志，她积极参加支部各项活动，组织文艺队、男女篮球队到塔温敖宝管理区，与坤密尔堤管理区进行篮球比赛和文艺会演，观看的人都带着友好和赞赏之情热烈地鼓掌。1977年，迟志杰、刘淑芬和敖晓兰在莫旗电影放映公司培训了两个月，还买了一套十六毫米的电影放映设备，每次拿回电影胶片拷贝铁箱，不仅在牧场放映，迟志杰还开着手扶蹦蹦车或赶着牛车，拉着刘淑芬、敖晓兰在周边地区巡回放映。周围的住户连电灯都没有一个，更不用说听广播、看电影了。他们无偿为人们放电影，不以盈利为目的，就是为了点亮山村的夜生活，为山村的人们送上一份关爱和温暖。

1978年春，郭亚芹任小卖店经理、会计，直至1979年12月返城到莫旗农业银行工作。

退休后，郭亚芹除了在生活上帮儿女一把，就是参加旗里的夕阳红文体活动，唱歌、跳舞、诗朗诵，等等。郭亚芹的眼睛还是那么明亮有神，外表大大咧咧，热心、爽快、利落，浑身透出一种豁达的生活智慧。

映山红花满山坡

农业队队长刘新贤

刘新贤先是从山东老家来到莫旗乌尔科公社兴隆泉村，1974年牧场成立，他就和兴隆泉村的十户人家成了牧场的第一批拓荒者。刘新贤皮肤黝黑，眼睛细长，双手粗大，手指甲又厚又黄，瘦骨嶙峋的脸上外突的厚嘴唇管不住隆起外翘的两颗大门牙，向人们诉说着自己扛着锄头和镰刀浪迹天涯的艰辛人生。个头高大，双腿又细又长，肩膀宽阔，看似笨拙，干起农活来却很灵活，一看就是庄稼地里的一把好手。

刘新贤在男宿舍过着群居生活，烟瘾很大，一支接着一支地抽着自卷的"喇叭筒"旱烟。牧场农业队跟农村生产队一样，"上工一窝蜂"，统一调度，但是牧场人干活可不像生产队的社员那样"出工不出力"，大家还是很有自觉性的，不仅有指定的人记录出勤，每个月还交给场部会计。

每天清晨派活时，刘队长的仪态都很庄重，一开口说话，在场的人就都安静下来洗耳恭听。刘队长来莫旗快十年了，依旧带着浓重的山东口音，说出的话老在舌头上打转，不仔细听可是听不明白他说的啥。大多时候，刘队长只向几个领工的指派具体任务，其他人只是过来点个到或者在外面等消息，到时候跟着走就可以了。

1975年下半年开始，附近的住户谁家里或是三亲六故还有没出嫁的姑娘，就会想到牧场的"跑腿子"，保媒拉线的带着女人直接来相亲的也不少,曾经一女难求的"跑腿子",如今都成了香饽饽。刘队长为促成一桩桩姻缘,没少为双方提供方便条件。

单身的刘队长也不例外,尤其是农业队队长这个光环为他加分不少,频繁有人给他介绍对象;他自己心里也清楚,现在不利用这个机会,以后成家的机会就更渺茫了。热心人多,节奏紧凑,走马灯般地相媳妇,可总是见一面就再没有了下文——近四十岁的人,年龄般配的单身女人上哪儿去找?拖儿带女的他不想要;写满负重前行的沧桑面庞,又难以让年纪小的产生好感。牧场家属工刘文华和刘队长都来自兴隆泉村,彼此兄妹相称,也算半个老乡。刘文华有一个三十岁的寡妇姐姐,丈夫去世,领个孩子在老家生活。刘文华没有嫌弃刘队长的年龄和相貌,多次和他提过自己的姐姐,想撮合撮合两个人,可刘队长就是不表态,气得刘文华直骂他:"大老刘,你听着,如果我姐不带个'拖油瓶',她能正眼瞧你一眼,都算我白活!"

刘队长在一次次满怀希望而去,然后一次次失望而归的相亲路上不断游走,都变得麻木了。1976年上半年,白桦泉的一个人来找刘队长,说他有一个老乡的丈夫死了,从吉林逃荒来投奔自己,一个人无法生活,想嫁个人在这里安家落户;还说女方二十七岁,个头挺高,身体很好,没有孩子,是个过日子的人,就特意过来问一问。刘队长满口答应,随即跟着去了白桦泉。

刘队长当晚回来很兴奋,说女方没有任何犹豫和挑剔,直奔主题谈条件,当场就议起谈婚论嫁的事宜:只要手头有点儿积蓄,能给得起几百元钱的彩礼,置办好说得过去的衣服和家什,就可以确定结婚的日子。牧场上下一片欢腾,都为刘队长的极速婚约感到振奋,还派了一辆手扶蹦蹦车拉着刘队长和准媳妇到西瓦尔图公社供销社买结婚用品。两个人在新盖的知青宿舍前举行了牧场建场以来的第一场婚礼,农业队第二队队长程志芳当司仪,鸣鞭炮吹喇叭必不可少,两名知青分别做伴郎和伴娘。在这幸福的时刻,大伙纷纷为这场浪漫的婚礼庆典献上一片美好的祝福。全场人都吃了喜糖,不管会不会抽烟的人也都要了根喜烟。之

后,一对新人在家属宿舍一铺南炕安了家。

刘队长完成了自己的人生大事,这是他大半辈子为数不多的幸福时光。他内心笃定这桩婚姻不仅会亘古不变,自己将来还会儿女双全,过上美满幸福的生活。然而,刘队长只是挣脱了单身的命运,还没体会到婚姻生活的温馨甜美,他的婚姻就像天上的流星转瞬即逝。

结婚第五天,女方说要回吉林老家探亲,刘队长作为新女婿理所当然要陪同。俩人走后第五天,刘队长一个人从尼尔基镇回到了牧场。大家很费解,纷纷到刘队长家打探,这才知道是遇到了婚骗子。

原来,刘队长和新媳妇到了尼尔基镇,新媳妇就不想走了,说要在街里转几天再走,两个人便在"二客店"住下来。头三个晚上,新媳妇千方百计不让刘队长睡觉,只要看到刘队长昏昏欲睡就粗鲁地给折磨醒。

"二客店",人称"大客店",是一栋长长的临街土坯平房,门厅的西屋是两条对面通铺式火炕,搓板宽的褥子就是租客的地盘;东面屋子两条长火炕上安着木板,隔离出来一个个双人间,一点儿也不隔音。刘队长在新媳妇一会儿亲昵抚摸一会儿充满敌意的抗拒中眼皮子直打架,他闭着眼睛,脑子却十分清醒,觉得屈指可数的同床共寝的日子竟像麻花儿一样拧巴:结婚当天晚上,一对新人送走最后一批人后就上炕休息,当时天气酷热,窗户却紧闭,窗帘挡得严严实实,厚重的幔帐垂到了炕沿下,奇怪的是新媳妇还不让点燃蜡烛,刘队长只能在黑暗中摸索新媳妇的身体。同床共枕的五个晚上,刘队长没有感到新媳妇的温存,反倒觉得对方有一种莫名其妙的抗拒感。刘队长攥紧拳头,慢慢起身,穿上衣服,打开窗户。晚风把窗帘吹得飘了起来,微风一涌而进。他蹲在地下开始吸烟,并自己安慰自己:万事开头难,要攒足耐心和定力等待来日方长的夫妻恩爱。

刘队长在二客店感到惴惴不安,于是趁新娘子到外面上厕所之际,打开结婚时买的印着"喜"字和喜鹊登枝图案的红布包袱,发现了挂在新房的红幔帐。刘队长脑袋里立马蹦出一个可怕的想法:这个人哪是想和他结婚的,分明是来骗财骗物的。住到第四天,刘队长实在熬不住了,吃完早饭倒在炕上睡得格外沉，新媳妇连推带拽也不起来……睡了一个小时左右，刘队长忽然打了一个激灵，清醒过来，发现新媳妇已经不见踪影。

刘信宝、刘金荣、王福霞、杨丽华、闫秀丽、郭亚芹、苏秀华在尼尔基巴特罕公园（左起，2021年）

刘队长连跑带颠直接奔向食品公司，知青基建队的人正在那里搞基建。他和基建队队长王立新说明情况，所有人都放下手里的活，全体出动，生怕迟了半步，新媳妇真跑没影儿了。幸亏刘队长头一天领着新媳妇来过基建队，四天前从牧场去街里也是在食品公司院里下的车，所以基建队的人都认识新媳妇。有一拨人开着胶轮车直奔东江沿，不出所料，新媳妇正准备坐船过江。大家将新媳妇生拉硬拽带回食品公司院里。新媳妇一句话也不说，抱着两个包袱蹲在地上。人们围了一圈又一圈，百般追问新媳妇到底想干啥。新媳妇被逼急了，只说家里有孩子又不想结婚了，任凭周围人指责。倒是刘队长异常冷静，他制止住周围人的怒吼，极其大度地对新媳妇说："把我的所有东西和钱都还给我，你就可以走了。"

新媳妇听后，把两个包袱里面的东西基本都给了刘队长，彩礼钱也拿

了出来，连新上衣都脱了下来。有个女知青心眼多、脑子反应快，指着新媳妇扎着的红腰带说："红腰带也是刘队长买的吧？"

众人一听，都喊起来："解下来！"新媳妇将红布腰带解下来，揉成一个团儿，忿忿地扔给了刘队长，两手提着裤子离开了食品公司大院。

新媳妇离开的第二天，刘队长带着一脸辛酸和憔悴返回了牧场。"赔了夫人又折兵"，这真实而残酷的剧情不知赚取了多少女知青的眼泪，大伙纷纷为刘队长感到唏嘘，同情心彻底泛滥，直说要到介绍人那里去问个究竟。

大起大落的悲催就像一块胎记烙在刘队长的脸上，可他还是摆摆手，淡然地制止了大家。刘队长真切地演绎了一场荒诞的娶亲闹剧，虽然挣的血汗钱没有被骗走多少，可毕竟感情受到了欺骗。

刘队长又恢复了本来的生活面貌：一个没人爱过的人，一个世上没人关切的人，没有刮过的面颊已是胡子拉碴，泛出黑色的光泽。他消磨痛苦的方式就是用变了形的双手把玩纸烟这个小玩意。手指摸着干燥而略有温度的卷烟，没完没了地闻着、嗅着；烟头闪出蓝色光亮，一缕缕飘烟打着转、转着圈，缭绕在他那更加凝重、沧桑的脸庞上方。刘队长不管在哪里抽完烟，都会把烟头扔在地上，用鞋尖小心踩灭烟头。这是住在荒原吸烟人的习惯做法，他们害怕一点点火星会引发山火。

刘队长遭受骗婚打击没几天，受伤的情绪便奇迹般地消失不见，那两片柳叶般的眼睛里，哀伤的涌动已然变成了快活的闪烁。原来刘队长重翻旧账，找到同乡刘文华，想让她穿线搭桥，和领着孩子居住在兴隆泉村的寡妇姐姐成家。刘队长穿上还没退去婚礼热度的新郎服装——涤卡蓝套服和白色的确良衬衣，带着从小卖店买来的食品，去女宿舍找刘文华。刘文华一见到刘队长就把他骂了个狗血喷头："死大老刘，活该！咋没让人祸害死你！咋不把你推进东江沿！"刘队长任凭刘文华诅咒、痛骂，就差讨好到双膝下跪了。在淋漓酣畅的情绪发泄后，刘文华经不住刘队长的千般许诺和万般哀求，也觉得"嫁汉嫁汉，穿衣吃饭"，可又觉得胸口憋着一口窝囊气吐不出来，直到年末才同意把姐姐和她的孩子接到牧场。结婚后夫妻俩生了两个孩子。

刘新贤位居牧场管理层，建设发展的大事小事他即使不参与，也了解具体情况。1976年辽宁省抚顺发电机厂用拖拉机和康拜因与牧场换了十二万斤小麦，被举报后，黑龙江省粮食厅派专人到牧场

王庆友、刘新贤、刘志清

调查，不仅找刘队长谈话，还让他写书面材料，而他的文化仅限于会认会读会抄写的水平。兴隆泉村一个高中回乡青年，也姓刘，与刘文华一样，和刘队长也是半个老乡，两个人交情很深。在刘队长心目中，高中生绝对是可信赖之人。刘队长向高中生口授所要写的材料内容，高中生认真地完成了任务。刘队长听高中生念完材料后，认为写得不错，就满意地拿走了，仿佛完成了一项伟大的使命。材料里面说出了一个事实："牧场是归食品公司管理的，发生的事表面上看错在王庆友场长，但应该还有食品公司副经理刘惠君的责任。"令刘队长想不到的是高中生连夜照样又写了一份，交给了刘惠君。直到黑龙江省粮食厅调查人员走后，这件不光彩的事就在人们中间传开了，人们暗地里都说高中生"没有道德"。

德国作家赫尔曼·黑塞写道："不幸的生活中也会有阳光灿烂的日子，沙石中也会开出小小的幸福之花。"刘队长的遭遇虽然令人同情，但他在牧场收获的幸福之花多少也能化解那些苦痛与伤害。他一直在做对得起良心、对得起牧场的事情；自己和两个弟弟都成了家，并且生儿育女。

后来，张老二担任牧场党支部书记，刘队长则从队长的岗位下来了。刘队长的心里很不是滋味，甚至到了都不想在牧场多待一天的地步，往

映山红花满山坡

牧场赴黑龙江省兴十四参观团合影（1978年）

昔在牧场当队长的高光时刻成了他心中最大的痛，再没有什么可以消除或平衡他失落的悲哀。他像变了一个人，整天无精打采的，高大的身躯毫无活力。最后举家搬离，落户在离牧场不远的四方地。人们都说"树挪死，人挪活"，可那里并不是一个合适的安居乐业之所，刘队长的心情并没有变得顺畅起来——刘队长处在不离开牧场难受，挪到四方地更难受的尴尬境地，他的内心饱尝痛苦，一直煎熬至生命的终结。

刘队长是牧场创业元老，一直带领着牧场农业队。他是个地地道道的农民，凭着苦干实干大干的精神、耿直善良的品性，把农业生产这一摊做得有声有色。曾经受过刘队长领导的员工都是友好地谈论和评价他，然后从人世间的寻常角度就事论事：刘队长确实是个很好的人，可惜的是这个好人的人生充满了坎坷多舛。

"抢"亲记

刘化玉个头不高,圆脸,耳朵有些聋,不善言谈交往,家里又特别穷,三十岁出头也没成家。后经人介绍来到牧场,在牧业队干活,1975年和1976年连续两年被评为场里的劳动模范。

那时候,只有塔温敖宝管理区和牧场有小卖店和卫生所,东面十里远的五间房的住户只能到牧场小卖店或卫生所买货看病。牧场已成为周边住户心中的综合机构,员工的地位形象无形中也高大了几分。

1977年春天,五间房的一个人在买东西时正好碰上刘化玉队长,就跟他说起他们那里近日发生的事。有个二十岁的小媳妇,夫家姓佟,结婚没过两年,刚怀孕丈夫就得急病去世了。小媳妇因为娘家在外地,只得继续和公婆住在一起。公婆尽心安抚,好好伺候,希望失去丈夫的儿媳妇能继续在这个家待下去。原来她的亡夫下面还有两个弟弟,也

知青指导员郑桂芳(中排中)回莫旗探亲时合影(1996年)

映山红花满山坡

范艳芳、郭立钢、刘晓洁、程志芳、
迟志杰、张淑范、郭金凤（2015年）

都到了谈婚论嫁的年龄，因为是外地人，找媳妇很难，公婆前几天就托邻居做儿媳妇的思想工作，希望她转房嫁给两个小叔子中的一个。曾经的嫂子估计哪个小叔子都没看上，对来人说："长哥如父，长嫂如母，我还是卷铺盖走人最好，省得叫人嚼舌根子。"可佟家就是不出人送她下山，小媳妇憋屈得只能在家里哭哭啼啼。这件事就在五间房传开了。说这事的人还挺气愤："这不是牛不喝水强按头嘛！还能强按寡妇的头嫁给小叔子不成？"

刘队长听完，就和那人提起了刘化玉，简单地把他的情况介绍了一下，托对方回去问一问女方的意愿。

那个人回去后还真把刘队长的话转告给了那个小媳妇，没想到小媳妇一听说是牧场的人就同意见见面再说。第二天，她就到牧场和刘化玉见了面。刘化玉其貌不扬，两个人年龄还相差十二岁，小媳妇一见面就表示可以，没啥可挑的。介绍人转头再看刘化玉，一副出神发呆的表情，看来对小媳妇也是很喜欢。

消息很快传到佟家人的耳朵里，两个小叔子气呼呼地闷声干活，还联合父母把小媳妇看管起来，不让她出家门一步。

刘队长很上心，想尽快促成此事，可得知佟家的态度和做法后，心里又非常着急，就向刚从外面办事回来的王场长做了汇报。王场长微微笑了笑，出了个主意，还拽过刘队长的手，拿钢笔在手心写了一个"抢"字。刘队长如醍醐灌顶，直拍大腿，手舞足蹈地乐起来。

第二天大清早，刘队长也不分配农活了，他让知青司机徐晓青和迟志杰把两台胶轮车开到宿舍门前，高声呼喊大家集合。知青很快从屋里跑了出来，员工也聚拢过来，大眼瞪小眼，面面相觑，不知发生了什么事。刘队长站到车斗上，像站在讲台上一般，一改布置劳动任务时的样子，精神抖擞，面带笑容，话语简短而高亢。下面人头攒动，目光都集中到刘队长身上，虽然有人不能完全听懂他的山东方言，还是很快接收和理解了刘队长话语的中心思想，弄清了不干活的目的和原因。刘队长所讲的话归结到一点，就是到五间房为刘化玉"抢"媳妇。紧接着他强调："一、不能打人；二、一切行动听指挥。"刘队长话音刚落，现场马上沸腾起来，大伙异口同声地喊道："好一个绝招，高！实在是高！"一个个竖起大拇指。大家都想为老实肯干的刘化玉出上这把力。

刘队长让女知青负责女方，点名让几个男知青对付佟家的哥儿俩和他们的父母，其余的男知青和员工则负责对付五间房的人。

转眼间，不知有多少人爬上了胶轮车，一路奔向了五间房。

刘队长脸上显露出担忧之情，不断重复道："咱们这回就是去'抢亲'，可别抬手就打人，闹出事来！"

两辆胶轮车开到五间房村口，男知青和员工下了车，两条长龙一字排开，两两相对而立，拉开距离，直接排到佟家大门。女知青和几个身强力壮的男知青走进了屋里，男的负责看住两个小叔子和他们的父母，女知青上前对佟家前儿媳妇说："嫂子，我们给你搬家来了！"小媳妇一看牧场的人站了一屋，明白了来意，非常高兴地翻腾出了自己的衣物。女知青麻利地将衣物用布包好，三下五除二，拎着包裹就出了门。小媳妇走在其他人中间，男知青殿后，直奔胶轮车。等所有人上了车，佟家人才如梦方

冯金燕、朱蕴英、苏秀华、王凤英、
郭立钢、刘金荣在富民村（2018年）

醒，跑出屋来满院子大喊大叫，等五间房的十几户人家都醒过神来，胶轮车早已经开出了老远，迎着朝霞，直接向二道河驶去。

王场长一大早就骑着马到了二道河，指挥几个人腾空一间仓库当新房。刘化玉像做梦一样，只和小媳妇见过一面，正期待着下一次见面，没想到一大早，就被从天而降的喜悦砸晕了头，一副无所适从的惊呆模样，直至被大伙推搡着进入洞房，依旧是一副难以置信的表情。

从"抢亲"到入"洞房"，不过一个多小时。女知青下车把"新娘"送进大院，胶轮车调转车头拉着人就回场部干活去了。喜酒没有喝一滴、糖也没吃到一块，可谁都像沾了新郎官的喜气，比新郎官还兴高采烈。

五间房的人也是被吓了一跳，好几个人到了牧场还说："那天早上真如天降神兵，把我们都整晕了。""亏得你们行动迅速，他们事先没有得到一点儿风声，否则绝不会眼巴巴地看着你们把人带走，否则早把人藏起来了！"

佟家人之后到塔温敖宝管理区派出所报了案，派出所的警察也感到很奇怪：抢亲这种奇特的事虽然听说过，可是在莫旗从来没有发生过像大青背知青牧场这样大队人马浩浩荡荡去抢媳妇的事。警察到牧场了解完情况，详细询问了女方的意愿，认为这两个人的结合是符合《中华人民共和国婚姻法》的，"抢亲"不属于违法行为，反倒是佟家涉嫌非法拘禁。刘化玉两口子随即也到塔温敖宝管理区办理了结婚登记。

刘化玉和妻子一直生活在二道河，他俩生了两儿一女，儿女长大后在当地也都结婚生子。真不知

王爱娟、冯金燕、闫秀丽、
陈颖芳、刘金荣、张淑范

道刘化玉的儿女是否了解他们父母来之不易的婚姻，他们来到人世间要感谢多少大爷、叔叔和阿姨！

然而，刘化玉老伴年轻时的遭遇还是对她造成了严重的心理创伤，后来得了病，于2018年冬天去世，时隔一年，刘化玉于2019年冬天去世，时年七十六岁。

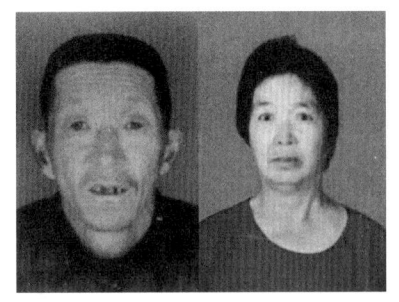

刘化玉、刘京娥夫妇

映山红花满山坡

挽救家庭

1977年春,莫旗知青办的曲主任打电话到食品公司,让王场长尽快到知青办一趟,说有急事。王场长也没急慢,很快就从山上下来了。原来曲主任是想请王场长接收安彦浅知青点的一对北京知青夫妇,并对王场长说了其中的缘由,请他务必帮忙。

1968年,登特科公社安彦浅村接收了十二名北京知青,其中的小张和小杨是初中同学,来时都不到十八岁,公社专门在贫瘠的村里为北京知青盖了新房子。

北京知青从首都登上火车启程,直至到了莫旗,被分配到下乡所在地安家落户,不到十五天的时间,边远山区的生存状态完全超出了北京知青的想象力。巨大的现实落差,使得这些来自城市的青年迷茫、焦虑起来,他们看到村里人拼死拼活种地,靠天吃饭,连养家糊口都难以为继;厕所简陋到"土坑不大两块砖,男女混用一个坑。土墙遮挡高三尺,女孩

女知青在北京市送给莫旗北京知青的七犁农机具上合影

如厕愁煞人"。北京知青的日常卫生习惯,在这里成了一道奇异的风景线。知青的住处空间不大,没有下水道,刷牙时屋外一排人端着牙缸用牙粉刷牙更是稀罕,吐得满地是冒泡的白沫子。村里人用好奇的眼光打量着,既没见过也不懂为啥要刷牙,甚至嫌知青洗脸太烦琐:先把毛巾放到脸盆里浸湿,抹上香皂搓脸,然后再拧干毛巾把脸抹干净。

小张和小杨因为生活艰苦,又是同学,孤独寂寞时就会互诉心事。热心憨厚的小张对娇弱的小杨姑娘用心地照顾,很是周到细致,两颗孤独的心慢慢靠近,并发展为恋情,因为俩人都不到二十岁,只在村子里举行了一个简单的结婚仪式。村里给他们安排的两间草房,就

作者与原呼和浩特市知青办干部王恒老先生

像一位衣衫破旧、满脸风尘的老人。小夫妻俩先生了个女孩,过了两年又生了一个男孩,两个孩子相继出生,给这个小家庭带来了许多欢乐。然而生产队的效益特别差,经济上捉襟见肘,生活上杂乱无章,前途一片暗淡,二人的婚姻也慢慢出现了许多不和谐的音符,俩人经常发生龃龉。

安彦浅村生产队长的儿子是返乡青年,当时知青点就小张和小杨这一对成家的知青。开始时,返乡青年受队长父亲的指派,经常帮助处在困境中的小张一家,例如送点儿粮食和蔬菜。小张把小杨宠成了一个公主,忙完地里忙家里,小杨什么家务活也不干,四口之家显得凌乱不堪,返乡青年每次去也都会顺手帮着干些杂七杂八的家务活。

一天,返乡青年又来送菜,进门就看到小杨无力地躺在炕上不住地呻吟,两个小孩在地上爬、土里滚,埋汰得像个泥猴。返乡青年问小杨:"你咋啦?"

小杨说:"太难受了!他又出去放羊了,一时半会儿也回不来,我想看病也出不去。"

返乡青年一摸小杨的脑袋,烧得发烫,二话没说,背起小杨就向村卫生所跑去。

小杨突然生病,返乡青年好似从天而降,而这次的出手相助竟有转悲为喜的意外结局,就好像两个被烈日烤得焦头烂额、疲惫不堪的路人,终于避入浓密的树荫底下。之后返乡青年来得更勤了,小杨沉寂的情感复苏了,好像回到了几年前和小张谈恋爱时的状态。安彦浅村也不知是谁先发现了小杨和返乡青年之间的暧昧情愫,开始在背后议论,消息很快就在村子里铺天盖地传播开来,成了村民茶余饭后的谈资。小张是全村最后一个知道的人,小杨向小张提出离婚。这对知青夫妻的婚姻到了摇摇欲坠的边缘。小张当时心里也盘算好了:北京政府有明文规定,知青婚姻是按军婚来保护的,不行就到旗里告发这个返乡青年。

在那个年代,社会上对婚外恋的谴责如暴风雨一般猛烈,付出的代价可以到万劫不复的地步。知青是一个特殊的群体,国家给了一定特权,不仅有知青安置费,各省市的知青办还会给本省市知青下乡的地方下拨生活补助和机械设备。知青的婚姻和军婚一样,受国家法律保护,破坏知青家庭婚姻关系的人,会受到法律处置。

家里早就给返乡青年定了媳妇,结果返乡青年跑到女方家,自作主张把亲事给退了,给女方的彩礼也不要了,闹得他母亲每日泪水涟涟。儿子就要一条道跑到黑,犟得十头牛也拉不回来,生产队长担心儿子真要继续和小杨纠缠不清,岂止是戴上个破坏别人家庭的恶名那么简单?万一扣上个破坏知青家庭的罪名,就得进监狱,这可是一辈子的事。作为父亲的哪能坐视不管?后来生产队长便找到知青办的曲主任,表示要把小张两口子转到其他的知青点,想着女方一走,两个人分开了,也就没事了。

曲主任认为"转点"是一个不错的办法。为切实解决小张家庭的生活困境,坚持做到接收好、安置好、使用好,就想到了刚成立没三年的大青背知青牧场，认为牧场不仅是旗里的先进单位，人际关系不复杂，生产生活条件也都不错，收入高。因此，曲主任找到王场长，希望牧场能接收这对北京的知青夫妻。

王场长听完曲主任一番话，心里乐开了花，因为北京市每年下拨给莫旗知青办的物资很多，没有北京知青落户的生产队一根毛都捞不到。此时，王场长真有一种要什么来什么的幸福感。

王场长顺水推舟，拿出了一竿子插到底的劲头，真诚地表示道："我们是知青点，旗知青办的困难就是我们的困难。我一定会妥善安置这对北京知青夫妻，你们放心吧！"

曲主任专程到安彦浅村看望了小张两口子，并跟他们讲了转点的事。在安彦浅村一天只挣几毛钱，而牧场每天能挣两元，对此小张当然是求之不得，小杨勉强也同意了。

曲主任见大功告成，赶紧通知王场长给小张搬家。如果是员工，按照小张家的条件，肯定是和另一家住对面炕。但牧场不仅给小张一家安排了单独的住房，

员工刘成发、刘成才
在牧场家属房前合影（1979年）

还特意召开大会，说要来一对北京知青夫妻，让知青和员工注意关心爱护团结。

安彦浅村距牧场有一百多里地。一大早，凉意正浓，王场长就出发接人去了，上午十点到达安彦浅村队部，生产队队长很高兴，要安排王场长吃饭。王场长说："我们先去装车，回来再吃饭。"

小张家在村子东头，两间破土房很矮，屋顶上盖着的苫房草由于年深月久已经发黑，长出的杂草和苔藓在阳光下闪着光，房檐头像被狗啃的一样，参差不齐。窗户是木棱格子窗，窗户纸糊在外面，既挡风御寒，

又可以保护木制窗框不受雨水腐蚀。

一踏进小张家的外屋地（厨房），在不算冷的天气里却感觉寒气骤然袭来。北面是一个土锅台，连着屋里的土炕，烟火顺着烟道从里屋房顶上的烟囱弥散出去。地面上满是横七八竖烧火用的枯草，水桶和扁担东一个西一个，水瓢、锅铲、刷帚、菜刀、饭碗、筷子等随意地摆放在菜板、水缸盖、锅台和锅盖上，无奈地向王场长解说着这个家庭发生的一切。天气暖和，开着窗户，里屋还算亮堂，一铺北炕，炕上铺着破炕席，上面有一张斑驳掉漆的四脚炕桌，一对不大的旧箱子靠着西墙，上面叠有几条旧被褥。

此时，小杨坐在炕沿边抱着小儿子，一声不吭，表情淡漠，又仿佛心事重重。小儿子才会走路，女儿紧紧抓着小杨的衣角依偎在母亲身边。小杨细高个，大眼睛，下颌有颗美人痣；小张中等个，圆脸，穿着皱巴松垮的衬衫和裤子，有些邋里邋遢。双方寒暄几句就忙活起来。屋里的尘土和灰尘太多，搬动物品时就飞扬起来，直呛嗓子眼儿。王场长站在那里，发愣了好一会儿。所有的家当物件都没装满半辆车，大家一起到村队部吃过午饭就往牧场出发了。

回到牧场已是夕阳西下，晚霞依恋着大地，望着可爱的人们张开双臂迎接新来的成员，当天边收回最后一抹余晖，小张也没找到做自我介绍的机会。牧场分配给他们的是一间半家属宿舍，窗户上有玻璃，南北炕铺着新炕席，地面铺的是牧场烧的红砖，连烧火的柈子也都给准备好了。望着眼前比原来不知要好多少倍的家，小杨眼里的冰冷和坚硬慢慢消失了，一直郁郁寡欢的脸上露出了明媚的笑容，她不住地向穿梭

北京知青合影

来往的人点头致意，开始和帮忙的人打招呼，说起话来京味儿十足。王场长这才感觉到小杨其实是个爱说爱笑的人。家庭主妇焕发生机，屋子里顿时飘荡起乔迁之喜的烟火气息。

第二天，小两口带着两个孩子到场部找到王场长要求上工。王场长说："你们先休息几天，算出工，记工分。"

王场长专门向曲主任汇报了小张两口子安置的具体情况，曲主任也表扬了王场长。因为牧场有了北京知青，后来只要北京向莫旗下拨物资，牧场多少都能得到一些。牧场翻地用的七铧犁，就是北京知青办下拨的。小张在兔场，小杨则在家做起了全职太太，两个人都很安心，不仅挣钱比过去多了，住房条件更没得说。在安彦浅村，他们每天挑水就是个大问题，叮叮当当担着水桶，吱吱嘎嘎用驴辘从井里摇出柳罐桶，再颤悠悠地挑回家；在牧场虽然也是扁担挑水，但到了水房一拧水管开关，水就哗哗地流到了水桶里，特别省事。烧柴也不用愁了，有专人给各家上山拉烧柴；而在安彦浅村，春天搂大耙，夏天抢苤刀，秋天捡苞米秆，冬天烧豆秆，连玉米根茬都要刨出来当柴禾烧。

就在前不久，小张还处在忧伤无望中，感慨人生无常，现在，即将破碎的家庭在牧场平稳着陆，一切困苦忧伤都过去了。小张在穿戴上恢复了北京知青应有的风貌，每天笑容满面，容光焕发，没事就到知青宿舍走动，和知青混得很熟络。牧场有限的报纸杂志他最喜欢抢着看，还和大家分享心得，待人很真诚；家里家外辛勤忙碌着，做饭也都是他的事，小杨只管带两个孩子，两个人的感情很快稳定下来。

1978年上半年，莫旗小库莫露天煤矿招工，属于国家正式编制，牧场推荐了小张、张恩发、刘桂英和郭玉清四名知青。每月工资三十七元五角钱，虽然挣的钱不如牧场多，但小张是自愿报名，牧场优先推荐，而且他还是牧场的首批返城知青。后来，小张夫妻在1978年底办理了返城手续，领着孩子回了北京。

"文化大革命"初期，莫旗教育界受到影响，中小学教师队伍处在青黄不接的状态，亟待扩充，教育部门就选拔吸纳了来自北京和浙江的

北京知青蔡韵林（中）在尼尔基一中任音乐老师（右一为牧场知青徐永杰）

知青，将其充实到教师队伍中。全旗从乡村小学到尼尔基镇的中小学，都能看到北京、浙江知青的身影，他们成为振兴莫旗中小学教育的中坚力量。我们在尼尔基一中读书时，北京、浙江知青作为代课老师已经成为主力军，每月挣三十二元，牧场知青都接受过他们的教育和熏陶。前前后后大致有如下北京、浙江知青在尼尔基一中做过代课教师，1980年前后这些知青教师基本返回了城市。

北京知青教师：付洋，郭伦，苏林，杨翠柳，关秋燕，王英嘉，王万纯，丁顺生，马万华，陶福玲，祝自清，袁世琴，蔡韵林，杜源泉，杨天鹏，王曦，林樾，王宝男，刘正平，徐丽，于学广，关秋燕（大），杨翠柳，刘永年，唐亚芳，朱天策，刁丽达，黄祥瑞，尹天锡，刘开山，盛中平，刘宗蕊，李小万、赵秉忠。

浙江知青教师：汤新，施维红，郑以祝，陈森魁，汪天文。

女知青的甜蜜事业

牧场辖区的植被覆盖率很高，霍日奇坎河（二道河）、霍松霍日奇坎河（白桦泉）两条河流蜿蜒在草原间，周围分布着众多小泉眼和小溪，水量充沛，水质优良，终年流淌不息。

牧场的春天总是姗姗来迟，然后急匆匆地让位给夏天。小草胚芽刚刚露头，青草芊芊如绿毯铺满大地，人们还没来得及体会和煦的阳光照在身上那种暖暖柔柔的惬意，草甸就开始了一天一个样的演变。转眼间草长莺飞，花红柳绿，浅粉、雪白、姹紫、嫣红、乌黑、淡蓝，仿若一座与世隔绝的大花园，美得叫人目眩神摇，令人赞叹不已。淡淡的花香萦绕在牧场上空，一直沁入心肺，让人精神振奋。

这里绵延不绝的野花野草，都是多年生宿根性草本植物，像正值豆蔻年华的知青纯真灿烂的笑脸，一朵朵、一簇簇，五彩缤纷，丰富了绿色原野。野花有个特点，年头越多，开的花就越多。像芍药花，如果一株有十多个枝，开了十几朵花，两尺以上高，芍药花在山上起码生长了十年以上；桔梗花，两尺多高，一根长秆上长满小圆叶，叶边带锯齿，开有多个花苞，像酒盅那么大；白藓皮花，多年生，两尺多高，开一长串聚拢向上的铃铛花，淡红色，点缀紫红色线条；金针花更多，有"观为花、食为菜、用为药"的美称；还有大小黄芩花、紫色的山苏子花、蓝色的马莲花、漫山遍野的牵牛花。荒山草甸上既可观赏又可入药的野花，数也数不清，有的连名儿也叫不上来。

狗尾巴草的生存能力极强，哪儿都能见到它成片的身影，是一年生草本植物，最高能长一米多。在我们眼里狗尾巴草就是杂草，但它也有祛风明目、清热利尿的作用，而且是牛马羊爱吃的草料。捞豆秧，盘根错节，人走在山里和草甸子上真有点儿寸步难行，手脚总是被捞豆秧给"拽住"。就连苕条这种小灌木都能长到两米高，到了七月中旬就会开满苕条花。

漫山遍野的花花草草，为养殖蜜蜂提供了天然优势。1976年上半年牧场建立养蜂场，又从外地招聘来一位有十余年养蜂经验的老师傅刘志清。

子弟小学后面有一条陡坡小路，是在蜂场干活的人踩出来的，翻过山包不远就是蜂场。蜂场坐西朝东，依山势而建。那时候养蜂的设备极其简陋，蜂箱是木工班做的，蜂箱盖上铺了一层油毡纸，还要压上木板或石头，防止蜂箱盖和油毡纸被风掀翻刮跑。蜂场下方是一块四平方千米左右的旱甸子。旱甸子上只有数量不多的柞树，守护着郁郁葱葱、品种繁多的蜜源植被。草地上连一块裸露的卧牛石都见不到，一锹下去，土质极其松软，黑得油光发亮。旱甸子既是牧场放牧和打羊草的地方，又是盛夏时节蜜蜂飞来飞去、忙忙碌碌采花酿蜜的蜜源地。

1977年春节过后，场管委会决定派郑忠凤、高雅洁、吴彬、王爱娟到养蜂场跟刘志清师傅学习养蜂技术，为日后推进养蜂产业健康可持续发展培养更多的技术人才。四名女知青过去只知道蜜蜂长啥样，从没有近距离接触过蜜蜂，经过短期培训，她们很快就在二道河养蜂分场独当一面。

姜玉琴（员工）、郑忠凤

建在二道河北山根养蜂分场有九十箱蜂，郑忠凤任组长。刘志清师傅除了负责总场的二百四十箱蜂，还兼任两个养蜂场的场长和技术总负责。

养蜂分场有一个大泉眼和很多小泉眼，泉水汩汩流向霍日奇坎河。泉水经过的平缓草甸上生长着大片大片多年生的白芍药花。一到春夏之交，湛蓝的天空下，一簇簇纤细低垂的枝头开满了清新淡雅的芍药花，花瓣繁多硕大，热烈袭人。草甸边缘有柞木、桦树，更多的是密集的苕条和匍匐在地上的捞豆秧。刘志清师傅说，养蜂分场的蜂源主要是苕条花和捞豆秧。

四个姑娘住在牧业队宿舍的一头，和二十几名男员工同吃一锅饭。她们白天到二道河养蜂分场干活，晚上就点上一盏煤油灯看关于养蜂技术的书，研究怎么把蜜蜂养得更好。娱乐活动就是打一会儿扑克，睡不着觉就黑灯瞎火地唠闲嗑。刚开始，她们都被蜜蜂蜇得皮肤起大包，又硬又痛又痒，脸肿得变了样，手肿得

蜂场剪影

像馒头，让人看了非常心疼。有人问："肿得太可怕了，再被蜇，胳膊和脸还有好地方吗？"她们戏谑地说道："王场长说蜇了好，蜇完了疏通经络、调和气血，可以防治风湿病。"刘志清师傅又教会她们一招，在山上认识了马齿苋、野菊花、夏枯草等中草药，采回后捣烂，外敷在被蜇伤处。

四个姑娘虚心地向刘志清师傅学习养蜂本领，积极发挥团队协作精神，用稚嫩的肩膀扛起了酿造甜蜜事业的重任。她们不叫苦不喊累，边养边学，一步一步地了解了观察蜂群、自然分蜂、培育蜂王、收集花粉、搅蜜等工序，还知道早晚气温低，蜜蜂不愿意受到开箱放风和检查

映山红花满山坡

知青郑忠凤（上左一）、王爱娟（上左二）和员工在蜂场

的打扰。后来她们也像刘志清师傅一样与蜜蜂实现了和谐友好相处，可以不戴纱帽，露着的双手也很少再被蜜蜂蜇了。我们女知青吃过蜂蜜，却没看过蜜蜂纷飞的情景，更不知道这四个人是怎样与成千上万的蜜蜂协同作战的。每当这几个人回到场部，我们总会好奇地问这问那，她们也会毫无保留地问啥说啥，把蜜蜂生存、采蜜、酿蜜化作童话般的故事与我们分享。

　　1977年，在万木吐芳的浪漫时节，人们也迎来了蜂场甜蜜事业收获的时刻，连学校的空气中也溢满了蜂蜜所特有的甜味，人们大口大口地吮吸着令人心旷神怡的芳香。在这美好的季节，我戴上防蜇面罩和手套，在蜜蜂的神奇世界里待了半天多。蜂场摆着二百四十个蜂箱，就像积木搭出来的玩具城市，绿油油的草地上被蜂箱隔离出街道和小巷。稍远处是座简易木棚，比庄稼地上看秋护秋的人住的木棚大，那里是刘志清师傅和女知青的歇息地和堆放杂物的储藏室。

　　成群的蜜蜂在空中飞来飞去，在头上绕着、转着，看得人眼花缭乱。它们的翅膀发出嗡嗡的声音，热烈、兴奋而令人愉快，好似小天使银铃般的歌声。"红花花，黄花花，张着小嘴笑哈哈，谁来帮我传花粉，我把花蜜送给他。小蜜蜂，飞过来，对着花儿说了话：我来帮你传花粉，我把蜜糖送大家……"

　　场部养蜂场开始搅蜜，人手不够，不仅郑忠凤从二道河养蜂分场回来了，还调来好几名员工。郑忠凤走近蜂箱一侧，我壮着胆子也跟了过去。她揭开蜂箱盖，从容地下手往外拿蜜脾准备搅蜜，又为了满足我的好奇心，指着一只与众不同的蜜蜂说："你看这只大腹便便的就是蜂王,它会一直在蜂巢里爬来爬去,然后找个空位置开始产卵,也就是生孩子。"她还说一个蜂箱只能有一个蜂王,蜂王多了就要分群,并告诉我什么样的蜜蜂是工蜂、雄蜂以及它们在蜂群里的作用。郑忠凤拿出一个蜜脾告诉我什么样的蜜脾能摇,什么样的蜜脾不能摇。她说得很细致、形象,这些知识都是刘志清师傅传授的。郑忠凤说:"这种小虫子飞翔的战线可长了,最远可以飞出几十里外的草原上去采蜜,还会依靠高度灵敏的感觉能力沿着飞去的航线飞回来。"

突然,有万余只蜜蜂争先恐后地从一个蜂箱门里飞出来,嗡嗡嗡地飞满整个蜂场上空。郑忠凤说了句:"坏了,越忙越来事,快分蜂吧!"她喊来人迅速卸下摇蜜的工具,找到蜂箱,装上空蜜脾准备装蜜蜂用。不多时,蜜蜂落到养蜂场附近的一棵小树上,越聚越多,形成比洗脸盆还大的蜂团,众多树枝摇摇晃晃垂下来,像一把把黑黑的扫帚。她们忙把空蜂箱放到树底下,然后使劲摇小树树干,蜜蜂一团团落到蜂箱内。时间不长,小树上的蜜蜂基本都掉进了蜂箱里,小树上的蜜蜂不多了,她们才把蜂箱搬回养蜂场地。

忘了是谁急匆匆地告诉我:"这些飞出去的蜜蜂在小树上结团个把小时,没有在第一时间及时收回来,它们就会飞向远方,十里八里都不一定,那么就很难再找到它们,一天就会损失两百元钱。"

摇取蜂蜜只在八月中旬前的花期里,每年只有这一次。牧场养蜂人还没有像蜂农那样用车拉着蜂箱到处追蜜源——追着夏天,赶着花期。四名女知青少了奔波劳苦,但同时也丢掉了很多"浪漫"之旅。

1978年春天,山里跑了一次荒火,把二道河半个山上的草甸子烧了个精光,树木的下半部都被野火熏烤得黢黑。不长时间,跑过山

欢送杨书学(下排右二)参军合影

映山红花满山坡

蜂场场长刘志清和知青徒弟

火的草甸子上的野草、苕条又长出了新苗。那一年气温高,晚间下雨,白天晴朗,雨水充足,劲草疯长。场部领导考虑到春季跑过山火,会影响蜜源,还抢种了一百亩的辅助蜜源——粮食作物荞麦和油菜。夏天一到,油菜、荞麦和漫山的野花、苕条花竞相吐艳,花香四溢,空气都是甜津津的。艳丽的风景招引来许许多多色彩斑斓的蝴蝶、蜜蜂等昆虫,它们徜徉于阳光照射下的万花丛中,自由而快活。

蜜蜂已发展到一百二十四箱。临近流蜜期,搅蜜的准备工作已经就绪,小姑娘们却出了状况。她们因为在蜂箱内过度撒放了除螨粉,又忽略了阴天下小雨蜜蜂不能飞到外面的情况,导致所有蜜蜂农药中毒而亡。

王场长在场部一听说蜜蜂全死了,憋着一肚子的火气骑着马赶到了二道河,可看见小姑娘们在宿舍里一副副梨花带雨的可怜样子,立刻先整理好自己的情绪,让人从养蜂场调过来八十箱蜜蜂,安慰她们吸取教训,一定要吃一堑长一智。

这次意外失误导致牧场损失三万余元:一箱蜂一百元,平均每箱产蜂蜜一百五十多斤,共约一万九千斤。如果事故发生在员工身上,王场长绝不会顾及小姑娘的情绪,安抚了事,起码得来一顿瓢泼大雨似的责骂。

牧场刚开始到莫旗土产公司卖蜂蜜时,收购员还验收一下蜜货的质量,掀开蜂蜜桶舀一口蜂蜜送进嘴里,满意的笑容立刻浮现在脸上:"嗯,真不错!口感自然香甜,苕条蜜的气味沁人心脾。"随后拿出检测仪器取点儿蜂蜜测下含糖量。牧场的蜜源好,浓度高,蜂蜜凝结物呈白色，如同猪油凝固一样，完全达到成熟蜂蜜的标准。后来收购员干脆就不验货了，还经常和其他卖蜂蜜的人讲："你看人家知青牧场卖的蜂蜜，全都是一等的，你们好好学学人家。"

郑忠凤、姜玉琴

一等蜜也就是成熟蜜。蜜蜂采的花蜜实际是植物甜汁，飞回到蜂箱，再利用蜜脾上的一个个小孔贮蓄花蜜。贮过花蜜的蜜脾在蜂箱里继续酿造几天，蜂箱内温度达到四十二摄氏度以上，水分蒸发，蜜脾变成鱼眼状，这样摇出来的蜜才是成熟蜜。三斤不成熟蜜在蜂箱里经过七天才能产一斤成熟蜜，成熟蜜放十年也不变质，只是摇桶取成熟蜜的过程要增加工作量，不仅很费力，过滤耗费时间长，产量也低，对于蜂脾的损坏也大。有些养蜂人想多产些蜜，一两天就进行一次摇桶取蜜，这种未经充分酿造的蜜也叫水蜜，味道发酸或者有发酵味。

1976年到1978年，牧场卖给莫旗土产公司十多万斤蜂蜜，合计十万多元。牧场拿着这些钱买了一台联合收割机、一台拖拉机、一台28胶轮车、一台播种机和配套农机具后还有剩余。

1978年下半年至1979年底，四名女知青相继返回尼尔基镇。她们与小小的蜜蜂产生了深厚的感情，多次在印满自己青春脚印和美好回忆的地方拍照留影。

顺垄沟找土豆的日子

1975年金秋时节,我刚来没几天,就赶上了"三夏没有一秋忙"的头场战役——起土豆。

晨光熹微,天空悠远,我们十多个女知青行走在万籁俱寂的田间小路上,清寒凄冷的风吹打在身上,地面上人影绰绰。起土豆的人有三十多个,想当壮劳力又不扛硬,只能算个二等劳动力,三个一伙五个一群,尾随着领工老祁头前往土豆地。群山环绕的大地渐渐地露出真面目,朝霞悬在天边,晨光照着田野,露珠在庄稼地中闪耀,明媚而浪漫。领工老祁头其实只有四十岁出头,是食堂祁师傅的弟弟,他似乎有些瞧不起我们起土豆的样子,说出的话总让我们有种欲哭无泪的郁闷感。

土豆地在场部的西南部,白桦泉北岸,人们称其"七里六",1974年这片土地上种的是麦子。七里六不是指土豆地到场部的距离,而是一块土地被铁犁划成一条条长长的垄,垄长七里六。每一条垄由高凸的垄台和低凹的垄沟组成,像一条黑色长龙休憩于天空之下。老祁头说这里一垄的面积比一亩地还要大,整片"七里六"是一千五百亩,土豆地面积大约一百五十亩,剩下的是玉米和黄豆。女知青蹲在地上与土豆展开博弈,时间一长,个个脸上愁成了表情包。每到这时,老祁头就会说:"等到割黄豆、掰苞米时,那才叫个苦呢!起个土豆就哭天喊地的,到那时候还不得上吊呀?"

四名员工赶着牛、扛着木犁杖，比我们还要早就来到地里，两个人一组开始豁垄，前面的人手中挥舞着鞭子，有节奏地抽打着牛的后臀，赶着牛拽着木犁杖；后面的人扶着木犁杖，弯犁杖耕直垄。他们都是农活上叫得响的好把式，手扶在犁把上，身上的力气在地下发力，不但犁得快，而且犁得直、犁得深，还能避免铁犁铧将土豆劈成两半。垄台变成新的垄沟，胖乎乎、白花花的土豆露出来，铺满新鲜湿润的泥土，土豆秧的茎叶已经发蔫，无力地躺着。老祁头首先蹲在剖开后的第一条垄上，我们拎着筐依次排开，一人一条垄就开始了顺垄沟找土豆的工作。捡满一筐后，要拎起筐倒在集中堆放的土豆堆。除了要捡浮出的土豆，每人手里还有一个小的四齿耙，扒一扒虚土，将藏在下面的土豆扒拉出来。经过翻江倒海似的一通扒拉，土豆才算捡完了，这时候新豁出来的垄台与垄沟已经完全消失，土地像被重新平整过一样，厚厚的，黑黝黝的，湿润又松软，让人有种踩着天鹅绒地毯的感觉。老祁头很有经验地遛上一圈，就知道我们每个人是否认真地给地下埋伏的土豆挠过痒痒。

老祁头蹲在地上，不停地挪动着脚步，偶尔露出哀怨的表情，自言自语道："咳，这就是你们妇救会和儿童团干的活儿，哪个大老爷们像没有腿似的在垄沟里蹲着走、跪着爬，腿和腰都酸得快断了，偏让我领着你们干。"

休息时，家属工会自动坐成一圈，有人从腰间拽出一个装旱烟丝的小布袋，再从里面拿出一叠裁好的长纸条，给每人递一张。这些人用大拇指和无名指从小布袋里捏出旱烟丝放在纸条上，快速地卷成纸烟，用火柴点着，狠劲地吸一口，再反刍似的缓缓吐出，连同辛苦劳累都吐得一干二净。周边没有一棵树可以遮阴，只有地头长着快要干枯的草棵。大家疲倦懒散地舒展着四肢，横躺竖卧，觉得阳光刺眼就把头枕在筐里，衣服搭在筐梁上，闭着眼睛东拉西扯一会儿。每当休息结束起身要干活时，准会有人喊道："抽烟的再抽一根，不抽烟的你们先干着。"

日复一日地捡土豆，让大家特别憎恨垄沟和垄台——只要这条垄没有终止，不消失，老祁头就不喊休息。我们在地上就像被一根无形的黑

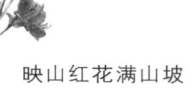

线牵引着,机械而麻木地往前挪,一直到被铁铧犁豁出的新垄消失的地方。可一条新垄连着又一条新垄,土豆也总是源源不断地冒出来。阳光好像长了尖牙利齿,啃噬着我们的皮肤,饱经风吹日晒的脸上写满了淡淡的忧伤。我们的嘴唇紧紧抿在一起,奋力向前,迎着秋风,冒着细雨,顶着风沙,艰难跋涉。

粉坊紧随着我们捡土豆的步伐开张了,有专人用毛驴车来拉土豆。土豆地起到一半,不仅粉坊前堆满了土豆,土豆窖也不够储藏了,再起出的土豆只能堆在地里。为防止土豆被风化变成青皮土豆或在夜间被冻坏,牧场还安排专人给土豆堆培土、掩埋。

我们在"七里六"无休无止地干了一个月,那期间还下过几次雨。我们渴望来一场倾盆大雨,而且最好越下越大,这样我们既可以回宿舍休息,也能算出工记工分。然而头几次只是那种毛毛细雨,还时大时小,下了又停,停了又下,真是烦人。我们倚着土豆筐大声喊:"要下大雨了,再不回去,就要被浇成'落汤鸡'了!"

老祁头抬头望望天空,千姿百态的云高高地在天空游走不定,秋风在大地上轻柔吹拂,时隐时现的耀眼阳光照着大地。他说:"干吧,没事,这雨肯定下不下来!"

我们只得丧气地嘟囔道:"这破天气,这个老祁头,磨磨叽叽的,为啥要让他没完没了地领我们干活儿……"

见我们老念叨为什么总不下雨,老祁头神态悠闲地告诉我们:"别总听广播匣子里的天气预报。报雨不见水,报晴不见日;有雨无雨看西山,日落乌云涨,半夜听雨响!这座馒头山的两座山峰要是傍晚被雾遮住了,那明天你们就不用来了。"

于是我们都祈祷下雨,因此每天下工时总会自觉不自觉地望一望几里以外的馒头山。山顶中部明显凹下去,形成一条优美的弧线。每到日落西山,山顶仿佛被镀上了一层金色。然而嫣红似火的晚霞景致并没有感染到我们,大家都盼着凹凸有致、壮丽秀美的馒头山上那红艳艳的落日快快蒙上一层朦胧的面纱,无比期待看到雾气升腾、烟云飘忽的景象,感受到暴风骤雨来临前的气息。

馒头山是一座最高处也不过六百米的山，山头像个馒头一样被人捏出的两个犄角，优雅地相互对视着。如果两个山犄角之间云雾弥漫，那明天肯定有大雨，而这种情况千呼万唤也只出现了两回，下了两场秋雨。瓢泼大雨倾泻下来，发出噼里啪啦的响声，我们躺在热乎乎的火炕上，尽管大脑毫无睡意，但身体在温暖的被窝里，就是赖着不想动，大家都格外珍惜这难得的清闲时光，甚至祈祷雨永远不要停。可我们还是不能充分享受雨中的这份清闲——牧场的活是永无休止的。刘队长开始在门外喊我们："都出来吧，到大宿舍干活啦！"我们极不情愿地揉揉惺忪的睡眼，伸伸懒腰，踢踢踏踏到了男宿舍，开始扒线麻、补麻袋、修土豆筐或开会学习。刘队长告诉我们："下雨天是体力劳动后接受思想教育的最好时候。"

雨停后，只要太阳出来晒上一两个小时，地里基本不存水，人们穿上胶布鞋就能进地里干活了。刘队长性子急，还没等到太阳出来就把我们赶回土豆地。通往土豆地的泥土路特别泥泞，踩在上面啪嗒啪嗒响，后鞋帮一再地被拽下。从泥泞的地里往外抠土豆，土豆没抠出几个，两只脚反而陷在淤泥里很难移动了。胶鞋、雨靴粘着重重的一大坨黑泥，需要不时地停下来抠一抠鞋底。此时大家又开始怀念秋高气爽、骄阳亲吻大地的日子。大青背的黑土地散如沙、不粘手，无论怎么抓捏它，无论在地里干多久，拍拍、掸掸，敲打敲打衣服，表面的浮土很快就没了。

王场长和我们许诺："起土豆胜利结束就做好吃的。"当天晚上，食堂做了猪肉土豆炖粉条、苞米楂子饭。所有人就像冬天里在荒郊野外的饿狼，眼

李桂杰、郭立钢（作者）

作者在子弟小学办公室

睛从三里以外就能灵敏地侦察出今天做什么好吃的,就能嗅到肉的香味,早早去食堂排队。食堂的菜向来就没有多少油星,土豆炖白菜、白菜炖粉条、粉条炖土豆轮换着做,做汤时从不用油炝锅,把菜一股脑倒进锅里,放上盐和水,等菜熟了,舀一铁勺子豆油往锅里一洒,热汤漂油花,油腻味特别大。

晚上,在男宿舍的蔓子炕上召开全场人员大会。女知青从昏暗的煤油灯下来到相距几米的男宿舍,享受着久违的耀眼灯光。那时牧场还没有盖家属宿舍,男知青和男员工都集中在这间宿舍,只有晚上开会,米面加工厂才会给这个地方送来光明。送电亮灯的刹那,屋里的人们也都跟着亮了起来,疲惫不堪的状态一扫而光,情绪顿时变得高涨起来。

王场长的话语洋溢着欣慰喜悦之情,比吃到猪肉更暖心。他对所有人的顽强拼搏精神给予了口头表扬,对我们这些女知青的认可和褒奖是"妇女能顶半边天",对领工的老祁头更是重点嘉奖:"除了老祁,谁也领不了这些人打赢这一仗。明天你还继续当领头雁,领着这群人掰苞米吧!"之后就是掰苞米和割黄豆的战前动员。老祁头依旧是打头的,但员工也加入了掰苞米行列,队伍明显壮大了。王场长说:"掰苞米战役结束后,大家再转战到黄豆地,刘队长也会加入进来,做冲锋陷阵的带头人。"

一番丰收美景让人彻底陶醉,只要将成熟的黄豆和玉米收割归仓,冬天没件像样棉袄、夏天不穿凉鞋的员工就有了盼头和希望——春节时拿着鼓鼓的钱袋子荣归故里,欢天喜地左拥右抱父母妻儿,过个好年。

最后,王场长大声鼓励所有人要好好表现一下:"扯开嗓子吼一吼,

作者和男知青合影，王庆友场长（左五）

牧场就能抖三抖！"热血沸腾的铮铮壮汉虎虎生威，各种腔调的誓言和口号，跟捶鼓似的震天响。

我们这些女知青在起土豆战役中能受到场领导的表扬，真是喜出望外，内心充满骄傲，纷纷表示要弘扬土豆"外皮有泥土，形态不惹人注意，内里洁白细腻，能够沉淀出精品"的精神，紧密团结在牧场管理委员会周围，继续发光发热，争取再立新功！

救　羊

　　木火燃烧着灿烂的火花，屋内暖意十足，屋外亮得出奇，给人一种安宁柔和的感觉，整个原野已被一场初雪覆盖，冬天干涩、刺骨的寒冷纷纷向雪花雪片臣服。在银白色的世界里，我们伸出双手做出虔诚的样子，上天赐予大地的礼物轻飘飘地落在手心，绵白、松软、清冷，湿润了双手，很快融化的雪水又从手指缝间流下去。再捧起地上寒气透骨的白雪攥成团，塞进嘴里，感受一把凉爽湿润的柔情和滋养，才算完成迎接冬盖三层被、瑞雪兆丰年的礼仪，之后便快速跺着脚跑进屋里。

　　1976年末，浪漫的初冬已成往事，在零下三十多摄氏度滴水成冰的季节，刺骨的寒风，漫天的雪尘，牧场里仍旧是一派革命干劲冲云天的繁忙景象。每天天刚蒙蒙亮，员工们便俩人一组，赶着排成队的马拉汽包车和犍牛大轱辘车进山拉烧柴、伐树，用来盖房子或者作为农用木材。盖房子的木头每根有七八米长，直径近一尺。装运的时候，要先用压杆把木头抬起来，再用绳子拢上，绑好，固定到大轱辘车车底部，如此才能拉回来。这项劳动没有一个知青能干得了，当然也不让知青干。老百姓信奉传说中的"山神"，所以伐树的时候是有规矩的，过去开工伐木前都会用一些肉类食物来祭奠传说中的"山神"。男知青上山就是负责拉烧柴，高高叠罗的木桦子像牧场的黄豆垛，堆得又高又稳，很有气势。

女知青们大都留在场院里干活。黄豆垛、玉米垛正等待脱粒进仓,用大扫帚扫一扫硬邦邦、光溜溜的地面,就可以用苞米脱粒机打苞米和黄豆了。黄豆和玉米脱粒时,机器出口扬出来的

作者、吴兴国、郑春祥、刘信宝、赵连栋高中同学在尼尔基镇相会(2018)

粉尘就像胶轮车奔跑时高高卷起的沙尘,人们不得不拿头巾当口罩,一会儿工夫,鼻腔和嘴里满是尘土颗粒。脱粒的人需要轮班守在脱粒机的入口处,将枝枝蔓蔓的黄豆秸秆不停地往机器里面送。羊圈里还有八百只人工授精的母羊,它们产羔高峰期就在这一两个月,最多一天能产下几十只羊羔,总之这时候哪哪儿都需要人手,不到过年,谁也别想回家"猫冬"。

场部西面几百米处,一排十五间的羊舍和栅栏围成了羊圈,八百只大母羊就住在那里。羊舍东面是五个接羔室,里面用木棍隔成一个个一米多见方的小围栏,中间是过道,每个围栏里都有一只待产的母羊或者是母羊和刚出生的小羊羔。接羔室有个铁炉,里面烧着桦子,还堆了不少羊草,一盏昏暗的煤油马灯挂在房柱子上,其余的羊圈则没有马灯和火炉。

冬天白天短,下午五点钟天就完全黑了下来,人们每天就吃两顿饭。有一天晚上,大家刚吃过晚饭,王场长正在场部门前溜达,突然听见从西面传来带着山东口音的呼喊声:"着火啦!着火啦!"原来是在第三接羔室里干活的刘新勤用完马灯后没挂好,灯掉到地上碎了,引燃了接羔室。

王场长向西望去,浓烟已经翻滚出来,接羔室里闪着一片红光。王场长急忙跑进男宿舍,喊人打火。几十个人都跑了出来,先跑到羊舍的人率先从门和窗户往羊舍里跳,从窗户往外扔羊羔,从门往外拽大母羊。王场长向正在跑着的人喊道:"快打水!"后面的人转身跑回宿舍,操

起自己的脸盆就冲向水房。女知青们随后也加入打水的行列中。从水房到羊舍有二里多地，只有一条通道，两边则是积雪堆出来的白色龙脊陡坡。

　　王场长心肝俱裂，生怕大母羊和羊羔们有个好歹，怕看到的是一只只烤全羊的惨状；可瞧见大家都红了眼，往冒火的羊舍里闯，很快又担忧起人们的安危来——羊舍都是棍加泥墙壁，房顶是木头椽子，还有苫房草，着起火来根本没法救，羊全烧死就当从来没有过，房子烧了也可以再盖，爱怎么烧他都认了，只要人没事就好。于是王场长改变了主意，撕扯着嗓子喊道："别管火了，打防火道，拆羊舍，拆羊舍！"同时自己也朝西面的羊舍跑去。

　　王场长已经管不了任何人了。此时，救大母羊和羊羔的紧迫感让在场的每个人都置火险于不顾，急遽的动作如飞蛾扑火般决绝果敢，令王场长震撼不已、感动不已，如同火焰升腾出来的霓虹，涂抹在他人生多彩的画布上。剩下的记忆虽然零零碎碎，时隐时现，但都是大家用水和雪灭火，瑟瑟发抖、疲惫不堪地快步走回宿舍的片段。

　　知青刘连昌、刘连财、杨德重以及几名员工都不知道扔出多少只羊羔，拽出多少只大母羊。羊舍外还有几个人抱起羊羔就往男宿舍跑，端水的人也纷纷赶回来，对着羊舍一顿猛泼。房盖已经燃烧起来，房盖上的积雪也塌落下来，减缓了火势燃烧和蔓延的速度。

　　这时，有人喊道："快用雪浇火！"真是人忙无智，人们这才想到羊舍前积攒下来的雪足有一尺厚，上面已经结了一层雪壳。大家赶紧用双手砸破易碎的雪壳，往脸盆里划拉，疾步往接羔室里扔，谁也感觉不到冰冷刺骨。终于，大火在众人奋力扑救下熄灭了。

　　这场火烧毁了相连的第二、第三、第四间接羔室，还烧死了一只产羔大母羊和两只小羊羔。

　　大伙都心有余悸，但也暗自庆幸：如果羊舍上面没有积雪，火苗蹿上来迸溅四射，灭火的水和雪还不是杯水车薪？至少这十五间羊舍肯定是保不住了，至于羊能损失多少谁也无法估量！

回到男宿舍后，在灯光下，每个人的鼻子、眼睛都是黑的，一副副花里胡哨、狼狈不堪的样子。几个在火里抢羊的知青和员工，眉毛都让火苗撩焦了，手也不同程度地被烫伤或刮伤，化纤类的上衣和裤子溅上火星后，烧出了一个个大小不一的洞眼。

刘连财年长我们几岁，个子高大，两道眉毛十分浓密，印堂宽阔，有着一张棱角分明的面孔。他很享受驰骋于坑洼不平、尘土飞扬的篮球场上的感觉，

刘连财

抢球、投球，身手矫健，曾被商业局抽调参加大兴安岭地区篮球赛。他没有读过多少书，尽管如此，当他张嘴说话时，还颇有哲学家洞察世事的神气。知青们凑在一起谈天说地，扯起某个话题，他只要参与进去就很难刹住车，知识面十分宽泛。当时我们知青没有几个看过大海、坐过轮船和火车，刘连财也没有走出过尼尔基镇几步，可他却像舞台上的独角戏演员，用令人难以置信的口吻，从大客轮的经济舱与贵宾舱的天壤之别讲到坐火车卧铺和软卧购票时的手续要求，侃侃而谈，俨然一名资深旅行者。当他从一个小话题演绎成别有洞天的大世界时，顺着他的描述，知青们的眼前似乎真的出现了各种画面。尽管他在讲述时难免有些东西显得有点儿幼稚和可笑，但很少有人提出异议，也没有人去戳穿他。

刘连财与尼尔基第二小学的姚老师谈恋爱已不是知青中的秘密。那时候，我们用的最好的牙膏是橘红色小管装的"中华"牙膏。有一次，刘连财从街里回到牧场，拿出一支浅蓝色的"蓝天"大管牙膏向我们炫耀："哼哼，有对象和没对象就是不一样。看看吧，这是你们嫂子给我买的。"

有个男知青白了刘连财一眼，说："蓝天牙膏去污力肯定特别强。"

刘连财说:"真没文化,牙膏是用来洗衣服的吗?"

那个男知青逗道:"那就是嫂子嫌你嘴臭,特意给你买的呗。"

这是我第一次见到刘连财和别人斗嘴吃了败仗。后来,刘连财通过莫旗教育局考试,在尼尔基第二小学当了老师,2003年他居然又在莫旗婚礼市场闯出了一条道路,成为尼尔基镇挺有名气的第一代婚礼主持人。

那晚,羊圈着火时,刘连财撒开长腿冲在人们的前面,果敢威猛,临危不惧,成了拯救大母羊的英雄。他回到宿舍后,巡视四周,发现人们被一场大火漂漂亮亮地损耗一番后,个个神色黯然呆滞,蓬勃的活力荡然无存;点燃的煤油灯也暗沉沉的,正符合当下每个人的"透心凉"状态,大家就像一群生活在荒凉小岛上的野人,疲惫万分,衣衫褴褛,被冻得只想尽快躺在被窝里。刘连财无可避免地被传染,但又耐不住想要宣泄沉重压抑的心情,于是又动起了嘴皮子:"这火烧的棉袄棉裤就像被狗掏了一样,谁套上个旧衣服,站在这里,我肯定拿他当公子哥。脸脏、手黑、衣服破,谁也别笑话谁,蹲在大青背这个旮旯,除了女知青不会再来一个女的,咱们这些光棍儿算是没戏了,上哪儿去洗脸?快脱吧脱吧睡吧。"

因为正赶上接羔旺季,接羔室又差不多全烧了,所以必须马上修好。然而冰天雪地,墙体抹上泥根本不能干,只会变成冰泥,第二年冰泥融化后肯定要脱落下来,可即使这样也必须抢修。王场长组织人连夜开会研究修缮方案,木工班的七个人选木材,并加工棍加泥墙体、房盖的板材和围栏。电锯发出滋滋的噪声,渐渐加强,粗暴地破坏着夜的静谧,刺入疲惫不堪的人们的耳鼓。

第二天一早,在太阳的照耀下,白色大地泛着美丽的光泽,朔风阴寒冷酷,修建接羔室的人全副武装,腰上还扎上了麻绳,以加强大棉袄的挡风效果。有人负责收拾灭火后的残局,有人上山割苦房草,还有二十几个人到翻过的农田里取土。在被冻得硬邦邦的土地上取土是件很费劲的事,先得扒开厚厚的积雪,用桦子架起篝火,等地面稍微化冻后再用镐头刨出冻土块,拉到粉坊后用直径两米的大铁锅快速化开冻土;融化后的泥土还要加上碎草和成泥，再运往羊舍。七个木匠立房柱，钉木板和木棍空心槽墙体，上房架，上椽子，上扒条，还在接羔室里做了一个个一米见方的围栏。人们用和好的泥往空心槽里灌，就成了棍夹泥墙体。割苫房草的

王福霞、刘桂英、郭立钢、黄文林、张淑范（2018年）

一回来就马不停蹄地开始苫房盖。知青和员工们顶着刺骨的寒风摔着大泥，冷了就到火堆旁用火烤烤手，转身回去继续摔，手都冻得红肿了，甚至被大泥中冰冷的细草棍划出一道道血口子；但大家没有一个叫苦，没有一个退缩。到了晚上，五间接羔室和西面的十间羊舍又严丝合缝地连到一起，完好如初。待产的大母羊和羔羊当晚全部住进了新家。

第三天早晨，大家才注意到通往羊圈的皑皑白雪，已经被重重叠叠的脚印踩得乱七八糟。小路变宽了，不再发出嘎吱嘎吱的声音，冰雪融化后冻结的路面发出脚踏的"啪啪"响声。女知青看着修葺好的羊舍，对于前天晚上羊舍着火的惊悸虽然还在，但更多的是感慨和动容。

映山红花满山坡

狼咬羊群有招数

1974年8月,牧场两千五百亩的麦子等着收割,又雇不起联合收割机,只得向食品公司求援。食品公司组织了七十多名职工坐着四辆胶轮车来到牧场,帮助收麦子。在二道河牧业队放羊的两个小羊倌也被抽来帮忙,顶替羊倌的是两个学校放暑假来看望父亲的小学生。

开镰没几天的一天晚上九点,王场长正陪着来割麦子的人在饭桌上闲聊,牧业队有人骑马赶来对王场长说:"山上走失了一群羊。"王场长马上将割麦子的人用胶轮车拉到了牧业队附近,见到了牧业队队长。一问才明白,原来那两个小学生感觉放羊是件很无聊、很轻松的事,认为只要把羊赶到山坡上就行,这天,他俩把羊群扔到草甸子上就溜到一边玩耍去了。其间,一些羊扎进一人高的灌木丛中大快朵颐,就全没了踪影;剩下的羊很老实,没乱走,但被苍翠遍野、绿盖浓荫的灌木丛分成两个小群。等收牧时,两个小学生只赶着剩下的两小群羊往回走,牧业队队长站在道口迎他们,一看到羊群就慌了神:这羊也太少了,起码少了近百只。牧业队队长带着人找了很久,仍然没有发现羊的踪迹。他又着急又紧张,觉得光靠牧业队的人手恐怕是不行的,山林面积大,夜晚时常有狼、野猪等野兽出没,得让农业队的人也来帮帮忙,于是派人骑马到场部去找王场长。

皎洁的月亮和稀疏的星星把夜空装扮得宽广而绚烂,一进入荒山密林，燥热的天气忽然翻脸，冷风凉气让人仿佛咫尺之间进入了秋天。场部到二道河有十一里路，等寻羊的队伍坐着两辆胶轮车到山上时，天已黑得伸手不见五指。山上没有路，草木葳蕤，盘根错节，一人多高的杂草、灌木林、榛柴树棵、柳条、蒿草和蜘蛛网般的捞豆秧杂植其间，长长的藤蔓匍匐在地面向四面八方延展。在这阳光很难照射到的地方，牛走起来都很费劲，得

李成新、徐晓青、王庆友（2021年）

不时地晃动着脑袋，拨拉开遮住眼睛的障碍物。寻羊的人们在黑暗中摸索，排开长长的队伍，两个人一伙，互相喊话，小心地躲避着蒿草、荆棘的枝枝蔓蔓，可还是不少人的额头、脸颊、手臂被刮伤，甚至有人踩到被荒草枝叶掩埋的深坑中。大家相互间紧密照应，结果找了大半夜也没找到一只羊。

每个人身上带的防身武器五花八门，连牧业队食堂的菜刀、斧头都拿上了。

王场长见时间太晚了，大家睡不了几小时还得起来割麦子，只得和牧业队队长说："我们不找了，明天还要割麦子呢，你们也回去休息吧！"然后领着人坐上胶轮车离开了。

牧业队队长生怕羊真遇上狼就一只也活不成了，回到牧业队后又带上三个人，骑着马，拿着长柄刀和镰刀在林子里朝牧场方向继续寻找。过了半夜十二点，依旧没有羊的踪迹，此时四面八方不断响起飞禽走兽此起彼伏的叫声，里面还夹杂着狼嚎："呜……欧……欧……"牧业队队长更担心害怕了，他想狼嚎是不是在通知其他狼："这里有一大群羊，快快集合到这边来！"或者是狼群已经收到信息，在反馈："知道了，马上过去！"

映山红花满山坡

上左起：邢德明、杨书学
下左起：徐永杰、宋全堂

四个人真害怕残暴又贪婪的狼会伤害到羊群，时不时屏住呼吸站在荒野中倾听，在微弱的月光下艰难地四处搜寻，不知不觉走到了馒头山下，他们已经走出十五六里地远了。马突然不再往前走了，像是嗅到了空气中的危险因子，喘着粗气，打着响鼻，马蹄不停地在地上刨来刨去，来回转圈。这是马受到惊吓的一个动作，大家猜附近肯定有野兽，便聚拢到一起，手里的长柄刀和镰刀握得更紧了，准备抵挡随时冒出来的野兽的攻击。

这时，牧业队队长突然看到一米远的地上隐隐约约有个白东西，就壮着胆子下马仔细看，到跟前一摸发现是一只死羊，往前走又摸到一只死羊，磕磕绊绊的到处都是死羊或奄奄一息的羊。又往前走了一会儿，他们便见到了受惊的羊群。四个人赶紧把散羊圈到了一起。悠长凄厉的狼嚎更加清晰，在群山中发出低低的回声。四个人围着羊群，警惕地朝天上放了几次空枪，很快山中归于寂静。四个人就这样守护着失而复得的羊群直到天亮，然后又把死羊捡到一堆，数了数，共咬死咬伤三十四只大母羊。

牧业队队长说："幸亏羊群是刚遇上狼，要是时间再长一点儿，估计一只羊也剩不下了。"

这里的狼经常在夜里偷袭羊群，不管是一只狼还是几只狼，一旦闯进羊群，就是前突后奔，左撕右咬，在最短的时间内疯狂撕咬尽可能多的羊，用四根锋利无比的犬齿咬住羊的喉咙，咬断颈动脉，在羊的脖子上留下四个血洞，一面两个；或是凶残地扑咬羊的胸脯、肚子和大腿，这也足以给羊造成很大的伤害。被狼一阵贪得无厌的撕咬后，胆小的羊会被巨大的恐惧感震慑，吓得一声不吭，横七竖八地趴在地上任狼宰割。只有在猎物横尸遍野时，狼才会停止凶残的行为。

最后，牧业队员工用牛车把死伤的三十四只大母羊拉了回去。牧业队队长领着人将死羊剥了羊皮，烀了一大锅羊肉，剩的羊肉都腌制起来；之后屠宰被狼咬伤的活羊，将好羊肉送到了场部。凉棚食堂炖了三大铁锅羊肉，香气四溢，人人胃口大开，全当给割麦子的人改善了伙食。

王凤琴（下）、
刘金荣（左）、朱蕴英（右）

有经验的人说，被狼咬死的羊，早已经吓破了胆，这样的羊肉虽然能吃，但咬在嘴里绵乎乎的，口感要差许多。

映山红花满山坡

黑熊舔人

  塔温敖宝镇位于莫力达瓦旗最北部偏西，20世纪70年代初，也就是霍日里河林场知青连没有建立前，除了林场的国家干部、工人和他们的家属，就是外地人口，没有生产队和当地农民。它位于牧场西北的五宝山，距离牧场有三十公里，那儿的一座山上的顶部突起大小五个山包，因此最初的荒草沟改名为五宝山。塔温敖宝镇是达斡尔语，意为"五座宝山"。霍日里河意为"烟囱"，源于五宝山西北方的山根处有一高如烟囱的巨石。五宝山脚下的湿地、草原、森林三大生态系统，风景十分壮美，是众多摄影爱好者必去的拍照胜地。

  距霍日里河林场西南二十公里，牧场几里地的青背山山麓，有一处水草茂密的沼泽地，面积比一个足球场还大。林场成立后，专门安排了一辆拖拉机在那里守候，为过往机动车做助力牵引，迎来送往大小车辆。1974年7月，霍日里河林场知青连成立半个月后，迅速投入西霍公路工程建设中。在那片泥泞的沼泽地上建"青背桥"是最难啃的骨头。知青连在青背山脚下搭起三个草绿色帐篷，分别是男宿舍、女宿舍和炊事班。在此后的四十多天里，知青每天浴血奋战十个小时，吃四顿饭，用洋镐、铁锹、土篮子、扁担和独轮车当武器劈山采石。负责打炮眼的人，天刚蒙蒙亮就拿着炸药、铁锹、铁镐、大铁锤和导火线上山，女的掌钎趴在地上，男的抡着八磅大锤打在钢钎上，掌钎的和抡锤子的双手能震开像小孩嘴般的裂口。人们每次要在山体凿出十个左右的药孔,埋入炸药,用爆破法炸开坚硬的山石。有两次点炮的知青还没等跑到安全地点,爆破作业的声音就接二连三地响起,山体的一部分瞬间被粉碎,从山崖上掉下大片石块,石头就好像大大小小的球一样往山下叽里咕噜地滚落,硝烟滚滚,遮天蔽日,场面真让人害怕。还有一次工地放炮,飞起来的石头把林场最贵重的种马大腿给炸断了。大块石头被人工破碎成石子时,要先用大锤和铁钎把大石头打成几块,女知青再用榔头将其敲打成规定的大小。最后,三八排的女知青推着装满碎石头的独轮车,沿着一条下坡路一个接一个地往山下运石头。据她们说有两次前面跑的人意外翻了车,接着就发生了惨烈的独轮车"追尾"事故,有受轻伤的,有受重伤的。在沼泽地修筑桥墩基础时,由于没有机械运输设备,男女知青站在大酱缸似的烂泥塘里,排成长龙,抱着石头一个传一个,最后一个人负责把石头投进桥墩子地基里面,一排人这样一站就是好几个小时,直至一个桥墩填满石头。

建桥用的沙子取自尼尔基镇的南江套。我二姐丁维领着十名女知青回到街里,被集体安置在一个民房,她们每天随车到南江套装沙子,撮满沙子的大铁锹足有十斤重。在烈日暴晒下,女知青们用铁锹往卡车车厢里扬沙子,出大力,流大汗,点亮了霍日里河林场知青连巾帼英雄的底色。

霍日里河林场知青连的任福荣在《七年知青生涯》中写道:"我于1974

霍日里河林场知青连三八排部分队员
上排左起:托娅、张琴、任福荣、陈欣、宋晓云
中排左起:塔娜、丁维、周淑清、王玉清
下排左起:张云杰、金秀芳、张霄、武桂琴、刘玉英

任福荣1978年任林场知青连连长

年高中毕业,同年11月到林场。1978年,知青连的知青通过参军、煤矿招工、推荐上大学、考学等途径,能走的陆续都走了,剩下了六十名'困难户'。林场场长敖福明让我留下来担任知青连连长,副连长是李维印,我便放弃了招工返城的机会,带领知青以种麦子为主,养猪种菜,生产上基本实现了现代化,每个人的年收入能达到八百元到一千元,还给生活困难的知青送了一麻袋小麦当补贴……1980年4月的一天,我和知青到了莫旗旗委。正巧,旗委召开扩大会议,旗委书记明确答复:再等一年,保证霍日里河林场知青全部返城安排工作。"1981年底,六十名知青如约安排了工作,辉煌一时的霍日里河林场知青连落下了帷幕。任福荣被分配到莫旗工商银行,1990年考入内蒙古金融干部管理学院。

五宝山山峦起伏,树木林立,荒草野甸连绵不绝,天地相连。夏秋之际,各种刺玫果树、柳条棵子、山丁树棵子以及高高矮矮的波栎棵子、榛柴棵子等,密密匝匝,仿佛有人专门种植的一样;高大粗壮的柞木更是多得数不清,太多太密的地方人们就叫柞木岗。大大小小的树棵子葱茏茂密,被像毒蛇一样的藤蔓紧紧缠绕着,藤蔓下还有过膝的杂草,满眼都是姹紫嫣红。这是一片令人神往又令人生畏的原始之地,也是众多野兽神出鬼没游游荡荡的乐园。尖牙利齿的大野兽排列顺序是"一熊二猪三狼"。

五宝山自古以来就栖息着野生的黑熊,人们习惯叫它"熊瞎子"。熊同其他猛兽不一样,比如野猪、豺狼不到万不得已不会轻易来找人的麻烦,不知是熊瞎子的脾气格外暴烈,还是它的脑袋比较简单,只要闻到人的气味，就会不顾一切地寻找并朝人扑上去。熊瞎子出行大多情况下也不是孤孤单单，而是拉家带口、老少一起出动觅食。别看它们傻乎乎的，皮糙肉厚，拖着笨重的身体，其实黑溜溜的小眼睛一直在好奇地观察着外面的世界，对节气很敏感：冬天它们会找个山洞和树窟窿来猫冬；春夏秋三季，尤其是一上秋，它们就会"组团"满山逛游。有的一大一小像是"娘儿俩"，有的是一家"携妻带子"齐出动；有的是"邻里"成群结伴，明目张胆、大摇大摆地光顾或抢夺丰收在望的庄稼。熊瞎子掰苞米掰一穗扔一穗，很快就将好端端的玉米地糟蹋得一片狼藉。

祸害庄稼是一方面，更让人恐惧担忧的是，熊瞎子还伤人。熊瞎子的手掌很大，且手掌和舌头上都带有像针一样的倒刺儿，舌头有半尺多长，伸出来舔过去，可以把人脸连肉带皮扯下来。熊瞎子性格特别暴躁，抡起蒲扇般的巴掌打下去，碗口粗细的树干直接就被拍断。猎人常说的"宁斗猛虎，不斗疯熊"，就是基于此。

那时候，谁若打死熊瞎子就是为民除害，就会跟武松打虎一样被看作英雄。猎人没有尖牙利爪，没有熊瞎子一样的力量、狼一样的速度，可猎户家里都不乏狩猎的"战绩"。猎人要打死熊瞎子，没有一定的体能、手段和狩猎经验是做不到的。

五宝山脚下有毒无毒的蛇栖息于沼泽纵横之中，经常有人被蛇咬伤到五宝山医院求救。即使这样，采山货的人仍然络绎不绝。1975年秋天，霍日里河林场张秘书的父亲从外地来看望儿子。下午，父子俩去五宝山溜达，想着顺便捡点儿秋天的山货，走了两道沟和一个山坡。父子俩沿着进山人走过的线路穿行在人迹稀少的老林子，不知不觉就走到山地丛林的边缘。阳光洒向高高的树林，透过细碎的树枝落到低矮的草丛上，绿色的山林显得格外凉爽。父子俩刚开始还在一起，不知不觉间分开了一段距离。张秘书突然看见父亲所去之处，榛柴棵子和灌木丛摇摆不停，动静很大，不仅树叶沙沙的摩擦声不断，树枝折断的"嘎嘣"声更是清脆响亮。张秘书心里瞬间产生一种不祥之感：肯定是有什么庞然大物冲出来了，否则动静不会这么大。他心脏怦怦跳到了嗓子眼儿，头皮

发麻,腿也哆嗦着直打颤,紧接着就传来了父亲的惨叫声。张秘书没敢向前,而是犹豫了一下,转身往霍日里河林场跑去,慌张地叫来几个人又折回山上。

　　光线渐渐暗淡下来,雾天雾地,树木草丛笼罩在混沌无光之下,山风瑟瑟,只有鸟儿在枝头啁啾喧闹。来的人在林子里寻找着,张秘书拖长了声调,凄厉地呼唤着"爸爸",最后,声嘶力竭的嗓音变得沙哑,开始抽噎,鸟儿们惊慌失措,展开翅膀飞走了。这时树林里已经完全黑下来,还是没有找到张秘书的父亲,大伙合计后决定先回林场,第二天再来接着找。

　　第二天天一放亮,张秘书就和霍日里河林场主任领着十多名工人背着枪,拿着斧头、铁锹和铁镐上山找人去了。很快就有人发现榛柴棵子上有一顶军帽,张秘书说是他父亲的。周围粗壮的小树棵子和手指粗的蒿草大面积倒伏,大家疾步走来,顺着小树、荆棘和蒿草倒伏的方向又向前走了几米,只见张秘书的父亲脸朝上躺着,整个脸皮开肉绽、血肉模糊,已经分不清鼻子、眼睛和嘴巴了。张秘书小心翼翼地将父亲脸上凝结的血块擦拭掉,将从前额到下颌向外翻卷的脸皮恢复到原来的位置。鼻子和一只眼睛的位置只有黑红色的血块,再擦拭就出现了两个很深的窟窿;留下的另一只眼睛直勾勾地瞪着。张秘书怎么也想不到只是上山采点儿山货,父亲就遭此不测。来人围着尸体看了又看,都说是熊瞎子干的——那是被熊瞎子按倒在地,用带刺的舌头舔了一下脸所造成的样子,死者受伤的部位也再次证实了"黑熊打人专打脸"这句老话。张秘书的父亲穿的布鞋也东一只西一只,很明显,是在熊瞎子猛扑上来后飞出脚踝的;上衣的扣子全部绷开,前胸的肋骨已经完全塌陷;皮肤、衣服、裤子上都留有熊毛和脚印。有经验的工人又看了看四周的印迹,说应该是有三只熊,朝东北方向去了。霍日里河林场主任决定由几名工人抬着尸体先下山,其他有打猎经验且手里有家伙什的人则循着踪迹前去找熊瞎子。

　　这几个人向东北方向小心翼翼地追踪着熊瞎子的脚印,不出七八里来到东山坡。那里有好多高高的石柱子，边上是两个人才能合抱住的柞木树，树底下有一个大树洞。他们一看地势和洞穴就知道找到熊瞎子的家了，便蹑手蹑脚走到深深幽幽的树洞

1976年到牧场知青后加入基建队的队员

跟前，一看脚印，只有进去的，没有出去的，确定这就是熊瞎子待的地方，而且一家子还在里面。几个人沉着地退后几十米外，用斧头砍倒一棵十多厘米粗的树，砍去一些树枝树杈，抬到熊瞎子洞口前，将树干插进熊洞里，树梢朝外——这样熊瞎子就不能顺利地跑出来；如果熊瞎子想出来，得先把树干往里拽，越拽，树枝就会把洞口堵得越密实，它们就更不好出来了。放好树干后，他们又捡了好多易燃的细毛草，点着塞进熊洞里，接着往里面添塞干树枝，要用烟火来熏熊瞎子。几个人靠着大树做掩护，端着猎枪，枪口指向洞口。不多时便传出了窸窸窣窣的响声，树干和树梢不断地晃动，只见一头熊瞎子艰难地从缝隙中探出大半个身子，大家"哐哐"一起开枪将熊瞎子打死，然后跑上前去，小心翼翼地给熊瞎子绑上绳子，将其拽了出来，足有四百多斤。同时有人又重新摆放好洞口的树干，继续向洞里放火熏，第二头熊瞎子又爬出来，凶猛地叫着，跟树枝树干纠缠不休，人们忙开枪将它打死，又拽出来，这头有三四百斤。第三次爬出来的是一只一百多斤的小熊瞎子。

这些人半拖半拽着三头死熊瞎子到了山下，连同张秘书父亲的尸体一起拉回霍日里河林场。当天就有人把林场发生的事说了出去，一传十、十传百，再从牧场人的嘴里说出来已经变得相当惨烈了。说是有一对父子上山采山货，三米开外的树丛里突然蹿出两大一小三头熊瞎子，围攻父子俩，两个人根本没时间跑掉。一头威猛高大的熊瞎子扑向儿子，巴掌和舌头一起上，儿子的脸上有好几个比拇指还大的孔，顿时血流满

面,幸好侥幸逃脱了。父亲则被两头熊瞎子仰面摁倒在地,脸皮从前额到下颌被完整地撕下来,被舌头舔得面目全非。两头熊瞎子还把人拖着走了一段距离,又一屁股坐在父亲身上,一头熊瞎子正好坐在心脏处,引起主动脉爆裂,鲜血从胸膛里喷射而出,人一下子就断气了……还说熊瞎子袭击人的原因是这一带人口暴增,侵犯了熊瞎子的地盘。总之,传言令人不寒而栗,让我们在心里产生了阴影,连做梦都梦到了熊瞎子:露着狰狞的表情,闯入宿舍,悄悄地逼近屋里的人,伸出舌头扮鬼脸,不断流出涎水……我们觉得牧场哪儿都不安全。

后来准确的消息传到牧场,事实是张秘书没有受到伤害。虽然熊瞎子在神话故事里和现实生活中是凶猛实力的担当,但远没有那么凶悍恐怖,牧场人恐惧的心理多多少少打消了一部分。但深林霸主熊瞎子、野猪和野狼确实存在于山上是不争的事实。熊瞎子舔人的惨案像警钟一样在牧场上空敲响,个人独自进山成为一件被严格限制的事情。

"跑腿子"的春天

牧场在没有盖家属宿舍前,有家没家的都住在大草房里,那里成了单身集中营。其中这里面有十五名年纪在二十七岁以上的大龄单身男士,在当时的观念里,他们就是找不到媳妇的"跑腿子"。跑腿子成堆由此成了王场长的一块心病,一提起他就直挠头皮,怪自己没有好好学习"矛盾论"和"辩证法",当初招工时只想到挑选家庭负担轻的青壮年劳动力,集中到一起后才发现,单身男士如此之多,成了牧场当前的主要矛盾和问题,必须尽快解决。

这些人包括:刘新贤、刘某勤、刘某远哥儿仨,王某春、王某福、王某武哥儿仨,周某放、周某喜哥儿俩,张某财,王某本,刘某玉,刘汉忠,吴某财,陈某国,刘某华。其中农业队队长刘新贤和王某春近四十岁,王某本、刘汉忠、周某喜、王某福等六七个人也都快三十岁了。这是我和几位知青靠记忆拼凑起来的

知青员工合影

名单,那些走马灯似的来牧场时间短的人,就忽略不计了。除刘某玉和刘汉忠个头小,身体有残疾,经济窘迫,在农村找媳妇困难外,其他个个身壮力强,十分正常。

家,是每个人的归宿,是安身立命的根本。那时候员工把"家"的概念看得至高无上。尤其结了婚的人,更是觉得自己得到了上天的眷顾,常常毫不掩饰地跟知青嘲讽那些单着的人:"这些打光棍的人,连个女孩子的手都没有拉过、摸过,可是清清白白的呀!"一提起这个话题,跑腿子们的脸色就黯淡下来,蹲在地上,就像暮气沉沉的老头子。

刘新贤、刘某勤、刘某远三兄弟和王某春、王某福、王某武三兄弟,这六个大小伙子更是无比渴望有一个安稳又温暖的家。他们都是山东人,两家的父母还没等到一个儿子完婚就早早去世了。这些人干完活,回到空荡荡的家里,面对的只有一屋子的凄凉和郁闷。他们只能自己补衣服、烧火做饭,要不然饭是生的,炕是凉的,连心都凉透了。他们先是跑到莫旗,又辗转来到牧场,每天干完活累得腰都直不起来,只是回来能保证吃上口热乎饭,解决了饥饿问题,但衣衫破了、脏了都得自己补、自己洗。

男宿舍像难民营一样拥挤不堪,只有挥之不去的旱烟味和令人窒息的臭脚丫味。没事时,炕边坐着一圈人,或两脚触地,或翘着二郎腿,嘴里吸着或手里捻着自卷烟,昏暗中,一个个灰头土脸的。晚上睡觉时,蔓子炕上一个挨着一个,炕沿儿边大小不一的人头像瓜棚里顺藤长起的一溜儿熟透的香瓜,脸上的表情各不相同,但又无一例外地都沉浸在一种放飞心灵的

上排左起:王建平、金士芳、赵治国
下排左起:刘金荣、刘晓洁、郑忠凤、陈颖芳(1994年)

状态中。

王场长看着宿舍里的跑腿子,把帮他们脱单成家摆在了首位,于是人前人后广而告之,务必撒开大网写信让老家的亲朋好友都当媒人,告诉他们牧场没结婚的单身男青年可多了,就像冰雹砸了棉花棵子——遍地光棍。只要是女的,哪怕是寡妇和离婚的,看年龄相当就欢迎往牧场领;并告诉前来的媒人和女方,牧场的待遇是其他农村所没有的,不仅给解决户口、住房,还有胶轮车接新娘。

1974年和1975年,每人每天平均能挣到两元钱,牧场从默默无名的小草顿时变成了茁壮茂盛的参天大树。十五名跑腿子也由此变身成月下老人眼中的香饽饽,一年多的时间靠着相亲都找到了自己的另一半。没有举办重大仪式,两家亲属一起吃上一顿饭,男女双方的行李卷在一起,就算完成了结婚这桩人生大喜事,两口子便开启了成家立业、添丁进口、未来可期的家庭生活。牧场领导在大会小会上总爱说上一句话,用来形容牧场与员工相互依存的关系:"大河有水小河满,大河无水小河干。"其中大河代表知青牧场,小河代表员工。

1976年下半年,牧场建成三排十二栋家属住宅区。每栋住宅有两百多平方米,四个单元,每个单元两两对门,共同出入一间厨房,共四十八套房子。分配原则是一家五口以上的住一间半,一间里屋,和对门邻居各占半间厨房;四口以下的家庭,两户共用一间里屋,南北炕做邻居,外屋的一间厨房只能占用四分之一的面积。四十八套家属房共安置了七十余户人家,员工也像国家正式职工一样住上了一直盼望的供给制福利房。1977年春节前后,有五六十户人家开始从原籍搬到牧场来,拖拉机、马车、牛车、手扶蹦蹦车,应有尽有,一辆车满载着搬迁人七七八八的杂物家什,就完成了举家迁徙到牧场的壮举,像样的家具也就是一对装衣物的木箱和往厨房放的碗架柜。各家必备的生活用品就是"俄罗斯套娃"——粗瓷缸。缸的作用是相当大的,特大号的腌酸菜,大号的装水,中号的可以当米缸、面缸或酱缸,小号的用来腌渍各种咸菜,或盛猪油、豆油等。农村有句话:穷灶门富水缸。意思就是灶台前

放的烧火柴要少,而缸一定要多买几个,不但实用,而且寓意为财宝源源不绝,像水一样盛满水缸。

跑腿子中除了刘某华回了老家,其他人也像喜鹊登枝一样,纷纷飞向新盖的家属区。虽然每家依旧日子过得很寒酸,可是跑腿子们很是满足,脸上洋溢着笑容,他们说:"如果不来到知青牧场,我们不知道还要扛着'跑腿子'的旗帜到猴年马月呢。"

十四户新结婚的员工都是与另一家合住在一间有着南北炕的房子里,当年牧场流传一句顺口溜:"南北炕,头对头,白天喜,晚上愁。"合住在一起的两家在南北火炕的炕沿儿上方,靠近顶棚的下方横了一根长竿,用来挂幔帐。白天幔帐叠好搭在长杆上,到了晚上睡觉时就把幔帐放下来,这样就成了两个相对封闭的空间,谁也看不见谁。幔帐是用来遮挡目光的,但是无法挡住耳朵,两铺炕上谁咳嗽一声、打个喷嚏、磨个牙、放个屁,都听得清清楚楚。尤其两口子半夜的悄悄话、夫妻生活等个人隐私都呈现在"大庭广众"之下,免不了发生一些苦涩欢娱的故事。譬如刚结婚的小两口,正值你侬我侬之时,少不了情意绵绵的窃窃私语和激动亢奋的肢体语言,对面炕上的小两口被刺激得也禁不住蠢蠢欲动起来。还有的一盘炕上是两口子,另一盘炕上是三口之家。第二天,有小孩天真无邪地说道:"我们家北炕的叔叔婶婶到了半夜可能打架啦!又喊又叫,还大喘气,我都睡不了觉!"

真还有人问:"他们都骂啥?"

小孩说:"我妈捂着我的耳朵不让听。"

这种事也引发过对面炕两家人犯口角、闹别扭,为此,王场长直喊着要开除两个人,而员工也有了茶余饭后的谈资,男员工那几天最爱用一句话问对方:"昨晚你是不是上错炕了?"

有间屋子住着两家共六口人。说也凑巧,有一天,南炕的女人带着孩子回了娘家,北炕的男人带着孩子也回了父母家。没两天,北炕的女人一大早哭哭啼啼来找王场长,说半夜里南炕那个男的站到北炕炕沿儿,撩开幔帐问她:"同意不同意?"

王场长忙问:"那你同意没同意呀?"

北炕的女人说:"我能同意吗!"

王场长一开始想着采取息事宁人的办法,说:"今天我损损他,这不是什么好事。你回去别声张,免得在家属院造成不好的影响。"

杨丽华、郭玉清、郭金凤、李春英、郭亚芹、闫秀丽、王福霞、张淑范

可北炕的女人回家后,气愤难平,觉得很憋屈,于是站到家门口骂起街来。邻居们站在门口,大多是女人,她们惊异的脸色仿佛在问:"这家人出什么事了?为什么站在门口破口大骂?"后来大概明白了事情的原委,就开始三三两两窃窃私语,谁也没上前搭话和劝阻。最后连在大田里干活的人都知道了。

王场长知道事情已经被搞得满城风雨,想压也压不下去了,马上派人把南炕的男人和北炕的女人叫到办公室。进门后,王场长问北炕的女人:"你想咋办?"

北炕的女人要求场部处理南炕的男人,可对方又不承认有这回事,随后两个人你一言我一语地争执起来,气氛陡然紧张起来,到了剑拔弩张的地步。

王场长恨恨地看着两个人,拍着桌子制止住争吵:"这件事影响太坏了,我是掰扯不清,也不想跟你们掰扯,限你们两家三天之内必须搬走。"又指着南炕的男人说,"从现在开始你也别干活了,回去收拾收拾搬家吧。"

王场长仅仅说了这么一句话,就迅速而有效地控制住了局面,双方的嘴巴立刻像贴了封条一样谁也不说话了。看得出来,哪一方都不愿意离开牧场——如果回老家,等待他们的就是苦日子,可能要付出几倍的辛

映山红花满山坡

尼尔基宾馆（2018年）

苦才能得到如今几分之一的收入，哪能和牧场每天两元钱的收入相比？

后来，双方的家人也都听信回来了，纷纷和刘队长沟通、求情、做保证。刘队长转头向王场长转达了两家鲜明一致的态度：保证再也不提这件事，今后一定和平相处。王场长平日里也看得出两家男人都是庄稼地里的好把式，朴实肯干，并不想真正开除他们。既然双方诚意十足，他便也借坡下驴不再说这件事了。

王场长通过这件事想到，和睦、友好、正派、有序的邻里关系，在狭隘的小农意识面前不过是薄薄的一张纸，建立新型的睦邻友好关系，宽容和自律是不可或缺的。于是，他吩咐刘队长给全体员工专门开了个会，警告劝戒大家："都是老爷们，你的是你的，他的是他的，我的是我的，大家井水不犯河水，半夜起来方便后千万别走错方向，上了别人家的炕，找错了人。"更主要的是提醒所有员工：两山碰不到一块，两个人没有不见面的，人与人不要把事做损做绝，不要把一些不良习气带到牧场家属住宅区，在这里要树立一种全新的邻里关系。

到1978年底，农牧业大丰收，牧场也增添了二十八个宝宝。远亲不如近邻，家家户户在一起住久了、混熟了，不仅小年轻的员工和员工女儿谈恋爱结婚，后来有的员工和员工还成了儿女亲家关系，他们的后代或听从大人安排，或自由恋爱，结为秦晋之好。

粉坊漏粉记

1975年这一年,天公被敢为人先的牧场人以拓荒者的英雄气概深深打动,慷慨地施以甘露,浸润着原本就丰腴辽阔的土地,春去秋来,牧场迎来一个颇为壮观、祥和静谧的丰收好年景。

我们十几名女知青在牧场举行的起土豆总结大会暨割黄豆、掰苞米誓师大会上,受到了王场长的表扬。第二天清晨,我正准备和起土豆的队伍跟随老祁头投入掰苞米的战斗中,刘队长走过来问我:"粉坊的老李被抽去上山拉桦子去了,缺个人手,你愿不愿意去?"我想也没想,跑到粉坊,一直干到春节放假。

场里早早在机井水房旁建了一个三间房大小的粉坊,起土豆和粉坊漏粉在同一天开工。粉坊里有一盘占地面积挺大的石磨,一头老黄牛蒙着双眼,不紧不慢地围着石磨转了一圈又一圈,旁边有专人往石磨里倒土豆和清水,把土豆磨成土豆浆,

郭立钢(作者)

这是农村传统的"水拉磨"加工土豆粉面。三名员工和两头老黄牛黑天白天替换着干,一天最多消化两千斤土豆,七斤土豆出一斤土豆粉面,粉坊一天能漏粉条两百斤。由于靠牛拉磨加工出来的粉面供不上漏粉的节奏,只能两三天漏一天粉条。按照粉坊的现状,要想消化掉三十万斤土豆简直是遥遥无期。土豆既无法储存到春天,又不能拉到尼尔基镇或其他地方去卖,交通不便成为最大的障碍。附近的盲流点也存在土豆过剩的问题,他们也时常上门推销土豆。

眼下只有把土豆加工成粉条,才是解决土豆过剩的唯一出路,王场长带着万分愁苦回到街里的家中,和他父亲说了粉坊根本消化不掉丰收的土豆这件事,表示不知该咋办。

老人家是农民出身,一直在搞机械维修的活儿,人又很喜欢钻研,总能在机械革新上琢磨出点儿道道来。1974年初,牧场刚建场不久,从拉哈黎明奶牛场买了五十头黑白花奶牛,每头奶牛每天产奶四五十斤,老人家就为儿子出主意,建议建个奶粉加工厂。在老人家的帮助下,牧场在简易的条件下开始了半成品奶粉加工。

这次,老人家又成了救星。第二天,他就随着王场长上了山,在粉坊转了一天心里就有了主意。他简单画了一张图纸,让王场长先扩大粉坊的空间,临走时还吩咐道:"等房子盖好了,捎个信儿,我就上来。"还开了一个清单,"我回到尼尔基镇买全所有机械配件、铁皮和其他物品。只要有车上山,就将这些东西捎回牧场。"

图纸画得很明白:米面加工厂和机井水房原地不动,粉坊由三间扩成五间,粉坊后面加盖五间土豆暖房。王场长立即召集员工和木匠忙活起来,不到十天就盖成了。老人家也及时地赶了过来,没几天半机械化的洗磨土豆机就安装完成。盖房子时,员工对粉坊北墙上的三个窗口和在东墙、南墙上的数个留口百思不得其解,直到洗磨土豆机安装完毕,大家才明白每个窟窿都不是白留的。

粉坊西侧的火炕连着超过四平方米的大锅台,在火炕和锅台的东面是口径一米多粗、六十多厘米高的缸盆和可供六个人揣揉粉面的场地。这样的布置就把西侧的空间都占满了；一条又宽又长的过道不仅放着水缸，还有杂七杂八的用具；东侧是半机械化的洗磨土豆机。粉坊门口堆的土豆都被放进了墙外的五间暖房，人在土豆暖房里直接将土豆推进三个窗口下的洗土豆容器里，就开启了土豆在流水线上加工运作的流程。

郭立钢、周惠琴

　　洗土豆的容器是一个用三毫米厚的铁板焊成的长方体带孔的广口大铁槽，长三米，宽一米多，深不到一米，像个超大婴儿床，有节奏地晃动着。从机井水房的水箱拉过来一根铁管焊在铁槽上方，往下不停地哗哗流水，铁槽里始终保持有三百斤左右的水冲洗土豆。铁槽里面还有轴承，轴杆上安了十多个长短不一的木头棍和铁棍，上下搅动着土豆。在反反复复搅动冲洗中，土豆很快就显出其本色，脏水不断地从铁槽下面的多个眼孔流出，通过下水道排到外面。三个由拇指粗的铁筋做的圆形联排头，每次能推送好几个洗净的土豆到下方一个长条凹形铁皮里，土豆排着没有尽头的队列，"嗒、嗒、啪、啪"，无穷无尽地掉到直径一米半的大石磨上的磨眼里，再滚进磨膛，磨盘转动将土豆磨成土豆浆。石磨上方也有水管，哗哗地往石磨上浇水，同时也流到磨眼、磨膛，加工方式还是"水拉磨"。

　　磨好的土豆浆从石磨底部出口处流到装有筛子似的半圆形铁管传送器，分离出来的土豆渣滓直接被输送到粉坊外的一个水泥槽里，土豆汁则分流到靠北墙的四个一米粗、一米多高的水缸里。土豆汁在水缸底部沉淀出湿土豆淀粉。房顶横梁固定着大铁钩，每个大铁钩上吊着一个大纱布袋，员工将从缸底挖出来的二十多斤湿土豆淀粉放到大纱布袋里，每个大纱布袋好似过滤网，下面用一个大盆接着过滤下来的土豆水。三四个小时后，大纱布再也滴不出土豆水了，湿土豆淀粉就成了锥体状

郭立钢（作者）

白净细腻的湿粉面坨，捣碎，经过日晒或在火炕上蒸发出水分后，粉面坨子就变成干粉面子。这是漏粉的原材料，多余的粉面坨子可以放到仓库，或者直接卖出去。

东面的两间米面加工厂有一台24马力的柴油机，除了磨米磨面，还负责给粉坊供电和送水。

机井水房位于米面加工厂和粉坊之间，在大碗口粗的泉眼上安装水车，靠齿轮、轴杆和皮带转动将水抽送到焊在房梁下方的大水箱里。大水箱有开关控制，一扭开，汩汩的水便顺着接好的水管流到洗磨土豆机的各个环节。

洗磨土豆机头一天试运行，员工和知青都把它当成了一件盛事，纷纷放弃中午休息时间，跑来看热闹。洗磨土豆机以迂回曲折的传送方式，有规律地推动、搅动土豆，完成着一项项简单劳动。整个屋里听到的就是高空注水的哗哗声、冲洗土豆的撞击声和传送带上的潺潺流水声。组合装置如庞然大物，生产方式犹如杂耍，但在当时已经算是很了不起的发明创造了。大家好像第一次亲临机械创造发明的现场，看到老人家既是机械发明多面手、指挥员，又是粉坊的设计师、电工、电焊工、机械师和安装工，也是莫旗革新土豆再加工机械的第一人，人人佩服得五体投地，对老人家的赞美之声不绝于耳。

试运行当天，粉坊就加工土豆一万多斤，后来每天加工两万斤。不仅土豆加工产量大幅增加，原来用于洗土豆的很多大缸也被淘汰下来，至少腾出了四五个劳动力。按这样的速度加工土豆粉，消灭三十万斤土豆就为期不远了。王场长信心十足，觉得可以一劳永逸地解决牧场连同盲流点土豆过剩的问题，还安排专人收购土豆。人们知道消息后也跑来卖土豆，队伍排得很长。他们没有动力车，很少有畜力，大多数是靠人挑肩扛徒步走和推着独轮车来牧场的。土豆每斤二分钱,卖一百斤土豆才两元钱,那时人们为了生存下去,拼得真叫苦!

我在粉坊三个多月间,干的活是揣粉面。这是周而复始的体力活,一共六个人,除了我都是身强力壮的汉子。还有一个叫刘显文的,他在一个大铁瓢里放些白矾和干粉面,浇上开水,

王景惠和王庆友父子合影

用两根长长的筷子不停地搅拌,直到瓢里的白矾和干粉面搅拌融合呈半透明状——这个过程叫勾芡——然后倒进盆缸里。揣粉面中的一个人不断地往大盆缸里加粉面,刚开始粉面不多,五人连抓带揉,再揉再抓,直喊烫手,最后将固定量的粉面陆续倒进大盆缸。六个人有节奏地用臂力、腕力和手劲一下一下地揉揣、捶匀缸里的粉团。每一次的又揉又揣又捶后,大家便顺时针挪动一步,直到粉团无疙瘩、不粘手,变得均匀细腻。那段时间,我们六个人的双手和半个手臂都格外细嫩光滑。

刘显文在粉坊里的角色举足轻重,是这里的头头儿,我们都叫他刘粉匠。他不仅负责勾芡,还是拍粉师傅,一天漏多少粉条完全取决于他。用石头和混凝土砌成的特大号锅台连着一铺火炕,火炕上铺满了干粉面,把干粉面倒进盆缸后,再往火炕上倒湿粉面。锅台和小炕之间有一堵一尺高的墙垛,拍粉的时候,刘粉匠就端坐在墙垛上,两只脚放在锅台边,像将军坐镇于制高点指挥调度,神闲气爽。他左手端着漏瓢,右手掌抡起来,有节奏地猛力拍打漏瓢里的粉淀子,很干脆,有韵律,一根根筋道道、白晶晶的粉条便从十几个漏眼里齐刷刷流到白水翻滚的大锅里,就像十多条银色长蛇从盘踞的云端扭动着身躯钻进雾气弥漫的水塘,从不会断线,直到结束。漏瓢一端由一根绳子吊在房梁上,离锅面的高度可以随意调节:漏瓢高了,漏出来的粉条就细;反之,粉条就是

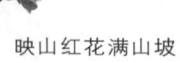

粗的。

揣粉面的汉子都想当拍粉匠，但他们拍出的粉条根数少、容易断头，七长八短。这几个人只能做替角，只有在刘粉匠拍粉时偶尔想喘喘气休息个三五分钟，才会让人顶替一下。

我心痒痒地也曾坐上墙垛两回，结果拍出的粉条一寸长时全断头，再拍出来的粉条还是一寸长，流到锅里的断头粉条全化成了汤，用笊篱也捞不上来。没一分钟，我就不好意思地赶紧跑下来了。

刘粉匠拍粉时，总会有人用一种令我感到舒服的声音说："你休息一会儿吧。"我没说话，微微笑着，满怀感激之心和满足之感，任凭他们接下来的话如何带有俏皮、嘲讽的味道："这半边天开始塌方了。"我确实已经精疲力尽了，便靠在柱子或坐在木墩上休息，拭去额头的汗水，让剧烈跳动的心脏恢复正常。能进粉坊干活的员工不仅要身体健壮，还得做事利索、脑瓜灵活，徐景田、刘天林和苗俊发都是粉匠刘师傅点名要的。

我在休息时，其他人各司其职，动作麻利，工作场面紧张有序。其中一个人负责掐送粉淀子，就是把我们揣揉好的粉面子分次送到刘粉匠手中的漏瓢里。送粉淀子也叫添料，一点儿也不能怠慢，否则漏瓢里没有了粉淀子，就成了"无米之炊"，没有及时续上粉淀子造成粉条断线是最不能原谅的事。一个人负责挑粉，用两根长棍子把半生不熟的粉条从锅里挑出来，放到挨着锅台的冷水锅里；粉条流入冷水锅大约有一米半长时，有专人将其剪断。另一个人则拿着一尺多长的细木棍伸到粉条中间，将粉条对折搭在细木棍上。一个细木棍叫一挂粉，通常都在十斤左右，端着一挂粉的人得连跑带颠地架到不远处盛满凉水的大缸里。还有一个晒粉匠，戴着厚厚的胶皮大围裙，穿着长筒雨靴，将架在水缸里的多挂粉条一起抱到外面，晾晒在用木头支起的一行行相连的晾粉架上。外面冷飕飕，屋里热腾腾，冷热两重天，一往一返，一冷一热，一路小跑，如此循环，一气呵成，直至漏粉结束，又开始新一轮的勾芡、揣粉、漏粉。

粉坊有专人上山拉柞木，并劈成桦子码成柴禾垛。大粉锅每天烧着大桦子，我们穿着薄毛衣干活，在场部干活的人经常到粉坊来取暖。

有一个常来取暖的员工不解地问我："你为啥揣一下粉面子跳一次？"

我诚实地答道："我不跳起来的话，够不到大盆缸的底。"

粉坊的人这才想到大盆缸的高度是为他们量身垫起来的，对于我来说，揣起面粉子更加费力气。等割完黄豆，有很多员工找领导想把我换下来，可刘粉匠和其他人都不同意让我走。那段时间，我就像歌里唱的那样："一袋烟的工夫掏出心里话，三杯酒后从此信得过。"正因为我笃诚、稚嫩、认干、不做作，才得到了大家的认可和照顾，谁也没计较过我干活扛不扛硬。

每天晚上，我们还要用被剖成两半的高粱秆捆粉条，把在外面晒至多半干的粉条扎成小把，每十二小把再用高粱秆扎上两圈绑成大捆，送到仓库。进入冬天，要将新漏的粉条放在地窖里的晾粉架上，一人深的地窖窖口盖着厚厚的草帘子，白天把草帘子揭开，到了晚上把结了冰的粉条抱进屋里，用大木棍捶掉冰碴碴，再放回地窖一宿，白天接着拿到露天场地再晒两天，然后搬进屋用高粱秆扎成小捆，最后绑成大捆。这就是冻粉条。冻粉条的口感远不如干粉条。

有一次，我们正在火炕上捆粉条，一个员工笑着对我说："小郭，今年你回家带上粉条和猪肉，过年你家就不缺啥了。"人们听后哈哈大笑，我还一头雾水，不知啥意思，就一个劲地追问。原来是开玩笑逗我呢——农村里的姑娘新婚回门，都要给娘家带猪肉和粉条。猪肉的寓意是骨肉相连的"离娘肉"完整无暇地回来了，粉条代表姑娘的婚姻生活会长长久久。

在粉坊干活最大的好处就是能吃到刚出锅的粉条。每次刘粉匠都会把漏勺调得高一些，晶莹剔透、细得像毛衣针一样的粉条就从大锅里煮出来，再拌上农家酱，筋道、柔滑、可口。灶坑边堆积的木柴灰特别厚，上面有零星柴火闪着光亮，用小铁锹能插进去很深，但热度丝毫不减，

把揣揉好的粉疙瘩埋在里面，等到外焦里熟再扒拉出来吃，也很香，人们叫它"粉耗子"。有时我们也拿几个小土豆埋在灰里煊熟，趁热剥去土豆皮，咬一口，用东北话形容，"可面了"。我在粉坊不仅躲过了屋外的寒风刺骨，也尝到了用土豆淀粉变着花样做的小灶饭。

干粉条三毛钱一斤，冻粉条两毛二分钱一斤，湿粉坨子一毛五分钱一斤。粉坊直到临近春节才关门，共生产了十几万斤粉条，卖了三万多元。

粉坊漏粉结束后，场部管委会组织知青和员工进行1975年全年劳动力等级评定工作，然后分红。鉴于我在起土豆和漏粉过程中任劳任怨，被大家评为二等工，每天九个工分，每个工分两毛

尼尔基镇巴特罕公园合影（2021年）

钱，每天得一元八角钱。刘粉匠被评为一等工，每天挣两元钱。令我意外的是，领着我们这帮"半拉子"起土豆的老祁头只受到场领导的口头表扬，被评为二等工。1976年过完年回来，我们再也没见到过老祁头和他在食堂做饭的哥哥祁师傅。

牛马羊良种公畜

牧场面积辽阔，水草丰美，地势平坦，土壤肥沃，水源丰富，良好的自然资源和生态环境为牧场畜牧业的发展奠定了坚实的基础。牧场成立不到一年，便依靠国家贷款购买了成群的牛马羊，但要发展大畜牧、提高产业经济效益，仅靠牲畜的自然繁殖是远远不够的。混牧饲养的公母畜自然交配的比例为一比二十，即一头公畜配二十头母畜，而要减少公畜数量、降低饲养成本，就必须采用人工采精受精技术，走以人工配种为主、自然交配为辅的路子。"母畜好好一窝，公畜好好一坡。"于是，刘惠君和王场长决定花大价钱购买牛马羊良种公畜。

王场长的父亲是机械革新能手，1958年荣获自治区授予的"全区技术革新能手"称号。凭着自己的专业技艺，他接的活儿干也干不完，一大家子算是吃穿不愁。秉承"腰缠万贯不如一技在身"的传统观念，王场长的父亲对长子继承自己的衣钵充满了期望，可王场长偏偏对机械方面不感兴趣，反而对虽不算体面但实用的兽医兴趣盎然，十六七岁时便在旗兽医站投门学艺。对此王场长的父亲倒也表示赞同："啥工作好不好的！外人看你是只猴子，可内行人看你也许就是个孙悟空。干好了，啥都是好职业！"王场长也算没有辜负父亲的期望，专注于家畜家禽的饲养和防治。牲畜不会说话，不会告诉你哪里难受；使用的检测装置及设备也不多，用到的就是听诊器、体温计这类简单的工具。兽医要跟中医

映山红花满山坡

上排左起：吴彬、王玉珍、郑忠凤
下排左起：王爱娟、高雅洁、姜玉琴

对病人望闻听切一样，触摸、观察、判定牲畜的健康状态，检查牲畜的眼、口、咽喉黏膜及皮肤、被毛、肛门、排泄物等是否有异样。王场长十分理解家禽家畜主人的心理，常常是尽其所能做好家禽家畜疾病的预防和治疗，无论天气多么恶劣，从来是风雨无阻，随叫随到。

王场长在牲畜中摸爬滚打成了"孙悟空"，经常被生产队和个人邀请充当骡马经纪人。他沿用老百姓的相马术和经验，"先看四条腿，后买一张皮"；再掰开马口看牙齿磨损程度来断定年龄："千天以内不换牙，俩牙齐了满四岁，年到五岁四个牙。边牙露肉，赖五赖六。"王场长喜欢在现场拍着胸脯给受托人打包票："你找人再看看，我要看走眼了，我买下来，或者是我说错了，白送给你。"然后就和对方在袖子里或衣襟下靠手指头相互摸捏讲价，这叫"袖里吞金"。王场长事前总要反复嘱咐委托人："到了那儿千万别急躁，买卖牲口要耐得住时间，只要有耐心，就没有熬不过的买卖人。"

为牧场买牛马时，不管是出于捉襟见肘的资金状况还是个人性情使然，王场长在黑龙江省和内蒙古各大国营畜牧场穿梭买牲畜，脸上总挂着客气谦卑的微笑，眼睛里却闪烁着狡黠机智的目光。他在畜牧养殖场左顾右盼，侦察"猎物"，进入交易环节后，捕获"猎物"的算盘打得噼啪响。他常以一种命如草芥般潦倒的模样示弱于对方，近乎悲催地述说着一个自负盈亏企业的艰难起步，希冀得到强大的国营畜牧场的同情和支持，施以援手，来个牲畜挥泪大甩卖。另外，王场长的长相在当时也给了他一些讨价还价的资本，他长得像革命样板戏《红灯记》中的李玉和，国字脸，一边长块疙瘩肉，那时通信虽不发达，可李玉和妇孺皆知，红透大江南北。有了这张"名片"，王场长一到各个畜牧场自然先给卖家留下了好印象。国营畜牧场的当家人往往也很仁义，颇有英雄气概，当场便让利于牧场。在那个积贫积弱的年代，王场长靠着聪明的头脑和对交易市场法则的轻车熟路，用较低的价格为牧场挑到了一批称心如意的牲畜。

王场长领着刚从黑龙江省甘南县查哈阳农场招来的畜牧技术员车喜平，怀揣着部分国家贷款开启了买牛马羊种公畜的行程。他们首先去了黑龙江省双山农场下设的高丰马场，距牧场四百里地。在那里王场长看中了一匹黑鬃毛的红色苏联重型种公马，六岁，高一米七，毛色光泽十分漂亮，尤其当它高举颈项，显得格外雄壮、挺拔、俊美。高丰马场起初不愿意卖，后来用价格说事，开价一万元，这在当时简直是天文数字，因为一匹普通马也就两千元。最后由于这匹公马左眼先天有点儿毛病，价格谈到了六千元。王场长随即打电话到食品公司用胶轮车搭架子将种公马拉回了二道河牧业队。

接着，王场长领着车喜平转战到黑龙江长吉岗牛场。他在莫旗兽医站时就来过这里，如今到牛场买种牛也算是熟人熟路。牛场的王副场长大高个，络腮胡子，身材魁梧健壮，说起话来干脆利落，硬邦邦的，却很友好，是位团级转业军人。

王场长一见到王副场长就说明了来意。王副场长说："牛场只有两头从法国进口的西门达尔黄白花种牛，还有十多头法国进口的肉母牛。"

王副场长随即又找来畜牧科的张科长，张科长说："有一头种牛是在法国怀孕，到牛场后产下了纯种西门达尔公牛崽，现在两岁。进口的肉牛无论公牛还是母牛，都是四万元一头，这头小公牛怎么说也是纯种，起码也得一万多元。"

王场长说："那么多钱一头，我们可买不起，我身上只带了三千元。"

2003年4月合影

张科长摇着头说："那可不行，牛犊小时候，一天得喂二十斤牛奶，半年就几千元，还有一年多的草料钱、饲养费。"这时，食堂来人说饭做好了。

饭桌上，几个人边吃边唠，王场长给大家介绍了牧场百业待兴的现状。饭后，王副场长和张科长私下里又合计了一番，把王场长叫了去，说："搞好人工授精工作是件大事，我们有义务支持。听你介绍的情况，刚成立场子不到一年，还是兄弟旗，我们是国营大场，这次不能让你们空手回去，支援你们一把，三千就三千吧，我们吃点儿亏。"王场长听完，高兴得差点儿跳起来，只花三千元就买了一头进口肉牛种公牛，这真是捡了一个天大的大便宜。

小牛犊被拉回牧场，黄白花，高一米六五，三米长，脊背平宽，鼻子上戴鼻环，样子很凶，全身上下都是肉，连腿上都是很厚的肉，跟牧场里的成牛一比还大出两圈。这还只是小种牛的样子。有的员工说三千元太贵了，用买这头两岁牛犊的钱能买十头八头好公牛；还有人说这牛犊如果穿上一件黑色的外衣就是头熊瞎子，等到成年时膘肥体壮，体重能上一吨，保准是公牛中的战斗机。牧场人给它起名叫"吨牛"。

之后，"吨牛"不仅成为牛群一众"子女"的父亲，还承担了胶皮大轱辘车驾辕的任务，不过只有徐广田和张殿财能够驾驭它。"吨牛"套在胶皮大轱辘车上，十分神气，连赶车的都觉得自己是非常了不起的人物，他们和坐车的人说："离远点儿，顶你一下，你就得见阎王爷。""吨牛"拉着木板车辘辘地从二道河驶出，吱吱嘎嘎有节奏地在坑坑洼洼的荒路上颠簸，速度快，拉的人多，到场部的十一里路只用四十几分钟。

王场长领着车喜平马不停蹄地还去了齐齐哈尔种畜场。到种羊场一看，都是新疆细毛羊，体型很大。牧场养的绵羊，成年羊平均一百斤，年产羊毛七八斤；这里的细毛羊体重足有一百五十斤，年产羊毛达二十斤。王场长又展示了他高明的外交手段，软磨硬泡，一千元一只的新疆细毛种公羊，只花了六百元就买下两只，并在当地雇了辆汽车运回二道河牧业队。

买好牛马羊种公牲畜后，王场长又到莫旗畜牧改良站购买了一些人工采精授精用具，尽管都是街里熟头巴脑的，还是花了一千多元。

人工授精也叫人工配种，是相对于自然交配而言的，大致来说就是消灭牲畜的自然怀孕性本能，实施"优生优育"健康养殖的新理念。牧场取精受精操作员都是牧业队的员工，年轻、体力好，干起活来生龙活虎，但没有这方面的经验。他们成为"专业"人士的经历相对粗糙、简单，只是在不同地点、不同时间，眼巴巴跟在王场长或是请来的技术员身后，在现场进行实操培训，看着、听着，然后王场长或技术员手把手指导他们实际操作。等他们入了门，就开启了日后的独立工作——利用器械采集公畜的精液，再用输精器械将精液输入母畜生殖道的适当部位，使之妊娠。

人员、种畜、工具设备，万事俱备，只欠牛马羊"发情期"这个"东风"了。马的孕期最长，十一个半月，发情期是头年的二、三月，第二年二月、三月产马驹。给经产马（两胎以上）在发情期配种需要九天到十一天，授精两次，就能怀孕。初产马需要人工揉摩卵巢，根据卵巢发情情况，适时进行人工授精。公马采精有些麻烦，发情母马要先引逗种公马，成功后方可进行人工采精。

牛的人工受精过程和马的差不多，是在秋季的七、八月份。牛的孕期是九个半月，产犊正好是第二年的春天。"吨牛"买回来当年就立下了汗马功劳，母牛群第二年生产了八十多头改良牛犊，刚生下的改良牛犊体重是本地牛犊体重的一倍。

羊的孕期是一百五十天,九月到十月进行人工授精,转年二月份产羔。羊羔到半个月时就能添加精饲料喂养了,到三四个月断奶,五月份羊羔就能赶到草甸上啃吃青葱油绿的小草,到年底就能长成大羊出售。

羊的人工授精比较麻烦,八百只母羊都要掌握其发情时间,做到适时配种。母羊发情的主要表现是食欲减退、兴奋不安、嘶鸣,最醒目的表现是爬胯。一只母羊在接受公羊爬胯时并不反抗,它会静立不动,阴门红肿,频频排尿并流出透明的黏液,这意味着羊已经开始发情了。羊发情的时间很集中,放牧员要在放牧时观察哪只母羊在发情,就在其身上标上颜色,收牧后再将带有记号的羊赶进专门的人工授精羊圈。

郑忠凤、高雅洁、陈颖芳、刘晓洁

负责人工授精的是牧业队副队长、知青刘亚杰,他和助手用采集的新疆细毛种公羊的精液为母羊进行人工授精,用二十天时间就集中完成了任务。到了第二年正月,两只新疆细毛种公羊的后代——改良羊羔,就"咩咩"坠地了,又大又壮实。不幸的是在转年的春天,两只新疆细毛种公羊由于错误的药浴操作中毒而亡。

二道河牧业队员工在王场长的培训和指导下,为畜牧业现代化的进程做出了很多有益的尝试,努力引入国内外新型的牲畜养殖技术、方法和理念,使牧场畜牧业迅速地走上健康发展的轨道,呈现出欣欣向荣的大好局面。

打深水井

  1974年牧场成立时接纳了十一名知青，但到1975年才在莫旗知青办补办完建立知青点的档案，知青点的确认就从办完手续那一天算起。当时知青保送上大学、返城工作、参军要求必须下乡锻炼两年以上，所以牧场没有一个知青满足保送上大学的条件。1976年，中国社会发生了巨变，1977年12月全国恢复高考，有五名知青考上了学。1978年新规定出台，应届初高中毕业生都可以参加高考，也就是社会青年、知青和在校生在一个起跑线上同台竞争。学校分为大学、大专、高等中专、初等中专和技校五个档次，我报考了初等中专。那年，初等中专考五门，由于应届生的参与，黑龙江省录取分数线划定为四百多分。莫旗报考初等中专的考生有一千多人，连补录算在内，莫旗考上初等中专的考生不到十人。我被黑龙江省大兴安岭地区卫校的护士专业录取，护士班里往届生和应届初中生各占一半，应届初中生年龄都在十六岁左右。这一年，牧场有六名知青考上了中专和技校，三人考取公办教师，四人被推荐到莫旗小库莫露天煤矿当工人，一人参军。

  当我回牧场办理上学手续时听到一个好消息——牧场已经筹措到足够的资金打深水井了。我由衷地感到欣慰：这是一件天大的好事，彻底搬开了压在人们心口上的大石头，一劳永逸地解决了地表浅水带给人体健康伤害的大难题。

映山红花满山坡

上排：郭立钢、孙凤华、孙敏凤、吴艳花
下排：姜桂珠、王秀慧、孙晓平、高春悦

在牧场最后几天里，有多少欣喜激动就有多少离愁别绪：回顾三年波澜不惊的知青岁月，在只认辛勤劳动不问福禄的地方，有牧场领导的苦心经营，有父母的大爱无疆，有知青战友的淳朴善良；对于牧场未来的发展我几乎没有参与，过着无忧无虑、平淡安宁的生活。集体生活虽然一定程度上打开了我的视野，启迪了我的心智，但我依旧懵懂而天真；身体上没有遭受特别的折磨；没有为一日三餐、居无定所而忧心忡忡。在生产一线和子弟小学当老师没有做出可圈可点、让人称道的业绩；在牧场不需要苦思冥想，不需要艰难跋涉，不需要逆流而上，在这片天空下总有人为我遮风挡雨；最后我考上初等中专，结束了自己的知青生涯。兴奋的心情抑制不住，展现在我面前的是一条更加平坦开阔的人生之路。

为什么打深水井成了牧场天大的好消息？刘惠君和王场长当年在青背山费尽周折勘察选址，最后决定将牧场落户在青背山山北一处被丘陵、平原、小河依次环绕的山坡中腰，并为此结结实实地扒掉了好几层皮，才完成了从"荒山地"到"新牧场"的嬗变。

这里山水交汇，周围还有很多小山泉，泉水潺潺，甜如甘露，最难得的是还有一处大泉眼，水流汩汩，足以润泽一方百姓，真是一处难得的桃源胜地。牧场由此落地生根，开枝散叶。王场长无数次在会上说："不容易呀！在青背山选址建场尘埃落定，圈地二十多平方千米后，我们几个人在心满意足中不禁感慨万端：踏破铁鞋，煞费苦心，如夸父追日般跋山涉水的日子终于到头了！身心不再煎熬，真想一醉方休，躺到炕上睡上两天！"

牧场处在青山丘陵环抱的小盆地中，东面有后山头，南面七八里外是横卧的青背山，正西方是亚葫芦山，西南面的馒头山逶迤向南北延伸，北面有连接天际的无垠草甸和丘陵，翻过一道山，走过一道岭，还是一座山。连绵起伏的丘陵山峦被烟雾笼罩，近处呈黛青色，稍远处渐变成水墨灰色，更远处则愈加幽暗深邃，隐入苍苍茫茫的雾气之中。

张淑范、周慧琴、刘晓洁、杨丽英、李桂杰、陈颖芳

牧场在大泉眼上安了架水车，由米面加工厂的24马力柴油机带动，将泉水抽到上面一个三米长的大水箱里，水箱下方有个长铁水管，固定在墙上，水管上有"阀门开关"，一拧"开关"水就哗哗流出来，十分方便。人们都是直接躬下身子用嘴接着水管喝水，清冽冰凉，生津止渴。人们对它格外推崇，都说这里的泉水不仅去病消灾，还能福荫后代。

员工和知青在牧场所感觉到的最明显变化就是在牧场连续住上两个月，会出现指甲增厚、发黄、变瘪凹陷、生长缓慢的现象；但只要回家待上一段时间，手指甲就会恢复原状——半透明，有光泽，坚韧且不易折断。那时大家并没有太多想法，只是把手指甲好看与否与住在山上时间长短有关作为一个话题聊聊而已。

真正引起人心骚动的是1976年下半年，当时有员工家属搬上山不到半年，一些妇女凭感觉认为自己身体出现了异常，譬如身体恹恹无力、嗜睡、拉肚子、心悸等等。其实女知青也有这样的反应，只是症状没有女家属表现得那么明显、集中和严重而已。于是人们开始质疑起这里的水质来。员工及其家属看女知青个个精力充沛、红光满面，就说知青是吃得好、年轻，身体不容易得病。

从1977年下半年开始，三十岁左右的女家属接二连三出现了胸闷、恶心、血压下降、吐黄水、呼吸困难等严重症状。

场部卫生所有两名赤脚医生,一名是知青代武新,出身于中医世家,他是带着药箱来到牧场的;另一个叫刘全礼,原是村里的赤脚医生。两个人都很瘦,常年穿着略宽松的白大褂,脖子上挂一个听诊器。他们兼通中西医,既可以用听诊器给病人听诊,也能通过"把脉"判断病人的身体状况,还擅长针灸、拔罐等。他俩的红十字药箱中有普通的止疼、消炎针剂,有红汞、碘酒和阿司匹林药片,还有点滴、注射用到的抗生素、盐水、葡萄糖等。两位医生怀着医者仁心接待每一个人,尽职尽责,随叫随到;处方就是谁都能叫出名的常规用药;打针

知青代武新在牧场留影

看病不收钱,用药或买药就到卫生所找刘晓洁。代武新和刘全礼背着药箱到病人家里,也会享受到贵宾般的待遇,被好好招待一番;但这次面对妇女身上集中出现的病症,他们却是一点儿辙也没有。

后来,牧场向莫旗卫生管理部门反映了这一问题。大兴安岭地区和莫旗两级防疫站专门来牧场实地普查过两次,给妇女都进行了体检,最后一次体检结束后,医务人员郑重地告诉人们:牧场三分之一的妇女患了"克山病",亦称地方性心肌病。这种病于1935年在我国黑龙江省克山县发现,由此得名,东北人通俗的说法就是"攻心翻"或"羊毛疔"。据记载,莫旗在新中国成立前后好多村屯也发生过这种病。该病不仅与牧场地表泉水缺硒、砷等元素有关,还与牧场场址地处盆地,大气流动受阻,不能及时将废气排出有直接关系。常言说:"风舞烟舞,风止烟静。"牧场人口越来越多,灶膛生火、烟囱升烟,或淡或浓的炊烟久久在牧场上空徘徊,烟雾一层层笼罩着这块"小盆地",妥妥的就是一个"克山病"的温床。很多员工都听家里大人讲过1954年前后克山病在兴

隆公社和西瓦尔图公社侵袭人们的惨状，内心升腾起一种莫名的恐惧和绝望，"克山病"成了瘟疫，看不见，摸不着，搞得人心慌慌，人人自危。牧场上空顿时笼罩起一层阴云，首先行动的是最早从乌尔科公社兴隆泉村迁移来的十户人家中的九户，只剩下生产队队长刘新贤一个人，随后其他公社的几户人家也搬走了。这十几户人家的当家人正值壮年，家里人口还少，这些劳动力的流失对牧场的农业生产影响无疑是很大的。其他员工和家属也站在"去"和"留"二选一的命题上，惶惶不可终日。原本平静美好的生活被彻底打乱了。

1978年夏初发生的一件事，既叫人感到愚昧荒唐，又让人感到痛心难受。一天，王场长发现后勤的女知青和几个家属在神秘地说着什么，一见到王场长又马上散开了。这样的事连续发生了两三回，更奇怪的是，那几天员工家属没有一个下地铲地的。后来王场长得知，原来是家属区来了一个"神人"，大家都叫她"王半仙"，家住登特科公社，是给小孩做替身或当"领仙"的。"王半仙"这次来牧场的女婿家小住，听说这里妇女有病的多，就到山上转了转，并在一棵傲然挺立的大树下兜兜转转几个来回，最后断定出这棵树有聚福禄、避邪恶的神奇功能。她回到牧场后就对那些妇女说："后山有棵柞树是'神树'，如果你们想许愿，就得跪在树下，虔诚地向'神树'烧香、叩头，悄悄地把许下的愿望告诉它，如果'神树'答应了你的愿望，树叶和树皮就会变成神丹妙药，只管拿回家熬水喝。"这一番话把家属都蛊惑起来，"王半仙"于是开始每天领着她们到后山取药，喝过用树叶和树皮熬出"神水"的人还竟然说挺灵，觉得对病痛有疗效。

王场长听说后，赶紧上了后山。

后山的草甸上的确有一棵大

取药"神树"

柞树,一米粗,十几米高,树干强壮有力,一片片大叶子像一面面盾牌相互簇拥着,形成巨大的树冠,在榛柴棵子和灌木丛中显得格外苍郁遒劲。枝繁叶茂的大柞树上已经被这些人绑上了大大小小迎风飘动的红布条。

王场长躬着身子在半人多高的榛柴棵子和灌木丛中潜行,密实的植物完全遮挡了他的身影。王场长悄悄走到跟前,严肃地望着人们,仔细地观察她们的一举一动。现场仪式感十足,只见仪式主持者身穿印花棉布长袍,盘坐在大树前一块圆形的红色坐垫上,树影婆娑倒映在她那张自然松弛的脸上,全身被一道道从叶片缝隙射出的光线扫过。左边摆放着一盘馒头和一盘五谷杂粮,右边点着三支白色蜡烛,中间的香炉上插着袅袅升烟的定心香。来的妇女真不少,一个个顶着酷热跪拜在榛柴棵子和灌木丛中,奇花异草就在她们的鼻子底下,面前摆着一个盖着红布的小饭碗。她们像信徒膜拜神像一样,向大树和"王半仙"磕着头,不停地向天祷告,向"王半仙"祷告,嘴里还一个劲地念叨着:"求神仙显灵,求神仙保佑!"仿佛神灵都能听到、看到、领会到,就会施展魔法,赐予她们神丹妙药。

等王场长完全站起身来,跪着的人们才发现他。王场长问:"你们取到药了吗?都能治什么病?"

人们都慌乱地站起来,猜测着王场长来这里的目的。

有人说:"没到取药的时候,正在'神树'前焚香行大拜之礼,等到大仙施舍完,就能取树皮和树叶回家熬成汤水喝了。"

王场长说:"我过来是通知大家晚上到男宿舍开妇女大会。"并用严厉的眼神看向"王半仙",让她也去开会,并补充说,如果不去的话,就将她的女婿开除。

晚上,来开会的家属很多,女知青也被要求参加会议,"王半仙"低着头坐在炕梢的角落。

王场长说:"虽然现在已经破除了封建迷信,但有些人小病不治,大病着慌,短时间内治不好,就开始搞歪门邪道、求神拜佛。你们这些在大树下磕头作揖的人，都在被装神弄鬼的人愚弄，骗钱花！这些都是歪门邪道，缺乏科学依据！牧场还有好多知青，是个有文化的地方，他们不过二十岁，看你们上山取药，他们会怎么想？绝不能把封建迷信那一套带到牧场来，把知青给带坏了。"然后，王场长转头又对"王半仙"说，"我现在从年龄上管你叫声阿姨，你到牧场来看女儿我们欢迎，但你把在登特科公社搞的'求神领仙'那一套拿到牧场来绝对不行。你实话实说，给大家讲一讲，跪拜之后树皮、树叶就真能当药吗？"

"王半仙"见王场长上山阻止家属取药，又听见让她晚上到场部开会，已经感觉事情不妙，女婿和女儿也害怕得不行。一进会场，"王半仙"就坐在炕梢角落开始抹眼泪，听到让她说话，干脆直接哭出声来。"王半仙"到底见过世面，讲起话来一点儿也不怯场，只见她一个劲地检讨自己这不对那不对，最后诚恳地说："我们生产队去年一天才分五毛钱，你们这儿一天两元钱，为了我姑娘一家，我保证在牧场绝不会再搞封建迷信了，明天我就下山回家。"

王场长最后说："咱们家属经常闹病我也着急，只要我干一天，在一天，就会把牧场人的身体健康放在首位。我明天就下山继续为打井的事找旗领导，想想办法，深水井必须打，一定要让大家喝上放放心心的水！"

自从两级防疫站说牧场泉水缺乏微量元素，长时间饮用会对身体造成伤害，王场长就已经把防疫人员的专业分析报告和打深水井的申请报送给了莫旗政府，还曾找过旗里有关部门请求帮助："我们那儿必须改水，泉水真的不能喝了！再这样下去，泉水会把好好的牧场搅黄啊！快帮助我们打深水井吧！"之后，他又去找莫旗打井队做预算，打井队回复说："打一口深水井得七万二。"当时这可是天文数字，小麦、黄豆一角一斤，一只羊二十元，牧场上哪儿去找这么多钱？于是打深水井这事就这样拖了下来。

1978年，牧场已成为冉冉升起的一颗企业明星，拥有全套的农业机械设备，第二、第三产业繁荣发展，农林牧副齐头并进，日工资可达两元钱,这在全旗都是首屈一指的,因为当时正科级干部每月工资才六十多元。1978年8月15日,莫力达瓦达斡尔族自治旗成立二十周年大庆,黑龙江省和大兴安岭地区的领导来了不少。庆典过后的第二天,来宾领导坐着十一辆吉普车来到牧场。牧场的景色一如既往,没有节日盛装的打扮和充满欢乐的迎接队伍,连红旗和标语都没有。十一辆北京吉普车光临牧场,来宾的身份像旋风一样传到每个人的耳朵里,人们满面生辉,仿佛在猜测"盲盒"中的礼物,心中充满了一些期待。

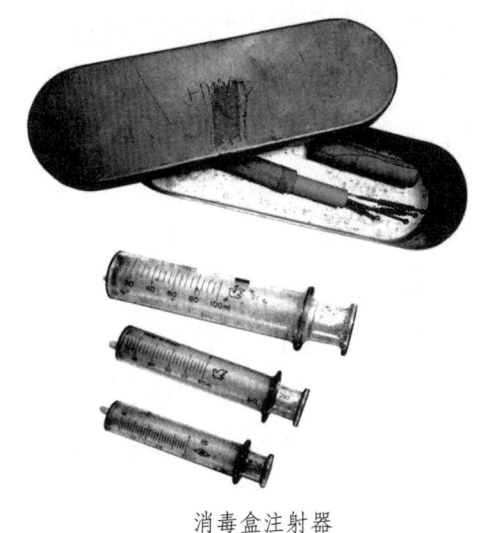

消毒盒注射器

　　来宾重点是看畜牧业,他们在王场长的陪同下去了二道河牧业队,并在那里吃了中午饭,返回场部后又与知青齐聚一堂,举行了座谈会。来宾的动机诚挚善良,座谈会洋溢着温馨愉悦的感人气氛。领导鼓励知青畅所欲言,知青也不会装腔作势,展示着本真自我,一如充满生机的映山红,但在来宾接地气、心贴心的慰问关爱下又略显忸怩和腼腆。

　　1978年是全国知青大规模返城的开启年。牧场知青招工返城是一条重要渠道,不过受益者还是少数,剩下的知青依旧在泥土中摸爬滚打,而知青父母最大的心愿就是尽快办好孩子的返城手续。莫旗出台的新政策最鼓舞人心,最接地气:父母退休可以让子女接班。有的家长为了自己的孩子能回家,就迫不及待地要求提前退休。

　　座谈会上有一位五十多岁的老干部,他介绍自己当过兵,转业后成为开垦北大荒先遣部队一员。其中一句话"你们也是垦荒战士,咱们是同一战壕的战友,同道中人",说得全场掌声雷动。

　　这位老干部是黑龙江省财政厅厅长。他面带真诚,充满关切地说道:"你们有什么要求就提一下吧。"

知青们说牧场这里地大物博,自然条件和场里的状况哪儿哪儿都好,可以说是一块春看耕种忙、夏看青纱帐、秋看五谷香、冬看千里披银装的风水宝地,就是大家喝的泉水会让人得心脏病、大骨节等地方病。说着,一个个都伸出粗糙、带有老茧的双手,向领导展示自己凹凸不平的指甲盖,接着补充道:"但只要回家,用不了几天指甲盖就神奇地变圆润好看了。"

还有知青说:"我们春顶风沙,夏披烈日,秋淋冷雨,冬战冰雪,泉水里不止缺少微量元素,那是真不养人啊!真的有毒啊!刚回到家里,家人望着我们的脸就说'年轻轻的一点儿也不水灵'。和同学们一比,皮肤粗糙,皱巴巴的,哪是同龄人呀?但过上几天就又顺眼了。"

大家被这番天真而真实的话引得哈哈大笑,七言八语起来:"知青在家是父母的宝贝,到了农村啥活都干,能坚持下来真不容易。"

其实每位来宾即使自己家的孩子不是知青,三亲六故的家里也都有下乡的子女,扯开这个话题后,谁都能插上两句嘴。有位来宾说:"你们离家才一百五十里,想家就可以跑回去。我孩子下乡的地方离家一千多里地,孩子想家想得直哭。"一位来自黑龙江省建设兵团的来宾说:"我们那儿大多是南方来的知青,两三千里地,买不买上票,都得人挤人,硬往火车上挤,厕所里都坐着人,回家一趟在火车上就能扒层皮,现在返城的人也不少了。"

来宾也把自己所在地方的知青状况和返城问题给大家做了介绍,知青返城已成为城镇家长关注的大问题。

王场长早就盘算过要将打深水井这件大事趁机向领导汇

刘金荣、王爱娟、朱蕴英(左起上)
王玉珍(下,2018年)

报,已提前让人用吉普车把子弟小学患大骨节病最重的孩子接了来。随后,接替我教学工作的知青冯金艳领着一个十岁左右,名叫刘翠凤的小女孩一拐一拐地走进会场。刘翠凤长得浓眉大眼,皮肤细嫩红润,但个子远比同龄孩子矮得多。她弯曲的小手更是让在场的领导受到极大的震撼。财政厅厅长握着刘翠凤的手,唏嘘不已:"这手像受伤的胡萝卜,一节粗一节细,手指关节这也太粗了,显得五个手指都特别短。"然后心疼地问,"孩子,你疼吗?"

刘翠凤回答道:"晚上疼。"

财政厅厅长又说:"你攥拳头,

知青在尼尔基伊兰广场(2020年)

再张开手给我看看。"说着,伸出手来一张一合地让小姑娘跟着做。

刘翠凤伸出手,只见小手既伸不直也握不紧拳头。

陪着刘翠凤的冯金艳说:"孩子的脚踝大骨节病也很严重,走起路来特费劲,还不能走远路。"

财政厅厅长问王场长:"那你们想过解决问题的办法没有?"

王场长说:"地区和旗里防疫站都来过人,他们说必须得打深水井。"

财政厅厅长说:"那就打呀!"

王场长说:"我们暂时还拿不出那么多钱。"

财政厅厅长又问:"得需要多少钱?"

王场长说:"七万两千元。"

财政厅厅长马上说:"政府有专项资金保障农村饮水安全,我给你三万元。"随后转向大兴安岭地区财政处处长,说,"你们地区财政给出三万元,咱俩拿大头,剩下的由旗里来解决。"

大兴安岭地区财政处处长连连点头:"行,行!"

旗委副书记孙海山求之不得地说道:"好,好,剩下的我想办法解决,我给!"

打深水井这件事当场就拍板了。黑龙江省财政厅的钱不到十天就到账了,大兴安岭地区财政处的钱半个月也到账了。

牧场有钱了,快年末时请来莫旗打井队,他们用了一个月时间就打成了机井。据打井队的人说,这口机井有一百零八米深。

伯尔科知青农场知青返乡探亲(2006年)

荒火浓烟下的遐想

春秋两季,风多雨少,天干物燥,牧场方圆几十里被盲流点环绕,成为西部山区火灾的重灾区。

一到这个时候,林业管理部门的直升机就会光顾牧场上空。地面上的人们为了看清直升机一直跟着跑,嘴里还大声喊叫着:"直升机!直升机!"直升机在我们头顶盘旋着,垂直下降时,螺旋桨上的两只叶片旋风般卷起地上的尘土迷住人们的眼睛。发动机的轰鸣声从震耳欲聋逐渐降低,变成马蜂的声音,最后变成蜜蜂嗡嗡叫。等直升机在半空中静止不动时,就可以清晰地看见驾驶舱中的飞行员和站在敞开着机舱门口的人,他们将拆开的一捆捆宣传单投下,千万张宣传单像片片彩色的羽毛飘落下来,直升机也兴奋地不断点头,好像在告诉我们要时刻警惕森林防火,严禁一切野外用火和携带火种进山。不一会儿,直升机螺旋桨又快速地旋转起来,垂直升了上去。所有人开始哄抢撒下的宣传单——人们看重的是纸张而不是内容,可以拿回家当引火纸或是卷烟纸。

我在牧场经历了两场严重的山火。

1976年春天,牧场西南方向盲流点有人在自家的田间烧荒,当时风力较大,火势迅速向周围的草甸和林地蔓延,引发了山林火灾。尽管着火点与牧场隔了好几重山,但还是能看见漫天的浓烟。到了晚上,众人站在夜幕下,火光照亮整个天边,像不断升起的天灯在夜幕里游走、跳跃，形成一条奔腾的火龙。大伙嚷嚷着："快看，火势变大了！"有的员工不紧不慢地说着："浓烟能跑出去几十里，火苗肯定有十几米高，不过这火烧不到咱们这里。"还有人说："要是风向朝咱们这边刮，牧场早就完了。"所幸两天后下了场大雨，把山火浇灭了。

打火队的大卡车在返回途中到牧场逗留了一会儿，王场长正好要回街里办事，就爬上了一辆大卡车，发现车上是用纸箱子装的光头饼干和罐头。那时物资匮乏，生活窘困，能吃上饼干是件十分奢侈的事。王场长想，反正是往街里拉，多一箱少一箱都无所谓，因此快到玉米地时，王场长指着干活的人们，对防火办的人说："给我两箱吧，我扔给那些人。"得到同意后，王场长往土路上连续抛下五箱饼干。地里的大队人马看到王场长在汽车上连比画带喊叫，还从疾速行驶的大卡车上往下抛箱子，都扔下手中的工具，呼啦啦地往土路上跑。纸箱子被重重地摔到地上，四分五裂，饼干四处开花，扬在了土路和草丛里，拖拖拉拉有几十米长。人们见到这情景喜上眉梢，心想：既不用上山打火又捞到了饼干，这好事上哪儿去找？每个人都把外衣脱下来当兜兜，在尘土、草棵里四处划拉饼干。

抢到饼干的人一个个带着兴奋的表情，在别处干活没有抢到饼干的人，就显得特别沮丧，在食堂吃午饭的时候，开始嚷嚷着牧场是共产主义大家庭，大家不能吃独食。在刘队长的协调下，每个人也都吃到了饼干。来自登特科公社北市场的一位员工叫程志国，是个转业兵，快三十岁了，特别爱热闹，喜欢开玩笑，他说饼干没吃够，在大庭广众之下，向比他小几岁的一位家属女工刘文华喊道："老姨、老姨，给我几块饼干吧！"刘文华笑着让他大声地多叫了几遍"老姨"，才拿出饼干。程志国拿到饼干后笑嘻嘻地和大家解释道："刘文华是我孙子的老姨。"刘文华一怔，继而蹦高高地尖叫起来，气得直往程志国身上扑，要把饼干抢回来。人们哄堂大笑，喊起来："给你就吃，打你就跑，还等啥呀！"程志国把手中的饼干举到半空撒腿就跑，刘文华则在后面紧追不放。俩人一前一后穿梭在人群中间，来来回回地转了好几圈。

此后,免费"午餐"再也没有降临。1977年10月中下旬,山火从西北深林燃起,牧场这次没有幸免,牧场人实实在在参与了一场扑灭山火的战役。我对这次火灾的印象特别深刻:山火即将吞噬家园的恐惧感,人类在灾害面前无论多渺小,却又不得不去做的顽强抗争。

那天中午,王场长正在场院,突然发现西北方向绵延的群山中有烟云弥漫,还不断地缭绕升腾,如恶龙般在空中肆无忌惮地张牙舞爪,很快遮蔽了半个天空,在湛蓝的天空下格外醒目。王场长一下就判断出浓烟大致的方位,虽然在很远很远的地方,但蔓延的速度异常迅猛,并且朝着场部和二道河牧业队所在方向快速移动。山火烧过来的话,首先受到威胁的是二道河牧业队,再向南跨过好几米宽的霍日奇坎河,就是牧场堆起的羊草垛,占地面积好几平方千米。

事不宜迟,王场长赶紧派人骑马通知场部的人迅速到场院集合,同时派人骑马去二道河牧业队通知他们在霍日奇坎河北岸设置防火隔离带。场部知青和员工也都看到了天上的烟云,听到飞马传信,都跑到了场院。王场长简单做了部署,让车队的李队长赶紧开着拖拉机,带上铁铧犁去霍日奇坎河南岸翻出一条防火隔离带;女知青负责留守看护场部和场院;男知青和员工全体出动,拿着灭火的家什赶紧上后山,在拖拉机翻出的防火隔离带边缘分段点火烧荒,以扩大防火隔离带宽度,保证山火不会烧到羊草垛。

安排完毕,王场长领着大队人马就往后山一路狂奔,他们要徒步八九里地,才能到达霍日奇坎河。虽然行动迅疾,但火借风势,风助火威,火舌翻腾已经越过了霍日奇坎河。火势让王场长打算在河的南岸用拖拉机和人力设置防火隔离带的计划落了空,还迫使所有人不得不向南一退再退。

草甸子是牧场打羊草、存储越冬草料的宝地,而现在火龙的长舌狂妄地舔着羊草垛,每个羊草垛足有四五百斤,烧了一垛又一垛,火球一个连着一个冲天而起,瞬间成了火烧连营,火焰猛烈,浓烟滚滚,弥漫四野,温度随之也升上来。灭山火的人即使不往前靠,也被烤得嘴唇干裂，脸色通红，呼吸困难，呛咳不止，泪水不住地涌出眼眶，眼前已是模糊一片！

王场长边呼喊边用手势指挥所有人再后退一里，几乎退到草甸子的最南边。这已经是最后的底线了——山火如果蔓延过这片开阔的草甸子，再向南吞噬两三个山岗的灌木丛和杂草，势必会殃及场部、场院和家属宿舍，身家性命、千秋家业必将化为灰烬，毁于一旦。王场长当时拼了性命，发了疯似的来回奔跑。所有人都看见了王场长那副狰狞的面孔，仿佛眼前就是硝烟弥漫的战场，都是敢死队的成员，谁要在兵临城下的时刻退缩，那王场长一定会当场送给他一颗子弹。

所幸的是打完羊草后重新生长的二茬草还算矮小，羊草垛燃爆后就失去了燃烧的能量和动力，火焰威力骤然大减，只有矮小瘦弱的草棵燃烧着火苗。

隆隆轰鸣的拖拉机靠近燃火的草甸，翻地，耙地，建立防火隔离带。大家抖擞精神，拉开距离，摆开阵势，分段点火，一条人为点燃的火龙缓缓燃烧，加宽了防火屏障，足以阻断火势朝牧场的进攻。

山火和人工点燃的荒火两股火苗就像两条游动的火龙，一会儿蠕动着横向平移，一会儿不断地分裂、合并。山火与人工点燃的荒火终于碰头交融，刹那间又一次垂死呼啸，蹿向天空，逐渐失去最后一点儿余威，有气无力地贴着地面，在黑漆漆的大地上慢慢地苟延残喘着。

不到下午四点，王场长长长地舒了口气，用手擦着额头上的汗珠，自言自语道："好险哪！终于逃过这一劫了。"所有人也一屁股坐在了地上，全身像散了架似的，大腿肌肉的酸痛阵阵来袭，连步子都迈不开了。

火势漫过霍日奇坎河后，一层叠着一层，浓密低垂的乌云紧紧笼罩在牧场上空，天空在迅速转暗，扑面而来的烟尘与碎屑被风裹挟着，蹿入所有人的嘴里和鼻孔里。浓烈呛人的焦糊味和浸染后山天空的橙色火光，预示着牧场大本营已经被山火盯上，危在旦夕。留守的女知青几乎到了崩溃的边缘，浓烟越来越大，她们就像动物园里的困兽，焦灼万

分地来回踱步,更替扑火人员捏着一把汗。。不知谁带着哭腔喊了一声:"站在这儿等死呀?反正也是被火烧死,还不如现在到后山上看一看!"于是,女知青呼啦啦地开始往后山方向跑,等她们跑到大队人马面前,火势已经收敛,黑烟变淡了一些,火势已经被控制住,让人担心的只是山风不断吹,说不定山火就会在哪个地方死灰复燃。

子弟小学建在场部东北方的山坡腰部,从宿舍到小学的途中要迈过一道冲沟,里面渗出来的泉水悄无声息地滋润着沟槽。过了小学再往上的最高处是一块面积很大的山顶,东坡就是养蜂场。前一阵我和马洁还领着学生到过山顶,沿路的榛柴棵子上长满了膨膨鼓鼓的榛子,或对生连串,或群生坠成嘟噜,或单生独挂。

当云烟漫过小学上空,低年级的孩子都吓得跑回了家;四年级,也就是最高年级的男学生都没走,我与马洁和这群男学生站在学校后山的最高处。天空不停变换着颜色,昏黄、紫黑、暗黑,似天鹅绒幕布厚重地飘浮在天上,像乌云翻滚。我们当时虽然害怕得要命,还是不愿意撤离,事实上也不知道应该撤到哪里去。我和马洁领着男学生在山顶上俯瞰火势,场面令人惊心动魄,无数次我们不由自主地簇拥在一起,身体笔直,绷得紧紧的。当时我仿佛看见漫天大火带着狞笑,正气势汹汹地向我们狂奔而来,一个个坏念头不断出现在我的脑海,没有人伸出援手,没有人指点方向,脑袋一片混乱,似乎嗅到了死亡的气息。

家属区在学校脚下,望过去,就像孩子们搭建的带烟囱的积木大房子。山火肆虐时,没有人来学校找自己的孩子。第二天上课时,学生们都说家属区的妇女儿童感受到前所未有的忐忑不安,一些人甚至把家里的东西能打包的都打包了,之后就是无助绝望地哭喊。

天空的烟云随着火势飘过来,偌大的场部上空在几个小时里,不知变换了多少次颜色。最后,太阳慢慢透过云层的间隙,重新出现在人们的视野,"观敌瞭阵"的男学生恐惧、悲凉的眼神也开始不断地闪金烁银,起伏荡漾,大家小心翼翼地走向后山。没出二里地,满山披挂黄金甲的树木成了黑色的光杆司令,刚开始还能看到黑树枝冒着烟,后来慢慢就不冒烟了；草木灰打底的地面，摸了一把还烫手；草木被烧焦的糊味在空气里还散发着袭人的余热。我们一边走一边四处瞭望，生灵涂炭，满目疮痍，看得十分揪心。不时变换颜色的天空，这时候恢复了碧空如洗的景象。

踏着灰烬进入到榛柴棵子丛横交错之地，散落着一个个像黄珍珠一样的榛子，外壳都已经裂开，多得可以用手划拉到一块捧起来，不过手指、手掌也立即被染成锅底黑。我们出来寻找打火的人和走一走、看一看的目的顿时变成了被割舍和告别的游戏，再没有时间和精力顾及了。纷纷把外衣脱下绑在腰上、将两个袖子头打成死结，开始贪婪地划拉起被大火炒好的榛子，一边捡一边不断地放到嘴里一颗，牙齿轻轻地咬着壳，弄出噼啪声响，无餍地嚼着榛子核，香味扑鼻，每个人嘴唇一圈黑，脸上仿佛是有意抹上的锅底灰。在被大火收割一空的宽阔地带，我们尽享劳动的欢愉，内心的充实感如此美丽，只想沉浸在这里，别有韵味地加快忙碌的节奏。不经意间落日余晖晚霞淡去，天空颜色加深到灰暗朦胧，才从意犹未尽到不敢恋战。一个个灰头黑脸，惊奇与焦灼，惊恐与从容，兴奋与疲累交集在一起编织的体验和感受，在回家的路上已经完全看不到原来的底色，恰似看完了万里草原灿烂盛放的花朵，满载而归地结束了秋日漫游之旅，跟缺心眼似的，高高兴兴地返回家园。

我和马洁与打火的人、女知青是前后脚回到的牧场，他们还一起跑过霍日奇坎河北岸去捡熟榛子，并捡到一只已被烧死的公狍子。厨房正在炖狍子肉呢。

男宿舍里微弱的灯光在闪烁，眼前的人影在晃动，幽暗而迷离。扑火人员坐在火炕上，脸上有一种劫后余生的愉悦，他们兴趣盎然地描述起跑火现场：整个天空蒙上了一层灰，在一片昏黄之中，羊草垛发出瘆人的爆裂声，黑烟一团一团扶摇直上；羊草垛爆燃后剧烈燃烧的火苗，像一团团火烈鸟四处流窜，火星、火花、火焰被无缝隙地连接起来，遮天蔽日，每个人都面临着死亡的威胁，真比灾难片还吓人；大家一步步撤退，可步步又想安营扎寨，制造人为放火。直到山火失去嚣张气焰，人

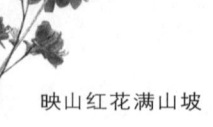

们才敢伺机反扑,在靠近拖拉机翻起的防火隔离带边缘,用火柴和打火机点燃榛柴棵子、灌木丛和尺把长的小草,加宽"防火隔离带"。

没有人讨论起火的原因:是有人扔烟头,还是人为故意放火?大家都说,在山火面前,在生命跌宕起伏的时刻,人类实在太渺小、太可怜了,卑微到只有保命的分。也有人插嘴说道:"其实大伙都吓傻了。火烧连营,干草垛成了一片火海,都觉得牧场这下肯定是没了,可谁也没有逃走的念头。"

齐心协力战山火,共克时艰显真情。此时此刻,重重叠叠累积起来的影像,转化为精神世界当中奔腾澎湃的畅想,大家一脸无所谓,满是好奇和孩子气,你争我抢说个没完,内心的恐惧忧虑被轻描淡写,仿佛没有去赴汤蹈火,只是到山上游览,获得一场特别的视觉盛宴。

隔岸观火,惊心动魄的过程不断浮现在我的眼前,曾经的恐惧、震撼和崩溃不断向我袭来——他们能近在咫尺勇敢地守望着山火,已经彰显了男人雄赳赳、气昂昂的英雄气概,而不是一群胆小懦弱之辈。

身临其境的男知青还兴奋地脑补了一只狍子葬身火海、还捡到狍子战利品的经过。当他们急行军时看到大火已经越过了霍日奇坎河南岸,就停住脚步赶紧往后撤退。从火海里窜出一只头上长角、身带火苗的公狍子,沿着小路撒开细长腿连蹦带跳奔跑,等追上了他们后,又猛然掉头按原路折了回去,眼睁睁看着狍子钻进红通通的火海。等荒火熄灭、知青和员工在二道河牧业队附近的废墟上瞄见了一只黑黢黢的傻狍子,便让知青小张提前扛着送回了厨房。

第二天太阳照样升起,几个男知青站在过火区域望着赤裸裸的大地,视线无限蔓延到天边,最终融化在天空的蔚蓝里。他们还遇到了不谋而合的盲流,都在直着脖子东张西望,在焦土灰烬的旷野上搜寻被烧死的动物。知青捡了三只死狍子,盲流也捡到了四只死狍子,这还只是在二道河牧业队附近被烧死的狍子。再往山里去,过火面积更大,说不清那一天到底有多少只狍子或者其他大大小小的动物葬身火海。

"火烧当日穷,水淹一片荒"的苍凉和沉重,<u>丝丝缕缕浸透了我殷红</u>

的记忆，仿佛头脑中有一张存储信息的硬盘，随时随地能呈现出近五十年前那一场山火带给大地母亲的灼痛。我用万能胶水将那些松散、杂乱的碎片重新粘合起来，变成一个有形的岁月故事，尽可能完整地展现给后人。

奶牛换改良马

牧场属于半农半牧区，拥有得天独厚的区域优势。畜牧养殖业作为牧场的支柱产业，其发展也经历了一个探索过程，牧场从起初养奶牛到后来换改良马，不到三年就获得了不错的效益。

1974年建场初期，牧场从拉哈镇黎明奶牛场买了五十头黑白花奶牛，是荷兰种牛与东北地方母牛杂交的东北优良地方品种，具有体型大、产奶量高的特点。五十头奶牛中带胎的奶牛就占一半，相当于"买一头牛赠半头牛"。拉哈镇黎明奶牛场距牧场二百五十多里地，因资金匮乏，雇不起汽车，六名员工只能手拿着棍子徒步将这五十头奶牛赶回牧场，缓缓行进，风餐露宿，翻山越岭。饿了，就用几个干馒头充饥，带着体温的牛奶就像自来水一样随喝随挤；夜晚，得先找个能安顿好牛群的地方才能睡觉。奶牛到牧场后好几天才能恢复体能，每头牛日产四五十斤牛奶。

牛奶除了喂小牛犊，剩下的都拿去熬半成品奶粉。半成品奶粉里不加糖和其他添加剂，在莫旗副食品商店和齐齐哈尔乳品厂售卖，市场反响还不错，很受欢迎。可到1975年春正值奶牛产奶高峰时，奶粉加工却歇业停产了。

牧场一算账，一方面，用土法生产出的奶粉因消毒灭菌等环节不那么正规，存放时间短，到了夏天往外运送总是出状况；另一方面，熬奶粉需要两个人,打烧柴需要两个人,粉碎奶粉块时还要出个人来发动机器。再者,五十头奶牛一年得消耗十来万斤好粮食。总的算下来,做半成品奶粉连成本都难以挣回来。后来,挤出来的牛奶除了人喝、喂牛犊,哪怕是喂猪,都比生产半成品奶粉的成本低。

徐晓青(上排右一)、刘淑芬(下排左二)夫妇请知青战友吃饭后合影(2018年)

但是牧场也不能继续白养着奶牛,于是王场长动了卖奶牛买马的念头,他给黑龙江省长吉岗牛场打了个电话,恰巧王副场长不在场里,去外地考察黄牛改良了,接电话的人给王场长透露了一个信息:国家很重视黄牛改良,他们已经在处理所有的马匹,转而大量买改良牛,还从国外花了四万元买了一头优质的肉牛种公牛。随后又问王场长买不买小马驹,个顶个的好马驹。

王场长一向对长吉岗牛场的王副场长心怀敬意。王副场长做买卖的执行力为人称道,从不以牛场在东北畜牧产业的霸主地位而去做店大欺客的事,反而经常无私地鼓励他人和帮助他人。不久前,王副场长就曾慷慨地以最优惠的价格卖给牧场一头从法国进口的西门达尔种公牛。

牧场卖牛买马,长吉岗牛场卖马买牛,太巧合了。当时农村普遍没有机械,全部靠牛拉犁和马拉汽包车跑运输,最贵的奶牛五百元,一般的马都能卖两千元,市场上一匹能架辕的好马值三千元。生产队的马像农民的眼珠子一样珍贵,常言道:"马无夜草不肥。"马倌和赶马车的车夫都得挑选体质好、有责任心的人。

王场长又动了去长吉岗牛场找王副场长,用牧场的奶牛换他们的改良马的念头。

高雅洁（左）、张淑范（右）、郑忠凤（下）

没隔几天，王场长就到了长吉岗牛场，王副场长已经回来了。王场长见到王副场长也不多客套，开门见山地说道："我们场有五十头奶牛要出售。"

王副场长说："好呀，我们场正在大量买奶牛，你们要多少钱一头？"

王场长说："我想用奶牛换马。"

王副场长说："我们这儿能马上产驹的大母马都处理完了，还剩几十匹两岁的小母马。"

王场长说："那也行。"

王副场长让王场长跟他坐车去分场看马，分场离总场二十多里地。到了那里，分场场长就领着他们到几里远的草甸上看马。王场长见到了一群红色的两岁小母马，都是改良马，就是老百姓口中所说的洋马，它是中国的三河马与苏联重型马杂交的后代。

分场场长说："都在这儿呢，一共六十匹。"

王场长一见到这六十匹小马儿，心里暗暗高兴，想着一定要换成。王场长在畜牧行业摸爬滚打，知道这些小马儿在农民眼中也是中看不中用，就直接说出了小马儿卖不出去的原因："谁都想要大母马，牵到家就能借力，而这群马还得白养两年才能繁殖，肯定就剩下了。"谈话过程中，王场长向分场场长详细询问了关于防疫方面的问题，比如马有没有传染病等。

分场场长说："我们的兽医室定期检疫，目前为止没发现什么疾病，更没有发生过传染病。"

两个人看完马后就开车返回牛场总部，中午在小食堂吃的饭。王副场长拿出自己场生产的白酒，骄傲地说："附近各酒厂生产的白酒都不如我们场的白酒好，多喝点儿。"说话间给王场长斟满了一杯，也给自己倒了一杯。

王场长喝了一口，说："这酒确实不错。"三杯下肚，王场长满脸通红，感到心跳也加速了，忙说，"今天喝多了，我实在不会喝酒。"

上左起：金士芳、邢德明
下左起：宋全堂、马泽斌

王副场长虽然是个脾气比较强硬的人，但从不强人所难。他很实在地说："不知道你酒量咋样，你自己看着喝，我还能喝点儿。"又喝了好几杯，才开始谈正事，"你同意换不？"

王场长说："我同意换。"

王副场长接着打听起牧场奶牛的情况。

王场长说："王副场长，您还是去看看吧，毕竟牛不像小东西，能拿来样品。"

王副场长想了一会儿，问："你们场离我们这儿有多远？"

王场长答道："两百多里地。"

王副场长说："你住一宿，休息一下，明天我带人去看一看。"

王场长说："我不累，如果有时间咱们下午就去我们场。"

王副场长考虑了一下便答应了，他随后派人找来畜牧科的张科长和一名姓吴的技术员。吉普车在乡村公路上疾驰，坐车的人全身跟弹簧般跳动着，扬起的尘土钻进封闭不严的车厢，弄得每个人都灰头土脸的。一行人快天黑时才到达牧场。王副场长好不容易才伸直因久坐发麻发肿的腿下了汽车，他没进屋，在大草房前面拍拍上衣、裤子，一边活动双腿，伸伸腰，挥挥双手，一边四处观望。

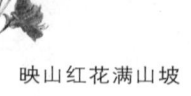

他问王场长:"你们场刚建,工人年龄都不大吧?"

王场长说:"有三十多名知青和八十多名员工,平均年龄不到三十岁。"

王副场长又问:"你们春耕工作搞得咋样?春播结束了?"

王场长回答:"没有机械,都抢种完了,麦子、苞米、土豆种得多一些。"

王副场长又望了望远方连绵的山峦和一望无际的黑土地,点点头,紧接着提出想去看一看奶牛。

王场长说:"明天再看吧,今天好好休息一下。"

王副场长说:"你我都很忙,今晚看完,明天我们起早走。"

于是,王场长忙陪同客人开车往后山走去。场部后面三面环山,包裹着连绵山丘上的七八平方千米的旱草甸子,树很少,有榛柴树、苕条树、灌木丛。草甸子上花枝招展,有被黑绿色叶片衬托着的或白或粉的芍药花、颈长叶细的黄花(金针花)、黄色的喇叭花、多年生的桔梗花、水粉色的铃铛花等。其他伴生的草本植物种类主要有柴胡花、野梅果花、生麻花、捞豆秧花、白鲜皮花等。没有卧牛石,各种野花满山怒放,五颜六色,把旱草甸子打扮得喜气洋洋,点缀得绚丽多姿。

王场长指着前面辽阔的草甸子说:"我们场的牛马羊目前都在这片草甸子上放牧,还有另一块草甸子留着打羊草越冬用。"

王副场长羡慕地说道:"你们场环境不错呀!"

空气里混杂着一股牛粪的味道。草长出半尺多高,被营养丰富的嫩草和精心搭配的饲料喂养起来的奶牛散落在草甸上,有的卧着,有的站着,青筋毕露的脉管爬满奶牛浴盆状的奶房;奶牛和小牛的腹部磨擦得又光又亮,黑白花的皮毛在夕阳的照射下反射出好看的光泽,一看就是地道的青年黑白花奶牛。从长吉岗牛场来的三个人只是粗略地看一看就都相中了,表示很满意。

王场长见三个人面露喜色,仿佛见到了一团吉祥的光晕,又在心底打起了小九九——在以物易物的交易中力争一分钱也不出。

王场长开诚布公,对王副场长说出了自己的心里话:"老前辈,我们是五十头黑白花奶牛,你们是六十匹两岁的小母马。咱们也别说谁吃亏还是占便宜,你们那群马和我们这些牛直接换了吧?"说得淡定从容,充满自信。

霍日里河林场知青

姓吴的技术员说:"不行,还是我们的马贵。"

王场长说:"我们奶牛都是青年好奶牛,一头老的都没有,价钱差不了多少。"

张科长说:"我们比你们还多十匹马呢。"

王场长说:"都是国家买卖,你那少一笔账我这多一笔账,都是公家事。"

张科长又说:"差得太多了,你再给我们两万元钱吧。"

王场长接过话头说:"如果这样说,那你的马实在不太好卖。生产队买马都是要现借力的,不能马上使唤,谁买?再说,哪个生产队能一次买下六十匹马驹子呢?"

王副场长听着他们三个人的一番对话,转头和张科长说:"王场长的场子刚建,咱们吃点儿亏就吃点儿吧,运马和牛的汽车咱们也都包了,就这么着吧。"

张科长小声叹了一口气,说道:"这不是把新型重型杂交马变成撮堆儿处理的大白菜吗?"

不过看到王副场长的态度,张科长和吴技术员也就不再说什么了,事情就这么定了下来。等几个人回到场里时天已经完全黑了下来,食堂东拼西凑凑了八个菜,端上莫旗的老山头,饭桌上充满了信任、友好、感激和轻松的氛围。

王副场长端起酒盅喝了一口:"这酒不错呀!比我们场的酒还好,哪

家酒厂产的?"

王场长说:"我们旗酒厂生产的。"

王副场长又问:"你买了多少酒?"

王场长说:"这是在酒厂直接从烧酒时的管子接的二道酒、中段酒。你喝好了,明天送你二十斤还是有的。"

王副场长笑着说:"你给别的什么东西我还真不要,这酒我要定了。啧啧,真好喝,没有什么比大晚上喝几杯这种纯粮白酒更美的了。"

王副场长三个人当晚睡在了王场长的小北屋——只要王场长挟着被褥到男宿舍挤上一宿,那里的人就知道牧场来了尊贵的客人。

第二天一早,王场长随着王副场长一起回到长吉岗牛场。王副场长善始善终,说到做到,出了五辆汽车用来运送六十匹马驹,没让王场长再花一分钱。

王场长为了尽早让奶牛换良种马的事尘埃落定,连续奔波了两天,跑了两个来回,一路上舟车劳顿,连休息的时间都没有。加上头天晚上交易达成,王场长人逢喜事精神爽,兴奋得直到后半夜也没有睡意。在长吉岗牛场简单吃了个中午饭,王场长就跳上解放大卡车押运着马驹返回了二道河牧业队。

马驹被牧业队的员工从汽车上直接赶进了马厩,马驹也不客气,奔向料槽就吃了起来。这些马驹比牧业队养的成年马个头还高。紧接着,员工把五十头黑白花奶牛赶上了汽车。

"有私念,近在咫尺人隔远;立公字,遥距天涯心相连。"王副场长这位老八路就是这样的行事风格。他知道牧场处在创业阶段,薄弱的物质基础与长吉岗牛场的雄厚实力不可同日而语,因此在这次奶牛换改良马的交易上爽快地退让了一大步,成全了王场长,也成全了牧场。奶牛换改良马的消息在牧场不胫而走,王副场长用自己朴实真挚的人格魅力将体谅理解、守望相助、共渡难关的同胞深情进行了最好的诠释和升华,成了牧场的老大哥和恩人。

1978年秋天,牧场已经发展到拥有两百多匹成年马的规模,卖给黑龙江省新林林场一百匹，一匹两千元，共计二十万；还有四百只羊，五十元一只，共两万元，牧场一次就收入二十二万元，再加上农业、副业收入，牧场还没到秋收结束，所创造的收益已经达到员工日工资两元钱的标准。

牧场知青2018年8月在尼尔基镇合影

养鹿沉浮录

　　1976年春,经多方打听和调研,牧场从黑龙江省六十七兵团养鹿场购买了一批梅花鹿,当时的价格是母鹿两千元一只,公鹿三千元一只,牧场买了四十五只母鹿、五只公鹿。签完合同,牧场专门派员工小郭在六十七兵团养鹿场实地培训,一边学着养鹿,一边学习鹿茸处理和销售,更主要的是学习人工授精和提高其繁殖成活率的方法。一个多月后,小郭与运梅花鹿的胶轮车一起回到二道河牧业队。

　　买回来的梅花鹿是长白山以南才有的品种,缺点是不太抗寒。从完全陌生到发展成初具规模的养鹿产业,成绩是在缺乏人才、经验的条件下取得的。大家带着一股莽撞的闯劲儿,有条件要上、没有条件创造条件也要上,硬是冲破困境蹚出来一条路子,逐渐在产崽、鹿茸、鹿胎膏上有所收益。良好的开局,在人们看来,牧场有望成为当地人工养殖梅花鹿的发源地。

　　知青都被梅花鹿这可爱的草原精灵所深深吸引,它们散发出一种善良、柔美、内敛的气质,步伐轻盈飘逸,身体油光水滑,金黄色的花纹皮毛上点缀着银白色的斑点,十分美丽。每个人就像到了动物园一样激动、兴奋。养鹿人在一旁总会不停地提醒、念叨着:"你们不怕鹿,可是鹿怕你们,千万不能推开鹿圈门到圈里去呀!鹿受到惊吓会狂跑不止,撞到木桩上后果可就严重了。"在弱肉强食的野生动物世界里,梅花鹿处在食物链的末端。这些可爱的精灵总会警惕地竖起双耳、扬起脖子环顾四周,修长健壮的四条腿不停地敲打着地面,接着便跳跃奔跑,四散开来,仿佛在警告我们不要轻举妄动——老虎的屁股是摸不得的,梅花鹿的屁股也不是那么好摸的。站在鹿圈外的人真心羡慕养鹿人,他们在鹿圈里可以

万鹏、闫秀丽、张淑范
朱蕴英、刘淑芬、郭亚芹

随意伸手抚摸梅花鹿,它们不仅不闪躲,反而十分享受这种亲近所带来的温暖和问候,有时还会兴奋地传出阵阵悠远、明亮、悦耳的鹿鸣。我们见惯了牛的憨态、马的腾跃和羊的温顺,这回也算见识了梅花鹿的敏捷胆小以及悠然中的警惕性。我们站在圈外说话的声音并不高,但也仿佛刺激到了梅花鹿敏感的神经,圆溜溜的眼睛瞪得更大了。这让我们好不兴奋,想要和大眼萌物来个亲密接近的愿望也愈加强烈。

鹿场是用两米多高的柞木杖子围出来的一片空地,面积很大,宽敞严实,分出五个小圈和一条供养鹿人进出的几米宽的通道。虽然这里的荒山野甸上长满了牧草,其中还有很多花草能够预防梅花鹿患上疾病,是个牧鹿的好地方,但因为梅花鹿胆小,牧场害怕它们受到惊吓在山上乱跑乱撞导致跑散跑丢或者受伤,所以一直实行圈养。

养鹿技术员小郭,责任心强,兢兢业业,为保证梅花鹿自然交配成功率,他将公鹿母鹿发情交配期的观察、鉴定和管理工作做得有板有眼。五只公鹿在发情期求偶的心情很迫切,表现得也很明显,譬如进食量开始减少,脖子变粗,不停地鸣叫,两只眼睛瞪得溜圆,呼哧呼哧喘粗气;尤其在争夺与母鹿的交配权时,相互之间打架斗殴,烦躁到对养鹿

人也会发起攻击。当母鹿大部分受孕、腰围迅速增粗时，鹿群就恢复了往日的平静。

　　突然有一天，牧业队队长找到王场长，说有些鹿病了，一直拉稀不吃草，精神劲儿也欠佳。王场长听说后，迅速骑马扬鞭赶到鹿场，详细询问鹿的喂料情况。养鹿员说："一直就这样喂，没有变化。"然后战战兢兢地像背课文一样补充道，"碎玉米百分之六十，豆饼百分之十，麦麸子百分之十五，这三种混合成粗饲料，加盐和各种添加剂。此外，每只鹿每天还喂一斤的精饲料，再喂些羊草、榛柴、梢条、秋板子柴等。"王场长领着几个人查看饲料和草料时，发现堆放碎玉米的墙角有霉斑，堆在那儿的碎玉米也出现淡黄的霉变，养鹿员在掺和粗饲料时不易发现，很容易就忽略过去了。王场长找到病因，赶紧给拉稀的梅花鹿吃治疗胃肠的兽用药，有的鹿还给打了针，即便这样还是死了五只母鹿，牧场将解剖出六只鹿崽熬成了鹿胎膏。技术员小郭说："六十七兵团养鹿场的师傅说，'鹿的胃肠很娇贵，尤其是幼鹿，得了消化系统和呼吸系统疾病，几乎没救'。"有了这次教训，养鹿员变得更加小心谨慎起来。

　　鹿圈里还养了三头大马鹿。马鹿除了身上没有斑点，样子跟梅花鹿很相似，头顶枝杈般的茸角，刚硬、尖利、强壮，很有气势。马鹿体型魁梧，四肢健壮，高昂的脑袋顶着漂亮的犄角，似乎把谁都不放在眼里。自然界中，老虎、狼等猛兽都不敢正面直对身强体壮的大马鹿，捕食到的马鹿也只是些年老体弱的。

　　马鹿是大兴安岭本地品种，抗寒，在零下五十多摄氏度的冬天都能生存，每头马鹿价值五千元，其经济效益远超梅花鹿。

　　这三头大马鹿能到牧场还有两段故事。

　　1977年冬天，一头两岁的小马鹿不知从哪里跑到登特科镇多西浅村一户人家的院子里，主人看到后就把院门关上了。山里各家各户的围栏都是用剥去树皮后的柞木杆夹杖子做的，有胳膊粗，还挺高，埋在地下的部分也不怕烂，十分结实，关上院门，马鹿想跑出去也不容易。闻讯赶来的几个人在长杆上绑了个绳套,费了很大劲才套住小马鹿,又把给狗用的皮制脖套套在小马鹿的脖子上,还在脖套上系了绳子,拴到猪圈里开始精心喂养。刚开始这家人还挺高兴,过了没多久,再细想,一头小马鹿不能繁殖,饲养起来还很费事,就想把它处理掉。当时莫旗只有牧场建有养鹿场,于是这家主人便托人说和想卖给牧场。

王场长说:"我看一看再说吧。"他坐车到了那一户人家,一看小马鹿被养得非常壮实,膘很好,王场长很满意,就跟这家的主人说:"按国家政策,马鹿是国家二级保护动物,不允许买卖。我不能让你们白捡、白养,给你一千元,你们做个爬犁和笼子,再把小马鹿送到牧场,有一百多里地。你们看怎么样?"

一听能给一千元,这些钱能买三头犍牛,那家主人非常高兴,不几天就将小马鹿送到了二道河鹿圈。梅花公鹿看到比自己高的小马鹿,还有点儿警惕和敌意,开始一直保持着距离,但没几天就混熟了。

1978年8月,莫旗庆祝自治旗成立二十周年,为了向社会各界展示莫旗成立二十周年的辉煌成就,宣传部的记者张晓春还到牧场拍了很多鹿场的照片。周年庆典的第二天,以黑龙江省财政厅厅长为首的一行人来到二道河牧业队鹿场参观,给予了很高的评价。

莫旗二十周年大庆时,鄂伦春自治旗赠送给莫旗两头马鹿做贺礼,旗政府转给了牧场,但牧场需要去鄂伦春自治旗小二沟乡马鹿场把马鹿接回来。王场长接到通知,心里乐开了花,雇了台汽车就去了小二沟乡。王场长外出办事,一向喜欢和人套近乎,他与马鹿场场长一攀谈,发现两个人原来还有一层

王爱娟、高雅洁、郭金凤、闫秀丽、朱蕴英、郑忠凤、郭亚芹参加塔温敖宝公社第一届团代会时合影

姻亲关系，高兴得开怀大笑："缘分，缘分哪！"

马鹿场场长是猎民，在小二沟算是位狩猎能人，四十多岁，浓眉大眼，方盘大脸，面颊呈浅铜色，这是长年在大自然中生活、与深林为伍留下的凭证。他们的鹿场有三百余头马鹿。

中午，马鹿场场长盛情招待王场长，他坚定地说："别看你是为公家办事，我就当是你家里的事，这些马鹿你随便挑，要哪个给你哪个！"

下午，马鹿场场长叫人将场里两个用松木做的笼子推到汽车上，自己亲自挑了两头带崽的马鹿，笑呵呵地说："我知道你就想要这样的青年母鹿，你看肚子也大了，乳房也涨起来了，膘肥体壮，可都满足你了，半路上掉了崽我可就没办法啦！"

王场长听后很是感动，千恩万谢，晚饭后才与马鹿场场长依依惜别。一路上，司机开车格外小心，到二道河牧业队时天已经亮了。牧业队的人把马鹿笼子抬到小马鹿的圈里，放了出来，两头母马鹿进圈后还挺适应，不一会儿就开始吃草了。不久，就产下了两只母鹿崽。马鹿群有了四头母马鹿、一头公马鹿，梅花鹿和马鹿活力十足，生动了二道河一方旷野，成了对外宣传窗口的一道亮丽风景和一张名片。鹿群规模越来越大，鹿群管理也越来越细化，梅花鹿和马鹿浑身都是宝，蕴藏着极大的商机，鹿胎膏、鹿茸都卖了很多钱，鹿场由此得到方方面面的肯定和关注。

1979年春天，牧场领导班子发生了变化，牧业队队长被辞退，王场长也辞职。新上任的牧场场长和牧业队队长将鹿群转包给了一户人家，可承包的人连最起码的养鹿常识都不懂，更缺乏悉心照料，一上岗就在管理上麻痹大意，鹿圈的门关与不关都漠不关心，跑出去的鹿也不想往回找，结果跑丢的鹿全被附近的人打死吃掉了。梅花鹿是娇贵的动物，丝毫马虎不得，却在换了人手后闪失不断，得病又死了不少，牧场曾经的宝贝就这样被糟蹋了。后来，承包户也害怕所剩无几的已经骨瘦嶙峋的鹿彻底毁在自己手里，就又送还给了牧业队。牧场新的当家人却感觉是双手捧着烫手的山芋，思来想去，干脆将剩余的鹿赶到山上放生，任其自生自灭。

养鹿事业迅速地绽放，又迅速地枯萎，变成了虚假繁荣的昙花一现，残忍的结局让人悲痛而绝望，远远超出了牧场人的心理承受能力。员工大骂新任当家人："简直太不负责任！实在是孙儿卖爷田不心疼，败家败到了极点。"

上排左起：李国会、李成新、徐晓青、李秀祥、刘成财、程志芳
下排左起：李春英、吴彬、王福霞、郑忠凤、郭亚芹、闫秀丽、刘信宝、苏秀华、冯金燕、刘金荣

牧业队有马、牛、羊、梅花鹿和马鹿，可谓家大业大。但新的场长和牧业队队长都是农业队员工，从没和畜牧业打过交道，上任后儿戏一般的操作，不到半年时间就把鹿群折腾没了，实在让人痛心疾首。

知青基建队

　　牧场知青基建队成立于1975年春，开始只有"六七个人，七八条枪"，负责为食品公司搞建筑维修。基建队使用的材料是沙土、石头、木头和红砖；土建施工没有机械设备，用的是千百年来的传统工具：瓦刀、灰铲、刨锛、锤子、水舀子、扁担、水桶、铁锹、铁锤子和绳索；运输工具是独轮车和两轮车。大家用最原始的生产工具从事着最原始的体力劳动：双手干，胳膊举，肩膀扛，所谓"修房一间，人瘦一圈"，当年艰难困苦的超负荷劳动场景依旧历历在目。

　　1976年8月，成批的知青下乡来到牧场。1977年春，基建队迅速发展成一支拥有泥瓦匠十多人、小工二十余人的队伍。其中员工泥瓦匠有王新立、孟庆武、丁世权、魏忠厚，培养的知青泥瓦匠有邢德明、刘连昌、刘连财、马泽斌、张继武、金士芳、李国会、赵志国、刘信宝、苏英、于荣吉、王仲泽等；但挑檐出梢的技术活还得由员工泥瓦匠来做，知青泥瓦匠有时也当小工。固定的小工是女知青，有李春英、杨丽华、万鹏、闫志敏、冯金艳、王福霞、郭玉清、李桂杰、朱蕴英、陈爱君、刘金荣、安万霞等。像我这样当过建筑队小工又被调回牧场做专业工作的知青也有好几个。

　　往事总是在不经意间被掀开盖子。时隔四十多年后，如果不是要建立莫旗知青纪念馆，如果不是曾经的大青背知青为了给知青纪念馆布展添砖加瓦，需要还原、再现，收集资料，三十余名在建筑队干过活的知青都不会重拾往日的记忆。这些人搭建起一个交流、沟通的网络平台，缅怀早已覆上厚厚尘埃的往事，其中有壮志，也有心酸；有伤痛，也有快乐，既是梦幻，也是难以割舍的情结，更是一段无法言说却难以磨灭的痕迹。谈起建筑队在施工中的经历，每个人都会感慨万端、唏嘘不已。

郭玉清1975年到牧场时十七岁，初中毕业，一米五多的个头，瘦瘦小小的。1976年春，她到基建队当小工。当时基建队队长是王新立，副队长是知青邢德明，每天具体干什么由队长来定，副队长就是领头干活的。基建队干活的方式是：一个泥瓦匠带一到两名小工，或两个泥瓦匠由一个小工供料、打下手，视干活的内容而定。泥瓦匠身边时刻不离砌墙的大铲、抹墙面的抹子、敲砖头的刨锛、砸石头的锤子、灌浆的水舀子、吊角的线锥等全套家什。挑选搭档时，泥瓦匠往往无视郭玉清的存在，先把目光放在身高体壮的人身上。每到这个时候，郭玉清便眼巴巴地望着泥瓦匠，眼神清澈，充满期待。遇到小工两两组合时，谁也不愿意和她一组，弱小单薄的郭玉清总是处在没有选择权和不被他人选择的尴尬境地。

小工把脏乱差的活儿都包下来了：搬砖、搬石头、挑水、运沙土料、筛沙子、用铡刀切草料、和大泥拌草料、运料等。那时候没有搅拌机，盖土坯房时和大泥拌草料是个力气活；盖砖瓦房用混凝土，把沙土和水泥掺合到一起叫拌砂浆。无论和大泥还是拌砂浆，一天要和多少大泥、拌多少砂浆，就要运多少水泥和沙土料，筛多少沙子，拉多少趟水，来来回回，反反复复。而且和大泥、拌砂浆时要往堆起来的沙土、水泥里反复加水，反复用铁锹翻动，一遍又一遍，直到这一堆材料变得平滑密实、没有颗颗粒粒才行，之后

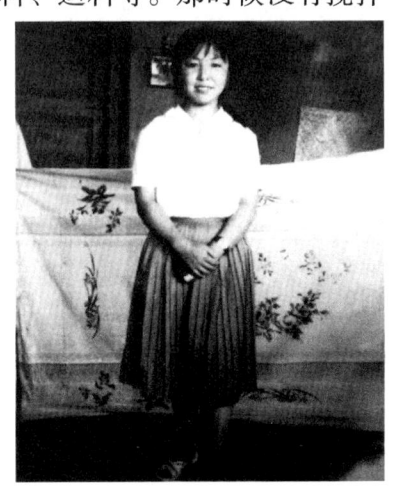

郭玉清

便用铁桶挑到泥瓦匠干活的地方。

郭玉清在基建队备受冷落,内心多少有些自卑。她暗暗想:累死累活也要豁出去,不能让其他小工看不起自己。郭玉清性格外向,善于和他人沟通,她真诚地和平时说得来的李桂杰说:"和我一组吧,我不会拖累你。"并就具体怎么干活和她商量道,"只要咱俩一组就把所有活儿分成两份,上午下午轮换着干,这样明确分工,就不会存在干活多与少的问题了。"李桂杰和郭玉清个头体重不分伯仲,也是个纤瘦的姑娘,就这样,俩人惺惺相惜成了劳动上的搭档和一起进出的伙伴。

郭玉清和李桂杰要为泥瓦匠砌墙供料前,首先要到辘轳井台提水,这是个很危险的活儿,有时会莫名地紧张害怕。"低头看井百尺深,手转轳辘卷起绳,一上一下柳罐斗,运水和泥千重愁。"两个姑娘将柳罐斗从井口晃悠着拎出来将水倒进水桶里,其中一个人在井台下再将桶里的水倒入水箱,水箱是用柴油桶改装后固定到两轮手推车上的。她俩就这样在井台和工地之间往返拉水。

拌水泥砂浆,沙土要过筛子,水泥一袋五十来斤,拆开牛皮纸袋口,把水泥倒进沙土堆时粉尘漫天飞扬,水泥、沙土一锹一锹混合到一起,堆成小火山状,再往"火山"口倒水,挥动着铁锹将水泥、沙土和水搅拌好,然后不停歇地挑着泥桶为泥瓦匠供料。下工后,身体一放松下来,就感觉全身哪儿都酸疼。但是她俩既不请假休息,也不向父母诉苦,倔强地坚持着。日复一日,一连串的套路逐渐变得娴熟流畅,就连泥瓦匠也不禁赞叹:"没想到基建队的姑娘干起活来跟小伙子一样棒,这真是牧场知青啊!"

1977年夏天,李桂杰在食品公司良种场砌猪圈时,被毒日酷暑蒸烤到中暑,郭玉清就用工地上的独轮车把李桂杰送回了

郭玉清和李桂杰

家。

在兴仁收购站砌围墙时,工地不具备住宿条件,她俩便搭伴每天早上骑十几里路到工地。正值夏天,烈日炎炎,中午人们在工地上吃完饭便会找地方小憩下;一下工,太阳都快落山了,两个姑娘再骑着自行车回家。有一次回家,她们骑上自行车刚走出兴仁收购站,郭玉清的自行车车轴就断了,周围没地方修自行车,谁家也没有电话,李桂杰只好陪郭玉清推着自行车往家走。天黑后,马路两边荒草葱翠,庄稼一眼望不到边,玉米叶摇曳着发出沙沙的声响,各种昆虫的鸣叫不断交织。乡村公路空空旷旷不见一个人,两个姑娘上大岗下大坡都得硬着头皮、撑着胆子往街里走。与此同时,两家人左等右等还不见人回家,非常担心,都出来沿着通往兴仁公社的马路寻找。

刘信宝在年轻人当中算是一个穿搭有个性的潮人,但在崇尚艰苦朴素的年代,领导免不了将他视为"毛病"青年。当年他留着大鬓角,一头蓬松的黑发总被精心打理出油光水滑的波浪,衣服平平整整,永远保持着被熨过的状态。大家冬天都会准备两条长围巾,一条系在腰部抵御风寒,一条随意地缠在脖颈上,刘信宝却学着《青春之歌》中林道静那样的"五四式",将围巾一前一后搭在肩上。他的性格算是外冷内热型,冷漠中带点儿匪性,匪性中充满善良和仗义。后知青时代的刘信宝在集体活动中渐渐凸显出来,他十分珍惜知青的手足情谊,积极参与各项集体活动。他称自己是基建队里的倒霉蛋,曾两次遇险。一次是在食品公司维修厂挖井时,地面上用三根木头搭成了一个"斤不落"手动葫芦举架,用来从井下往上运土。当井挖到五米多深的时候,"斤不落"突然从举架上掉了下来,十几斤重的铁疙瘩

刘信宝

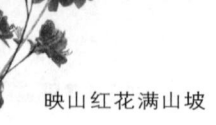

擦着刘信宝的头掉到井底，头皮和头发被刮下来一块，剐蹭的头皮处留下一道疤痕，再也没长出头发，真是有惊无险。还有一次是拉沙子，他用摇把启动28胶轮车时，摇把突然反转，打在右胳膊上导致骨折，休养了半年。知青集体返城安排工作时，由于知青办怎么也找不到自己的知青档案，刘信宝就天天到知青办上班，不坐凳子，偏坐在桌子上，因为他是单个人下乡，连个证明人都没有，时任商业局副局长的刘惠君便成为他的证明人，安排他到食品公司，在民政局退休。

基建队辗转于牧场和尼尔基镇之间，大家搭档干活，结伴回家，互相照应，形影相随。盖房子要从挖地基开始，深度超过两米五的冻土层，地基和墙体才不会出现裂缝；挖完地基后要往基坑中摆放大块石头，而拉来的石头有很多是不能直接用的，得用锤子敲掉多余部分，使其变成所要的形状，浇灌砂浆，再铺上一层碎石夯实。砌大块石头的地基石墙要高出地面一米左右，之后才开始垒砖墙。在这个过程中，泥瓦匠与小工之间也建立起一对一的搭档关系，一来二去，热血的男女知青在劳动中建立了纯真的友谊，培养了深厚的感情，甚至这种友谊与情感使人感到温暖与幸福，升华到爱情的高度。

万鹏是1976年来的牧场，她原本是商店职工，年龄偏大，在女知青中属于社会阅历比较丰富的大姐大。她为人沉稳成熟，脑袋灵活，手脚麻利，在干活时对小自己两岁的于荣吉青睐有加。于荣吉和我是同一年高中毕业来的牧场，待人真诚，处事随和，平时少言寡语，长相端正，自身修养也好。从在基建队相遇相识，到于荣吉被万鹏选为干活搭档，再到相知、相爱，俩人性格互补，并相守一生一世。1978年底返城，万鹏到吉林省富裕县教师进修学校参加了三个月的英语培训后在尼尔基镇二中任英语教师，于荣吉在尼尔基镇第二小学做行政工作，后担任第二小学副校长。他们育有一儿一女，子女也都已成家。

王建平和安万霞、于荣吉和万鹏、金士芳和范艳芬、邢德明和陈爱君四对伉俪，都是在基建队因为搭档干活培养出了感情，把对方称为闯入自己情感世界的第一人，返城后双双喜结秦晋之好。

在施工现场，抬石头、扛木板、挑砖、运瓦，一切都靠手提、肩背、人扛。砌筑砖墙高度超过一米多后，要用铁丝、麻绳把椽子捆绑成脚手架，脚手架上搭设的跳板宽不到半米，厚十几厘米，长近十米，像个独木桥，没有任何安全防护装置。小工挑着一副砖托子，兜里面摆满了砖块，或

邢德明、于长青、刘亚杰、徐晓青、
刘连财、代武新、王建平、刘信宝

者挑着两铁桶砂浆，一步一颤，踩着长长的跳板到高处给泥瓦匠供料，稍不留神，就有掉下去的危险。对此，基建队队长王新立、副队长邢德明不时地关照、不断地提醒送建筑材料的小工上下跳板要注意安全。如果不往上挑砖就要抛砖砌墙——小工站在地面将砖抛到接砖人的手上，站在高处的人要稳稳地用手接住。砖是实心红砖，一抛一接，动作行云流水，可以同时抛两块砖。抛砖把人的手指皮肤磨得特别薄，一碰就疼，手指经过一层一层脱皮，直至长出老茧。两名员工泥瓦匠在第二层跳板上表演过高难度抛砖接砖的绝活儿，一次可以抛接四块砖；但搭第三层跳板时，在房子两头的三角形房山尖，就只能扔一块砖了。盖莫旗两层楼的北方旅社时，搭的跳板层数就更多了，砖就由两个人用铁丝和木棍抬着往二楼运。抛砖和接砖的人要配合得天衣无缝，当然难免也有失手的时候。

朱蕴英是1978年春天来的牧场，二十岁，一直在基建队干活。一天，她在低头摆放从远处搬来的砖，放砖的地方有小工往跳板上扔砖，结果接砖的人没接住，两块砖直接掉下来，分别从朱蕴英的头部和后背边缘滑落到地上，即使这样，她头上铝制的蝴蝶发卡都被砸得变了形，鲜血顿时从头和背部流出，浸染了新穿的的确凉衬衫。

商业局下属八大公司盖仓库，大面积混凝土浇筑地面是收尾工程。

水泥具有易干的特质,必须一鼓作气完成作业,否则地面就会有明显的两种颜色衔接的痕迹。由于每个仓库都有几百到上千平方米的地面,基建队便全体出动,有的用小车运水泥和石子,有的在地面上拌砂浆混凝土,有的负责将搅拌完的砂浆运至施工现场。泥瓦匠负责铺水泥地面,有时加班加点通宵施工,好在大家都年轻力壮,总觉得有使不完的劲儿,看是白天,也不休息,再到另一个工地干活。

一到秋天,基建队就更忙了,除了搞建筑还会承揽社会上零敲碎打的维修工程,包括到各家各户掏火炕洞、搭火炕、砌火墙、抹外墙面、抹顶棚、铺苫房草,等等。顶棚抹泥的活儿技术难度最大,是各种抹灰作业中最难干的。人要站在凳子上,往天棚上抹大泥或砂浆,如果不会翻手腕子,一抹子一抹子地往顶棚上抹,烂泥就难扶上天棚,前面抹,后面掉,半天也抹不出一块巴掌大的地方,而且泥浆还会掉落一身,闹得满身满脸都是砂浆。顶棚抹泥大多是员工泥瓦匠来干。

"风雨送春归,飞雪迎春到。"粉碎"四人帮"后,国家出台了一系列改善国计民生的措施,最大的亮点就是财政补助大搞住宅建设。于是,独门独院的民宅像雨后春笋般冒了出来。当时找基建队盖民房的人家特别多,不仅有食品公司的职工,队里还承接了多位旗领导和市民的家属民房。基建队人员也算见识过难缠的主儿。当时有个别领导由于没有盖房子的经验,提出的要求十分苛刻。他们根本不听泥瓦匠的建议,从用石头打地基就开始挑毛病,经常出尔反尔,推翻自己原来的方案,说话也理直气壮。队长王新立一见这些人来建房工地,脑袋立即大两圈,其他泥瓦匠和小工也都放下手中的活,等待着对方的下步工作要求。王队长考虑的是应避免无效工,而不是商讨加不加工钱的事,至于返工后加钱这个问题,就由刘惠君来权衡了。刘惠君来工地更勤了,好像变身为一名

朱蕴英

悉心的监工,在工地上带着满腔热情,倾注大量心血,尽量满足对方提出的要求。

搞基建的沙子都是从尼尔基镇南江套拉回来的。那时候国家对沙子和木材管理得还算宽松。食品公司有车队,28胶轮、55胶轮和60胶轮不分昼夜地上南江套拉沙子,到讷河火车站拉水泥和煤。

牧场要盖一栋集知青宿舍、办公室为一体的房子。1975年春,牧场在亚葫芦山建了一处马蹄形的土砖窑,由员工人工抠砖烧砖,厚二寸、宽五寸、长八寸,是通用的"八五砖",也叫手抠砖。

土坯砖可以就地取土,掺的沙子得从尼尔基镇南江套往回拉,还得有两个员工每天赶着两辆牛拉汽包车到柞木岗拉烧柴。那里有非常茂密的柞树林海,每棵柞树的直径在一尺以上,两个员工需要密切配合使用"快马子锯"伐树。每辆汽包车也就拉四五根柞木,回到砖厂,还要用快

王凤琴、陈爱君

马子锯将其截成几段,码成桦子垛,用来烧砖。那时候还没有实行封山育林。到亚葫芦山烧砖的员工都是自愿报名,计件工资,挣得比较多,即使这样,高强度的体力活还是逼退了不少员工,后来确定为十名员工,没有一名知青参与。

砖窑每两个星期出一窑砖,每窑能装土坯砖一万两千块,成品砖不仅盖了场部办公室、两栋知青宿舍、牧场子弟学校和牧业队房子,还被卖给了霍日里河林场、坤密尔堤管理区和塔温敖宝管理区。每块砖成本也就两三分钱,卖时每块砖八分钱,牧场先后挣了几万元。

基建队在街里刚开始买砖搞基建,为了降低成本,在尼尔基镇的南江套建了一座砖窑。南江套土质含沙量大,烧出来的砖质量不好,牧场便又在东江沿建了一处砖窑。

1977年春,苏英和刘信宝两名知青开始在东江沿砖窑专管烧火,十二

小时一换班,黑天白天两班倒。砖窑足有三间屋子那么大,远看就像一个巨大的土堆,正面的门是用来点火烧窑的,窑门如果有门框,也得安两扇门。大炉膛像用黑漆涂抹的窑洞内墙,横亘其中的粗大炉箅子能烤全牛,下面是烧过的煤渣灰烬。每次从炉门添煤,烟熏火燎,酷热难耐,添一次煤就得离开炉门到远处透透气,甚至得往身上浇凉水才能正常呼吸,之后又得回到炉前查看煤的燃烧情况,确保炉内的温度烧出高质量的红砖。每窑砖要烧两天两夜,将土坯砖烧红烧透;灭火后再通风几天,一万两千块红砖才能出窑,被拉到建筑工地。从土坯砖入窑、码窑、烧窑,到红砖出窑,整个过程得用两个星期的时间。这是苏英对砖窑最刻骨铭心的记忆。

高雅洁(左一)、范艳芬、郑忠凤(下)

　　红砖起窑、出窑,男女知青就用一根短扁担绑上砖托子兜,每次挑一百多斤的红砖往外倒腾。起窑是一项又脏又累又热的苦力活儿,为了不耽误基建,基本上不等砖窑内高温彻底降下来,就要进里面搬砖。窑洞内十分闷热,汗水很快浸透衣服,人们只觉得身体从外到里都在发热、发烫,嗓子像着了火一般,没干多久,就得跑到凉水桶前灌一肚子凉水,再回到砖窑里;往往是还没装满砖托子兜,凉水就已经变成汗水淌了出来,额头上淌出来的汗水流入眼睛里,火辣辣地痛。每辆胶轮车每次大概能装三千块红砖,快装快卸,一天就能把一窑红砖都搬到基建工地,挑砖的知青到晚上躺在炕上,浑身就像散了架一样。

　　天冷时,基建队就会停工。刘惠君考虑员工泥瓦匠拖家带口,就把他们调到屠宰场杀牲畜、做豆腐;男知青或到仓库扛肉拌子装车,或当烧炉工,食品公司各部门一冬天要烧半年的炉子取暖。

　　知青马泽斌,1959年生人,1976年下乡。刚到牧场时,场领导想培养他当兽医,起码培养成劁猪的不成问题,可他不干,就想进基建队。在基建队时马泽斌没少干泥瓦匠的活儿,和大泥、搬石头、扛水泥,跟着胶轮车装卸红砖、沙子和煤。无论装车还是卸车,胶轮车车斗的三面挡板放下来,他就跟往家里抢物资似的,速战速决。

装卸煤和水泥也是最重、最累、最脏、最苦的活儿之一。冬夏季要到六十里外的讷河火车站去拉煤,夏天拉煤咋都好说,冬天单位和各家各户对煤的需求量大增,拉煤的次数更多。数九寒天在火车站往车上装煤,刚抡起大铁板锹没几下就热得汗水湿透了棉衣。人坐在装有四五吨煤的车斗上往街里走,因为没有一点儿遮挡,运煤人的衣服立马就被冻得硬邦邦的,凛冽的寒风将浑身吹了个透,直

苏英和女儿

往心里、肺里钻,吹得手脚也都麻木了,脸更是被冻得紫红带着青,像猫抓、针扎似的疼。

卸水泥,用东北话说,"真叫个埋汰的"。水泥袋子是用两层牛皮纸做的,一袋水泥五十来斤,不像现在用编织袋。牛皮纸袋的好处是密封性好,不像编织袋稍微一动就粉尘飞扬,但是牛皮纸袋特别脆,容易破,粉尘漫天飞时呛得人不停地咳嗽,连气都喘不上来。谁都怕水泥袋摔碎惹得大家怨声载道,可哪一次装卸,水泥袋都免不了有开肠破肚的。成袋的水泥卸干净后,还要用扫帚清除残渣余灰,粉尘漫天飞扬,不仅弄得每个人灰头土脸,碱性的水泥还会刺激皮肤引起红肿痒。那时候没有洗澡的条件,夏天还能到江边洗个澡,其他季节十盆八盆水也洗不干净,痒得人浑身难受。

马泽斌于1981年底返城,他先在食品公司坐办公室,后来

马泽斌

在肉食门市部当经理。2002年,马泽斌领了一万六千多元的下岗买断工龄钱,他的爱人李桂云在莫旗五金商店也下了岗,家里上有老下有小,顿时陷入经济危机。马泽斌于是到原来的工作单位食品公司屠宰场打工,当时屠宰场已承包给个人,改名蒙鹅工贸有限公司。他每天半夜一点半上班,到清晨七点下班,十几年如一日。刚开始每月挣一千多元,到2018年退休,不仅每月有两千多元的工资,还能领到退休金。

　　有几个女知青干活毫不逊色于男知青,搬石头、挑砖、搬砖、挑大泥,样样都敢叫阵比试。一说起男女知青开始比试了、较量了,工地上顿时热闹起来,男女知青自动站位,你方唱罢我方登台。最让人佩服的就是万鹏,身高一米六五,体质特别好,在建筑工地,她两只手一次搬十块砖,再逐渐加码,总和男知青比试能搬几趟。从砖窑往28胶轮车上搬砖,一块红砖大约两斤半,一码砖整十斤,一根扁担、两个砖托子兜,一边装五码,五十斤,两个砖托子兜共一百斤,再逐渐加码。比试现场,加油声、号子声、嬉笑声混在一起。男知青最嘹亮的口号就是:"男女平等,同工同酬!"女知青的口号是:"时代不同了,男的不行了!"万鹏和比试的男知青一样用扁担挑两大擦砖块,高度从肩膀擦到地面,从砖窑里登台阶上岗,再走一小段距离,最后装进28胶轮车。

　　据不完全统计,知青基建队建筑成果如下:

　　1.为食品公司职工刘惠君、夏志强、马泽斌、常洪贾、王玉林、陈颖芳、刁佳振、王振荣等盖的住宅。

　　2.为莫旗相关领导苏荣、鄂腾、蔡志远、孟小雨、张克荣等盖的住宅。

　　3.大型建筑:食品公司大仓库和临街加工车间;百货公司仓库;公安局锅炉房;啤酒厂前身良种场大生产车间;北方旅社;食品加工厂仓库;烟酒公

知青基建队承建的尼尔基北方旅社(2010年摄)

司仓库；原商业局办公楼（商贸局）；商业卫生所；博荣食品公司收购站大围墙；乌尔科食品公司收购站大围墙；兴仁食品公司收购站大围墙。

4.牧场：九间砖结构一面青大草房，十七间砖结构一面青大草房，牧场子弟小学砖结构草房，员工家属宿舍区七十二间土坯草房，二道河牧业队五间砖结构一面青草房。

1975年到1981年，基建队按劳动强度和表现，每天挣八到十个工分，合一元六毛钱到两元钱。如果基建项目不在牧场，就按出差伙食补助，每人每天五毛钱。

范艳芬、郑忠凤（上）、万鹏（下）

基建队知青在施工现场挥洒热血，奉献青春，一个接一个的施工大会战磨炼了知青的意志，一座座办公楼、车间、厂房、家属宿舍在尼尔基镇和牧场拔地而起，建筑面积无法统计。基建队是在莫旗仅次于建设局下属建筑工程队的第二大建筑施工队伍，成为莫旗知青工作的一大亮点。

1981年，知青全部返城，基建队解体。

映山红花满山坡

知青的苦与乐

20世纪70年代中期,党中央对知青在农村的锻炼时间上有了明确规定:知青接受贫下中农再教育,只要具备两年实践经验,根据表现可通过自我申请、组织选拔推荐上大学、参军、招工和提干。于是,在农村经风雨见世面,在广阔天地炼红心,成为知青个人日后晋升发展所要求的必备条件。牧场知青在七年多的时间里,为了实现自己的理想和价值,激扬青春,筑梦人生,砥砺前行。随着1977年全国知青运动结束,1981年11月牧场知青也完成了人生轨迹的第二次迁徙,全部返城工作。

知青在第二故乡结下了深厚的战友情、兄弟情、姐妹情,彼此成为一生的朋友和亲人。返回至尼尔基镇的知青集体活动持续不断,形式多样。1994年8月,知青下乡到牧场二十周年之际,三十多名知青在尼尔基镇举办了首届知青聚会,牧场创始人莫旗原副旗长刘惠君、原牧场场长王庆友也被邀请来参加。大家共同回味难忘岁月,咀嚼热血芳华,当年的风与雨、悲与壮、血与泪、思与情,说不完,道不尽,扯不断。牧场知青因何对第二故乡深深眷恋,念念不忘?永恒不泯?

第一,本土知青求学路上共沧桑,返城后饱尝人生酸甜苦辣,改革开放中波澜迭起再启航。

1974年4月6日,莫旗食品公司大青背牧场在西北边塞一片亘古荒原上正式挂牌,知青有高中生,也有初中生,1976年是接收知青最多的一年，1977年来的四名应届高中毕业生成为中国知青运动的收尾人，牧场共计六十五名知青。知青以主人翁的姿态和责任担当，成为牧场这台大机器上的螺丝钉，被时代赋予的使命感召、牵引，以革命加拼命的斗志，在荒原沃野上谱写出一曲曲奋斗华章。

知青中百分之九十的人来自尼尔基一中。恢复高考后，牧场号召知青紧跟时代步伐，努力学习文化知识，将学习融入生活和劳动中，考上学校、走出牧场，并从知青办拿回语文、政治、数学、物理、化学课本及参考资料，这些都是北京市和浙江省知青办给在莫旗的知青批发来的。

大家自觉地把参加高考看作自己的人生目标，每个人都跃跃欲试，朝着这个目标发起攻势，求知欲和学习热情愈加高涨。但在当时的环境和条件下，每个人的知识储备和文化素养十分欠缺，尽管手握课本，蜡烛、煤油灯没少点，精力、时间没少花，大家却真真切切感受到了学习上的力不从心。尤其要攀登高考这座山，相当困难。大家在补习文化课的过程中产生了强烈的挫败感，积极性也日渐降低，不断有人出现动摇放弃的想法。高考这根大棒把牧场知青打得七零八落。1977年、1978年和1979年，共有十一人搭上高考专列，分别考上技校、中专和大学。

知青中不甘于庸常之辈，也绝非等闲之人的当属惠兆森。早在尼尔基中学读书时他的数理化成绩就十分优秀，被称为"理科天才"。当时流行一句话："学好数理化，打遍天下都不怕。"惠兆森就在这三门学科上下了大功夫。高中理科老师对他的赞美和褒奖声不绝于耳，同龄人对他的理科思维能力也是敬佩有加，自叹弗如。了解惠兆森的人都说，他是那种既有天赋又热衷于付诸行动，甚至为了自己热爱的事业舍弃人间

惠兆森

一切美好的人。

惠兆森1972年高中毕业，1975年底从霍日里河林场知青连转点到牧场，担任食品公司副经理刘惠君的专职司机，他经常开着一辆能载两个人的带箱体的三轮手扶拖拉机来牧场。惠兆森当时在食品公司上班，住在家里，挣牧场工分，还有每天五毛钱的补助。他在牧场等待开拔的日子里东走走西转转，悠闲地找人聊天，所以我们叫他特等知青。1977年高考后，惠兆森考入黑龙江省船舶工程学院，研究生毕业后进入电力行业，在世界五百强企业工作。他是一个很有成就的人，申请获批二十余项国家专利。可惜天妒英才，偏偏最优秀的栋梁之才遭遇厄运，2015年10月惠兆森因病英年早逝。

大多数人返城工作后，通过自学、函授、带职上学获得大专以上的文凭，当老师的人占百分之二十。1981年底，牧场知青全部返回尼尔基镇。食品公司和商业局当年为职工子女上山下乡建立知青点，之后在接收这些人返城就业上也做出了重要贡献。知青基本都被安排在商业系统下属的百货公司、食品公司、石油公司、服务公司、五金公司、医药公司、烟酒公司、煤炭公司以及旗社，少数人到了其他企业。

牧场知青刚参加工作就到了适婚年龄，结婚成了头等大事。在两手空空的年月里，大家纷纷朝着结婚成家这一目标努力，向梦想中的幸福挺进。在工作中，在与命运的博弈中，牧场知青始终发扬不怕苦、不怕累、敢担当、有作为的精神，尽己所能回报社会，兢兢业业，勤勤恳恳。

第一批知青中的陈颖芳，高中中途退学，在牧场一待就是七年多。她于1981年11月随大批知青返城被分配到商业局基建队当出纳。商业局基建队经历过一段红火时期，1997年开始没事干。陈颖芳1999年办理了病退，五十五周岁第一次拿到退休金，至今她还保留着返城时被安排到商业局基建队时所填写的就业安置表。

1976年上半年，我和陈颖芳在尼尔基镇为订牛奶的客户送牛奶。每天骑自行车到南江套取牛奶时都要路过陈颖芳的家，她家与众不同的家庭氛围给我的印象特别深刻。小平房里，南北炕和地上的一张桌子上都摆有棋盘，每天都有喜爱下象棋的人在这里对弈，还有人独自摆棋子，说是在复盘或研究棋谱。我自感是多余的人，不敢贸然进里屋，就在厨房站着。大家

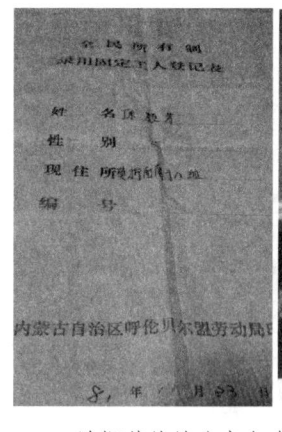

陈颖芳的就业表和在牧场小卖店留影

下象棋时，陈颖芳和姐姐帮妈妈做家务，三个弟弟则悄无声息地蹲在一旁，眼睛盯着六十四个方格子和棋子。陈颖芳说："我们兄弟姐妹也会摆棋对垒，杀到难解难分时，常常因为一步悔棋或是谁站在旁边多了一句嘴，就急头白脸地吵起来。下棋又不赢房子赢地，谁也不肯让谁，有时得我父母出面才能平息了事。"

毕维新在家是老幺，家庭条件也好，喜欢我行我素，喜怒哀乐人们一眼就能看出来。他刚到牧场不久，大清早就因为刘队长给他分配的活儿发飙了："我是知青，下乡时上面没说让我干这个活儿，我就可以不干！"

刘队长气得没办法，直接找来王场长。在大庭广众面前，王场长用刀子般的眼神牢牢盯着毕维新，接着一顿连珠炮的训斥，把毕维新怼成了小哑炮，他身体僵硬地站在那里，眼睛都没眨一下。还没等他缓过神来就被宣布处以禁闭：不准上工，也不准回街里，就在宿舍里面壁思过。当所有的人都上工时，就剩下毕维新孤零零地待在宿舍里，他觉得浑身不自在、不舒服。心神不宁了一天多，王场长总算过来了，他与比自己小十一二岁的毕维新推心置腹谈了一次。毕维新是个吃软不吃硬的人，本来就对自己一时的争强好胜很后悔，听到王场长的话，彻底安分了。王场长最后劝解道："没规矩不成方圆，你一冲动，坏的影响就出来了，这么多知青都学你的样子，刘队长的工作还干不干了？晚上开会

映山红花满山坡

刘桂英在知青四十年聚会上（2018年）

迟志杰、张淑范夫妇（2021年）

时你做个检讨，向刘队长认个错，以后好好干，这件事就当没发生，你看行不行？"当晚，王场长在男宿舍召开了知青大会，毕维新做了自我检讨，并向刘队长认了错。

不久，毕维新和徐晓青成为牧场第一代28胶轮司机。毕维新返城后到了食品公司车队，之后与刘桂英结婚，生了一儿一女。2000年，他开着私家车一头扎进了自主创业的洪流中，但似乎过得并不如意。所幸，她的儿女都非常孝顺，努力为她求医问药，刘桂英身体逐渐变好。2018年8月，刘桂英参加了大青背知青战友的四十年聚会，并表演了诗朗诵。

迟志杰、张淑范是在牧场当知青时结的缘，返城后结为夫妻，并育有一个可爱的女儿。这对知青伉俪下岗后，历经风风雨雨，克服艰难困苦，在尼尔基镇开办了一家商店，这个商店后来成为知青重温往日时光的联络站。2019年，迟志杰、张淑范两口子领到退休金后，就将商店转让出去，开启了颐养天年的美好时光。

企业改制以前，徐晓青、刘淑芬、刘信宝、安万霞、王建平、郭金凤、刘金荣、闫秀丽先后从商业系统调转到行政事业单位。

第二，集体生活对于知青赋予的教育意义非常突出。

来到牧场后，在大集体生活中，知青才真正接触到中国农村生活的本来面貌，艰苦的现实深深震撼着每个知青的心灵。牧场仓促建造起来的长房子，简易、凋敝、四面透风，顶上漏雨，地面潮湿，狂风吹来，苫房草就被掀开了盖，一年后房子就破败倾斜了。

男知青当时和员工住在一起，他们看到转成牧场员工的农民发自内心地感到幸运和满意，仿佛他们的命运一瞬间就出现了转折；他们目睹员工薄薄的被褥补丁摞补丁，还自称是家里唯一能拿出手的一套；他们看到员工只有一两件衣服，连换洗都计算着日子，多穿一天是一天；他们看到员工的被褥常年不洗，身上像"胎记"一样的泥巴只能用手擦拭，甚至有些泥抠也抠不掉……他们每天抠抠索索地过日子，勒紧裤腰带，口挪肚攒；他们盘算着每月从伙食费里省出一两元钱，积少成多，家里的日子就会越来越好。

人们的破衣烂衫成了虱子的温床，皮肉就是虱子的饲养场，全身被虱子咬得奇痒无比。为了消灭虱子，司空见惯的做法就是在和煦的阳光下或是煤油灯底下把内衣的皱褶和缝线处捋个遍，一边掐死肚饱滚圆的虱子和白花花的虮子，一边侃侃而谈，没有一点儿难为情的神色。到了夏天，睡觉的地方就是与跳蚤较量的主战场，一个人在被窝里发现跳蚤，就会影响到挨着睡觉的其他人，大家用锐利的眼神搜寻跳蚤的踪影，用蘸着唾液的手指捉拿比虱子还小的虫子，唯恐跳蚤蹦到自己身上咬一口。晚上不敢太早点灯，蚊子会钻进走风漏气的宿舍，人们要在地中间点燃干草将蚊子熏走……

睡觉前百无聊赖，爱耍嘴皮子的人就开始了调侃斗嘴的把戏，兴致极高地唠会儿磕。有时借题发挥用双关语进行隐喻，既幽默又讽刺，还挺逗人；有时以张扬和夸张的方式，把生命中原始又本真的关系直白地渲染出来，惹得一些人尴尬又无语。

但是，牧场员工知足常乐，热心正直，勤俭节约，任劳任怨。在共同的劳动和生活中，知青不仅内心受到了强烈的震撼，也看到了员工乐观、宽容、善良和朴实的品性，思想的火花被点燃，引发了知青更深刻的思考。

员工过着拮据的生活，没有条件进行攀比；劳动力的等级评定存在平均主义倾向，使得人与人之间在经济上的来往、纠纷和矛盾就少了许多，大家在精神层面上交往得比较多，生活和情感上的联系单纯而密切，并逐渐浓缩成一种血肉相连的亲情。可以说，这是吃一锅里的饭、睡在一个房子里、一同下地劳动，抬头不见低头见换来的缘分，谁能断得了这情分？

第三，知青在牧场起步和发展过程中，为实现经济增长腾飞付出了巨大代价，做出了巨大贡献。

1978年8月，庆祝莫旗成立二十周年大庆的"反映历史巨变，铸就辉煌成就"大型成就展在莫旗达斡尔民族博物馆亮相，牧场作为一部感天动地的奋斗史诗，也登上了明星企业展台。迎八方来客，展莫旗雄姿，牧场从中汲取奋进的力量，满怀信心，踏上新征程，迈进新时代。这些成绩的取得仅靠百十多名员工是不可能完成的。牧场的财富不仅来源于土地上的农作物，还有对于农林牧副的多种经营，知青从农牧业劳动者蜕变为多工种的新型务工人员，保障了农林牧副各业的平稳运行。

员工作为主力军，平均年龄在三十五岁以下，绝大多数只有小学文化程度。身强力壮的庄稼把式在农业生产上有一套经验和技能，但牧场要实现农业机械化，这些面朝黄土背朝天的农民已经不能适应生产力进一步发展的需要，而具有一定文化知识、掌握现代化技能的知青劳动者恰好年轻、有文化、喜欢挑战，不仅大大推进了农业机械化，还在第二、第三产业成为不可或缺的生力军。

机务班只有班长李广林是员工，其余都是知青，米面加工厂、胶轮车、拖拉机、手扶蹦蹦车、电影放映队都是知青施展能力的主战场。员工中出现不少机器迷、开车迷，想去机务班的人不在少数，他们心心念念想学车，一有机会就跟着胶轮车跑，车上车下乖巧机灵地帮着打下手，浑身洋溢着参与的热情和炽热的好奇心。当时男知青中会开车的人很多，有王建平、迟志杰、徐晓青、李秀祥、李成新、慧兆森、毕维新、徐永杰、杨书学。他们不负韶华，在提高生产力，助力牧场实现跨越式发展、向现代化迈进的征程中，起到了排头兵的作用。

两辆28胶轮每次从街里回到牧场停在长房子跟前的时候，开车的司机仿佛成了令人瞩目的大明星。知青和员工就像成群结队的孩子，大呼小叫地迎上去，围着车蹦呀跳呀。司机这时就会爬上车斗，拎出大包小裹，向一排排站在地上、仰着脸、眼巴巴看着司机喊自己的名字，然后接住家人捎过来的食物、生活用品和信件等。

驾驶员不是谁都能干得了的，用摇把子点火启动28胶轮是个力气活，方法不得当，摇把子飞出来打到嘴上，大门牙都能打没。路况恶劣时，开起车来不仅要技术，还需要一种拼劲和勇气，如此才能从泥泞又崎岖的山路、岗坡、坑洼中雀跃地开过去。关键当时28胶轮挂着的车斗没有刹车装置，超高又超重，多拉快跑，妥妥的就是危险驾驶。乳臭未干的知青司机凭借着"傻小子睡凉炕，全凭体力壮"的一股楞劲儿，把自己的运气都用在了开车上，创造了一次次化险为夷、死里逃生的奇迹。返城居住在尼尔基镇的知青司机时不时会聚一聚，当年学开车的那些逸事刻在了脑海里，然后在酒桌上被无数次提起，一直说了四十多年。他们戏虐地总结道："起步靠人推，有坑从坑过，没坑轧石头；拐弯猛加油，转向开雨刷；要么不挂挡，挂挡咣咣响；上坡踩刹车，下坡不松油，倒车不用看，咣当就到站；小坑不用管，大坑一闭眼，犹如开着过山车。阎王路上直招手，都是天选命硬人，历尽多难劫后生，能聚多聚为喝酒。"

牧场与全旗的知青点相比，知青从事第二、三产业的比例是最高的。比如蜂场、鸡场、鸭场、小卖店、卫生所、学校、机务班、基建队、电影放映队，这些产业如果离开知青就几近瘫痪。刘淑芬、敖晓兰、迟志杰组成的知青放映队不仅在牧场放映，还要到周边的盲流点放映。他们仨或赶着牛车，或驾驶着手扶蹦蹦车，自带发电机，奔跑在荒无人烟、野草丛生的小路上，每到一个地方便竖起一块几平方米的白色屏幕，在泥土、沙砾、枯草间人们盘坐在一起看电影。知青对承担的每一项工作都做得认真而麻利，真心实意地接受着"再教育"。领导管理层有九

知青司机王建平、李秀祥、徐晓青、徐永杰、毕维新（2018年）

人，知青占有三个席位。

牧场能以美丽、繁荣、和谐的画面被镶嵌在莫旗成立二十周年庆典的画卷中，知青所付出的努力、所做的贡献，是毋庸置疑的客观事实。

第四，知青文化、文明与乡村文化、文明相结合，有效地夯实了牧场文化根基，促进了牧场精神文明建设。

知青在牧场的流金岁月放在历史的长河中只是弹指一挥间，但对我们知青来说，那七年囊括了那个时代物质文明和精神文明的全部内容。虽然我们都是在闭塞、落后的小城长大，但政治思想教育方面，无论形式还是内容，较处于贫困状态下的员工，知青在意识上具有相对的独立性和先进性。

员工艰苦奋斗、自强不息的精神氤氲着牧场，然而落后的小农意识、消极的思想意识和一些不健康的风俗习惯也充斥在牧场开发建设中，如信仰缺乏、精神空虚、封建迷信、嗜好赌博等。随着员工物质生活的不断丰富，满足员工日益增长的精神文化需要逐渐成为牧场建设的重要内容，建设与推进积极、向上、健康、阳光的牧场文化，这是知青对牧场开发建设做出的又一个重要贡献，从而使牧场建立了崇尚科学、抵制迷信、破除陋习的良好道德风尚，树立了科学健康的生活方式，形成了文明向上的精神风貌。

牧场子弟小学于1976年下半年正式开学。学校在北山坡上，是一栋砖结构草房顶的房子，有两间教室和一间办公室；采取复式班上课，有五六十名员工子弟，我和来自哈尔滨的知青马洁当老师。刘惠君和王场长交代我俩到莫旗新华书店把柜台上下的小人书和图文并茂的通俗读物（足有三百多本）都买回来，为孩子们提供最好的精神食粮。看书成为孩子们在校园最愉快的活动内容。

开学那天，学校举行了盛大的开学典礼，学生和家属都来了，站满了一个教室，刘队长也来了。王场长头天没在牧场，可能是半夜刚回来，也出现在了典礼现场并讲了话。

王场长讲话情真意切："今天是知青牧场子弟小学的开学典礼，不管再忙我也要来，我们要让自己的孩子在最好的房子里上学，接受最好的教育。因为我们大人所做的一切都是为了你们这些孩子，你们就是我们各个家庭和知青牧场的未来和希望……你们的爷爷是文盲，父亲大字不识几个，你们这一代开始要好好学习，把牧场的各家各户都变成书香农户、耕读人家……"最后，他鼓励我和马洁两位老师说："牧场管委会决定把学校交给有文化的知识青年来管理，希望你们俩用自己的知识和文化为牧场培养好下一代，为牧场创造出更加灿烂辉煌的明天！辛苦你们俩了，我代表全体员工先谢谢你们了！"

子弟小学的老师一直由知青担任，学费、书本费全免。知青冯金燕、安万霞、敖晓兰、黄文林先后继任老师这一职位。

我退休后经常会陷入对往事的怀念中，忽而看到自己是千百万知青大军中的一员；忽而变身成为获得成人大专和后期本科学历努力读书学习的学生；忽而又变成高校心理咨询教师，成为开展大学生心理健康教育的奋斗者。怀念与回味最多的是孩子们天真可爱的模样：当年

知青放映队的迟志杰（上）、敖晓兰（左下）和刘淑芬（右下）

映山红花满山坡

作者（右）和马洁（左）

的孩子，我曾经的学生，我真的好想你们。

知青所教的学生现在也都五十多岁了。刘明全现在是塔温敖宝镇中心小学的老师；李彦福曾担任富民村的村主任，已去世；王林、肖文权在富民村属于种地大户，有几十垧地。

我家有台南京产的熊猫牌收音机，它伴随着我们兄弟姐妹从小长到大。家人习惯每天早上在《歌唱祖国》前奏曲响起时开启一天的生活乐章。父亲竭力倡导看书看报听广播并身体力行，他用丰满而厚重的精神财富滋养着一家人，这是令我记忆特别深刻和终身受益的。

我下乡时带了一部半导体晶体管收音机，花了我父亲一个月的工资。这部收音机成了牧场唯一能够及时获取外界信息的接收器和发射器。一个旋钮咔咔地被拧来拧去变换中短波，另一个旋钮用来找频道，可播放效果并不好，里面常常冒出各种杂音。收音机的方向感还挺强，为了收听节目，要不断地摆弄收音机天线，或抱着收音机在屋里乱转，寻找信号好的地方，有时候着急了就用手拍一拍它，果然奏效，但也只能收听到中央人民广播电台一台的节目。收音机成了知青们的最爱，尤其是身体不爽躺在宿舍的人总会找我借收音机。收音机质量再好也架不住大伙的摆弄和鼓捣，不到两个月，收音机里的声音严重失真，发出疯狂的啸鸣，噪声一般。此时就会有人提出抗议："关掉，关掉！乱七八糟的，没折磨你还折磨我们哪！"那几天看到成为破铁皮的废物，我就心疼得要死，真想关上门跑到没人的地方大喊一通，发泄一下心中的愤懑。

牧场那时没有报纸，学习材料都要到食品公司去找。当时政治学习抓得还挺紧，集体学习的内容已经是过去多少天的大事，可我们还是听得津津有味。文艺活动时实行组织化管理，大多都是知青所带来的红歌、红色电影插曲、现代革命样板戏。机务班徐永杰的父母在商业局工作,徐永杰长相清爽,身高一米七多,由于在中学担任文艺宣传队的风琴手,来到牧场后也就成了知青自娱自乐或集体娱乐时的伴奏者。他自然地打开手风琴的绊扣,按着琴键试过几个音后,问道:"你们要唱啥?"

刘明全夫妇和知青老师安万霞(右二)、冯金燕(右三)合影(2018年)

只要说出歌名,手风琴就快乐地响起来。徐永杰拉琴时的样子很惹人爱,有员工说:"这小伙子'招风',在知青姑娘堆里好找对象。"员工都爱唱《社员都是向阳花》,这是一首表现农民群众走社会主义道路的坚定信心和乐观精神的歌曲,当时很流行。过年时请戏班子和说评书是每个村子的重头戏。村里再没钱,凑钱也要请戏班子;实在没钱,就请说书的或者是驴皮影。说书、二人转、评戏,老百姓差不多谁都能说能唱几段。

刘文华在我们宿舍住过很长一段时间,她是乌尔科公社兴龙泉村人,从小失去双亲,来哥哥刘文举家后在牧场当家属工。她年龄和我们相仿,没上过一天学,是以借住的名义来宿舍的,我们很少交流。她在员工中人气很高,大家都喊她"小姨子"。刘文华损起人来像卖瓦盆——一套又一套,可员工们还是乐此不疲地愿意逗一逗她。

晚上我们会早早躺在被窝里,刘文华睡不着觉,就主动提出讲故事,刚开始讲些农家趣事,东家长西家短,我们虽然读过书,但讲起故事来谁都不如她说得精彩。我们只听了两三个晚上就迷上了她,开始想做她的一口缸,让她往缸里倒故事。一到晚上大家聒噪闲聊变少变短了,就想听刘文华讲故事。

有一天晚上,刘文华煞有介事地对我们说:"今天讲的故事可不能外

映山红花满山坡

徐永杰夫妇（2023年）

传，你们要保证。"

"你讲啥呀，还不能和别人说？"我们疑惑地问道。

刘文华说："都是跟说书人学的，传出去我也许在牧场待不了了。"

原来她要给我们讲禁书，怕人举报她，不让她在牧场当家属工，于是我们都做了保证。

刘文华一改往日把双手放在枕头上趴着或仰脸朝天讲故事的姿势，而是把被子叠好，人坐在上面。我们刚开始还挺惊讶，不知她为啥要这样坐着讲故事。之后，她亮出了自己的拿手货——说评书。

第一次说评书，刘文华一段评书还没说完，我们已经在她前面围成一个半圆形，全神贯注地听着，眼睛一直盯着她。说了几个晚上，每到扣人心弦处她就说："躺着讲吧。"可我们说啥也不让，她"躺下讲"纯属在吊我们的胃口。当说到"欲知后事如何，且听下回分解"时，我们简直欲罢不能，一点儿睡意都没有，就哀求她继续说下去。刘文华告诉我们："欲知后事如何，且听下回分解。评书里这叫扣子，说书的人每晚就这么一段，到此为止，再想听就是明天的事啦！这样才能抓住听书人的心，一下子都讲完了，那谁还给你钱啊？就凭这个"扣"挣钱吃饭呢。常听评书的人都知道'听戏听轴，听书听扣'。"然后又不无遗憾地补充道，"如果有张桌子，再有一块醒木，就更带劲了。"

刘文华说评书真是一绝，有板有眼，声情并茂，里面人物的语气语态、马蹄声，甚至一些动物的叫声，她都会模仿。

我们每晚都期待着"下回分解"，刘文华则在吃完晚饭后开始躲躲闪闪，不用正眼看我们，因为只要对上眼，我们就会央求她快点儿讲。我们都知道她很喜欢给我们讲故事，还都成了她的忠实听众，就是有点儿爱"卖关子",吊着我们的胃口。有时刘文华晚上会到他哥哥刘文举家去,我们只得在等待中煎熬。

我们好几次鼓动她:"何必在牧场当家属工?你去村里给他们说评书挣钱不好吗?"

刘文华可兴奋了:"我说得差远了,你们没看到真正说评书的,要不然我怎么能一直跟着他们走?不行不行,我一着急忘了咋办?"

我说:"你是女的,肯定没有,试一试呗,肯定有人听。"

刘文华说:"咋没有呢。他们都是搭班走,男的女的都有。"

我们几个瞪着眼,感到奇怪:"第一次听说还有女的说评书,还以为说书的只有男人呢。"

当刘文华讲得口干舌燥的时候,就会有人爬出被窝,跳下火炕,从大水缸里舀出一瓢清凉凉的水给她喝,她喝完后还会神气十足地清清嗓子,然后象征着友爱、和谐、欢乐的"大家庭之瓢"就从一只手传到另一只手中,传到最后一个人时一瓢水就被饮尽了。我们心甘情愿用小小的服务来取悦她,谁家里捎来好吃的,就留在晚上拿出来分给她一些,剩下的我们就一边听一边吃。

刘文华将熟悉的《隋唐演义》《三国演义》《岳飞传》《杨家将》等评书段落

陈爱君(左)和闫秀丽(右)

尼尔基第一中学风琴手徐永杰

讲了多少，已不记得，只记得每晚说评书的时间还是挺长的。

她讲得这么好，我们不禁对她没上过学的说法产生了怀疑："你一天学没上过，咋能讲得这么好？肯定能识字看书吧？"

刘文华说："哪会认字呀，我父母死得早，要上小学时就开始给我哥看孩子。我从正月开始一直到二月二，就不管家里事了，跟着说书的走，他到哪儿，我就跟到哪儿，说书的在各村荡来荡去，一遍又一遍地重复讲，我都背下来了。"

牧场建有篮球场和活动室，知青的文艺活动丰富而有趣。大家学习吹弹乐器、朗诵、唱歌的劲头特别高，每个人都想发挥自己在文艺、体育方面的特长，在文体活动的平台上施展才华。1977年，牧场篮球队和霍日里河林场知青连在五宝山举行篮球赛，女队打赢了一个球，男队打了一个平局。牧场男篮队还参加过莫旗商业局的篮球赛，获得了非常好的成绩，之后还有几人被抽到商业局到加格达奇地区参加大兴安岭地区商业系统篮球联赛。

李春英、郭金凤、杨书学、刘信宝、徐永杰、刘连昌、敖晓兰等知青是音乐方面的文艺骨干，很快脱颖而出。郭金凤任导演，自编自排了歌曲、舞蹈、三句半、京剧等节目，带到霍日里河林场知青连的联谊活动中，展现了牧场知青的精神风貌。遇到节日和重大活动，牧场知青的文艺演出更是必不可少的。1977年坤密尔堤管理区和塔温敖宝管理区成立时，举办了盛大的庆典活动，王场长带着知青文艺演出队和篮球队浩浩荡荡去庆贺的时光，如今都成了美丽的回忆。

来自北京和浙江的知青对于当时莫旗的教育事业，可以说起到了重要的助力作用。他们遍布乡镇中小学，与本地知青和老百姓结下了深厚的情谊。他们会唱的知青歌曲数不胜数。由北京知青改编的《北京呀我的故乡》，旋律悠扬而哀怨，表达了对家乡和亲人们的思念，给人一种淡淡的伤感。

第五，知青在牧场谈情说爱，从被禁止到被限制，最后被默许，成就了七对知青伉俪。

男女知青在牧场，生产、娱乐、休息和吃饭占据了大多时间，又都居住在一个自由支配的空间，一天二十四小时在一起，彼此就是最亲近的人，碰撞出爱情的火花是再自然不过的事了。单身员工想在女知青中找对象的难度相当大，因为知青过着大集体生活，女知青与员工在休息时间几乎没有什么接触的机会；同时年龄差距也是一道不可逾越的鸿沟，女知青大多二十岁不到；北京、浙江知青对当地农民存在一种依附关系，我们本地知青不必，完全独立自主。

　　那时候，青年男女在一起生活、劳动，不再羞涩腼腆，扭扭捏捏，而是无拘无束，自己做主自己的友情，处处散发着暖和的光。场里领导和知青家长根本不敢想象这些"初生的牛犊"会发生什么事情。女知青的家长尤其焦虑，对在牧场谈恋爱持反对态度。他们拜托王场长要像管教自己不听话的子女一样，千万别让孩子做错事。王场长深知肩负的责任就像是一根扁担的两个钩，一头挑着知青成长成才成人，一头挑着知青婚恋这一非同小可的大事。

　　霍日里河林场场长敖福明带领的知青连与知青牧场同年建立。那里的六十七名知青1972年高中毕业后，又在家待业两年，1974年6月来到霍日里河林场。年龄最小的也比牧场知青大三四岁，之后又陆续来了几批知青，组成了莫旗最大的知青点。一年多后，副连长蔡振英到莫旗知青办参加会议回来后宣布：莫旗知青办针对霍日里河林场知青连知青的具体情况，特赦知青可以考虑个人问题，可以谈恋爱和结婚了。林场领导也高抬贵手，开恩了：想结婚的给房子，对谈恋爱的知青与其他知青一视同仁，不会被歧视和限制。寒冬季节迎来了春暖花开——在开满鲜花的草原上，领导亲手编织了霍日里河河畔爱情的摇篮，使得知青爱情幼苗茁壮成长，公开恋情的情侣如雨后春笋般涌现。如今，当一轮明月从东方徐徐升起，万籁俱寂的世界沐浴在月光之下时，那些热恋的情侣，一双双、一对对出现在小路上、林地里、小河边，开启了浪漫的约会。敖福明场长在莫旗公安局局长岗位上离休，被传统婚姻观束缚，属于小年轻眼中的"封建老头"，哪见过青年人自由基础上的新型约会模式。他

看在眼里,急在心上,多次告诫王场长:"庆友老弟呀,我们那帮小年轻可不比你们的知青省心,看他们搞对象都愁死我了。到了晚上就跑到山上、草垛、小河边去了。咱们一定要在这方面给他们立规矩,不能大男大女的啥啥也不管不顾。"

上排左起:王艳秋、丁维、蔡振英、敖宏杰、托娅
下排左起:任福荣、邹玉琴、鄂雪花、孙丽云

霍日里河林场知青连有十八对知青遇到了霍日里河的第一口甘泉,并在返城后成为天长地久的眷属。

对知青中已经谈上恋爱的,王场长在会上没有指名道姓、耳提面命,而是旁敲侧击、隐晦地反复告诫双方要保持克制,实行"男女大防"的政策:要求掌灯后男女青年接触,必须有"第三、第四"者陪同;每晚知青轮班专门稽查,清点人数。其实我们知青对于公开恋爱关系的知青从不去干预或者议论,甚至会为他们保守秘密。

那时候和知青年龄相仿的人在农村都已经结婚生孩子了,如果二十岁还没有找到自己的归宿,个别员工就开始以貌取人地给知青乱点鸳鸯谱。

1977年以后,王场长对于知青恋爱的态度也变得宽容和理解了。他心里跟明镜似的,毕竟年轻人这种友谊上升到精神寄托,滋润彼此的生活,点缀牧场的风景,也没有产生什么不良的后果,不如睁一只眼闭一只眼。而且谈恋爱的知青对于个人的终身大事处理得也很谨慎,经过革命大熔炉的锻造淬炼,感情基础也算坚实。牧场最终稳定下来的七对知青返城后都喜结连理。

每当回首往事,想起牧场、想起知青,心中不胜感慨:知青不愧为牧场的拓荒者、建设者,他们是机械化的开路先锋,是劳动大会战的突击

伯尔科知青农场部分男知青

队,是开拓进取的生力军。他们用青春书写了一个又一个可歌可泣的感人故事,在激情燃烧的岁月中描绘了一幅又一幅史诗般的美好画卷。

映山红花满山坡

1976—1977年发生了很多事

1976年这一年，牧场先后接收了二十七名知青，他们是迟志杰、郭金凤、王福霞、徐永杰、范艳芬、宋全堂、杨书学、闫志敏、李国会、高雅洁、郑忠凤、苏英、金世芳、刘信宝、马洁、郭亚芹、杨丽英、杨丽华、万鹏、马泽斌、冯金燕、张淑范、王爱娟、代武新、吴彬、赵志国、邢德明。

1976年8月10日下午，牧场来了二十名应届高中毕业生，都是全旗商业系统的子弟。从这年开始，商业局为牧场先后配备过两名知青带队干部（也叫指导员），每人任职两年。第一任指导员是服务公司的郑桂芳，1978年8月接任的是糖酒商店的冯金凤。两任指导员与知青同吃同住同劳动，和知青结下了深厚的友谊，成为知青永远敬重、怀念的老大姐。

尼尔基一中1976届有五个高中毕业班，两百多名毕业生。据1976届知青回忆，1976年6月24日走出中学校门时，已经有一半毕业生办理完上山下乡的手续。尼尔基中学举办了一场十分盛大的毕业典

知青指导员郑桂芳和冯金凤

礼。旗政府领导、知青办和校领导为报名当知青的毕业生颁发了《上山下乡知青证》。郭亚芹是班级团支部书记,作为知青代表,她怀着无比激动和喜悦的心情上台发言,表示毕业后会告别父母和兄弟姐妹到农村去,并为走上这条接受贫下中农再教育、广阔天地炼红心的光辉之路感到自豪和骄傲,最后还振臂高呼:"同学们,我在农村广阔天地等着你们!"

报名去牧场的毕业生在1976年8月10日清晨就背上铺盖卷、提着旅行包来到商业局大院集合,由商业局领导巴音和什格和新任命的牧场知青指导员郑桂芳领队,到政府大院参加尼尔基镇1976年度知青上山下乡欢送大会。欢送仪式结束,莫旗党政军领导从会场主席台下来,走向街头,融入自发前来欢送的队伍中。那天,尼尔基镇上的高音喇叭播放着赞美上山下乡当知青的配乐散文诗和振奋人心的《义勇军进行曲》。大街上人头攒动,锣鼓喧天,掌声和鲜花从四面八方涌来,一浪高过一浪,气氛热烈而欢乐。汽车前头绑着大红花,车身上贴着大红标语,缓缓行驶在尼尔基镇的正街上。奔赴莫旗农村第一线的新知青胸前戴着大红花,齐刷刷地站在大汽车挡板后面。大家的内心荡漾着满满的自豪感和幸福感!

1974年6月15日,这里也专门为1972届六十七名到国营霍日里河林场的知青举

1976年8月尼尔基镇街头欢送应届高中毕业生下乡

办过欢送会,他们是"文化大革命"期间尼尔基第一中学第一批高中毕业生。知青和欢送的人群从东门步行到西门外的尼尔基第一中学的北大门,旗领导和新知青一一握手后,新知青坐上四辆插着"莫旗霍日里河林场知青连"旗帜的解放牌大卡车,向新的人生征程出发了。

1975年8月15日那天,旗里专门为到伯尔科知青农场下乡的应届生在知青办大院举行了欢送大会,会后,二十几名知青在旗党政领导、知青办领导和知青家长陪伴下,乘坐一辆解放牌大卡车和一辆大客车到了伯尔科知青农场。当时,知青宿舍还没有盖,女知青集体住在场部西侧的两间土房内,男知青则被分配在当地老乡家里。

1976年毕业后到牧场的新知青以及知青家长坐上两台解放牌大汽车,从尼尔基镇正街一路向西。当汽车行驶到西瓦尔图公社时,车上有人惊喜地发现王场长正站在公路边向汽车挥手,原来王场长特意起了大早,骑着大红马跑了八十里路来这里迎接大家。

新知青直接住进新盖的九间知青宿舍。宿舍是用牧场自己烧的红砖盖的一面青,三面山墙由土砖垒成,再抹上大泥,门窗刷着秋日天空一样的蓝色油漆;房顶上盖着整整齐齐的苫房草,室内宽敞、舒适、明亮。

宿舍的正门是双扇的,门厅延伸出一条"T"字形走廊,东西两侧各有五个房间。东侧有一间宿舍是王场长的办公室兼宿舍,其余是男宿舍;西侧有三间女宿舍、一间小卖部和一间小卖部仓库,小卖店的门朝着门厅。指导员郑桂芳和知青刘晓洁各领着五名女知青住进两间宿舍,火炕靠南窗,房门开向走廊和北墙;东西顶里头宿舍的门对着走廊,里面从南到北的大炕能住十几个人。

小卖店仓库是老鼠最猖獗的群居场所,一到夜深人静,仓库里就会传出阵阵吱吱声,老鼠吃饱喝足后还会把简易包装的食品倒腾到洞里。买光头饼干的人都知道用麻袋装的光头饼干不仅有被老鼠吃剩的,也有从老鼠洞里掏回来的,但人们还是照买不误。宿舍里剩馒头之类的食品都要悬挂在半空中,否则就会成为老鼠的盘中餐。我们随时能看到老鼠,或在火炕上乱窜,或从叠好的被褥里跑出来,或从墙壁洞口探头探脑往外看。个头有的很大，有的像大拇指那么长，毛色灰白。我们甚至能看到它们嘴上的须和牙齿。我那时感觉全世界最恐怖的东西莫过于老鼠。我们成了封堵老鼠洞的专业人员，见一个堵一个，可老鼠打洞的本领很强，很快就从新的洞口冒出来。

一到晚上，那条不到两米宽的走廊便被黑暗笼罩，一眼望不到头，走路时要用指尖去触摸墙壁，用虚实不定的脚步一寸一寸向前摸索。我手上戴着父母给买的夜光表，夜里穿过走廊时，总会不自觉地看着手表指针在黑暗中发出的绿色光芒。

每个宿舍都有一口水缸，齐腰高，直径有两尺。我们都是轮班到东面一里多的水房挑水。通往水房的路是一条青草丛生、坑坑洼洼的小径。鲁迅先生曾经说过："世上本没有路，走的人多了，便成了路。"牧场知青用实际行动日复一日地印证着这句话。

牧场百业待兴，大院里闲置的地方野草丛生，被夯平的地面只有篮球场。篮球场南面与一望无际的草甸相连相伴，北面距挑水的羊肠小路和宿舍有十来米。刚开始，人们要蹚过荒草，躲过塔头墩到篮球场，观球督战的人则不得不站在荒草中，后来有人号召团员用业余时间铲除荒草和塔头墩，东一锹西一镐连铲带刨，平整出来的场地依旧凹凸不平，跟狗啃的一样。

新知青刚到牧场的头几天，对周围的一切都充满了好奇和期待，他们就像过年一样快乐地撒着欢儿，热情拥抱着新家园的一切。在这里，男女知青之间不再像上学时那样感到拘谨。新知青徐永杰的手风琴总能点燃知青内心的激情，带动更多人参与的热情，大家笑着、唱着，气氛热烈而美好。篮球场、乒乓球室也多了很多新面孔，一台乒乓球案成了被争抢的宠儿。大家干起农活也觉得新奇好玩，不但不觉得辛苦，还把劳动当作愉悦的消遣。

秋收大会战，晴天抢干、雨天巧干、白天大干、晚上加班干，忙得能把月亮当作太阳。人们像蜜蜂一样能干，砍白菜、拔萝卜、运土豆，勤奋不懈。如果下大雨就在会议室、宿舍里修理土篮子、补麻袋或者扒

麻。到了收土豆的日子，女知青每天挎上土篮子跟随工头到大田起土豆，这是"半拉子劳动力"的农活。新知青连续奋战，可新鲜劲一过，就开始疲惫不堪，起土豆成了大家眼中最苦重的营生。手上起了红色茧子，与土地摩擦，格外疼；晚上肿得连东西都不能摸，一摸就痛，有的红茧还会变成水泡。那段时间，知青每天害怕黎明的到来，却格外期待夕阳落山的时刻，回去吃饭的路上大家的脸上才露出久违的活力。

当时米面加工厂的电还没有拉过来，各屋都是点煤油灯或蜡烛，晚上谁都不敢独自出门，门外就是荒郊野岭，可总也忍不住要爬上窗户看一看外面。晚上各宿舍串门都是结伴而行，上厕所就像集体出工一样吆三喝四，成群结队一起到篮球场下方的草丛中去方便。

男厕所和女厕所在篮球场下坡的草甸上，是一个两米长、一米宽的长方形深坑，一个粪坑，两条木板，柞木篱笆，四面透风。从女厕所粪坑掏出来大粪就倒在厕所的旁边，天暖和时，粪便上蝇蛆滋生，空气中弥漫起令人窒息的臭味。卫生纸又厚又硬，十分粗糙，是造纸厂用破布、麻绳头和烂棉花做原料生产的，而且没有经过消毒处理。

记得1976年秋天，新知青刚来不久，人多，雨水多，女厕所的粪坑急需清理。程队长和刚来的知青指导员郑桂芳说："自己的事自己干，要是男厕所，我绝不找你们。"可女知青谁也不愿干，郑桂芳没办法，自己就把粪坑掏了。不到一个月，几场大雨，粪坑又满了。郑桂芳说："我都掏一次了，这事我可不管了。"程队长见没办法，就开始逐一点名让去掏厕所，可谁也不去。当点到我的名字时，说："这活儿就你干吧，老知青，起个表率，辛苦你了。"

掏厕所虽然又脏又臭，但给算一个上午的工时，劳动量又不大，我就答应了。清晨上工时，我穿着雨靴，在粗棍子上绑个大铁勺，将粪坑里的粪水一勺一勺舀到铁桶里，提着走出不远，倒在粪堆上。我一口气干到九点钟，终于掏完，然后将铁桶和铁勺洗干净交给仓库保管员，又从伙房拿铁桶挑水到宿舍，将全身从上到下擦了又擦，洗了又洗，彻底搞了一次内务卫生。不到十一点，我就出了屋，在宿舍后面的场部大院碰上程队长，他看我穿戴整齐，问道："掏厕所了吗？"

我乐呵呵地回答："掏完了，我也大清洗完了。"

程队长上下打量我："时间太早，你还得干点儿活。"

我表情愕然，说："你不是说掏完厕所，剩下的时间就是我的了吗？为这，我早早起来，中间都没休息。"

程队长说："现在不行，上午的活儿量太少。"

我说："让谁干谁不干，最后我捏着鼻子干完了，还想让我再干别的活，说话还算不算数？你闻闻，手上是不是还有屎尿味。"我的手扬过去，差点儿挨到程队长的鼻子和嘴。

程队长向后退了一步，指了指大院里的几个人说："别人看见你在这儿瞎转悠，会说你上午干的活太少，让我很难办。你拿把镰刀，跟她们扒一个小时橡子就吃饭了。"

当时我真想扇自己两个耳光——不在屋里好好待着，出来嘚瑟个啥劲。

一天中午吃过饭，十二名新知青本来在女宿舍里很高兴地唱着歌，不知谁先唱起了《听妈妈讲那过去的事情》，屋里突然安静下来，接着有几个知青开始小声抽泣，继而更多的人痛苦发声，最后变成了哭声大合唱，泪水仿佛决了堤一般稀里哗啦地涌出来。王场长在办公室听到哭声，忙跑过来一问，原来是大家唱歌唱得想妈妈了。见到王场长，她们争先恐后地开了腔，归结起来极其简单："我们想妈妈了，王场长、王哥，让我们回家吧！"

望着这些稚气未消的脸庞，王场长连忙举起双手，让大家先安静下来，然后安慰道："别哭了，我领着你们去做些快乐的事情，今天下午咱们不干活了，现在就领你们上山野游采花去。你们还没去过后山吧？"女知青泪眼婆娑的双眼立马闪烁出快活的光亮，破涕为笑。此时王场长一个头比两个还要大，内心如放进一副千斤担子般沉重。此时正值秋收农忙时节，人和车辆哪一个都不能放出去。

王场长领着女知青向后山进发。一条丘陵起伏的土路，是总部和二道

河牧业队互通往来的唯一路径，很少有汽车驶过。周围是辽阔无垠的山丘草原，青绿色的小草被微风吹得泛起涟漪，不断跳跃。波棫棵子的叶片形状像人的小巴掌，泛着绿色、红色、黄色的叶子在和风的吹拂中如蝴蝶般翩翩起舞，远远看去，初秋的草原色彩斑斓，格外美丽。霍日奇坎河弯弯曲曲，清澈的河水缓缓穿过绿地毯般绵延起伏的山丘。这片草甸子是牧场的天然草场，牛马羊都在这一带放养。走出场部二三里地远的小路两旁，是牧场的羊草垛。羊草已被太阳晒退了原有的色彩，呈现出暗淡的黄、银、灰、红等颜色，散发着干香味。在寒气渐起的早秋，牧场已经给牲畜准备好了充足的过冬饲料。

　　王场长指着羊草垛兴奋地说："我一看到这羊草垛就高兴，牲畜养得旺不旺，就看储备的羊草多不多。这么多的羊草垛，牛羊衣食不用愁哇！"大地上新长出来的小草又娇又嫩，不足半尺高，被风一吹，摇摇摆摆；榛子树是串根类矮棵灌木，层层叠叠，包裹榛子的绿衣裳紧绷绷的，但榛子还没有成熟；挺立的柞树像卫兵一样警惕地守护着一草一木。王场长指着柞树告诉女知青："柞树小的时候叫波棫棵子，成材后才叫柞树。老百姓说柞树是分公母的，结的籽叫橡树籽，有的柞树底下从来没有一个橡树籽，这棵树就是公的。橡树籽营养丰富，咱们人多少也能吃点儿，吃多就有毒性了，橡树籽喂猪才是好饲料呢。"

　　这块草甸子是牧场最宝贵的财富和最亮丽的风景线，王场长是百看不厌，百说不烦。但女知青对王场长的故事似乎不感兴趣，一个个心不在焉的样子。

　　王场长说："不行啊！这样吧，顶多再坚持一个月，收完了土豆，马上让你们回去。"

　　女知青眼里含着晶莹的泪花，又开始七嘴八舌地讲起来："我们都没带换季的衣服，我们好多同学上山下乡，就是到村里看看地方，没有我们这样干活的。"

　　王场长心有戚戚地点点头。晚上，王场长和郑桂芳商量："都是些十七八岁的孩子，从没离开过父母，坚持干了半个多月，很不错了，就让她们回家看看吧。"第二天一大早,两辆28胶轮停在知青宿舍门前,刘队长走进女宿舍,对背着土篮子整装待发的女知青说:"别出工了,现在拉你们回家看看,住上一个星期,赶紧回来。"一听说让回家,大家喜出望外,顿时骚动起来,赶忙捆扎好被褥推到墙角,带着简单的随身物品便跳上了胶轮车。在车上大家有说有笑,每个人的内心都充满兴奋和期待,毕竟新知青还是第一次从外地回家。然而,她们回家也只幸福地享受了一个晚上。第二天,这些女知青便开始为牧场的秋收担忧起来:我们一下走了十二个人,是不是太孩子气了?有的人睡觉的时候还做梦飞回了牧场。最后,她们在家只住了三天就回了牧场。

"……千里冰霜脚下踩,三九严寒何所惧?一片丹心向阳开……"这首《红梅赞》旋律激扬向上,催人奋进,成为知青在艰苦困难时必唱的歌曲。它所蕴含的乐观主义情怀激励着大家,要像傲雪红梅一样坚韧不拔。

等到十月份开始掰苞米、割黄豆就更难了。"秋风秋雨愁煞人""一场秋雨一场寒",早上下地掰苞米,苞米叶子上的露珠还没散尽,手摸在露水上冰冰凉,浑然不觉间衣服裤子就被打湿了,一点一点浸到鞋子里。如果不戴手套,手和胳膊还会被像纸片一样锋利的玉米叶划破表皮,沾到露水就像被蚊虫叮了似的又疼又痒。割黄豆是在深秋时节,地里已经出现了一层青霜或薄冰,早上棉袜、毛衣、秋裤全得穿上,干起活儿来笨手笨脚的,镰刀拿在手里弯腰都特别别扭。秋天的太阳也很毒,尤其快到中午,空气里夹杂着闷燥的热浪,干活的人又不得不脱了毛衣。郭金凤母亲做的帆布棉手套没两天就被黄豆的尖荚扎透了,娇嫩的手被扎得鲜血都

王福霞

冒了出来。割黄豆时,那股时不时遭受针扎般的疼痛甭提了。

开镰割黄豆的第一天,王福霞就出师不利,镰刀割破了她的左手中指,热乎乎的鲜血从很深很长的伤口流出来,滴落在脚下的垄沟里。并排割黄豆的冯金艳看见了,扔下手里的镰刀,掏出手绢给王福霞的中指包了好几层。到底是年轻人,没过几天伤口就愈合了,只是中指不仅留了疤痕,手指也伸不直了。如今六十多岁的王福霞说起知青往事,都会伸出弯曲的左手中指,说:"这是我当知青时留下的终生都磨灭不掉的印记。"即使这样,王福霞和其他女知青没有一个喊苦叫累,也没有一个提出"请假回家",始终以强烈的使命感和责任感践行着"秋收当前决不后退"的誓言,一直坚持到年底放假。

进入十一月,洗衣服都是个问题,洗完的衣服屋里没地方晾,要挂到外面去,等晚上抱进屋,衣服都可以直立在地上,用木棍敲掉衣服上结的冰溜子,第二天再挂到外面去,即使这样,单裤也得三天才能干透。

知青相濡以沫,有慰藉、有寄托,是伙伴、是家人,拥有真挚的友谊。大家从没有因经济上分配不均或钱财往来发生过纠葛,不过为了在入党、返城、评优选先、推荐上大学等方面获得优先权,大家在劳动生产中都铆足了劲努力表现。1977年随着高考制度改革,知青开始返城。

牧场在制定1977年生产工作计划时,把这批女知青分配到了不同的岗位:郭金凤到小卖店;郑忠凤、高雅洁、吴彬、王爱娟到蜂场;杨丽英、杨丽华是姐妹俩,杨丽英当了兔场场长;王福霞、郭玉清、杨丽华等和一些男知青被分配到知青基建队。扩编后的基建队包揽了商业系统基建的大小项目以及个人和其他单位的基建工作,直到知青全部返城,基建队被迫撤销。基建队的员工后来也都返回牧场重新被分配了劳动岗位,而牧场也因知青返城留下一个个巨大的黑洞,很

安万霞、王建平夫妇

多技术和管理岗位没了人手。

安万霞1977年8月来到牧场,父亲在食品公司。她个子高挑,长相甜美,说话温和,很淑女,初到牧场就博得了男知青的注意,不乏明里暗里的追求者。结果不到一年传出来的消息是她竟然与知青王建平牵手了。王建平的父亲在旗里的一个部门当领导,母亲在百货公司,他是家里的长子,常给人一种玩世不恭的感觉。浓密的头发理成飞机式,喇叭裤、瘦腿裤,啥时髦他就是穿啥。

王建平1975年高中没毕业就被父亲送到牧场,场领导常为他时不时的冲动行为头疼。有一次王建平在牧场喝多了酒,酒精一上头,居然拿着棍子砸碎了王场长办公室的门玻璃。知青喝酒在牧场是被严厉禁止的。王场长本来想和王建平的父亲沟通这件事,奈何距离远,又没有电话,工作千头万绪,还没等回街里,程队长就专程到街里买块玻璃给安上了,还到王场长办公室反复检讨是自己不小心打碎的玻璃,把王建平撇得一干二净。王建平没有受到处分,但这出恶作剧让他老实了许多。王建平性格开朗,积极参加集体活动,是个很讲义气的人。后来他被分配到机务班做采购。农用机械和拖拉机是牧场发展的大动脉,至关重要,而机械配套零部件属于国家管控商品,从市场根本买不回来,连买个轮胎都得找人批条子。王建平因工作需要,经常跟着28胶轮车跑上跑下。后来知青发觉他一天天变得安稳起来,才知道他和建筑队的安万霞恋爱了。他的父母见过安万霞后,高兴得脸像花儿一样灿烂,表示一百个同意。和安万霞恋爱让王建平从浑小子变成了贴心暖男,大家问起"咋把安万霞追到手的",王建平带有几分得意地说道:"先下手为强,后下手遭殃。"结婚后的王建平更是和之前判若两人,在家里操持家务、呵护妻子,在单位也踏踏实实做人、实实在在工作。王建平从莫旗法院退休后独自到海拉尔市的女儿家帮忙照看外孙,安万霞从莫旗建设银行退休后才与王建平团聚,现在夫妻俩已定居海拉尔市。

1977年春天,牧场在九间红砖房的东面又盖了一栋十七间的红砖房,样式和九间砖房一样,有女知青宿舍、接待客人的房间、场部办公室、

食堂和活动室。活动室特别宽敞,能容下一百多人。新房子外墙的墙垛子上写着醒目的标语,犹如燃烧的火把,表现了牧场人坚定不移沿着社会主义道路奋勇前进的决心。

联排的两栋新旧房子东西两端还夹了木杖子,与相隔三四十米远的后面旧宿舍围了一个场部大院。

1977年寒冬腊月的一个傍晚,员工庄文华在烧火炕时离开岗位,灶坑的火烧着了炕沿边的被褥,屋里当时没人,等被人发现宿舍着火时,大火已经蔓延到房顶。场部上工的破钟——一块铁犁铧,被"咣、咣、咣"敲得震天响,家属住宅区的员工听见急促的钟声,冲下炕,穿上衣服就向红砖房跑去。此时大火已经蹿出房顶,变得异常狂躁,九间红砖房的人字架、横梁、檩子、房条、苫房草借助风势,整个儿噼里啪啦地烧起来,房子陷入一片火海,里面的财物都没有抢救出来。

火苗蹿起十几米高,向天空喷射,仿佛要把黑夜烧穿烧透,滚滚浓烟遮蔽了全场。撤退到被浓烟笼罩下的篮球场上的人,望着燃烧的火焰,痛心不已。地上的积雪火烤人踩已经融化,地面被杂沓的脚印踩成一片泥泞。漫天飞舞的火花和火星像在空中飘荡着的一串串天灯,组成星的河流、灯的长阵,大家转而意识到如果有大一点儿的火花随风飘到东面十七间砖房房顶上,那么两栋砖房都将遭到灭顶之灾。现场的女知青都哭起来,以为牧场的末日来临了。

两栋红砖房相距十二米,大家面面相觑,心中惴惴不安,齐刷刷地抬头看着两位领导。为了保住十七间砖房,刘队长、程队长迅速安排一部分员工爬上十七间红砖房房顶,另一部分员工和男知青负责打水往房顶上递水。女知青将自己的被褥都抱出来,拿到房顶,浇上水,盖在西侧房山的房檐上,用湿被褥搭成一道防火墙。靠近西房山处的人一桶一盆接连往被褥上泼水,紧随其后的两排向上递水和向下递空桶空盆的人形成一条闭锁链条,紧张而有序。房顶因为是人字架有斜度,人站在上面稍一失重就会滚下来,下面的人无不感到危险和恐怖。"你们小心呀!"好多次的异口同声,声音响亮有力又充满关怀,好像可以穿过云层,直达高空。在那个时刻,没有一个人想过自己迸发的决绝和勇敢是否会成功地保住十七间红砖房,而一心在做一个积极主动的参与者。直至九间红砖房的木头和砖被烧脆、烧透、烧塌,从噼噼啪啪木材爆裂的声音,到不断传出"咔嚓""咣当""咕咚"的剧烈响声,九间红砖房最终在半明半暗的火苗中变成了一片废墟。

在浓烟、热浪、朔风和炙烤中徘徊了几个小时的女知青,体力不支到极点,回到一片狼藉的宿舍。宿舍里没有被褥,没有光亮,没有温度,大家只剩沉默。凝结的冰晶、冰花粘附在窗户的里外,阳光根本照不进来,屋里总是灰蒙蒙的。白天窗户上的冰晶、冰花融化了,窗台上总是放着一溜破布,防止融化的冰水顺着窗台流到炕上、地下,不时有人拿起冰冰凉、湿漉漉的破布往洗脸盆里拧一下;到了晚上,窗户上又结满了冰霜,阴冷的寒风肆意吹动着窗帘,窗棂不时发出撞击颤抖的声音,冷风寒流一阵一阵刺入肌骨,着火前大家只能靠轮班烧火炕来取暖保温。魂飞魄散的女知青跑进一个宿舍,蜷缩在一起,绝望地抱成一团,脸无血色,双手麻木,内心紧绷,谁也不敢再去抱柴禾烧炕或者点灯照明,室内变成了冰冷的地窖。

留下人看守废墟,大的明火已经熄灭,仍有星火在余烬中闪烁,烟雾腾腾,还很呛人。有几个人回到家属区做"社会救助"——男知青被安排到员工家住宿,走门串户为女知青收集被褥。

刘队长和程队长早早就安排王贵福和知青周天喜向刘惠君和回街里办事的王场长报告火灾。时至今日,提起赶着胶轮马车星夜兼程这事儿,周天喜的嘴里还冒着当年隆冬时节的凛冽寒气:"在一辆有铺有盖的车上,两个人扬鞭打马飞奔,实在耐不住严寒天气,几次下车跟在马车后面全速前进。早上五点钟便敲响领导家的窗玻璃,隔着窗户匆匆忙忙汇报了失火的事。领导听完后轻叹一声,说道:'我知道了,你们冻坏了,快先找个地方睡觉吧。'"

刘队长和程队长领着人,抱着被褥走进女宿舍狭长的走廊。刘队长划着火柴棍走进女宿舍,点燃蜡烛。在那清冷的微光下,连冻带怕的女知

青嘴唇也变得僵硬起来,说话结结巴巴,哈气时一股股白烟从嘴里飘出来。刘队长和程队长一边在灶坑拨灰弄火,一边安抚道:"千恩万谢没有人在屋里睡觉,就这个房子(十七间)办公住人吃饭也管够用了。"语气里散发着庆幸和温暖。女知青也重新整理了情绪,寒冷、恐惧、惊慌、哀愁像被释放出来一样,一口长气从心底嘘出去。是呀,想想保住了十七间红砖房,不就是劫后余生吗?真值得庆幸。屋里暖和了,就想起应该梳理一下着火的整个过程,话题摆出来,思维一转变,气氛就完全不一样了。刘队长、程队长也没心思多说啥,等他们走后,女知青不顾灰头土脸,穿着衣服、裹着送过来的棉被挤在一起躺下了。

追梦的情怀在路上

2016年底,莫旗统战部下发通知:成立知青纪念馆筹备委员会,并向能够联系到的各地知青发出捐献老照片、文物和撰写回忆文稿的号召。

莫旗知青历史已经冰封五十余年,当年的知青也早已把这段历史掩埋于心中。建立莫旗知青纪念馆,镌刻知青丰碑,无疑使传承弘扬知青积极响应国家号召,敢于直面挑战和困难的精神有了具象呈现,这一鲜明的时代符号将会在莫旗建设的历史丰碑上写下浓重的一笔。

我退休后,更加安于狭隘单调的日子,身在闹市,却过着隐士般的生活,仿佛世界上的一切都与我无关。一天,负责莫旗知青征稿的岩华盛情邀约,希望我写一两篇有关知青的文章,这是一个很小的任务。她是我在莫旗妇联工作的领导,于情于理我都应该尽己所能,完成任务,也不枉岩华主任以及她的前任阿尔腾主任对我的扶持提携和栽培,于是我痛快地应了下来。

细细品味沧桑岁月,有的知青已经不在人世,活着的知青大都过着闲

莫旗原妇联两任主任岩华(左)、阿尔腾(中)和作者(2001年)

云野鹤般的生活，开始走向人生的尽头。我虽然从未把自己的知青生涯看得很重，但它已在我的身上印出一块无法消逝的胎记：苦中有甜，累中有乐，还享受过太多的慈爱、恩惠和眷顾。

牧场于1974年初成立，它的肇始和解体似乎是专门为我们商业系统的子女当知青特意安排的。在那里我们饱尝了创业的酸甜苦辣，见证了牧场诞生、发展和壮大的全过程。随着知青全部离开，牧场也从如日中天迅速走向凋敝，最后土崩瓦解，连场名和地名都消失得无影无踪。

岩华主任还是莫旗本土知青协会会长，致力于本土知青文物和资料的收集整理。她说："根据历年不完全数据统计，1964年尼尔基中学五名中学生开创了本土知青下乡插队的先河，到1977年8月，全旗有近四千名本土知青。"1968年秋天，北京知青三千余人来到莫旗；1969年春天，浙江知青一千多人到莫旗插队。包括本地知青在内，莫旗知青人数达八千人以上，建有大大小小知青点四五十个，本土知青有的下乡到了知青点，大部分人投亲靠友插队到各生产队。知青当时遍及莫旗十七个公社、九百多个自然村（屯子）、一百九十五个行政村。毫不夸张地说，在20世纪六七十年代，知青在莫旗每一个角落都能遇到自己的战友。

牧场建在莫旗西北边陲，那里人烟罕至，荒山丘陵，野兽出没，是盲流点聚集地，属腾克管理区管辖。十一名知青和二十几名员工高举垦荒的旗帜，在青背山扬帆启航，让荒原有了生命和活力。知青犹如一股新鲜血液加入创业者和建设者的行列，成为举足轻重的力量。当年农业获得大丰收，正所谓"手里有粮，心里不慌，脚踏实地，喜气洋洋"，牧场不仅有保证全场人员下一年的口粮，结束了人人从家里背粮食的历史，还留足了种子和饲料粮。

1974年4月到1977年8月，共有六十五名知青加入牧场开发建设的队伍中，1981年11月底全部返城。在七年多的时间里，大家以当年全国知青楷模——邢燕子、董加耕、侯隽、金训华、张勇等为榜样，脚踏热土，把血汗洒向荒山野岭，春抓耕种忙，夏铲禾苗壮，秋收青纱帐，冬储五谷香。牧场成立至鼎盛时期，知青倔强地挺起自己的脊梁，众志成城，成为风雨共担的英雄。我想我有这个义务和责任把在牧场当知青时看到的和经历的许许多多的事整理出来，写成故事，向旁人讲述。我抛弃了对自身健康状况的自怜自爱，树立的目标特别明晰，态度特别虔诚。每天一早就坐在书桌前，俨然一个学生的样子，饱蘸热血，奋笔疾书。

自从要把为知青纪念馆筹备委员会提供材料的计划，改为写一部反映大青背知青牧场六十五名知青热血垦荒、建设牧场的纪实作品——《青春战歌》后，知青战友、牧场员工和场长王庆友纷纷伸出援手。隔着手机屏幕，人人各尽其能，主动承担起连接、填补、润色牧场故事的任务，不断用语言、文字和照片丰富夯实缺失的岁月。久远的时光被折叠起来，折出一道又一道，与遥远的"集体记忆"不断融合到一起。《青春战歌》这部作品被大家涂上了最漂亮的颜色，呈现出独具特色、生动有趣的图案，让已经变得灰白的知青生活画卷重新焕发青春底色。

对我而言，不变的战友深情唤醒了更多的陈年旧事，成千上万的画面碎片在脑海中重新聚集起来，回首前尘往事，又苦又甜、苦中有乐的感受比以往更加强烈。衰老的身心不断被激发出浓浓斗志，因为我所还原和记录的内容不仅是我一个人的遭遇，还有千千万万知青大军中六十五名知青的回忆。我像被施了魔法般，文思泉涌，洋洋洒洒，下笔千言，一气呵成，用时六个月，一年后正式出版。

我将以知青故事讲解员身份，向人们展示大青背知青牧场的历史画卷，讲述难以忘怀的知青岁月和往事，让莫旗乃至全国人民都知道莫旗大青背知青牧场的全体知青是中华民族的好儿女，是无愧于中华人民共和国的好青年！我们所走过的那条充满艰难险阻且非比寻常的知青之路将成为一份宝贵的精神财富，化作一段美好的回忆，永存心间。

2017年1月，六十多岁的新人作者从零开始学习，并将写书的想法写在纸条上告诉母亲。母亲九十多岁，双耳有疾，听不到声音，但身体还不错，生活能够自理；平日里用放大镜看点儿书报；衣服、裤子和被褥都是自己一针一线缝出来的。只要我们儿女去母亲家，母亲就张罗着要做饭，结果在欢声笑语中儿女们就都做好了。大家围坐在一起吃饭时，

映山红花满山坡

作者母亲丁玉珍

母亲就像品尝着山珍海味一样心满意足,脸上的皱纹都舒展开了。我们孝顺母亲的关键就是吃饭速战速决,然后陪着她老人家打一打麻将,这是母亲最幸福和快乐的时光;而这样恬淡、朴素、无忧无虑的场面,也是我们做儿女共同期盼已久的美好时光。

在我忙于写书的半年里,母亲不仅对我的行为大加赞赏,还操起了后勤琐事,以解我的后顾之忧。2018年7月《青春战歌》一书出版,母亲拿着放大镜一字一句通读了一遍,高兴之余还把书送给了周围邻居,告诉他们这是她女儿写的。母亲曾在莫旗商业系统工作,多次被评为旗里和地区级先进工作者;在家里,母亲又将妻子和母亲这两个角色诠释得近乎完美,直至油干灯草尽。

2018年9月的一天,我带着刚出版的《青春战歌》和十名知青时隔四十年回到已经改名换姓的原知青牧场。《青春战歌》一书对知青生活的回顾算得上清晰有序、多彩壮美。如果没有出版这部纪实作品,我很可能永远不会回到这块土地,即使重返故里也不会如此兴奋、激动。一路上,久别重逢的感怀夹杂着游子归乡之情,前所未有的巨浪在心中掀起。再度见到"牧场"时,一切已然面目全非,全都变了模样,往昔的建筑全部捣毁,眼前只是一个陌生的村落——回乡探亲成了一次忧伤而美丽,甜蜜却痛彻心扉的远足。

在知青兄弟、原来的牧场员工、现在的富民村村民刘成财家里吃完午饭,他领着我们扛着三副鱼竿,拿着鱼饵罐和装鱼的帆布兜到白桦泉钓鱼。路上,望着这帮知青,我恍然间看见四十多年前我们的身影,不禁感叹时光的无情与魔力,眼前一片模糊……

微小的细浪软弱无力,懒洋洋地亲吻着我们的脚面和小腿。各种花草交织的烂漫丛林中,柳树树梢和春生秋死的藤蔓越过小河缠绕在一起,形成拱门连廊,抬头仰望,穿过杂乱交错的缝隙,可以窥见一线天空。蜿蜒的河水缓缓向远方流淌,碧水中的小鱼儿有的欢快地游来游去;有的则静止不动,像在思

知青在白桦泉钓鱼(2018年)

考什么;水深幽暗处偶尔还会看到鱼儿冒出头来吐泡泡。尤其是日落时分,艳丽的晚霞把河水照得红光泛滥,通亮耀眼,十分美丽。春夏涨水时,成群结队柳根鱼、老头鱼、串丁子鱼、小鲶鱼、亚龙鱼、小鲫瓜子等各种鱼儿涌了出来,这时候知青便会用网盆等捞鱼,捞得盆满钵满。蓝天白云常相伴,碧水绿草紧相依。洗完脚后,拽一把没膝的野草擦干双脚,再继续认真地揩着脚掌、脚趾和踝骨,然后摘掉粘在脚上和腿上的草叶子……

    天高水长,绿树村庄,幽香在山水间流淌。
    和风暖阳,静谧的月光,素辉包裹着梦想。
    鱼虫嬉戏,小鸟清唱,万物在和谐地生长。

  暮年垂首,微风吹拂着满头白发,人生芳华离开我太久了,就像白桦泉平缓的流水一样一去不复返。如今见到这条小河,我的心瞬间凉了半截,内心真实而鲜活的生活都成了记忆,成了一本泛黄的小小画册。
  听乡亲们讲,由于生态环境破坏严重,夏天多雨季节,上游下泄,安静的小河就会变成汹涌的河流,水声喧腾,浊浪滔天,沿河两岸庄稼地一片汪洋。几十年来白桦泉被一次次的雨水和洪水冲刷、吞噬,大量泥土带着伤痛随着河水默默地流向远方,随之而来的是土质松软,河岸泥土垮塌、河床拓宽的速度非常快,露出的平坦土地百孔千疮,像一道

白桦泉河道决口，庄稼地成一片汪洋

道伤痕横亘在河床两岸，黑泥路上的车轮痕迹清晰可见。百姓急难愁盼，朝思暮想的"一桥飞架南北，天堑变通途"的夙愿尽在不言中。

曾经的员工从四面八方聚集到这里，又从这里流向四面八方。我们在村里转悠了两圈，独家砖房外墙大多用瓷砖进行装饰，形态各异的铁艺大门，蓝、白、紫红的鱼鳞铁房顶闪耀着光泽，巨大的菜园子用铁丝网拉起了围栏。村民说："现在围栏的柱子是水泥柱，谁也不敢用木桩，发现一根木桩子就会被罚款；小街小巷都硬化了，下雨下雪再不怕泥泞了。"我们站在北山眺望，好一幅秀美的乡村画卷。富民村现如今有耕地一千多垧，近三百户人家。村民不仅不交土地管理费，还享受国家耕地补贴；种地户还享受粮食差价、免耕、轮作等各项补贴。原来子弟小学的学生都成了爷爷奶奶辈，他们的户口在富民村，但为了子女和更好的生

原大牧场养蜂场原址（2018年9月）

活都搬到了城里，住进了楼房，名下的耕地由村里集中，集体流转给了大户。

斗转星移，世事变迁，足以让活着的故人将我们遗忘。万事皆如此，牧场也不例外。当年我们绞尽脑汁、千方百计离开知青牧场，如今却只能做关于它的梦，一切都回不去了！在既熟悉又陌生之地流连，超越庸常的乡愁情思唤醒了远逝的牧场，耳际飘来朝思暮念的回声，这个声音也在倾诉衷肠："我也幸运地拥有了你们这样的儿女，你们的杰出贡献，谱写的青春战歌，牧场永远铭记在心。你们是大青背知青牧场永远牵挂和祝福的人。"

白桦泉成了我心里的郁结，挥之不去，看书也心不在焉，脑子里想的一直是白桦泉，不知道该做什么、怎样做，才能摆脱这个折磨自己神经的念头。每个知青战友回到第二故乡，也会到白桦泉走一遭，站在河边好似在拥抱自己曲折的人生，从没有捷径可走，反而绕道而行才是常态一样，真不知白桦泉何年何月能建成一座桥。

2021年9月，我再次为六十五名知青执笔高歌，准备在牧场成立暨知青下乡到牧场五十周年之际，献上一本新书——把企盼第二故乡早日拥有跨河小桥，让大家能够顺畅回家的夙愿表达出来，希冀获得社会的知晓和支持。我曾为此苦恼过、挣扎过，在几度疗愈、希望和重生中，更加坚定倾尽全力打造心中"大桥"的决心和信心。我希望这部作品能成为照进人们心灵的一束光，吸引更多读者追随这束光，了解并爱上这个青春、阳光、鲜明而真挚的群体。

我还无数次幻想，脑海里浮现出牧场创始人——原食品公司副经理刘惠君和原牧场场长王庆友所设想的：日后牧场会建造一座知青群体雕像。一拨又一拨的人在雕像身边缓缓踱步甚至驻足，认真凝视。蓝灰色的外衣从坚强有力的肩膀上垂下来，手臂和满手血泡的双手从挽起的袖子伸出来，手里握着各式农用工具，有锄头、镰刀、镐头、铁齿耙等等，这是留在知青身上永恒的印记，是知青生产生活的缩影。再往上看，每个人都是一头乌黑飘逸的秀发，面部表情十分细腻，但是给人一

种力量感；基座没有篆刻人名，因为名字众多，故事无数，是一块无字的青春碑。因为这座雕塑同样象征着1974年霍日里河林场知青连、大青背知青牧场和伯尔科知青农场三支本土知青队伍，二百五十六名知青在西北原始之地挥洒的青春与热血。我们本土知青对这片热土的爱恋和对共和国的爱恋一样深沉而热烈——"你就是我，我就是你，是血是肉我凝聚着你，纵然我仆倒在地，一颗心依然举着你，晨曦中你拔地而起，我就在你的形象里"。

大青背知青牧场原址，如今的塔温敖宝镇富民村

知青牧场衰微去

1978年，牧场知青就业、升学、参军的帷幕已经拉开，牧场尚未离开的知青像一根根五颜六色的经纬线，编织着牧场生活灿烂的美好画毯，四周飘扬着知青用初心和热血铸就的旗帜，昭示着牧场知青青春昂扬、蓬勃进取的峥嵘岁月。

离开牧场那天，坐上离别的胶轮车，我望着山峦兀自冥想：日后自己一定会重返牧场，到时候要在曾经深耕细作的大地上野餐一顿，再到后山建的广场上去看看那巍然矗立的知青群体雕像。

牧场领导刘惠君和王庆友既感到欣慰，又有一种怅然若失的感觉：不到一年，离开牧场的知青数量越来越多，留在牧场的人越来越少，并且最后都将离开这里去往更广阔的天地，回到原本属于各自的人生之路。他俩还说牧场日后一定会开辟一片场地，建一座知青雕像，以纪念这群花朵般的孩子在牧场所做出的卓越贡献，让人们记得大青背历史上曾经有过这样一群可爱的年轻人。

牧场是我的第二故乡，当它还在荆棘遍布的摇篮里嗷嗷待哺时我就来到了它的身边，看着它从一株新苗迅速长大，成为茫茫原野中一棵夺人眼目的参天大树。在我眼中，牧场历经磨难和风雨飘摇，顽强地屹立在人们的视野中，这里五谷丰登、六畜兴旺，农林牧副发展日新月异；可后来，这个被众人辛勤哺育的富有传奇色彩的绿色巨人，在时代潮流的

推动下，开始走向衰落。1989年，牧场的大门在一众人的身后"砰"的一声关闭了，再也没有打开过。

上　篇

　　经过几年的奋斗，牧场从原始荒原发展成全旗的明星企业，成绩斐然，这与创始人、领导者坚定地追求奋斗目标有着紧密的联系。在生产建设、经济发展方面，他们不走寻常路，带领大家团结一致，勇敢无畏地朝前冲，克服了一个又一个困难，创造了一个又一个奇迹。

　　王场长是兽医出身，1970年从莫旗兽医站调到食品公司任兽医，刘惠君打心里欣赏这个比自己小十六岁的既有朝气又聪明能干的年轻人。1972年王庆友任良种场场长，这年他骑马到乡下，看到一头两米长的公猪在公路上晃晃荡荡，就跟着公猪到了主人家，磨破嘴皮硬是把公猪买了回来。回到良种场他乐得闭不上嘴，见到刘惠君就说："母猪好，好一窝；公猪好，好一坡，种猪场再也不愁没有好猪羔子了。"牧场需要一位有卓越能力的人物来领导，于是刘惠君就把王场长放到了牧场。王场长领导牧场六年半，对农业生产和畜牧养殖坚持两手抓，一直走种养结合、农牧林副并举的多赢道路，用汗水浇灌收获，以实干笃定前行，最终将树苗培育成参天大树，牧场硕果累累，人们有目共睹。

　　当时，刘惠君和王场长两个人既是牧场规章制度的制定者，又是牧场大小事件的裁定者。有时一些口头约定甚至是无字的规定，往往比成文的规则来得更为实用，他们才没有耐心理会个别员工提出的一套为自己准备好的辩护词。

　　两个人对待员工的方式，简直就是温和与暴躁的结合体，既有体贴关怀员工，不遗余力帮助大家解决困难的一面，也有时刻要爆炸的火药味道。譬如，在生产过程中绝对不能出现准备不充分、执行出偏差、麻痹大意的纰漏。如果有谁因此出了差错，王场长生起气来不仅脸色阴沉难看，目光中甚至带着厌恶以及恨铁不成钢的悲伤。批评人时，声音洪亮，语气果断，让人不寒而栗："你知道我是和牲口打了半辈子交道的人，可没有耐心再告诉你几遍！"1976年的正月十六，王场长对李广泉、岳民田、王振环三名员工参与赌博做了罚款处理。只要是处罚，王场长就摆出"我的地盘我做主"之势，手段简单而直接。后来王场长也偶尔自我调侃道："自从当了场长，管理水平没上去多少，挑毛病、找事的水平蹭蹭见长，我是真压不住火呀！"

牧场日工资遥遥领先于全旗生产队，员工一心只想脱贫，但如何致富的意识还很模糊，加之自身素质难以满足多元化生产的要求，所以在工作中挨批受训也是在所难免的。先后有两任牧业队队长被撤职，原因是欠缺责任心，而新上的第三任队长也不理想。为此，王场长操心费神了好一阵。1977年6月，王场长听说木工组孙姓员工的父亲老孙头从山下到牧场看儿子，早知道老孙头过去在讷河县当过生产队队长，工作做得不错，就向刘惠君力荐，请他来做牧业队队长。

当王场长和老孙头一说这事，老孙头直摇头："我六十多岁了，不行，当队长得领人干活，处处得干在前头才行。我老了，做不了哇！"

王场长说："我可以在群众大会上公布你的任命，不用你来干活，你来支支嘴就行。"

老孙头又说："牧业队摊子太大，我还不太懂，万一干不好，对不起公司领导，你也没法向公司交代。"

王场长又安慰了老孙头半天，然后就在员工大会上宣布了这项任命。

老孙头中等身材，年轻时也是个浓眉大眼、健壮英俊的农村好小伙，虽然当时已经六十多岁了，又不识字，但他说话做事周正，走心走脑，从不含糊，人也勤快。老孙头一上任就摆开架势整治环境，清理卫生死角，铲除杂草；还对不美观的牲畜圈舍围栏、参差不齐的柞木杖子、柴草垛以及院内坑洼不平的地面进行了一番修整，钉牢了那些东倒西歪的物件；明确要求放牧员不让牲畜在院子里排泄，更不能对院子里的牲畜粪便视而不见，要铲到固定的地方，地上不能有吃剩的干草和机器油的污点。员工住的棍加泥房子有些走样，老孙头就提出就地推倒盖砖房，

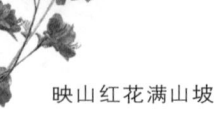

王场长立即答应了这一提议,五间一面青的砖草房很快盖了起来,不仅为养蜂的四个女知青隔离出独立的院落,在大院子里规划出一块用花草和灌木丛装扮的景观面,还把牛圈、马厩、羊圈分别扩大了几百平方米,并将废弃的车轮胎镶在吊槽底部,以免喂牲口的食盐、草屑漏下去。老孙头虽然对牧业很陌生,却认真贯彻养殖理念,他在人工授精和提高产崽率等问题上不懂就问,当年打的羊草量超过了以往,关键是牲畜没有发生过非正常伤亡的损失。总之,老孙头有思路、有措施、有干劲,从1977年到1979年牧业队的工作开展得紧凑扎实,成绩一年上一个台阶,老孙头的管理能力让王场长欣慰,让员工钦佩。

有个叫胡士忠的马倌,是做粗犷而艰苦的野外作业的最佳人选。放养马群不仅要求身强力壮,还要胆大、机敏和坚毅。但前两任牧业队队长,包括离职的队长都看不上胡士忠,说他"在草原上和马过惯了日子,变野了,是个胡搅蛮缠的刺儿头"。和胡士忠一起干活的人评价他说:"小胡爱较真、认死理,还是个毛驴脾气,毛捋顺了,咋的都行,捋不顺,会耍脾气,能跟你死犟到底。"老孙头上任后,不仅亲近胡世忠,还经常和他一起拉家常,倾听他对牧业队发展的想法。胡士忠喜欢"坐而论道",发表各种见解,这也是原来的牧业队队长最不待见他的原因,说他就能"三吹六哨"。胡士忠见老孙头这么看得起他,再没有充当"刺儿头",干捣蛋的事。一天早饭后,老孙头拍着胡士忠的肩膀说:"士忠呀,木匠今天盖房子,缺个大柁怎么办呀?上哪儿去找呢?"胡士忠立马说:"我给您上山去找!"说着,套上老牛大轱辘车就往院外走。老孙头连忙喊:"你别着急走呀,我再给你派个人手。"胡士忠边走边摆手说:"不要,不要,我自己就行。"

胡士忠非常熟悉山上的环境,哪里长什么树,适合干什么用,他都记着。不到中午,他就用大轱辘车拉回了一根非常合适的大柁。野外放马犹如"炼狱",风霜雨雪吹打得脖子和脸上留下裂沟一般的伤口;花开季节,山上的蚊虫犹如战斗机,手往脸上、脖子上撸一把,满手都是鲜血;夜间放牧一步也不能离开马群,怕野兽偷袭把马驹咬伤、咬死。胡世忠在山上不洗脸不梳头,每一次放马回到家,身上的裤子都被磨得破破烂烂,皱得一塌糊涂,仿佛他是从山上爬回来的。本来他体质一直很棒,因为常在野外过夜,后来连凉带冻得了遗尿症。媳妇为这事也和他吵架,老孙头听说后一直帮忙调解家庭纠纷,四处寻医问药。

  1988年刚开春,有个搬家的外地人在牧业队前面的沟子里把车轴弄折了,就斗胆向老孙头借小胶轮车用,两个人相互谁也不认识,可老孙头不仅借车,还绽开和煦的笑容帮着人家重新装好车。对方感动地从车上的麻袋里倒出一盆穄子说:"这是我老家县里的新品种,早熟、产量高、耐寒,磨出来的面特别的黏。"

  不几天,借车的那个人就把小胶轮车送了回来。

  老孙头腾出一块地全种上了,到了秋天,穄子长得有一人高,第二年又种了更大一块地的穄子,可还没等到收获,老孙头就被人事调整下来了。

  员工张老二,人高马大,是典型的山东汉子。当上牧场领导班子成员后,他的将军肚越长越鼓,体重有两百多斤,哈腰都费劲,走路拖拖沓沓,面容粗犷。张老二和知青说话的态度又殷勤又诚恳,关爱之情溢于言表,仿佛早就和知青熟悉了。张老二哥儿仨一起先到莫旗宝山公社,后来到了牧场,分别在两年内娶妻生子。张老二的弟弟和哥哥看着老实巴交,少言寡语,凭力气吃饭。张老二不仅成家生子,还被刘惠君看中,但王场长从认识张老二那天起,心底就没有认可过这个人。1979年6月,刘惠君做出撤换老孙头的决定,让张老二全盘接收牧业队富庶的家当。王场长一听,戏谑地说:"他被任命为牧业队队长,这不是让一个只吃过牛羊肉的人在台上传授养牛马羊的生意经嘛。"畜牧业是个细如牛毛、粗如大缸的良心活儿,张老二不把心思花在牧业队,在任的两年乏善可陈,之后他被任命为牧场的党支部书记,干了两年,任期结束后,在换届选举中落选,不久又被塔温敖宝管理区任命为另一个村的村支书,离开了牧场。

  牧业队换将的事是王场长不在牧场的时候发生的,当他下了28胶轮,

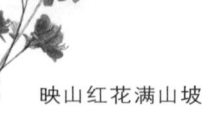

刚站稳脚跟,就听到了这个突如其来的消息,他不明白为什么让干得好好的人就这样走了。

刘惠君用巧妙的说辞解释了撤换牧业队队长的理由——并不是因为老孙头年纪大了有诸多不便或工作上出了问题,而是说有人告诉他,"老孙头对着子弟小学的两个小学生骂他了"。至于骂了什么话刘惠君没说,他觉得也没必要说。

王场长很惊愕,打心底质疑老孙头撤职会是这个原因。最后,王场长用行动表达了自己的不满——辞掉场长职务,没有做任何收尾工作,没有对这事那事做个任何交代,就离开牧场回食品公司了……

中 篇

说到牧场的成败兴衰,最绕不过去的一个人就是牧场创始人——莫旗食品公司副经理刘惠君。食品公司是一个股级单位,是旗县级科级单位下设的部门,股级比科级低,比科员高。商业局下属的八大公司——百货商店、五金公司、糖酒公司、煤炭公司、食品公司、服务公司、土产公司和饮食公司的一把手都是正股级干部。

食品公司领导班子比商业系统下属任何一个公司的阵容都大,副手有六个人。刘惠君在领导层属于有文化的人,在犹如死水一潭的食品公司不仅没有随波逐流,反而表现出异于平日的兴奋与活跃,他思维敏捷,总有很多新想法,想着让食品公司享受到企业发展的红利,让职工的生活得到改善。为了实现这一愿景,刘惠君开始对部门进行大刀阔斧的变革,成了搅动一潭死水的人,固有的计划经济管理模式面临着挑战。食品公司的一把手安于现状,刘惠君则无所顾忌地开拓冒进,两个人的思维不在一个频道上。他们在经营管理上存在严重分歧:"一把手"完全按照国家的计划经济工作模式开展食品公司的生产、经营和管理;刘惠君的思路是要把食品公司做大做强,坚持在服从于政府和主管部门的指令性计划同时,利用国家资源配置推进多种生产经营方式。

刘惠君四十七周岁时着手创建牧场。他中等个头，钻石形脸，下嘴唇厚且有些突起，一笑起来，脸上道道皱纹便暴露无遗。每次到牧场他都穿一套深灰色涤卡中山装，戴一顶圆顶涤卡料的暗灰色解放帽。涤卡面料是当时很流行的纤维与棉花合成的混纺布，挺括、耐用，不起皱褶，只是价钱比较贵。

刘惠君是莫旗登特科人，他在尼尔基镇的家成了老家人的一个旅店，常有双手沾满泥土的男人、牙齿掉光的老太太、拖儿带女的母亲上门吃喝住：或求一份活儿干，或要点儿材料修危房，或买返销粮，或家里有病人，穷亲戚困难多，形形色色，都来找他。刘惠君看着一张又一张满是愁容的脸，真想不出他们还有多少困难没说出来。刘惠君的爱人没有工作，家里有六个孩子，还有一位老母亲，一大家子人全靠着刘惠君的工资生活。

牧场召开全员大会时，如果刘惠君在，他就盘腿坐在炕沿儿，每个表情、每个动作都很斯文和内敛，但说起话来深谋远虑、稳妥全面，有着强大的气场，令人肃然起敬。让我记忆最为深刻的是他提出的"风物长宜放眼量"，展示了对未来发展的构思方针。刘惠君很擅长遣词造句来传达内容，而且讲述的内容十分贴近牧场人的生活。我刚踏入社会，听到刘惠君所描绘的宏伟蓝图以及我们月工资预定目标，因为过去闻所未闻，有种既激动又难以置信的感觉。员工中也有不置可否的，说牧场的未来就是梦，是一个冬天里的童话。刘惠君宣布立项其实就是告诉大伙一声而已，早就选人送人到外地培训，一个又一个生产经营项目以骏马奔腾般的速度，实现了从故事到现实的转变。

1977年初春，牧场五百亩荞麦已经种到了地里。养蜂的刘师傅说了句："种荞麦不如种油菜。"

刘惠君和王场长认真地问了句："为什么？"

刘师傅说："油菜花是最好的蜂源！"

第二天，拖拉机就开到了荞麦田，毁苗翻耕，种上了油菜。当年，有了风调雨顺的眷顾，到了盛夏，在阳光下，五百亩的油菜花海发出耀眼

的光芒，金灿灿的油菜花与周围黛色的山林、绿色的庄稼交相辉映，绮丽多彩，撩人心魄。油菜花香随风飘扬，蜜蜂在蓝天白云和阳光下采集着花蜜。

当时搞活经济，多种经营大部分是行走于计划经济边缘进行商业活动，比如到了冬天就用胶轮车往街里拉木橼子和烧柴卖；办白酒作坊，一天产白酒五百斤，一元钱一斤；莫旗外贸局每年秋后都要把收购的肉牛用火车车皮运往广州，牧场到了春天就大量收购肉牛，一头肉牛不到二百元，养上几个月，到了秋天卖给外贸局，一头肉牛能卖上二百六十元到三百元。

莫旗在1974年建立了三个知青点：霍日里河林场知青连、伯尔科知青农场和大青背知青牧场。前两个隶属国营单位、政府投资项目；大青背牧场属于自负盈亏、自担风险的企业。牧场实行员工和知青同工同酬，每个工分折合两毛钱；伯尔科知青农场第一年一个工分一毛钱；霍日里河林场第一年一个工分一毛五分钱，第二年这两个知青点的整体经济效益都不如牧场。

莫旗伯尔科知青农场1975届女知青
上排左起：丁伟华、敖玉珍、鄂玉凤、周亚珍、
　　　　　郭卫红、郭金莲
下排左起：郭云玲、李凡、敖淑荣、王喜芬、
　　　　　王昕惠

刘惠君不甘于贫穷和平庸，多渠道提高经济效益的思想和行为，在那个时期是不能大行其道的，面对多种不确定的因素，不仅需要智慧的头脑、超前的判断力，更需要超人的胆识和过人的抗压能力。

刘惠君比我父亲小两岁，俩人在莫旗算是数得上的文化人。父亲身材瘦高，面容清瘦，在几十年的党政工作中注重个人修养，从不偷懒，每天坚持读书看报听收音机，工作兢兢业业。但是父亲性格温良，思想纯洁，灵活性不足，严谨性有余。母亲说父亲："你就是个百无一用的书生，太不通世俗，人间烟火吃得太少啦！"父亲在"文化大革命"中受到冲击后，独自在天津南开医院住院两年多，做过四次手术，除按"误伤"标准报销医疗费，没有向机关借过一分钱。父亲从天津来的每一封信都告诫母亲不要到机关借钱。母亲一面上班，一面操持家务，节衣缩食攒钱给父亲治病。家里当时已经有三个子女当知青了，完全有条件让我申请办理留城手续，但父亲坚持让我下乡。父亲很早就认领了一名贫困儿童，资助其上学。

作者父亲那增1958年留影

父亲很欣赏刘惠君的能力以及在工作中表现出来的胆识和魄力。他说："刘惠君有思想、有能力，在他的身上蕴藏着称为才干的那种东西，这不是每个人生来就有的。"

父亲虽不能做出一番惊天动地的事业来，却很佩服和支持刘惠君，认定他是办实事且能办成事的人，于是在牧场建立的第二年就把我送到那里当知青。

下　篇

刘惠君这位多学多才、能言善辩的副经理与求真务实、勤勤恳恳的王场长，尽管两个人在个性上有着明显差异，但两个人对牧场的作用又是一致的，他们为牧场的发展无怨无悔地奉献着自己的人生，并由此获得大家的赞赏和尊重。牧场在建设发展中所取得的成绩，与这两个人在工作中的相互协作、紧密配合是分不开的。员工、知青和家属不但敬重他俩，对其也十分依赖。

　　刘惠君和王场长对待员工的领导方式，用中国的一句古语形容，就是"行霹雳手段，显菩萨心肠"。牧场的员工都很质朴单纯。吴凤财在部队加入中国共产党，退伍后来到牧场，为每天能多挣两个工分，就选择去了砖厂。王场长到过吴凤财结婚时的新家，看到新婚夫妇只有一条新棉被和一套军被褥，家里连个木制家具都没有，没几天，王场长拿出二百元，让吴凤财到街里为砖厂买东西，东西没买回来，王场长说："钱就放到你那儿，下次再用吧。"二百元在当时可是笔巨款，但王场长后来再也没有提过这笔钱。吴凤财是我姑姑的孙子，他就把这件事跟我说了。吴凤财退伍后，我父亲也没有利用手中的权力为他安排工作，而是把他送到了牧场。吴凤财也很争气，干活时非常卖命，深得王场长的喜爱。王场长有时在公开的场合批评员工，刚开始员工也会低沉地争上一两句，只是王场长语气坚决，神情严肃，他的话总会与他的职业联系到一起："我半辈子和牲口打交道，一生气就尥蹶子骂人，理解的你就接受，不理解的你就离开牧场！"荒原丘陵中迎风站立的汉子感到自己的尊严被撕得稀巴烂，只能咧着嘴，红着脸，眯着怯生生的眼睛，听王场长嘶吼怒骂，窘得就差流出眼泪了。

　　知青和员工在王场长眼里还是有区别的，打个比喻的话，员工好比"永久牌"自行车，知青则是"飞鸽牌"。王场长对知青的个人情况、脾气秉性、兴趣爱好等了如指掌。在他眼里，知青就是一些少不更事的孩子，与他们在一起无须戒备，也用不着伤脑筋、费思量。当知青出现思想问题或者矛盾挫折时，王场长总是把思想政治工作放在第一位，用和风细雨的方式先稳定情绪，再开导帮助，使知青凝聚成一个团结战斗的群体，顺利完成分配好的任务，保证在安全生产和生活上不出问题。王场长随时在变换自己的身份，扮演着职业规划师、失恋顾问、心理咨询师、人生导师等不同角色，适时给大家提出一些有意义的忠告和建议，帮助知青如何认识、妥善解决在生产、生活、个人、集体关系上所出现的矛盾和问题。

　　20世纪70年代末，党和国家把提高人民生活水平、改善人民居住条件放在了首位，刘惠君担任知青基建队代理人，此时正好赶上莫旗推倒民用土坯房、再建独门独院砖房的浪潮，所以知青基建队手上的机关和个人民用建筑项目令人应接不暇。

刘惠君一贯奉行"穷则变，变则通，通则久"的办事准则。1977年，他将濒临倒闭的食品公司制药厂和家属工五七厂合并转型，展开跨行业升级，选定啤酒作为生产项目，任命养殖场场长刁佳振为啤酒厂厂长，厂名叫食品公司啤酒厂。啤酒厂适应市场需求，赢得了莫旗内外的广大消费群体，很快成为莫旗利税大户，后来成为内蒙古巴特罕酒业股份有限公司。

改革开放后，中国社会运转到了一个新时期，邓小平的"不管白猫黑猫，抓住耗子的就是好猫""发展才是硬道理"的思想在当时深刻地影响着社会发展的走向，譬如允许一部分人先富起来，至少让社会上一部分人先过上小康生活。人人都开始梦想发财致富，谁敢摸着石头过河，敢想敢干，谁获得成功的机会就大。刘惠君当之无愧地走在了队伍的前列，由此产生的政治、经济和社会效益像一个个意外的礼物降临到他的身上，让他实现了人生的华丽转身，职务得到快速提升。三年的工夫他就从食品公司副经理升任为商业局副局长。

1981年1月，莫旗召开第四届人代会，人代会组委会安排部分代表在北方旅社住宿，在食品公司知青饭店就餐，这两处都在刘惠君的管辖范围内。刘惠君机敏的眼光一下就盯上了这个机会，早早地便做足了文章，采购好了一切食材。他吩咐后厨大师傅，开会期间每天三顿饭，每餐不重样，还要有所创新，要让吃饭的代表看到摆上桌的饭菜的用心和匠心。果然，在那里就餐的人大代表都很满意，回到人代会会场也会夸一夸。刘惠君精心安排的食宿赢得了人们的交口称赞，他像一匹黑马在人代会上脱颖而出，不仅给各乡村代表留下了深刻印象，还在旗直机关代表中提高了知名度。

刘惠君是第四届人代会代表，但不是副旗长候选人，后经投票当选为莫旗第四届人民政府副旗长。刘惠君承受着人们的盛赞、钦佩和仰慕。

映山红花满山坡

1981年1月，刘惠君当选莫旗第四届政府副旗长
刘惠君、额永扎布、乌嫩其、苏荣、同钦、莫德尔图、刘喜、蔡志远

他仍然一身老农打扮，走起路来阔步向前，雄心勃勃地准备在副旗长岗位上再立新功。但由于一些特殊原因，他的思想发生了一些调整和转变，产生了一种人到码头车到站的心态。

牧场刚建立时，刘惠君让王场长在牧场挂职三年，等三年后回到食品公司；三年期限一到，刘惠君继续挽留王场长还得干两年；两年过去后，又说牧场摊子太大，需要有农牧业生产知识和经验的人，眼下还没有合适人选能接得了班，让王场长再干三年。王场长心甘情愿地答应着，日子一天天、一月月、一年年过去了，离开牧场的想法一直萦绕在他的脑海中，但他始终也没有表露过彻底离开的决心，没有采取实际行动。这真的不是一件容易的事，不仅因为有很多没做完的事，而且在牧场这么多年，心中早已对它有了依恋，有着诸多不舍。

王场长一直在牧场干了六年半，从一百四十斤掉到了一百零六斤，壮汉瘦成了竿儿。他狠抓农牧林副产品生产，深谙产品推向市场之道，使牧场做到了"麻雀虽小，五脏俱全"，大到砖厂、白酒厂、养蜂场，小到奶粉半成品加工、卖牛奶，都做得像模像样。他往来于黑龙江省和内蒙古各大畜牧场，了解牲畜价格和行情，热衷于讨价还价，按自己的心理价位达成了好多次交易。他还以知青带队、拓荒者等身份到莫旗各大部门寻求政策、资金、物质上的支持帮助，使牧场获得了十足的实惠。

王场长离开牧场后,牧场不仅生产建设没有搞上去,还陷入了一些莫名其妙的灾祸中。谁也没料到解聘老孙头的牧业队队长一职会引起一系列连锁反应,成为牧场兴盛与衰落的分水岭。

牧场的兴衰成败谁都难以评论,有几点还是能说明些问题:第一,王场长坚决反对解聘老孙头不成而辞职;第二,张老二管理牧业队破绽百出,牛马羊身上只剩下一些筋骨,整个样儿显得又瘦弱又难看又可怜;第三,农副业生产严重受挫,各种加工厂纷纷倒闭,经济效益严重下滑;第四,知青返城导致劳动生产人手不足,很多重要岗位上的管理和技术人才严重空缺;第五,王场长离开后,当时食品公司还真没有像王场长这样力能扛鼎的人。

最终,大青背知青牧场成了塔温敖宝镇(塔温敖宝管理区)的一个行政村,取名叫富民村,随着实行农村家庭联产承包所有制,原来的二十平方千米的土地连同场房和机械包产到户,分割给了个人。

知青标签和赖以生存的土壤已不复存在,我只能在逝去的青春时光隧道里,为三支知青队伍二百五十六名知青战友著书留念。凝视着这部俯拾朝花笑慰人生的迟暮作品,好似捧着一座无

上排左起:李国会、王大明(富民村书记)、李成新
下排左起:李春英、朱蕴英

比珍贵的纪念馆,在青春纪念碑前凭吊,情不自禁地发出慨叹:通过与老场长王庆友以及知青、员工重温峥嵘岁月、追寻美好足迹,终于把缅怀青春岁月、赓续知青奋斗精神写进莫旗西北部山区大开发的历史华章里!

后记

2019年5月，我开始在呼和浩特市街头售卖自己2018年出版的《青春战歌》。这部图书记述了莫旗边陲民族小镇大青背知青牧场六十五名知青热血垦荒、创建牧场的岁月。在这个刷手机看图片、小视频和听语音的年代，能否卖得出去，我心里着实没底，但试一试总比在家里看着一堆书愁眉不展强。不过，成为卖书小贩后我被城管人员请到城管办公室接受了教育，写过三次保证书。

街头卖书的效果远超出我的预想。呼和浩特真是一座了不起的城市，爱读书、支持和喜欢原创作品的大有人在，尤其是对知青题材图书的喜欢和对知青群体的关注令人感动。想买书看的占大多数，有人说就当收藏知青史料吧；有的说知青写的书一定要支持一下；有的说这是原创作品或本地作家，一定要支持。我日复一日拉着小小的行李箱，渐渐地将家里的库存书消化得差不多了。

2018年9月，我携《青春战歌》回到知青点原址——富民村，与村民谈论时得知他们一直在翘首企盼旗政府能给白桦泉和二道河这两道"天垦"建座桥，却没有人去付诸行动主动去争取。

2021年7月回故乡后，我曾到莫旗交通局咨询过白桦泉和二道河两条小河啥时能给建桥，工作人员的答复是："目前还没有规划，至于啥时建，不好说，今年两座水库被大水冲垮，本已计划好的一些项目也受到了冲击。嘿嘿，计划没有变化快。"

在尼尔基镇知青战友聚会上，我说出了自己的打算和想法——我要以我们知青队伍的名义，在《青春战歌》的基础上进行全面的再加工，再出一本新书，目的是向社会呼吁，请求援助一座知青桥，当作我们有生之年对第二故乡的最后一些贡献和一份永久的纪念。说难也难，不妨可以当作运气去碰一碰，说不定哪块云彩就下雨了。

知青战友面面相觑，有人开口说了："这也太天真了，靠你一本书能登天？知道天高地厚吗？"

我说："干一件'登月工程'有何不可？"

"都多大岁数了，还痴人说梦！"

"你这是酒喝多了，我们都当没听见，这话现在完全可以收回去。"

2023年春，莫旗政府将白桦泉桥立项。对我们知青而言，通过富民村的努力，这则消息已经将知青的根和现实的果牢牢地嫁接到了一起，大家在第二故乡早日架桥修路促振兴的美好心愿就要实现了，这是非常鼓舞人心和温暖人心的。对我而言，这何尝不是一种解脱？那时那刻仿佛肩上的一块石头落了地，一切都变得简单起来。

我一直把"书"与"桥"的关系设想成母亲十月怀胎分娩——先有书，后又桥，以书为桥，书桥合一。如今，"书"与"桥"成了一奶同胞的孪生兄弟，凝聚知青和父老乡亲骨肉亲情的幸福记忆将永远留存！

在此，我要感谢远方出版社的责任编辑对于本书的悉心加工，感谢原大青背知青牧场场长王庆友、牧场员工和知青战友对我的支持，同时也对在完成这本书的过程中给予我帮助的人，表示诚挚的感谢！

郭立钢

2024年12月